教育部人文社会科学重点研究基地重大项目
“中国诗歌研究史”(05JJD750.11-44011) 成果
首都师范大学中国诗歌研究中心规划项目成果

中国诗歌研究史

左东岭 主编

魏晋南北朝卷

钱志熙 于海峰 都铁伦
尹婷婷 辛晓娟 张一南 著
段 莹

人民文学出版社

国家出版基金项目
NATIONAL PUBLICATION FOUNDATION

图书在版编目（CIP）数据

中国诗歌研究史．魏晋南北朝卷/左东岭主编；钱志熙等著．—北京：人民文学出版社，2020

ISBN 978-7-02-015774-7

Ⅰ.①中… Ⅱ.①左… ②钱… Ⅲ.①诗歌研究—历史—中国—魏晋南北朝时代 Ⅳ.①I207.22

中国版本图书馆 CIP 数据核字(2019)第 214949 号

责任编辑 李 俊
装帧设计 陶 雷
责任印制 王重艺

出版发行 人民文学出版社
社 址 北京市朝内大街 166 号
邮政编码 100705
网 址 http://www.rw-cn.com

印 刷 三河市中晟雅豪印务有限公司
经 销 全国新华书店等

字 数 360 千字
开 本 880 毫米×毫 1230 米 1/32
印 张 10 插页 2
版 次 2020 年 4 月北京第 1 版
印 次 2020 年 4 月第 1 次印刷

书 号 978-7-02-015774-7
定 价 76.00 元

如有印装质量问题，请与本社图书销售中心调换。电话：010-65233595

总　序

处于世纪之交的中国学术界，编写各种各样的学术史成为近二十年来的流行学术操作。自20世纪初以来，中国的各种学科由于受到西方学术理念与研究方法的影响，纷纷建立起自己的研究范式，并运行了近百年，其中取得了巨大的学术成就，也存在着种种的问题与缺陷，因此有必要对其进行总结与检讨，以便完善学科的建设与提升研究的水平。从此一角度看，学术史写作的流行便是可以理解的一种学术选择。然而，在这二十多年的学术史编写中，到底对于学术的研究提供了何种帮助，又存在着哪些问题，或者说我们到底需要什么样的学术史，似乎还较少有人关注。我认为，总结学术史的写作就像学术史的写作一样重要，因为及时检讨我们所从事的学术工作，会使后来者少走弯路而提升学术史的研究水平。

一、近二十年学术史写作的检讨

学术史的清理其实是学术研究的常规工作，任何一个领域的问题研究，都必须首先从学术史的清理做起，否则便无法展开自己的研究。但中国学术界大规模、有意识的专门学术史研究，是从20世纪80年代末开始的，其标志性的成果是天津教育出版社组织编辑出版的“学术研究指南丛书”，从20世纪80年代末至90年代中期，该丛书出版了数十种各学科的学术史“概述”类著作，其中不少著作至今仍是所在学科研究的必读书。现在回头来看这套大型研究史丛书，我们依然应该对其表示敬意，因为它的确对当时及后来的学术研究具有重要的贡献与推进。总结起来说，它具有下面几方面的主要特点：

一是起点较高。作为一套大型的研究指南丛书，其着眼点主要是为研究者提供入门的方法以便能够把握本领域的基本学术状况及研究方法，因此该丛书的“出版说明”就开宗明义地指出：

> 这套丛书将分门别类介绍哲学和社会科学各分支的研究沿革，对各学科的研究成果进行归纳和分析；对各学派或不同观点进行评介；对当前的研究动态及对未来研究趋势进行预测；还要介绍各学科特有的研究方法和手段。为了便于研究者检索，书后还附上该学科的基本资料书目及其提要和重要论文索引。这样，本书便是集学术性、资料性和工具性于一身，一册在手，即可对某一学科研究的基本情况一览无遗，足供学人参考、咨询、备览，对需要深入研究的内容，也可按图索骥，省却“踏破铁鞋无觅处”的烦恼。

从此一说明中不难看出，该丛书还不是纯粹意义上的学术史著作，其主要宗旨是作为研究的入门书，也就是所谓的“指南”性质，学术史研究当然是其重要组成部分，但不是其全部内容，这不仅从其书后附录的“基本资料书目”这些非学术史的板块可以看出，更可以从其撰写的方式显示出来。比如关于近代史的研究，该丛书既包括学术史性质的《中国近代史研究述要》①，同时也收进去了《习史启示录》②

① 陈振江：《中国近代史研究述要》，天津教育出版社，1997年版。

② 中国史学学会《中国历史年鉴》编辑组：《习史启示录：专家谈如何学习近代史》，天津教育出版社，1988年版。

这类谈治学经验的著作。而且在体例上也还存在一些问题,比如在中国古代文学学科,该丛书共收了9种著作:赵霈霖的《诗经研究反思》和《屈赋研究论衡》、刘扬忠的《宋词研究之路》、宁宗一的《元杂剧研究概述》和《明代戏剧研究概述》、金宁芬的《南戏研究变迁》、李汉秋的《儒林外史研究纵览》、罗宗强的《古代文学理论研究概述》、袁健的《晚清小说研究概说》等。将作为学科的古代文学理论和作为文体的诗、词、小说、戏剧以及古典名著的《儒林外史》并列,颇显体例的凌乱。尽管存在这些不足,但其中有两点是应该引起足够重视的。这就是一方面要"对各学科的研究成果进行归纳和分析;对各学派或不同学术观点进行评介"的学术史清理,另一方面还要"对当前的研究动态及未来研究趋势进行预测"的研究瞻望。这两方面的要求应该说是很高的,尤其是对于研究趋势的预测就绝非一般学者所能轻易做到。

二是作者队伍选择比较严格。从该丛书呈现的实际成果来看,其作者一般都具备两个条件:在某领域已经具有较大成就的学者和当时依然处于研究状态的学者。仍以古代文学为例,其中的六位学者都在各自的领域取得了较为突出的研究业绩,但在当时又都还是中年学者,正处于学术生命的旺盛期。这或许和这套丛书的"指南"性质相关,因为刚入门者缺乏研究经验,而已经退出研究前沿的年长学者又难以跟上学术发展潮流。这种选择其实也反映在上述所言的体例凌乱上,因为是以有成就的中年学者为选择对象,当然就不能追求体例的统一与均衡,可以说这是牺牲了体例的完整性而保证了丛书的质量。当然,从8种学术史著作居然有两位作者一人呈现两种的情况看,还是包含着地域性的局限与丛书组织者学术界统合力的不足。

三是丛书质量较高。由于具有较高的立意与作者队伍选择的严格，从而在总体上保障了丛书的基本质量，其中有不少成为本领域的必读著作。比如在罗宗强的《古代文学理论研究概述》的第一编，分四个小节对古代文学理论的“研究对象”“研究目的”“研究历史”和“资料载籍”进行系统的介绍，使读者完整地了解该学科的基本性质与历史发展，同时还提出了自己的独立见解，认为“弄清古代文学理论的历史面貌本身，也可说就是研究的目的”[①]。自建国以来，古代文论的研究一直追求“古为今用”的实用目的，从而严重影响了对于其真实内涵的发掘，当时提出弄清历史面貌的研究目的，可以说是一种拨乱反正的主张。正是由于拥有这样的眼光，也就保证了学术史清理中的学术判断，从而保证了该书的质量。

自此套丛书出版之后，便持续掀起了学术史写作的热潮，仅以中国古代文学学科为例，其中冠以20世纪学术史名称的便有：赵敏俐、杨树增的《20世纪中国古典文学研究史》[②]，张燕瑾、吕薇芬主编的《20世纪中国文学研究》[③]，蒋述卓等人主编的《20世纪中国古代文论学术研究史》[④]，黄霖主编的《20世纪中国古代文学研究史》[⑤]，傅璇琮主编的《20世纪中国人文学科学术研究史丛书文学专辑》[⑥]，李春青主编的《20世纪中国古代文论研究史》[⑦]，等等。有的著作虽未

① 罗宗强等：《古代文学理论研究概述》，天津教育出版社，1991年版，第7页。

② 陕西人民教育出版社，1997年版。

③ 北京出版社，2001年版。

④ 北京大学出版社，2005年版。

⑤ 东方出版中心，2006年版。

⑥ 福建人民出版社，2006年版。

⑦ 山东教育出版社，2008年版。

以此为名,其实亦属于同类性质的著作,如:董乃斌等人主编的《中国文学史学史》[①],傅璇琮、蒋寅主编的《中国古代文学通论》[②]等,均包含有对20世纪学术史梳理的内容。还有以经典作家作品为对象的专门研究史,如以《文心雕龙》研究为题的张少康等《文心雕龙研究史》[③]、张文勋《文心雕龙研究史》[④]、李平《文心雕龙研究史论》[⑤]等,以杜甫为题的吴中胜《杜诗批评史》[⑥],以苏轼为题的曾枣庄《苏轼研究史》[⑦],以《红楼梦》为题的白盾《红楼梦研究史论》[⑧]、陈维昭《红学通史》[⑨]等。至于在此期间以综述文章形式发表的学术史研究成果,更是难以一一列举。

与"学术研究指南丛书"相比,后来的学术史的研究无疑有了长足的进展,这表现在以下几个方面:

一是更加系统而规范。比如张燕瑾等的《20世纪中国文学研究》共10卷,不仅包括了古代文学的各个朝代,而且还增添了近代、现代和当代,应该说这才是真正完整的学术史;又如傅璇琮主编的《20世纪中国人文学科学术研究史丛书文学专辑》内容更为完整丰富,共由8种构成:《中国古代小说研究》《中国戏剧研究》《中国词学研究》《中国诗学研究》《中国古代散文研究》《中国文学批评史研

① 河北人民出版社,2003年版。
② 辽宁人民出版社,2005年版。
③ 北京大学出版社,2001年版。
④ 云南大学出版社,2001年版。
⑤ 黄山书社,2009年版。
⑥ 中国社会科学出版社,2012年版。
⑦ 江苏教育出版社,2001年版。
⑧ 天津人民出版社,1997年版。
⑨ 上海人民出版社,2005年版。

究》《西方文学研究》《比较文学研究》，应该说文学研究的主要内容全都囊括进来了，而且分类也比较合理；再如黄霖主编的《20世纪中国古代文学研究史》共7卷，除了以分体所构成的“诗歌卷”“小说卷”“戏曲卷”“散文卷”“词学卷”“文论卷”外，还由主编黄霖执笔撰写了“总论卷”，对20世纪古代文学研究的总体状况与重要理论问题进行归纳与评述，从而与其他分卷一起构成了一个立体的系统。这些大型的学术史丛书，较之以前那些零打碎敲而互不统属的研究已经显示出明确的优势。

二是体例多样而各显特色。就本时期的学术著作的整体情况看，大致显示出三种体例。有的以介绍研究成果为主要目的而较少做理论的总结与评判，如张燕瑾等的《20世纪中国文学研究》、张文勋的《文心雕龙研究史》等，张文勋在绪论中就说：“对于入史的资料，采取实录的方法，保存其历史原貌。对当时的历史情况和资料的优劣，尽量做到述而不评，以便使读者进一步研究，评价其优劣，判断其是非。”[①]当然，并非所有的成果都是有意保持实录的特色而是缺乏判断的能力，但结果都是以介绍成果为主的写法。有的以问题为中心进行理论的总结，如赵敏俐等的《20世纪中国古典文学研究史》和韩经太的《中国文学批评史研究》等。赵敏俐以“时代变革与学术演进”“文化思潮与理论思考”“格局改变与领域拓展”和“文学史的研究与撰写”[②]来概括其著作内容，体现出明确的问题意识。韩经太则直接说：“如今已是电子信息时代，相关资料的检索汇集，实际上

---

① 张文勋：《文心雕龙研究史》，云南大学出版社，2001年版，第11页。

② 赵敏俐等：《20世纪中国古典文学研究史》，陕西教育出版社，1997年版，第1—13页。

已不再成为学术总结的难题。关键还在‘问题意识’的确立。”[1]既然具有如此的指导原则，其著作也就理所当然地采取了以问题为章节设计的基本格局。有的则以深层理论探索为学术目的，如董乃斌等人的《中国文学史学史》并不是去介绍评判各种文学史编撰的优劣短长，而是要通过对前人经验的总结，建立自己的文学史学史，因而其关注的焦点就是：“细心地考察文学史学演进中诸种内部与外部的交互作用，实事求是地估量各种理论观念、史料工作和史纂形式的历史成因及其利弊得失，认真地探索与总结其发展规律。”[2]在此基础上，董乃斌还主编了另一本理论性更强的《文学史学原理研究》[3]的著作，显示了其重理论总结的学术路径。

三是对于学术史认识的深化。学术史的研究对象是相当驳杂凌乱的，如何选择与评价取决于研究者的知识构成与学术素养，即使面对相同的研究对象，由于研究者不同的学术背景，也会具有较大的差异。比如对于“新红学”的态度，早期的学术史多从政治的角度采取批判的态度，而近来的学术史则更多从学理的层面进行清理。比如郭豫适在评价胡适《红楼梦考证》的研究方法时说：“胡适虽然在具体进行作者、版本问题的考证中，得出了一些比较合乎实际的、可取的看法，但是我们不能因此而肯定他那实验主义的真理论和实用主义的研究方法。”[4]很明显，这是当时对胡适“大胆假设，小心求证”方法的关注与批判。而陈维昭在评价胡适时也说：“以胡适为代表的‘新

① 韩经太：《中国文学批评史研究》，福建人民出版社，2006 年版，第 10 页。
② 董乃斌等：《中国文学史学史》，河北人民出版，2003 年版，第 26 页。
③ 董乃斌等：《文学史学原理研究》，河北人民出版社，2008 年版。
④ 郭豫适：《红楼梦研究小史续稿》，上海文艺出版社，1981 年版，第 44 页。

红学'的最本质的错误在于无视文本的创造过程和文本的阅读的不可逆性,无视叙述行为和阅读行为的解释性。"①如果没有接触过新批评的文本理论与接受美学等开放性阐释新理论,作者不可能对胡适的新红学进行此种学理性的批评。从知识构成角度看,郭豫适依然在传统理论的层面研究胡适,而陈维昭则是用新的理论视角在审视胡适,尽管二人的评价有深浅的差异,但并无高低的可比性,因为那是处于不同时代的学术研究,只存在时代的差异而难以进行水平高低的对比。

指出上述学术史研究的新进展并不意味着目前的学界不存在问题,其实在学术史研究局面繁荣的背后,潜存着许多必须关注的缺陷甚至是弊端。这种情况可以分为两个层面。一个是大批貌似学术史研究而实则仅仅是成果的罗列,作者既未能全面搜罗成果,也缺乏鉴别拣择的能力。此类成果对于学术研究几乎毫无贡献,故不在本文的论述范围之内。另一个是许多严肃性的学术史著作与论文,对学界的进一步研究影响较大,但也存在着种种的问题,这就不能不引起足够的重视。就笔者所看到的学术史论著,大致存在着以下应该引起注意的现象。

首先是资料的不完整。竭泽而渔地网罗全部资料是学术史研究的前提,然后才能从中筛选出有价值的成果进行分析评价。然而目前的学术史著作中却很少有人将学术史资料搜集齐备的。尽管目前电脑网络的搜集手段已经足够先进便捷,但也恰恰由于过分依赖网络检索而忽视了其他检索的途径。比如目前网络数据库的内容基本上是经过授权的期刊,而在此之外却存在大量的盲点,论其大者便有未上期刊网的地方刊物成果、丛刊及论文集中的成果以及通史类中所包含的成果三种,均时常被学者所忽略。且不说那些以举例为写

① 陈维昭:《红学通史》,上海人民出版社,2005 年版,第 160 页。

作方式的论著,即使那些专门提供成果索引的学术史著作,也存在此类问题。比如中国社会科学院历史研究所明史研究室编纂的《百年明史论著目录》[①]一书,搜集了自1979至2005年的明史研究成果,应该有足够的权威性,但本人在翻检自己的成果时却吃惊地发现有大量的遗漏。其中共收本人7篇论文和3部著作,但那一时期作者共发表有关明史研究的论文20篇,也就是说遗漏了将近三分之二的论文。遗漏部分有些是上述所言的盲区,如《阳明心学与冯梦龙的情教说》[②]属于论文集所收成果,《明代心学与文学》[③]属于论著中所包含成果。而《童心说与李贽的人生价值取向》[④]、《阳明心学与唐顺之的学术思想、文学思想与人格心态》[⑤]、《论王阳明的审美情趣与文学思想》[⑥]属于增刊或丛刊类成果。但不知是何原因,在知网中所收录的8篇论文竟然也被遗漏,似乎令人有些费解[⑦]。可以想象,如果按

① 中国社会科学院历史研究所明史研究室编:《百年明史论著目录》,安徽教育出版社,2012年版。

② 张晶主编:《21世纪文艺学研究的新开拓》,中国传媒大学出版社,2003年版。

③ 傅璇琮、蒋寅:《中国古代文学通论(明代卷)》,辽宁人民出版社,2005年版。

④ 《朱子学刊》第8辑,1998年。

⑤ 《文学与文化》第1辑,2003年。

⑥ 《文艺研究》1999年增刊。

⑦ 这8篇文章是:《耿、李之争与李贽晚年的人格心态巨变》(《北方论丛》1994年第5期)《禅学思想与李贽的童心说》(《郑州大学学报》1995年第5期),《从良知到性灵:明代文学思想的流变》(《南开学报》1995年第4期),《阳明心学与汤显祖的言情说》(《文艺研究》2000年第3期),《从本色论到性灵说:明代性灵文学思想的流变》(《社会科学战线》2000年第6期),《内在超越与江门心学的价值取向》(《南昌大学学报》2000年第2期),《李贽文学思想与心学关系及其影响研究综述》(《首都师范大学学报》2002年第6期),《20世纪以来心学与明代戏曲小说关系研究综述》(《首都师范大学学报》2004年第5期)。

照该索引查找本人有关明史的研究成果，其学术史的研究将会与实际状况有较大的出入。

其次是选择的合理性。尽管在搜集研究成果时力求其全，但除了索引类著作外，谁也无法且亦无必要将所收集到的成果全部罗列出来，也就是说作者必须进行选择，何者须重点介绍，何者须归类介绍，何者可归为存目。选择的工作需要的是作者的学养、眼光以及对该研究领域的熟悉程度。比如同样是对明代诗歌研究史的梳理，余恕诚《中国诗学研究》用了“百年明诗研究历程”“高启诗歌研究”和“前后七子诗歌研究”三个小节予以论述，而羊列荣《20世纪中国古代文学研究史（诗歌卷）》却仅用“关于明诗的叙述状况”一节进行介绍，而且重点叙述“公安派的现代发现”。这种选择的不同就有二人学术判断的差异，也有是否对明代诗歌研究具有实际研究经验的问题。其实，就研究史本身看，现代学术史上的明诗研究都比较偏重一首一尾，高启与陈子龙乃是其重要研究对象。从学术的误区来看，传统的研究比较重视复古派的创作而轻视性灵派的创作。应该说二人的选择都存在一定的问题。

三是体例的统一性问题。就近几年来的学术史研究看，由于规模越来越大，很难由一人单独完成，因此组织队伍进行合作研究就成为常见的方式。合作研究的模式大致有两种，导师带学生与学科老师合作，或者两种模式相结合也很常见。如果导师认真负责地制定体例与审定文稿，统一性也许可以得到保障。如果仅仅是汇集众人文稿而成，就不仅是体例统一的问题，还会具有种种漏洞诸如资料不全、选择不当、评价偏颇乃至文句错讹的存在。而学者之间的合作往往会存在体例不一的问题，因为每人的学术背景、研究习惯及文章风格多有不同，难免会有所出入。蒋述卓《20世纪中国古代文论学术研究史》是由蒋述卓、刘绍瑾、程国赋、魏中林等同仁合著的，其主要特点是将研究的历史阶段与专题研究结合起来进行论述，虽然部头不大，但却将20世纪古代文论研究的方方面面都涉及到了，是一部简明而系统的学术史著作。但如果细读，还是会发现作者之间的行文差异。蒋述卓长期从事古代文论的研究，不仅对材料相当熟悉，而且对许多专题有自己的思考，所以采用“述”与“论”相结合的方式，为此他还在“80至90年代中西比较文论研究的发展”一章里专门写了“中西比较文论研究的总体评价与展望”一节，畅谈自己的看法与设想。而在程国赋等人所撰写的“专题研究回顾”部分，却很少发表评价性的意见，尤其是《文心雕龙》研究部分，几乎就是研究成果的客观介绍。这样做当然是一种严肃的学术态度，与其因不熟悉而评价失当，倒不如客观叙述介绍，遗憾的是在体例上不免有些出入，与理想的学术史研究还有一定差距。

除了上述的种种不足之处外，同时也还存在着分析的深入性、评价的公正性、预测的先见性等方面的问题。但归结起来说，学术史的研究其实就是两个主要方面：是否准确揭示了真正有价值的学术观点与研究方法，是否通过学术史的梳理寻找出了新的学术增长点与研究空间。退一步说，即使不能指出以后的学术方向，起码也要传达与揭示有价值的学术成果。

二、《明儒学案》的启示：学术史研究的原则

学案体作为中国古代学术史编撰的一种写作模式，曾以其鲜明的特点长期被学界所关注。史学家陈祖武概括说：“学案体史籍，是我国古代史学家记述学术发展历史的一种独特编纂形式。其雏形肇始于南宋初叶朱熹著《伊洛渊源录》，而完善和定型则是数百年后。

清朝康熙初叶黄宗羲著《明儒学案》，它源于传统的纪传体史籍，系变通《儒林传》(《儒学传》)、《艺文志》(《经籍志》)，兼取佛家灯录体史籍之所长，经过长期酝酿演化而成。这一特殊体裁的史书，以学者论学资料的辑录为主体，合案主生平传略及学术总论为一堂，据以反映一个学者、一个学派，乃至一个时代的学术风貌，从而具备了晚近所谓学术史的意义。”[①]在中国古代，接近于陈先生所说的这种学案体著作大致有朱熹《伊洛渊源录》、耿定向《陆杨学案》、刘元卿《诸儒学案》、周汝登《圣学宗传》、刘宗周《论语学案》、孙奇逢《理学宗传》、黄宗羲《明儒学案》、徐世昌《清儒学案》等。尽管在学案体的起源与名称内涵上目前学界尚有争议，但黄宗羲的《明儒学案》作为学案体的代表性著作则是毫无争议的。梁启超就曾说：“中国有完善的学术史，自梨洲之著学案始。”并且从黄宗羲《明儒学案》中总结出编撰学术史的几个条件：

> 著学术史有四个必要的条件：第一，叙一个时代的学术，须把那时代重要各学派全数网罗，不可以爱憎为去取。第二，叙某家学说，须将其特点提挈出来，令读者有很明晰的观念。第三，要忠实传写各家真相，勿以主观上下其手。第四，要把个人的时代和他一生经历大概叙述，看出那人的全人格。梨洲的《明儒学案》，总算具备这四个条件。[②]

就《明儒学案》的实际情况看，全书共62卷，由5个大的板块组成：师说(黄宗羲之师刘宗周对明代有代表性思想家之评价)、有传承之流

---

① 陈祖武：《学案再释》，《北京师范大学学报》2009年第2期。

② 梁启超：《中国近三百年学术史》，东方出版社，1996年版，第58页。

派学案、诸儒学案、东林学案和蕺山学案。基本上囊括了明代儒家思想的主要流派和代表性人物。每一学案则主要由三部分内容构成：首先是总序，主要对本学案之师承渊源、思想特点以及作者之评价等；其次是学者小传，包括其生平大概及为学宗旨；其三是传主主要论学著作、语录之摘编。由此，有学者从体例上将其概括为"设学案以明学脉""写案语以示宗旨"和"原著选编"[①]。也有学者从方法论的角度将其改为"网罗史料、纂要钩玄""辨别同异""揭示宗旨、分源别派、清理学脉""保存一偏之见、相反之论"[②]。这些研究对于认识黄宗羲的思想特征与学术地位均有显著的贡献，也对学案体的体例有所揭示与总结。然而，这其中所蕴含的对于当代学术史研究的启示却较少有人提及。

就黄宗羲本人在《明儒学案》的序文及发凡中所重点强调的看，"分其宗旨，别其源流"[③]乃是其主要着眼点。也就是说，《明儒学案》所体现的学术原则与学术精神，主要由明宗旨与别源流两个方面所构成，而且此二点也对当今学术史的研究最具启发价值。

明宗旨是黄宗羲《明儒学案》最鲜明的特色之一，但其究竟有何内涵，学界看法却不尽一致。本人通过对该书的序言、发凡及相关表述的细致解读，认为它具有三个层面的含义。

首先是对最能体现思想家或学派特征、为学方法及学说价值的高度凝练的概括。黄宗羲说：

> 大凡学有宗旨，是其人之得力处，亦是学者之入门处。天下

① 朱义禄：《论学案体》，《哈尔滨工业大学学报》1999 年第 1 期。
② 李明友：《一本万殊》，人民出版社，1994 年版，第 90—199 页。
③ 黄宗羲：《明儒学案序》，《明儒学案》，中华书局，1985 年版，第 8 页。

> 之义理无穷,苟非定以一二字,如何约之,使其在我。故讲学而无宗旨,即有嘉言,是无头绪之乱丝也。学者而不能得其人之宗旨,即读其书,亦张骞初至大夏,不能得月氏要领也。是编分别宗旨,如灯取影,杜牧之曰:"丸之走盘,横斜圆直,不可尽知。其必可知者,知是丸不能出于盘也。"夫宗旨亦若是而已矣。①

此段话有三层意思:一是学者为学需有自己的宗旨,而且用简短的语句将其概括出来,以便体现自我的为学原则;二是了解这种学说也要抓住此一宗旨,才能得其精要,领会实质;三是介绍这种学说,也要能够用"一二字"概括出其为学宗旨,以便把握准确。从学术史研究的角度讲,如果研究对象本身宗旨明确,那当然对研究者是很有利的。但实际情况往往并非如此,越是大思想家和大学者,其思想越是丰富复杂,如何在这包罗万象的学说体系中提炼出其为学宗旨,那是需要经过研究者的认真思考与归纳的。黄宗羲的可贵之处是他能够遍读原始文献,经由认真斟酌,然后高度凝练地提取出各家之宗旨。正如其本人所言:"每见钞先儒语录者,荟撮数条,不知去取之意谓何。其人一生之精神未尝透露,如何见其学术?是编皆从全集纂要钩玄,未袭前人之旧本也。"②也就是说,提炼宗旨的前提是广泛阅读研究对象的全部文献,真正寻找出其为学宗旨,而不是将自我意志强加给对象,他之所以不满意周海门的《圣学宗传》,其原因就在于:"且各家自有宗旨,而海门主张禅学,扰金银铜铁为一器,是海门一人之宗旨,非各家之宗旨也。"③关于黄宗羲提炼宗旨而遍读各家全集的情

① 黄宗羲:《明儒学案发凡》,《明儒学案》,中华书局,1985年版,第17页。
② 黄宗羲:《明儒学案发凡》,《明儒学案》,中华书局,1985年版,第18页。
③ 黄宗羲:《明儒学案发凡》,《明儒学案》,中华书局,1985年版,第17页。

况，已有许多学者进行过考察，大都得出了肯定的结论。从此一角度出发，可知做学术史研究的第一步便是真正从研究对象的所有成果的研读中，高度概括出其学术的宗旨与精神，让人一看即可辨别出其学术的特色。

其次，宗旨是思想家或学派独创性的体现。黄宗羲认为："学问之道，以各人自用得著者为真。凡倚门傍户，依样葫芦者，非流俗之士，则经生之业也。此编所列，有一偏之见，有相反之论，学者于其不同处，正宜著眼理会，所谓一本而万殊也。以水济水，岂是学问！"[①] 学术的精髓在于有思想的创造，而不在于求全稳妥，因而在《明儒学案》中，就特别重视"有一偏之见，有相反之论"的学者，而对那些"倚门傍户，依样葫芦"陈陈相因的"流俗""经生"之见，则一概予以祛除。如果说提炼宗旨是学术史研究的第一步，那么辨别各家宗旨有无创造性从而决定是否纳入学术史的叙述则是其第二步。在当代学术史研究中，并不是都能做到此一点的，许多学者为了体现求全的原则，常常采取罗列成果、全面介绍的方式，结果学术史成了记述论著的流水账，其中既无宗旨之提炼，亦无宗旨之辨析。黄宗羲的这种观点，体现了明代重个性、重创造的学术精神，至今仍然具有重要的启示意义。

其三是宗旨是为学精神与生命价值追求的结合。关于此一点，其实是与其"自得"的看法密切相关的。在"发凡"中，黄宗羲除了提出宗旨的见解外，同时又提出"自得"的看法。何为"自得"？有学者认为："'自得'坚持的是一种独立的政治精神，强调的是一种自由的心理意识。"并认为"自得"与"宗旨"的关系是："在黄宗羲的视野

① 黄宗羲：《明儒学案发凡》，《明儒学案》，中华书局，1985年版，第18页。

中，只有走向阳明心学的‘自得’才可以称为‘宗旨’，否则，不是‘宗旨不明’，就是‘没有宗旨’。”[①]必须指出，“自得”固然与独立思考的学术精神密切相关，但这并非其全部内涵，而且“自得”与“宗旨”也不能完全等同。比如黄宗羲认为，王阳明之前的明代学术，“习熟先儒之成说，未尝反身理会，推见至隐，所谓‘此亦一述朱，彼亦一述朱’耳”[②]。可见他们缺乏思想的创造性，当然也就没有“自得”，但并不妨碍其学说亦有其宗旨，黄宗羲曾经将明前期同倡朱子学的吴与弼和薛瑄的不同宗旨概括为：康斋重“涵养”而文清重“践履”。当然，有“自得”之宗旨优于无“自得”之宗旨亦为黄宗羲所认可，但不能说无自得便无宗旨。其实，黄宗羲所言的自得，除了具有独立自由的精神意识外，还有两种更重要的内涵。一是自我的真切体悟而非流于口头的言说，其《明儒学案发凡》说：

> 胡季随从学晦翁，晦翁使读《孟子》。他日问季随：“至于心，独无所同，然乎？”季随以所见解，晦翁以为非，且谓其读书卤莽不思。季随思之既苦，因以致疾，晦翁始言之。古人之于学者，其不轻授如此，盖欲其自得之也。即释氏亦最忌道破，人便做光景玩弄耳。此书未免风光狼藉，学者徒增见解，不做切实工夫，则羲反以此书得罪于天下后世也。[③]

此处的“自得”便是由自身思考体悟而来的真切感受与认知，而且按照心学知行合一的观念，真正的“知”就包括了践履的“行”，黄宗羲

---

① 姚文永、宋晓伶：《“自得”和“宗旨”——〈明儒学案〉一个重要的编撰方法与原则》，《大连大学学报》2010 年第 3 期。

② 黄宗羲：《明儒学案》，中华书局，1985 年版，第 179 页。

③ 黄宗羲：《明儒学案发凡》，《明儒学案》，中华书局，1985 年版，第 18 页。

称之为“切实工夫”。与此相反的是,停留于言说的表面而无体验与行动,那便叫做“玩弄光景”。正如黄宗羲批评北方王学“亦不过迹象闻见之学,而自得者鲜矣”[①]。“迹象闻见”便是停留于语言知识的层面而无真切的体验,也就是没有“自得”。二是自我境界的提升与人格的完善,也就是心学所言的自我“受用”。用黄宗羲的话说就是:“夫先儒之语录,人人不同,只是印我之心体,变动不居,若执定成局,终是受用不得。此无他,修德而后可讲学。今讲学而不修德,又何怪其举一而废百乎?”[②]在此,语录与受用、讲学与修德都是通过“自得”而联系起来的。这也难怪,心学本身就是修身成圣的学问,如果不能实现修身成圣的“受用”,便是“玩弄光景”的假道学。所以黄宗羲在概括阳明心学时才会说:“自姚江指点出‘良知人人现在,一反观而自得’,便人人有个做圣之路。”[③]

将为学宗旨的鲜明特征、思想创造和自得受用结合起来,便是心学所说的“有切于身心”,也就是有益于身心修为,有益于砥砺人格,有益于提升境界,有益于圣学追求。这既是其为学宗旨,也是其为学目标。黄宗羲以此作为《明儒学案》衡量学派的标准,既合乎其作为心学后劲的身份,也符合明代心学的学术品格。以此反观现代的学术史研究,就会发现存在明显的缺失。也许我们并不缺乏对学者思想特征与学术创造的归纳论述,但大都将其作为一种专业的操作进行衡量评说,而很少关注其是否“有切于身心”,也就是对学者的学术追求和社会责任、人文关怀以及性情人格之间的关系极少留意。

① 黄宗羲:《明儒学案》,中华书局,1985年版,第636页。

② 黄宗羲:《黄梨洲先生原序》,《明儒学案》,中华书局,1985年版,第9页。

③ 黄宗羲:《明儒学案》,中华书局,1985年版,第179页。

我认为在对人格境界与社会关怀的重视方面也许我们真的赶不上黄宗羲。

别源流是黄宗羲《明儒学案》第二个要实现的目标。所谓别源流，就是要理清学派的传承与思想的流变。从黄宗羲《明儒学案》的实际操作上看，其别源流分为四个层面：一是梳理明代一代学术源流，二是寻觅明代心学学脉，三是阳明心学本身的学脉关系，四是学者个人思想的演变过程。关于黄宗羲考镜源流的业绩，贾润在其《〈明儒学案〉序》中指出：

> 盖明儒之学多门，有河东之派，有新会之派，有余姚之派，虽同师孔、孟，同谈性命，而途辙不同，其末流益歧以异，自有此书，而分支派别，条理粲然，其余诸儒也，先为叙传，以纪其行，后采语录，以列其言。其他崛起而无师承者，亦皆广为罗列，靡所遗失。论不主于一家，要使人人尽见其生平而后已。[①]

“分支派别，条理粲然”八个字，可以说高度概括了《明儒学案》在别源流方面的特点。黄宗羲在别源流的过程中，始终坚持两点，即兼综百家的包容性和兼顾优劣的公正性。尽管他是王门后学，但并不忽视其他学派的论述，这便是其巨大的包容性；而对于他最为看重的心学大师王阳明，既赞誉其“故无姚江，则古来之学脉绝矣”，同时又指出：“然致良知一语，发自晚年，未及与学者深究其旨，后来门下各以意见掺合，说玄说妙，几同射覆，非复立言本意。”[②]以会合朱陆的方式纠正阳明及其后学的偏差，乃是刘宗周为学之核心，黄宗羲对阳明

---

① 黄宗羲：《明儒学案》，中华书局，1985 年版，第 12 页。

② 黄宗羲：《明儒学案》，中华书局，1985 年版，第 179 页。

的批评显然也受到其师刘宗周的影响,但同时也是他本人的真实看法与辨析源流的基本学术原则。

当然,学界也有对黄宗羲《明儒学案》的负面评价,比如钱穆就对黄宗羲在选取诸家言论的"取舍之未当"深致不满,并认为其"于每一家学术渊源,及其独特精神所在,指点未臻确切"。至于造成如此弊端之原因,钱穆则认为是黄宗羲"乃复时参以门户之见,义气之争。刘蕺山乃梨洲所亲授业,亦不免此病"[①]。至于《明儒学案》是否真的存在如钱穆所言缺陷,以及钱穆对黄宗羲之诟病是否恰当,均可进一步进行深入的讨论[②]。在此需要强调的是黄宗羲别源流的原则及其依据。

黄宗羲之所以重视"分其宗旨,别其源流",是他认为明代思想界最为独特的乃是学者之趋异倾向,也就是表达自我的真实见解与学术个性。他说:"有明事功文章,未必能越前代,至于讲学,余妄谓过之。诸先生学不一途,师门宗旨,或析之为数家,每久而一变。……诸先生不肯以懵懂精神冒人糟粕,虽浅深详略之不同,要不可谓无见于道者也。"[③]从横的一面,同一师门的宗旨可以分化为数家;从纵的一面,时间长了必然会发生变化。学术的活力就在于这种差异性和变动不居。这些不同派别与见解也许有"浅深详略之不

---

① 钱穆:《中国学术思想史论丛》卷七,安徽教育出版社,2004 年版,第 260 页。

② 已有学者撰文指出,钱穆此论并不恰当,认为其原因在于:"由于钱穆的学术思想由'阳明学'逐渐转向'朱子学',其在晚年对阳明学多有指摘,故批评黄宗羲守阳明学门户,对《明儒学案》的评价由大加赞赏转向多有贬斥。"见张笑龙《钱穆对〈明儒学案〉评价之转变》,《广东社会科学》2013 年第 3 期。

③ 黄宗羲:《明儒学案序》,《明儒学案》,中华书局,1985 年版,第 7 页。

同”,但其可贵之处在于不肯重复前人的陈词滥调而勇于表达自我对“道”的真知灼见。所以他反复强调:“羲为《明儒学案》,上下诸先生,深浅各得,醇疵互见,要皆功力所至,竭其心之万殊者,而后成家,未尝以懵懂精神冒人糟粕。”[①]何为“懵懂精神”?就是缺乏独立思考的能力而人云亦云,就是“倚门傍户,依样葫芦”的迷信盲从。只有那些“竭其心”的有得之言,尽管可能“醇疵互见”,却足以成家。黄宗羲所要表彰的,正是这些所谓的“一偏之见”“相反之论”。黄宗羲此种求真尚异的观念,是明代心学流行的必然结果,是学者崇尚自我和挑战权威精神的延续,所以他才会如此说:“古之君子宁凿五丁之间道,不假邯郸之野马,故其途亦不得不殊。奈何今之君子,必欲出于一途,使厥美灵根者,化为焦芽绝港。”[②]思想的创获来自艰辛的探索与思考,犹如开山凿道之不易。而如果使所有的学者均纳入同一模式的思想,就只能导致“焦芽绝港”的思想枯竭。学术的多样性乃是探索真理的必要性所决定的,因为“学术不同,正以见道体之无尽也”[③]。坚持思想探索,倡导独立精神,赞赏学术个性,鼓励流派纷争,这是黄宗羲留给我们最有价值的思想启示。

自黄宗羲之后,以学案体撰写学术史者虽然不少,但能够与其比肩者却绝无仅有。且不说清人徐世昌《清儒学案》和唐鉴《清学案小识》这类以堆积资料为目的的著作,它们既无宗旨之精炼提取,又无学脉之总体把握,即令是今人钱穆之《朱子新学案》、陆复初之《王船山学案》、杨向奎之《新编清儒学案》、张岂之之《民国学案》等现代学

① 黄宗羲:《黄梨洲先生原序》,《明儒学案》,中华书局,1985 年版,第 10 页。

② 黄宗羲:《黄梨洲先生原序》,《明儒学案》,中华书局,1985 年版,第 10 页。

③ 黄宗羲:《明儒学案序》,《明儒学案》,中华书局,1985 年版,第 7 页。

术史著作，虽在思想评说、范畴辨析、问题论述及资料编选诸方面各有优长，但在学脉梳理及论述深度上皆难以达到《明儒学案》的高度。

在文学领域的学术史研究中，有两套丛书近于学案体的特征，它们是陈平原主持的“20 世纪中国学术文存”（湖北教育出版社）和陈文新主持的“中国学术档案大系”（武汉大学出版社）。前者共拟出版 20 种研究论集，自 21 世纪初至今已基本完成；后者动议于十年之前，如今也已出版有十余种。从编写目的看，二者都重视文献的保存，都以选择优秀成果作为主体部分，这可视为是对《明儒学案》原著摘编方式之继承。从编写体例上，“文存”由导论、文选和目录索引三个部分组成，“学术档案”则由导论、文选、论著提要和大事记四部分构成。导论相当于《明儒学案》的总论部分，但由于是针对一代学术而言，不如《明儒学案》的简要精炼。目录索引与大事记是受现代学术观念影响的结果，故可存而不论。至于论著提要则须视各书作者之学术眼光与概括能力而定，就本人所接触的几册看，大致以截取各书之内容提要而来。如果以黄宗羲的明宗旨与别源流的两个标准来衡量这两套丛书，它们显而易见是远远没有达到《明儒学案》的水平。因为文选部分尽管通过选优而保存了名家的代表作，却必须通过每位读者自己的阅读体味来了解其学术特色。“学术档案”的情况略有改变，其选文之后附有作者生平、学术背景、内容简介与评述、作者著述情况等，但大多是情况介绍而乏精深之论[①]。至于别源

① “学术档案”各书体例不甚统一，选文后有的是情况简介，有的则是对选文的学术评价，如王炜的《〈金瓶梅〉学术档案》的每篇选文之后都有一篇学术导读，就该文及学术思想、研究方法进行评价，应该说是基本达到了“明宗旨”的要求。

流更是这两套丛书的短板,就我所接触到的导论部分而言,只有王小盾在《词曲研究》的导论中简略提及了任二北的师承关系及台湾高校的注重师承传授,其他著作则盖付阙如,似乎别源流已经被置于学术史研究之外。当然,在此需说明两点:一是在此并没有责备丛书主持人和各书作者之意,因为其他的学术史著作也都没有关注此一问题;二是别源流的问题之所以被现代学术史研究所遮蔽,是因为学术研究中的师承观念与学派意识逐渐淡化,从而难以为学术史研究提供丰富的研究案例与内容。但又必须指出,学术研究中师承观念与学派意识的缺位并不能完全成为学界忽视该问题的借口,因为寻找研究中存在的问题与缺陷同样是学术史研究的重要组成部分。对此将留待下节展开论述。

三、学术史研究的三个层面:总结经验、寻找缺陷与提出新的学术增长点

黄宗羲是明清之际的大思想家,《明儒学案》是中国历史上的经典学术史著作,所以应该对其进行认真研究,从中受到有益的启示。但是,学案体毕竟是古代的产物,面对更为丰富复杂的研究对象,就不必从体例上再去刻意模仿这样的著作,而是要吸取其学术思想与撰写原则,从而弥补当今学界学术史研究之不足。就现代学术史研究看,我认为有三个层面的内容必须具备并对其内涵进行认真的辨析。

首先是总结经验。其实也就是通过对学术研究过程的清理使读者明白前人提出了何种观点,解决了哪些问题,运用了什么方法,取得过什么成就,存在过什么教训,等等。既然是学术史,就需要具备

“史”的品格，也就是必须写出历史的真实内涵，包括历史现象的真实反映和历史发展过程中关联性的揭示。其实，黄宗羲所归纳的明宗旨和别源流两个原则正是反映真实与揭示历史关联性的精炼表述。需要指出的是，《明儒学案》只是明代儒学发展的学术史，属于思想史的范畴，因此其主要目的便是总结提炼各家的主要思想创获以及学派之间的关系。而现代学术史所面对的研究对象要更加丰富，因而对其历史真实内涵的把握与关联性的揭示也更为复杂。

就现代学术史写作的一般情况看，学界大都采取纵向以时间为坐标而分期叙述，横向则以地域、学者或问题作为基本单元进行分类介绍。此种历史与逻辑相结合的结构方式乃是学术史写作的主要套路，基本能够承担学术经验总结的叙述功能。但也并非不存在问题，因为无论是以作者为基本单元还是以问题为基本单元，都需要经过作者的筛选与拣择，那么什么能够进入学术史的叙述框架就成为作者所操持的话语权力，不同立场、不同眼光、不同标准，甚至不同师承与学派，就会有理解判断的差异，争议的产生也就在所难免。于是，便有了学术编年史的出现。编年史的好处在于以编年的方式将与学术相关的内容巨细无遗地网罗其中，能够全面展示学术发展的过程。只不过这种学术编年史的写作目前还仅限于中国古代，而且也只有梅新林等人的《中国学术编年》这一部书。能否用编年史的方式进行现代学术史的写作，当然可以继续进行讨论与实验，但可以肯定的是，编年史无论如何也不能代替传统的学术史研究，因为突出重点几乎和展示全面同等的重要，否则黄宗羲以突出主要学脉的《明儒学案》也不会受到学界的广为赞誉了。

从总结经验的角度看，目前存在的最主要的问题不在于学术史的编写体例，而是对于明宗旨与别源流的把握是否到位。从明宗旨的角度，存在着一个突出主要特征与全面反映真实的问题。无论是一个历史时期、一个流派还是一位学者，其学术研究都会存在这样的矛盾。作为学术史研究，就既要抓住主要特征以显示其学术观念、研究方法及研究结论的独特贡献，又要照顾到其他方面以把握其完整面貌。比如在研究民国时期现代文学观念的形成时，人们自然会更多关注受西方文学理论与方法影响较深的那些学者，以探索中国现代学术史是如何从中国传统的文章观念而转向现代纯文学观念的学术操作的。但是同时又不能忽视，当时还有许多学者依然在运用传统的文章观进行研究。那时既有刘经庵只把诗歌、戏曲与小说作为研究对象的《中国纯文学史》，因为作者的文学观念是“单指描写人生，发表情感，且带有美的色彩，使读者能与之共鸣共感的作品”①。但也有陈柱收有骈文甚至八股文的《中国散文史》，因为作者的文学观念是“文学者治化学术之华实也”②。从当时的学术观念看，刘经庵是进步与时髦的，但从今天的学术观念看，陈柱也未必没有自己的道理。如果从提供历史经验上看，二者都有其学术价值；如果从展现历史真实上看，就更不能忽视非主流声音的存在。从别源流的角度，目前的学术史研究可能存在的问题更大。尽管现代学术史上真正形成学术流派的不多，但却不能忽视学术思想的传承与分化，甚至一个学者也会有学术思想形成、发展和变化的过程。学术思想的变化往往会导致其研究对象的选择、学术方法的使用以及学术立场的改变等等变化。只有把这些变化过程交代清楚了，才能从中总结学术研

---

① 刘经庵：《中国纯文学史》，江苏文艺出版社，2008 年版，第 1 页。

② 陈柱：《中国散文史》，江苏文艺出版社，2008 年版，第 1 页。

究与时代政治、环境风气、研究条件之间的复杂关系等历史经验，同时也才能把历史发展的过程性梳理清楚。无论是在所接受的学术训练的系统性上，还是所拥有的研究条件上，我们的时代都要更优于黄宗羲，理应在明宗旨和别源流上比他做得更好，但遗憾的是在许多方面黄宗羲依然是我们无法超越的楷模。

在总结历史经验上，目前的学术史研究还存在着一个更大的误区，这便是对于历史教训的忽视。几乎所有的学术史在写到“文革”十年时，都用了“空白”二字来概括本时期的特征，而内容上更是一笔带过。有不少学者甚至在处理建国后十七年的学术史时，也采取了类似的态度。从成果选优的角度，这样做当然有其道理，因为你无法在此时找到值得后人学习与参考的学术成果与学术方法。然而，学术史研究不同于学术研究，学术研究上没有价值的东西未必在历史经验的总结上也毫无价值。学术史研究中要淘汰和忽略的是大量平庸重复、缺乏创造力的书籍文章，也就是黄宗羲所说的“倚门傍户”“依样葫芦”的低劣制作，而不是缺陷和错误。因为从学理上讲，历史乃是一个连续不间断的时间链条所构成的，如果失去其中的一个链条，哪怕是一个有问题的链条，也将会破坏历史发展的连续性。一位新诗研究专家在谈到自己的研究经验时说：

> 在撰写《中国新诗编年史》过程中，我越来越感到，面对20世纪的新诗，只是从艺术和诗的角度进入会感到资源十分匮乏，像新民歌运动、“文革”诗歌等，20世纪很大一部分新诗作品并不是艺术或诗的，但如果站在问题的角度加以审视，其独特和复杂怕是中国诗歌史上任何一个时期都不能相比的。我力求这部编年史能更多地包含和揭示近一个世纪新诗发展过程中的问题

及问题的复杂性。①

这是就文学史研究而言的,其实学术史研究又何尝不是如此。站在学术价值的立场看"文革"或十七年,固然是研究史的低谷甚至"空白",但站在总结教训与探索问题的立场上,也许包含着繁荣期难以具备的研究价值。比如说建国后一直以极大的声势批判胡适的新红学,可是新红学所确立的自传说与两个版本系统的学术范式却始终左右着《红楼梦》研究界,最后反倒是新红学的主要成员俞平伯对新红学的研究范式提出了颠覆性的看法。这其中所包含的政治与学术研究的关系到底有何价值?又比如在所谓"浩劫"的年代,许多学者辍笔不作或跟风趋时,钱锺书却能沉潜学问,写出广征博引、新见时出的百余万言的《管锥编》,这是他个人例外呢,还是其他人定力不够?也是一个值得研究的问题。在人文学科研究中,闭门造车固然封闭保守,趋炎附势肯定丧失品格,那么在社会关怀与学术独立的关系中学者到底如何拿捏才是恰当?这些都是研究学术中的重大问题,也是至今学者必须面对的问题。从此一角度讲,对于历史教训研究的价值绝不低于对于研究成绩的表彰。可惜在这方面我们以前的关注实在太少。

其次是寻找缺陷。所谓寻找缺陷就是检点现代学术史研究中存在的不足,其中大到研究范式的运用、研究价值的定位、学术盲点的寻找,小到某个命题的把握、某一材料的安排、某一术语的使用等等。在目前的学术界,无论是对学术史的研究还是当今的学术批评,往往是赞赏多而批评少,总结经验多而寻找缺陷少。究其原因,其中既有

① 刘福春:《还原历史的丰富与复杂》,《文学评论》2014 年第 4 期。

水平问题,也有学风问题。但是对于学术史研究来说,寻找缺陷的意义绝不低于总结经验,因为寻找不出缺陷就不能提出新的学术路径,也就不能进一步提升研究的水平。

其实在学术史研究中确实还存在着很多需要纠正的弊端与不足,就其大者而言便有以下数种。

(一)研究模式的缺陷。比如现代文学史的研究模式是建立在西方的学术理念与研究方法的学理基础上,从根本上说是西方近代以来理性主义思潮的产物。这种理性主义的研究范式以逻辑的思维与证据的原则作为其核心支撑,用中国古人的话说叫做言之成理与持之有故。没有这样的研究范式,中国的学术研究就不能从传统的评点鉴赏转向现代的理论思辨与逻辑论证,也就不能具备现代学术品格。然而,这种理性主义思潮基本是以自然科学为依托的,所以带有浓厚的科学色彩。其中有两点对现代学术研究具有根深蒂固的负面影响,这便是生物学上的进化论与物理学上的规律论。表现在历史研究中,就构成以文体创造为演进模式的"一代有一代之文学"的文学史理论,而表现在研究目的上则是寻找各种各样的文学史规律,诸如唐诗繁荣规律、《红楼梦》创作规律、旧文学衰亡规律等等。直至今日,这种研究模式依然在发挥巨大的影响力而左右着学者的思维方式。其实,自然科学的理论在进入人文学科领域时,是需要进行检验和调整的,否则就会伤害到学科自身。因为文学史研究不能以寻找规律为研究目的,他必须以总结历史上人们如何以审美的方式满足其精神需求作为探索的目标,然后才可能对当今的精神生活提供有益的历史经验。同理,"一代有一代之文学"的线性进化理论也不符合文学发展的实际,因为随着人类社会的发展,日益丰富的生活带来人们更为丰富的情感世界,于是也就需要更多的文学样式与方法来满足其精神需求,那么文学史的发展过程就只能呈现为文体如滚雪球般的日益复杂多样,而不是进化论式的相互替代。不改变这种研究范式,我们只能依然沿着冯沅君的老路,把诗歌史只写到宋代,而永远找不到明清诗文研究的合法性来。

(二)流派研究的缺失。学术史研究是对学术研究实践的描述与归纳,这乃是学界的常识。从此一角度说,现代学术史研究中流派观念的淡漠与研究的弱化似乎是必然的。黄宗羲《明儒学案》在别源流方面之所以做得足够出色,是因为明代思想界学派林立、论争激烈,从而保持了巨大的思维活力,黄宗羲面对如此活跃的学术实践,当然将流派研究作为自己的主要特色。清代缺乏这种思想活力,建国伊始便禁止文人结社讲学,当然也形不成学界的流派。研究清代的学术史,似乎也理所当然地写不出《明儒学案》那样的著作。那么,现代学术研究是否也可以因学术流派的缺少而走清人的老路,自动放弃流派的研究?这里又是一个误区。学术研究实践中流派的缺乏只能导致经验总结的缺位,因为没有这样的实践当然无法去归纳与描述。然而,正因为研究实践中缺乏流派的意识与现实,学术史研究才更应该去指出这种致命的缺陷。因为思想创造的动力来自于流派的竞争,学术研究的活力也来自于流派的论争,因此缺乏流派的学术研究是没有活力、没有个性的研究。作为学术史的研究,理应去发掘学术史上珍贵的流派史实,探讨流派缺失的原因,并强调形成新的学术流派之于学术研究的重要。就此而言,学术史研究不仅仅是学术实践经验的反映与总结,也应该肩负起纠正学术研究弊端的重要职责。

(三)人文精神的缺失。自现代学科建立以来,追求科学化与客观化一直成为学界的目标,这既与科学主义的影响有关,也与建国后政治时常干预学术的政治环境有关，更与研究手段的日益技术化有关。学术研究的这种科学化倾向也深深影响了学术史的研究，使得学术史研究不仅未能纠正此一缺陷，反而变本加厉地强化了这种倾向。其实，以人文学科的研究属性去追求科学性与客观性，本身就陷入一种尴尬的悖论。反思一下中国的历史，哪一种重要的思想流派不具备经国济世的人文关怀？拿最为后人所诟病的强调思辨性的程朱理学与偏于名物训诂考证的乾嘉汉学，其实也并不缺乏社会的使命感。理学固然重视修身，但《大学》的八条目依然从格物致知通向治国平天下的终极目标；乾嘉学派固然重视名物的考证，但其大前提依然是“反经”以崇尚实学的济世胸怀。从现代史学理论看，科学性与客观性受到日益巨大的挑战，正如美国史学理论家海登·怀特所言：“近来的‘回归叙事’表明，史学家们承认需要一种更多地是‘文学性’而非‘科学性’的写作来对历史现象进行具体的历史学处理。”[①]无论从历史的事实还是学科的属性，人文学科的研究都应该拥有区别于自然科学与社会科学的特征。但是令人遗憾的是，面对20世纪以来日益严重的科学化与技术化倾向，学术史的研究并未能尽到自己的责任。尤其是在文学研究领域，本来是最具有情感内涵和人文精神的学科，如今却随着计算机技术的运用变成了靠数理统计与堆砌材料以显示其客观独立的冷学科。我曾经在《中国古代文学研究转型期的技术化倾向及其缺失》一文中说：“如果中国古代文学的研究既缺乏理性思辨的智慧之光，又没有打动人的人文精神，更没有流畅生动的阅读效果，而只是造就了一大批头脑僵硬的教授与

① 〔美〕海登·怀特著，陈新译：《元史学：十九世纪欧洲的历史想象》，译林出版社，2004年版，第5页。

目光呆滞的博士，这样的古代文学研究不要也罢。”①不过，要真正纠正这种人文精神的缺失，尚须整个学界的努力，尤其是学术史研究的努力。

以上三点只是作为例子来说明学术史研究中寻找缺陷的重要，至于更多更具体的研究缺陷，需要投入更多的精力。而重要的是学术史研究者需要具备挑剔的眼光与批评的勇气，将学术史研究视为推动学科发展的动力而不是表彰优秀分子的光荣榜。

其三是提出新的学术增长点。从近二十年所呈现的学术史研究成果来看，其主体部分大都是对已有成果的介绍与评价，一般也都会在最后有一部分文字表达对未来的瞻望，但对于现存问题的检讨就要明显薄弱一些。正是由于对现存问题的分析认识不够具体深入，因而对未来的瞻望也大多流于浮泛，更不要说提出新的学术增长点了。其实，未来瞻望与提出新的学术增长点并不是同一层面的内容。未来瞻望具有全局性与宏观性，表达了学术史研究者的一种愿望或理想；提出学术新增长点则是对下一步研究的观念、方法与路径的认真思考，因而必须与当前的研究紧密衔接。

就《文心雕龙》的研究看，目前已出版三部学术史著作，可以将其作为典型个案以讨论提出学术增长点的问题。张文勋《文心雕龙研究史》的导论部分设专节“《文心雕龙》的未来走向”，提出了三点努力的方向：一是面向世界以弥补西方理论之不足，二是面向现代以建设新的文学理论并指导创作，三是面向群众普及以扩大影响②。这是典型的理想表达，基本都是在“实用”的层面，与专业研究存有

① 《文学遗产》2008 年第 1 期。

② 张文勋：《文心雕龙研究史》，云南大学出版社，2001 年版，第 6—10 页。

较大距离，也就未涉及学术增长点问题。张少康等人撰写的《文心雕龙研究史》在其结语“《文心雕龙》研究的未来展望”中，设有六个小节：1. 发展史料与理论并重的研究；2. 从文化史角度看《文心雕龙》；3. 从中西比较的角度来研究《文心雕龙》；4. 从理论联系实际的角度，用历史的比较的方法研究《文心雕龙》；5. 让“龙学”研究走向世界；6. 培养青年“龙学”家，扩大和加强《文心雕龙》的研究队伍[①]。在这六个小节中，前三个方面是对已有研究特点的总结与强调，后两个方面是一种希望的表达，真正属于新的学术增长点的乃是第四小节，作者要求《文心雕龙》范畴研究要与实际创作乃至其他艺术领域结合起来，不能就理论而研究理论。李平《文心雕龙研究史论》在其绪论部分的第四节“‘龙学’研究存在的问题与发展前景”，尽管所用文字不多，但在行文方式上却颇有特色，即作者已将学术增长点的提出与未来瞻望分两段文字写出。在学术研究方面提出三点建议：一是继续研究思想、理论上有争议的问题，二是做好总结性的工作，三是应加强对港台及海外《文心雕龙》研究成果的介绍和翻译工作。而在瞻望部分则提出：一要培养后续力量，二要更新理论方法，三要创造良好学风，四要加强国际合作交流。李平的好处是思路清晰，大致将学术建议与理想表达区分开来。其不足在于提出的建议较为浮泛，反不如张少康的意见更有针对性。之所以会出现思路清晰而建议浮泛的矛盾，乃是由于作者尚未发现研究中存在的深层问题，比如他认为《文心雕龙》研究现存问题是：1. 成果数量减少；2. 成果质量下降；3. 研究队伍后继乏人[②]。这些问题当然是真实存

① 张少康等：《文心雕龙研究史》，北京大学出版社，2001 年版，第 587—596 页。

② 李平：《文心雕龙研究史论》，黄山书社，2009 年版，第 19—21 页。

在的，但是却均属现象描述，并未深入至学术研究的学理层面，当然难以提出具体的解决办法了。

从以上这些学术史著作写作经验的总结中，可归纳出以下关于提出新的学术增长点的一些原则：第一，学术增长点的提出范围应该是专业的学术问题，而且必须有很强的现实针对性。所谓针对性，乃是建立在对前人学术研究中所存留问题的清醒认识之上的。没有对前人研究缺陷的发现与反思，就不可能提出有价值的学术增长点。第二，提出新的学术增长点必须对于当前的学术发展大势具有清醒的判断与认识，任何学术的进展与转型都不是孤立进行的。就拿《文心雕龙》研究来说，它理应与中国古代文论研究甚至中国古代文学研究的发展紧密关联。20世纪的中国古代文论研究，必须首先借鉴西方的理论方法才能建立起自己的体系，而西方理论方法也会留下与中国古代研究对象不能完全融合的弊端。因此，近二十年来的学术转型就是要回归中国文论本体，寻找到适合中国古代研究对象的理论方法。在《文心雕龙》研究中，几十年来一直运用西方的纯文学观念去解读归纳刘勰的文章观。如此研究，可能会导致越精细而距离刘勰越远的尴尬局面。从专业研究的层面讲，所谓国际化、世界化的提法都是与此学术转型背道而驰的。《文心雕龙》首先要解决的乃是学术理念与研究方法的问题，此一点不解决，《文心雕龙》研究不可能走出误区。第三，新的学术增长点的提出必须具有实际可操作性。对于那些无法实现或者过于高远的希望，最好不要在学术增长点里提出来，因为这无助于问题的解决和研究水平的提升。比如要解决《文心雕龙》研究中以现代文学理论观念比附刘勰文章观的问题，仅仅倡导回归中国本体是远远不够的。我们更要提出回归的具体方法与路径。我曾经在《文体意识、创作经验与〈文心雕龙〉

研究》一文中提出,对于像“神思”这一类谈创作构思的理论范畴,最好能够结合中国古代相关的文体和刘勰本人的创作经验进行讨论,方可能揭示其真实的内涵。我认为这是研究《文心雕龙》的基本路径,因为刘勰的理论观点是以其自我的创作经验和熟悉的文章体裁作为思考对象的,离开这些而妄加比附就会流于不着边际。如果用以上这些原则来衡量目前的学术史研究,可能大多数成果还不够尽如人意。

总结经验、寻找缺陷与提出新的学术增长点,这是学术史研究互为关联的三个基本层面。尽管由于学术史写作的目的、规模与专业的不同,或许会在三者的比例大小上多有出入,但如果缺乏任何一个层面,我认为就不能称得上是严肃的学术史研究,或者说就会成为对于推动学术研究发展起不到应有作用的学术史研究。

四、学术史研究者的基本条件:学术素养与研究经验

目前学界关于学术史的研究存在着两种流行的误解。一是认为学术史研究的价值低于专业问题的研究,二是认为学术史研究相对比较容易。而且二者互为因果,造成了许多学术的混乱。比如博士论文的选题,近年来许多人都选择了研究史、接受史及影响史方面的题目,其中原因固然复杂,但重要原因之一乃是认为学术史研究较之本体研究相对容易一些。就目前所呈现的成果而言,学术史类的博士学位论文的确显得较为浅显易做,很多人也以此取得了学位。但我认为博士学位论文的选题依然不宜选研究史方面的题目,原因便是其选题动机是建立在以上两点误解之上的。讨论学术史研究与专题研究价值的高低本身就是一个伪命题,因为不同性质的研究所体现的价值是完全无法放在同一层面比较高下的。专题研究从解决某

领域的学术问题上是学术史研究无法相比的，而学术史研究对于学科的自觉、观念方法的总结与初学者的入门等方面，又是专题研究所无法做到的。从这一角度说，两类选题的难易程度也难以一概而论，专题研究需要的是研究深度，而学术史研究需要的是综合系统。因此，我一直认为博士论文选题不宜选择学术史方面的题目，原因就是博士生最重要的目标乃是对专业研究能力的培养，这种培养当然也离不开学术史的清理工作，但其主要精力要放在文献解读、问题发现、论题设计与系统论证上。而且博士生属于刚入学术门径阶段，他们无论专业修养还是学术眼界，都还缺乏驾驭全局的能力，使其无法写出真正合格的学术史论著。我想借此说明的是，学术史研究并不是什么人和什么学术阶段都可以随便涉足的，它需要具备应有的基本条件。这个条件包括学术素养与研究经验两个方面。

先说学术素养。所谓的学术素养简单地说就是学养，也就是长期的学术积累所形成的专业知识、认识能力、学术视野以及学术判断力等等。因为在从事学术史研究时，研究者必须要面对两类强劲的对手，一类是学术研究的对象，一类是学术实力雄厚的学界前辈或同仁。学术史研究者必须要具备与之接近的学养，才有资格与之进行学术对话并加以评说。所谓学术研究的对象，就是指历史上那些杰出的思想家、历史学家、文学家、批评家等等，他们无论在思想的深邃性、知识的丰富性乃至感觉的敏锐性上大都是一流的人物。如果学术研究者要判断其他学者对这些人物的研究评说是否合适到位，首先自身必须对这些历史人物有基本的理解与认识，否则便只能人云亦云。比如说《文心雕龙》一书，历来被称为体大思精的中国古代文论名著，研究这部著作的论文已有四千余篇，论著数百部，其中存在许多有争论的问题。如果要做《文心雕龙》的学术史研究，需要什么样的学养呢？这就要看作者刘勰拥有何种学养才能写出《文心雕龙》,我们又需要何种学养才能阅读和认识《文心雕龙》。罗宗强曾写过一篇《从〈文心雕龙〉看刘勰的知识积累》的文章,专门探讨刘勰读过什么书,构成了什么样的学养。文章认为,刘勰几乎读遍了他之前和同时的所有经、史、子、集的著作,并能够融汇贯通,从而形成了自己丰富的思想体系与敏锐的审美感受力,所以能够对前人的著作理解准确、评价精当。其中举了关于刘勰"折中"思想的例子,学界对此曾展开过学术争议,先后发表了周勋初的《刘勰的主要研究方法——"折中"说述评》[①]、张少康的《擘肌分理,惟务折中——论刘勰〈文心雕龙〉的研究方法》[②]、陶礼天《试论〈文心雕龙〉"折中"精神的主要体现》[③]、高华平《也谈"惟务折中"——刘勰〈文心雕龙〉的研究方法新论》[④]等论文,或言崇儒,或言重道,或言近佛,各执己见,难以归一。罗宗强在详细考察了刘勰的知识涉猎与思想构成后说:"我以为周先生的分析抓住了刘勰思想的核心。我是同意的。同时,我也注意到其他学者的分析在结论之外,实际上接触到思想发展过程中的复杂现象。诸种思想在刘勰知识积累的过程中不知不觉地交融形成了他自己的见解。正因为此一种交融,才为学术界对《文心》的许多理论观点做出不同的解读提供了可能。"[⑤]我想,如果没有深厚的文史修养,是无法对学界的不同观点做出这种圆融的评判的。中国历史上有不少这样的大家,像"读书破万卷,下笔如有神"的杜甫,

① 《古代文学理论研究》第十一辑,上海古籍出版社,1986年版。
② 《学术月刊》1986年第2期。
③ 《镇江师专学报》2000年第1期。
④ 《齐鲁学刊》2003年第1期。
⑤ 罗宗强:《晚学集》,南开大学出版社,2009年版,第18页。

儒释道兼通的苏轼,以及百科全书式的《红楼梦》等等,都不是可以轻易对其拥有发言权的。既然对研究对象没有发言权,那又有何权力对研究他们的学者说三道四呢!

学术史研究者除了要面对历史上的各种大家之外,他还必须同时要面对学界许多实力雄厚的一流学者。以一人之力要去理解、论述和评价众多学有专长的研究大家,其难度可想而知。在此一层面,不仅学术史研究者需要具备雄厚的专业基础,更需要具备现代的各种理论素养以及对于不同学派、不同领域以及不同研究方法的相关知识。要读懂一本著作,不仅需要弄懂其学术结论的创新程度与学术贡献,更需要了解其所运用的学术方法以及背后所支撑研究的学术理念。这就是学界常说的,阅读学术著作和论文,要具有看到纸的"背面"的能力。凡是真正做过研究的人都清楚,要真正了解掌握一种研究理论都不是一件容易的事情,更何况要去理解把握各种理论方法与学术流派?比如说,在现代学术史上对于胡适学术研究的评价争议甚大,除了其中的政治因素外,对其"大胆假设,小心求证"的学术思想的理解也有直接关系。胡适处于中西文化交流的时代大潮中,其学术观念与研究方法也试图将中国的乾嘉之学与西方的实证主义结合起来,并用之于研究实践中。陈维昭《红学通史》就专列一节谈"新红学"的知识谱系,认为胡适学术思想的核心是"以'科学精神'演述乾嘉学术方法,以'自然主义''自叙传'去演述传统的史学实录观念"。正是由于有了这样的认识,所以才会有如下评价:"胡适所演述的传统学术理念有二:一是实证,二是实录。实证以乾嘉学术为代表;实录则是传统史学的基本信念与学术信仰。实证的'重证据'的科学精神有其现代性。但是'实录'

显然是一种违背现代史学精神的陈旧观念。”[1]这样的评价不能说可以被所有人所接受,但起码它是一种学理性的分析,是真正的学术史研究,比前人仅从意识形态角度的否定更令人信服。而要进行如此的评价,则不仅需要研究者具有古代小说专业研究的素养,而且还要具备中国古代史学史的修养以及把握当代史学理论的进展,同时还需要了解中国现代学术建立的具体过程。我们必须明白,凡是在学术上取得突出成就与影响巨大的学者,肯定有其独特的学术理念与研究方法,如果对其缺乏认知,则对他们的研究评论无异于隔靴搔痒。

学养是任何一个专业研究领域都需要具备的,但作为学术史研究的学者,需要更为宽广的知识背景与学术视野,因为他会面对更多的一流研究对象与一流学者,如果不能具备相应的学养,就缺乏与之进行交流的资格,更不要说去评价他们。可以毫不客气地说,没有一流的学养,就不会是一流的学术史研究者。也正是在此一角度,我认为刚进入学术门径的年轻学者不宜单独进行学术史的研究。

再说研究经验。所谓的研究经验,是指凡是要从事某个学术领域学术史研究的学者,应该对该领域具有较为丰富的专业研究体验及成果,尤其是对本领域的学术理念与学术进展有较为深切的把握与体会。研究经验与学术素养既有联系又有区别,学术素养是学术史研究的基础,主要体现为对于研究对象的理解能力与概括能力。研究经验则是对某研究领域的熟悉程度与参与过程,主要体现为对于本领域学术重点与研究难度的深刻认识,尤其是对于其学理性与

① 陈维昭:《红学通史》,上海人民出版社,2005 年版,第 144—146 页。

前沿问题的把握。之所以要求学术史研究者拥有一定的研究经验，是由下面两个主要原因所决定的。

第一，只有拥有研究经验，才能将该领域中有创造性的成果与观点选择出来并作出恰当评价。比如唐代文学的研究，已经具有悠久的历史与大量的研究成果，而且依然会有大量的成果不断涌现。目前学术界最大的问题，也是学术史研究的最大难度，乃是对于重复平庸研究成果的淘汰，以及对于有创造性成果的推荐。这些工作都不是仅靠一般的材料是否可靠与文字论证水平的高低可以轻易识别的，而必须对该领域具有长期的沉潜研究的经验，才能沙里淘金般地识别出那些有贡献的优秀成果。这就是黄宗羲所说的明宗旨的环节，有无宗旨可以靠学养去提炼概括，而宗旨之有无独创性则要靠所拥有的学术前沿领域的研究经验来加以辨认。关于此一点，可以从目前学界名人写序这种现象中得到说明。现在的学术著作序言近于学术评价，可以视为是该书最早的学术史研究成果。但遗憾的是，真正评价恰当者却寥寥无几，溢美之词倒是比比皆是。更严重的是，在以后的学术史研究中，许多缺乏研究经验者又会以这些“学术大佬”的评价为依据，去为这些著作进行学术定位，从而造成积重难返的学术虚假评价。为什么会造成此种“谀序”的现象？其中除了人情因素之外，我认为作序者缺乏该领域的研究经验乃是主因。当年李贽曾讽刺其论争对手耿定向是“学问随着官位长”，现在则是学问随着职称长或者叫学问随着年龄长，以为成了博导和大佬就什么都懂，于是就到处写序。殊不知术业有专攻，每个人都有属于自己的专业领域，离开自己熟悉的专业领域而去评价其他学术著作，自然不能真正认识该书的学术创获。但“学术大佬”毕竟是有学养的，可以驾轻就熟地说一些虽不准确但又不大离谱的门面话，于是似是而非的序言也便就此诞生。缺乏研究经验的学术史研究就像名人作序一样，看似头头是道，实则言不及义。

第二，只有拥有研究经验，才能真正了解该领域的学术难点，并提出新的学术研究方向。按照上节所言的学术史研究的总结经验、寻找缺陷与提出新的学术增长点的三个层面，缺乏研究经验的学者在总结经验层面或许可以勉为其难地进行操作，但一旦进入第二、三层面，就会陷入茫然无知的境地。比如关于明代诗歌史的研究，明清两代学者始终处于如何复古的讨论之中，而进入现代学术史之后，依然在沿袭明清诗评家的传统思路，围绕复古与反复古的论题展开论述。岂不知明诗研究的最大问题是，几乎所有人都在按照一个凝固的标准也就是唐代诗歌的标准来衡量明诗创作，而忽视了自晚唐以来产生的性灵诗学的实践与理论，明清诗论家视性灵诗为野狐禅，而现代研究人员也深受《四库全书提要》以来传统观念的影响，只把性灵诗学观念作为反复古的一端加以肯定，而对其建设性的一面却多有忽视。其实，从中国诗歌发展的全过程来看，从中国古代诗歌与现代诗歌的关联性看，性灵诗学都是具有不可忽视的正面价值，是以后应该大力加强研究的学术空间。我想，只有真正从事过明代诗歌研究的人，才会具有这样的体验，才会提出这样的问题，才能开辟出新的学术研究空间。其实，岂但明诗研究如此，看一看目前的几部诗歌研究史，几乎都将叙述的重点集中在汉魏唐宋，而到了元明清的诗歌研究多是略而论之，草草了事。我们不能说这些学术史的作者缺乏学养，而是缺乏元明清诗歌史的研究经验。因为从来没有真正进入过这些领域从事专业的研究，所以无论是在对该时期诗歌史的价值判断，还是研究难度，都不甚了了，当然会作出大而化之的处理。因此，在我看来，要成为合格的学术史研究者，既要有足够的学养，又要有足够的研究经验,而且经验比学养更重要。

在目前的学术史研究中,情况相当复杂。从作者身份看,既有著名学者领衔的大型学术史写作,也有专题研究者在科研项目、学位论文研究中的学术史梳理,更有一些初学者无知者无畏的试笔之作;从成果形式看,既有多卷本的大型丛书,也有各领域的专门学术史论著,更有形形色色的综述、述略及史论的论文。这些研究除了低水平的重复之作外,应该说对于各领域的学术研究都有一定程度的贡献。但是,在我看来,我们真正需要的学术史是:研究者需要具有明确的学术原则与研究目的,他所提供的研究成果应对各领域的学术研究的学术观点、研究方法、学术贡献及发展过程作出了清晰的描述,对学术研究中存在的方向偏差、理论缺陷、不良学风及学术盲点进行了清楚的揭示,对将来的学术研究中可能解决的问题、采用的方法及拓展的新空间进行明确的预测,从而可以将当前的研究提升至一个新的层面。而要实现这样一种目标,学术史的研究者就必须拥有足够的学术素养与研究经验。

五、中国诗歌研究史:学术史写作的新实验

"中国诗歌研究史"是我们承担的教育部重点人文社会科学研究基地的重点项目,从 2005 年立项至今已有将近九年的时间。在此过程中,学界已经出版了余恕诚的《中国诗学研究》(2006)和黄霖主编、羊列荣撰写的《20 世纪中国古代文学研究史(诗歌卷)》(2006),如今再推出这样一套诗歌研究史的著作,其意义何在?难道是因为它有 220 万字的巨大规模,从而对学术史的梳理更加细致而具体吗?一部学术著作的价值与贡献,理应由读者和学界去评判,而不是由作者饶舌。但是,在此有两点还是有必要事先作出交代。

首先是本项目不是一个孤立的课题,而是互为补充的三个重点项目中的一个。它们是"中国诗歌通史"(国家社科基金重点项目)、"中国诗歌研究史"和"中国诗歌研究资料汇编"(教育部重点人文社会科学研究基地重点项目)。"中国诗歌通史"已由人民文学出版社于2012年出版,用11卷的篇幅描述了中国诗歌从先秦两汉至当代的发展过程,其中包括了少数民族的诗歌创作。"中国诗歌研究资料汇编"是选编20世纪的优秀诗歌研究成果以及全部学术成果的目录索引。"中国诗歌研究史"则是对于20世纪中国诗歌研究经验的总结,尤其是学理性的探讨。按照黄宗羲学术史的撰写原则与模式,"中国诗歌研究史"的重点在于"明宗旨"与"别源流",即对20世纪中国诗歌研究的主要发展线索与重要研究成果进行比较详细的梳理与介绍,当时所设定的目标是:"第一,结合时代变化和社会思想变化,以中国诗歌研究范式的演变为经,侧重于对学术理念、理论内涵与研究方法的发掘,整理出一条清晰的中国诗歌史的研究过程;第二,采取广义的诗歌概念,写出一部包括词曲等各种诗体在内的系统完整的中国诗歌研究史;第三,打通古今与中西,以最新的学术视野,站在21世纪的学术高度,从学理性上总结中国诗歌研究从古代走向现代、从单一封闭走向中西融合的历史进程。"至于是否实现了当初的设想,可由读者进行检验。三个项目中的"中国诗歌研究资料汇编"则相当于黄宗羲的论著言论摘编,其目的是保存20世纪中国诗歌研究的优秀成果与论著出版发表信息,同时读者也可以借此来检验诗歌研究史的提炼与评价是否准确。三个重点项目的完成既是首都师范大学中国诗歌研究中心一个阶段工作的小结,也是我们个人学术研究的阶段性交代。

其次是本书作者队伍的特殊情况与独特的编撰模式。正如上面所说,本项目是与另外两个项目互为支撑的,其中重要的一点就是它们是同一个作者群体。尽管在研究过程中也曾有个别的调整与变动,但其主体部分始终保持了完整与稳定。在此我要特别强调的是,这个作者群体是完全符合上述所言学养与经验这两项学术史研究者的必备资质的。从学养上看,几乎所有的撰写者与主持人都是目前活跃在学术研究前沿的成熟学者,其中许多人是各领域的国内一流学者,具有各自鲜明的学术思想、研究方法与学术背景,并都拥有丰富的研究成果。我想,这样的学养保证了他们的学术眼光与判断力,有资格对其研究对象的成果进行学术分析与评价。从研究经验上看,这个作者群体与《中国诗歌通史》几乎是完全一致的。他们的学术史研究乃是和相应历史段落的诗歌史研究交替进行的。从 2004 年“中国诗歌通史”立项到 2012 年最终完成,曾经召开过 9 次编写组的学术研讨会,每次都会对研究中存在的问题展开充分的讨论,同时也会对诗歌研究史的各种疑难问题进行讨论。应该说各卷负责人都具有丰富的研究经验,都始终处于各自研究领域的学术前沿,都对各自领域中的学术进展、难点所在及创新之处了然于胸。在诗歌通史的写作中,有过许多新的想法,也遇到过种种困难,更留下过些许遗憾,而所有这些都可以留待学术史的研究中去重新体味与总结。我想,此一群体所撰写的学术史,虽不敢说是人人认可的,但都应该是他们的真切体验与学术心得,会最大限度地避免空虚浮泛与隔靴搔痒。如果说在学术史研究中经验比学养更重要的话,广大读者不妨认真听一听这些学者的经验与体会,或许不至于空手而归。

在这将近十年的学术生涯中,尽管夜以继日地学习与工作,潜心地进行思考与研究,但数十人的劳动成果也就是这样三套著作,不免陡生白驹过隙的焦虑与感叹。作为个人,用了十年的时间思索,对于学术史研究才有了上述的点点体会,而且还很难说都有价值,真是令人有光阴虚度的感觉。

左东岭

2014年8月12日完稿于北京寓所

目　录

中国诗歌研究史

魏晋南北朝卷

20世纪魏晋南北朝诗歌研究综论

一、20世纪上半期魏晋南朝诗歌研究史总论

20世纪的汉魏六朝诗歌史研究，在整个20世纪的古代文学研究中具有比较重要的地位。这是因为汉魏六朝诗歌史在中国古代诗歌史上具有比较特殊的地位。《诗经》与楚辞，在诗歌史上自然是居于最崇高的位置，备受历代诗人与诗歌研究者的关注。但中国古代最为繁荣的文人诗歌系统，是从汉魏的乐府中直接地发展出来的，而魏晋南北朝诗歌史作为文人诗歌传统的奠定与发展的早期，也是后来唐宋诗歌的重要渊源。因此，汉魏六朝的诗歌在文人诗史中的经典地位虽不如《诗经》、楚辞，但其对诗歌史的实际的影响，是远超过它们的。实际影响的巨大，造成了它的经典地位，也引起了历代诗人、诗论家对其进行较多的批评与研究，对汉魏六朝诗歌史进行局部与整体的建构的批评家也代不乏人。更重要的是，唐宋以降的各时代、各诗歌流派，都从他们自己诗歌创作思想出发，对汉魏六朝诗歌作出了一种群体性的批评。上述中国古代对汉魏六朝诗歌的批评、鉴赏、诗史建构，以及历代相续的汉魏六朝诗歌文献的整理，构成了传统的汉魏六朝诗歌史批评。在20世纪对中国古代文学史进行整体性的叙述，建构贯穿古今的文学史系统的学术工作中，对汉魏六朝

诗歌史的整体评价、建构，也是不可缺少的一部分。由于传统的影响以及新的文学史观的导引，20世纪前中期的诗歌史研究，主要聚焦于《诗经》、《楚辞》、汉魏六朝诗歌、唐诗、宋词这几个诗歌系统，产生了很丰富的成果，同时也留下许多值得思考的问题。总的来说，20世纪的汉魏六朝诗歌史研究，既是一个新的学术发展进程，同时也是对传统的汉魏六朝诗歌史研究的继承。只是在一个新的学术文化环境中，尤其是新的文学史观的的影响下，20世纪的汉魏六朝诗歌史研究不同于以往的任何一个时期，其中旧学与新知非常复杂地纠缠在一起，有时能够调和，有时又显得异常的矛盾。各种有关汉魏六朝诗歌史的新旧史观时而叠合，时而冲突；而最终决定其学术价值的，则是其对诗歌史事实的描述的准确程度，以及其对诗歌史发展趋势的揭示的深入与否。本着这样一种思考，本文尝试在20世纪文学史研究的整体中叙述汉魏六朝诗歌史研究的进程。其目的不仅在于客观地叙述一段学术史，更在于通过这种回顾来思考今后本段诗歌史的研究应该如何发展。

一

汉魏六朝诗歌史的研究奠基于南朝时期。造成本期研究成就的要因有二，一是自建安"五言腾踊"(《文心雕龙·明诗》)，文人诗艺术迅速发展，魏晋以降，成为文章之重心。二是哲学与史学的发达。其代表性的成果是像刘勰《文心雕龙》、钟嵘《诗品》等文学研究的专著与史家的文学家传论、传序。南朝史家与文论家的文学研究，将零碎的、印象的、自发的、主观的文学批评，上升为一种综合的、深入的、自觉的、客观的文学批评与研究，标志着中国古代文学研究的初步成熟。当时之文章学，重心在于诗赋，所以上述文论的重心，多在诗赋之学。在诗歌史研究方面,最值得肯定的是钟、刘等人系统探讨诗史的源流演变,如钟嵘《诗品》、刘勰《文心雕龙·明诗》、《文心雕龙·乐府》等篇。它们不同于后来的诗话、诗文评之处,一是有体系,二是有方法。钟嵘《诗品》不仅长于风格批评,善辨源流演变,而且对诗人的个性、生活及社会背景与其创作的关系也有所揭示。刘勰对诗歌史演变的社会文化背景也有所揭示。同时,南朝各家的诗歌史建构,都有明确的分期、分段意识,他们对建安诗风、正始诗风、太康、元嘉等时期诗歌史发展阶段以及玄言诗风、山水诗风的描述,基本上奠定了汉魏六朝诗歌史的基础。

唐代对汉魏六朝的研究有两派,一派为唐初史家所著南北朝各史,继承南朝史家的矩范,继续对齐、梁、陈、隋的诗歌史做出叙述。一派则是诗家,他们在阐述其诗学主张的同时,对汉魏六朝的诗歌史做出一些重要的论述。所谓汉魏风骨、建安风骨、齐梁绮靡诗风等对汉魏六朝诗歌史研究有奠定性作用的诗史概念,多出于唐人。所以,唐人对于汉魏六朝诗的研究,虽然系统性成果不多,但实际的影响是很大的。像陈子昂的“汉魏风骨,晋宋莫传”、“齐梁间彩丽竞繁,兴寄都绝”(《与东方左史虬修竹篇序》)的观点,差不多是奠定了汉魏六朝诗歌史的基本评述标准。以李、杜、韩、白为代表的后继者,也都对汉魏六朝的诗史、诗家做出了他们自己的阐述。根据上面的情况来看,我们可以说,魏晋南北朝诗歌研究、诗歌史研究的格局之奠定,在于南朝及唐代。

宋元时期的诗人与诗歌批评家,继唐人之后继续对汉魏六朝诗歌进行研究。这也与当时的诗歌创作有关系,因为虽有唐诗作为主要的学习对象,但汉魏六朝诗仍然是宋人很重要的借鉴对象。严羽《沧浪诗话》中的所说的“夫学诗者以识为主,入门须正,立志须高;

以汉魏晋盛唐为师，不作开元、天宝以下人物”[1]，即是反映了苏、黄以来的宋代主流诗学的观点。宋代的一些杰出诗人，在比较全面地掌握唐诗艺术之后，对唐诗由之所出的汉魏六朝诗也发生了浓厚的兴趣，并且给予很高的评价。他们认为唐诗果然是诗歌艺术的高峰，但汉魏晋宋的诗歌更为高古自然。陶渊明在宋代地位的提高，即与此种诗歌史观有关。从这里我们可以看出，宋人在唐人之后，也对汉魏六朝诗歌史做出自己的判断与建构。宋代的诗学著作中，也有继承钟、刘的传统，对诗歌史做系统的论述的，如严羽《沧浪诗话》在概括历代体制流变时，对魏晋南北朝的诗歌风格做了一些新概括，其《诗体》一篇所举的建安体、黄初体、正始体、太康体、元嘉体、永明体、齐梁体等概念，对后来的研究影响极大。

与钟、刘及南朝史家、唐初史家相比，唐宋诗人、诗话家的研究，主要是依附于当代诗歌创作，是当世诗风之一部分，而自觉的、客观的学术观念的立场比较缺乏。但唐宋诗学家对汉魏六朝诗歌史研究的最重要的贡献，正在于在自身诗歌发展的过程中凸显汉魏六朝诗歌的经典价值。宋人继唐人之后，继续阐扬汉魏风骨的经典价值，形成汉魏六朝诗史建构中汉魏风骨与齐梁绮靡相对的稳定的评价系统。当然，各流派的诗史观也是不一样，如中晚唐的齐梁体诗人通过对齐梁诗风的局部的学习，使得齐梁陈隋雕缛、绮艳诗风的价值得到了局部的肯定。而四灵诗派、江湖诗派因为以近体为主，所以也注意到作为近体之先驱的齐梁体的经典价值，所谓“玄晖诗变有唐风”[2]，

---

① 郭绍虞：《沧浪诗话校释 · 诗辨》，人民文学出版社，1961 年，第 1 页。

② 赵师秀：《秋夜偶书》，《永嘉四灵诗集 · 清苑斋诗集补遗》，浙江古籍出版社，第 270 页。

即反映此派的诗史观。

明清时期是传统诗学研究的成熟期,其中一个重要的内容就是魏晋南北朝诗歌及诗歌史的研究。复古诗学是这时期魏晋南北朝诗歌研究的主要支撑。在这种观念的作用下,魏晋诗歌完成了它的经典化过程,南北朝诗歌也因为邻近的关系受到重视。在文献上的表现,是明代的诗歌研究者,对魏晋南北朝的诗歌文献作了整理,出现了一些总集与选集,其中以冯惟讷《古诗纪》和张之象《古诗类选》为代表。一些重要诗人的专集的整理工作也在进行。在诗歌史的研究方面,明代的诗史研究开始体系化。虽然其基本的立意,仍然是为其当代的诗歌发展提供借鉴与依据;但成体系的研究著作出现了,其中胡应麟《诗薮》、许学夷《诗源辩体》可为代表。这个时期一般的诗话对魏晋南北朝诗歌的研究,也趋向于体系化,都从风格、体制的演变方面,对魏晋南北朝诗歌艺术做出史的研究。可以说是继南朝文论家、史家之后,又一个比较自觉地趋向于客观研究的时期。清人沈德潜的《古诗源》、王闿运(湘绮)的《八代诗选》等唐前诗歌选集,也对建立魏晋南北朝诗的整体观具有重要的奠定作用。王氏借用"八代文"的概念,创造了一个"八代诗"的概念,对 20 世纪的汉魏六朝诗歌史研究的影响也极为深远。王氏"汉、魏、晋、宋、齐、梁、陈、隋"这样一个八代诗歌划分,并且注重古体与新体之分,齐梁诗中列出"新体诗"一类,客观地展现出唐以前文人诗发展的历程。当然,就像明代汉魏六朝诗研究的成就与明代复汉魏之古的创作思潮相联系,王闿运的"八代诗"概念也是晚清崇尚汉魏诗风这一派的创作观念的反映。

从上面所述可见,在古代诗学研究中,汉魏六朝诗歌史是人们批评、研究得很多的一部分。相对于宋、元、明、清的诗歌史的缺少经典性的、权威性的建构而言，汉魏至唐代的诗歌史，古人已经做出了十分深入的阐述与系统的建构。20世纪的汉魏六朝诗歌史研究及其成就的取得，是和这个领域传统积淀之丰富分不开的。

二

20世纪的汉魏六朝诗歌史研究，就其基本性质来讲，是在新的教学与文学研究体制中逐渐发展出来的一种新学。但是在这个新学中，又有以绍续旧学为主、部分地吸取新知的一派，与完全标举新学的观念与方法的一派。大体说，从清末到五四运动以前，是以前一派为主；五四之后，则是以后一派为主。

清末京师大学堂开“文学研究法”“历代文章流别”“古人论文要言”“周秦至今文章名家”等课程[①]，开启了系统地整理、研究中国古代文学史、文体史的路径，其目的在于培养博学而知文章源流者。至1917年北京大学国学门开设“中国文学”与“中国文学史”课程，文学史的研究更加趋于系统化。同时全国各大学、师范学校、中学也都开设中国文学史课，纷纷编纂文学史。应该说，这是现代人文学科中国文学史研究的开端，但任教者多为原本工于词章、熟知中国古代文学与文体学源流的宿学。晚清各文学流派的名家宿学，往往成为这时文学教学的自然人选，如早期任教于京师大学堂的有桐城派诸家（姚永概、姚永朴、林纾）、同光体诗人（陈衍）、以及源于永嘉学派、有着深厚旧学传统的林损等人。由此可见，新的教学体制下文学史研究的起点，最初并未割断与旧学的联系。在五四新文化运动发生之前，大学文学史的研究，是用新式的文学史体例，将传统的文学批评

① 陈平原：《作为学科的文学史》，北京大学出版社，2011年版，第9页。

资料加以初步的系统化，类似于政治上的“中学为体，西学为用”。当然，在观念方面，西方的文学史观点也开始被研究者运用，如纯文学与杂文学的区别，韵、散文体发生的先后次序，都带有新学的性质，成为后来文学史著述的重要观点。一些文学史家也尝试在世界文学的整体背景下阐述中国文学，如光绪年间来裕恂的《中国文学史稿·绪言》，尝试在世界文学的整体中演述我国文学的特点[①]。而在另一方面，晚清的学术与文学流派，也自然地对新式的文学史研究发生影响，其中文学流派对新的文学史研究格局的影响尤其大。即以诗学而言，桐城派与同光体对唐宋以下的近体诗系统比较重视，而以刘师培、黄侃为代表的六朝派，则承续扬州学派阮元的文学观，侧重掘发六朝修辞至上的文学意蕴。此派直承南朝文笔说的纯文学观念，在这样的观念下，汉魏六朝的文学受到了充分重视。刘师培的《中古文学史讲义》和黄侃的《文心雕龙札记》，解阮籍《咏怀》诗，初开上庠重视汉魏六朝文学的风气，也可以说是近百年来汉魏六朝文学研究繁荣局面的开启者。但两家的观念深受六朝文章观的影响，以诗赋骈文等韵文为文，以散直单行为语体。在这种文学史观中的汉魏六朝诗歌研究，侧重诗歌的体制与修辞艺术，而汉儒以来强调诗言志（《尚书·尧典》）、诗歌吟咏情性（《毛诗序》）的诗学观没有得到充分的彰显。刘氏的文学观深受清代《文选》派的影响，强调传统的文笔之分，侧重于从修辞一端来定义文学，它在客观上符合六朝文学由朴趋雕、由质趋文的总趋势，对于这一发展趋势的揭示有一定的功用。但这种偏离情志本体的文学史观，在研究诗歌史上有一定的局限性。前人已经注意到这一点，蒋鉴璋《中国文学史纲》云：“夫灵性

① 来裕恂：《中国文学史稿·绪言》，岳麓书社，2007 年版，第 1 页。

摇动，文学孳生，岂必藻饰华辞，始为优美？旷观今古，何世无才？若必以丽辞为文，将必以六朝为尚；刘申叔氏《中古文学史》成，续貂未觏，非无故也。"[①]同时，刘氏虽然对南朝文论家观点网罗甚夥，整有条贯，但对唐宋以下有关六朝文学的许多重要观点极少涉及。这也可以见出刘氏在汉魏六朝文学研究上，是专宗扬州学派的。刘氏对诗史的论断不多，其基本的方法，还是踵承钟、刘之学，重在辨别魏晋南北朝诗风、诗体之源流演变。如对于建安诗风，仅引刘勰《文心雕龙·明诗》有关汉魏诗史的论述，加以按语云："此节明建安诗体殊于东汉中叶之作。"又引刘勰《文心雕龙·乐府》论魏氏三祖、陈王乐府一段，加以按语云："此节明建安乐府变旧作之体。"[②]又其论魏初诗歌与嵇阮诗的关系云："要之，魏初诗歌，渐趋轻靡，嵇、阮矫以雄秀，多为晋人所取法。"[③]又其论两晋诗体的源流云："晋代之诗如张华、张载之属，均与士衡体近，然左思、刘琨、郭璞所作，浑雄壮丽，出于嗣宗。东晋之诗，其清峻之篇，大抵出自叔夜；惟许询、支遁所作，虽多玄言，其体仍近士衡。自渊明继起，乃合嵇、阮之长，此晋诗变迁之大略也。"[④]又其论南朝诗体以用事为工云："齐、梁文翰与东晋异，而诗什亦然。自宋代颜延之以下，侈言用事，学者浸以成俗。齐、梁之际，任昉用事，尤多慕者，转为穿凿。盖南朝之诗，始则工言景物，继则惟以数典为工。因是各体文章，亦以用事为贵。"[⑤]又其论梁代宫体，对南朝艳体源流亦有所揭示："梁代宫体，别为新变也。宫体

① 蒋鉴璋：《中国文学史纲》，亚细亚书局，1930年版，第5页。

② 刘师培：《中国中古文学史》，人民文学出版社，1984年版，第19、20页。

③ 同上书，第44页。

④ 同上书，第62页。

⑤ 同上书，第89页。

之名，虽始于梁；然侧艳之词，起源自昔。晋宋乐府，如《桃叶歌》、《碧玉歌》、《白纻词》、《白铜鞮歌》，均以淫艳哀音，被于江左。迄于萧齐，流风益盛。其以此体施于五言诗者，亦始晋宋之间，后有鲍照，前则惠休。特至于梁代，其体犹昌。（略）故初唐诗什，竞沿其体，历百年而不衰。”[①]此种考辨诗风、诗体之源流的方法，上起钟、刘，至明代胡应麟《诗薮》、许学夷《诗源辩体》臻于缜密。早期以旧学深邃之功见长、不欲率用新学观念的文学史家，多用此法，如刘永济《十四朝文学要略》、钱基博《中国文学史》诸家，率用此法，各有所得。其实是传统的辨章学术、考镜源流之方法与乾嘉朴学家注疏之法的结合。上世纪 50 年代之后，此种文学史的著述方法已经近于绝迹。

五四之前的晚清文学史研究，可以说是旧学在新式的学术体制中寻求其表达的方式。除了以教学上流行的文学史的体制来演绎旧学之外，各家各派还在寻求各自的著作与研究的方式。如姚永朴的《文学研究法》，采用接近于《文心雕龙》的体制，上卷分“起源、根本、范围、纲领、门类、功效、运会、派别、著述、告语、记载、诗歌”十二篇，下卷分“性情、状态、神理、气味、格律、声色、刚柔、奇正、雅俗、繁简、疵瑕、工夫、结论”十三篇，以作者自身的深识，弥纶群言，其方法与刘师培正是异曲同工。其《诗歌》一篇，历叙包括汉魏六朝诗歌史在内的古今诗学流变，与清人鲁九皋的《诗学源流考》[②]体制相近，稍后黄节做为北大讲义的《诗学》也与此相近。可见晚清诸家的诗史研究，基本上可以说引旧学之绪而扩大之。

事实上，五四之前的文学史建构，从本质上讲，还是传统的文学

① 刘师培：《中国中古文学史》，人民文学出版社，1984 年版，第 90—91 页。

② 郭绍虞等编：《清诗话续编》下册，上海古籍出版社，1980 年版。

家式的文学史，个人与流派的创作经验、文学主张常常会强烈地支配着他们的文学史建构与文学价值判断。但是他们的长处也是明显的，即能够深刻入理地揭示他们所关注的某些文学事实，并且予以充分的阐述。

三

20世纪的文学史建构，以五四新文学运动为界，性质上发生了根本性的变化。五四之前的中国文学叙述与研究，基本上是在旧文学自身的体系内的叙述。虽然晚清以来，文学发生了某些变革，出现诗界革命、小说界革命等运动，使得中国文学的内部结构与文学观念发生了一些变化。但是这种变化，是从内部寻找解决的方法，希望在中国文学自身体制内辟一新境，在文体与语体上都是一遵古典文学之旧。黄遵宪自述其作诗宗旨："尝于胸中设一诗境：一曰，复古人比兴之体；一曰，以单行之神，运排偶之体；一曰，取《离骚》、乐府之神理而不袭其貌；一曰，用古文家伸缩离合之法以入诗。"①这种诗学革新，与中国古代文人诗的每一次革新，并没有本质的区别。从这里我们可以看到，造成20世纪文学史观的巨大变化的，主要还是20世纪自西方引进或在本土发生的各种新文化与文学观念。其中进化论与五四新文学运动的文学思想，对20世纪文学史观的影响最为巨大。

进化论对中国现代文学史的影响极大，五四新文学运动中的人物，都很自然地倾向于进化论。新文学之所以决然地否定旧文学，认

---

① 黄遵宪著，钱钟联笺注：《人境庐诗草笺注・自序》，上海古籍出版社，1981年版，第3页。

为旧文学为死亡的文学，真正的勇气正是来自他们对文学进化论的信仰，并不简单地来自审美上的选择。根据适者生存的天则，他们认为旧文学已经完全不适应时代精神与社会发展，是应该是被淘汰的。同样，进化论的文学史观对中国古代文学研究的影响也是很大的。早期的文学史著作，有不少直接援引进化论为其理论基础的，如1929 年沈炳华为沈达材的《建安文学概论》作序，说："人类既是天天在进化的历程中不停的走着，自然他的心灵——文学，也就依这原则而日益扩展。所以他所表现出来的形与质，便时时显示其进化，文学史——无论是断代史或通史——的使命，就是记载文学的进化的历程，并在这历程中推出其因果关系，也如普通的历史或别的学术史一样。"[①]1930 年，谭正璧编著《中国文学进化史》，更是直接以进化为文学的基本观察点了。[②] 在这种史观的支配下，文学史研究主要目的就是寻找文学演变的脉络。

进化论文学史观表现在汉魏六朝诗歌史的研究中，就是 20 世纪的诸家研究，都不约而同地力图建构一个诗歌史的发展谱系，认为从汉魏诗歌发展到唐诗，中国诗歌史是在完成着某种"进化"。中国古代诗学家也常常将唐诗看成是此前汉魏六朝诗歌史演化进程的一个完美结果："诗至有唐，菁华极盛，体制大备。"[③]在这一点，进化论与之有相通之处，或者说这种传统的文学演化观，成为新进化论的一种传统资源。但是另一方面，中国唐宋以来的复古派诗学家，又以《诗经》风雅颂、汉魏风骨为诗歌典范，建构起诗歌精神及其经典价值逐

① 载沈达材《建安文学概论》卷首，朴社出版，1932 年版。

② 谭正璧：《中国文学史大纲》，光明书局，1933 年版，第 1、2 页。

③ 沈德潜：《唐诗别裁集 · 凡例》，上海古籍出版社，1978 年版，第 1 页。

代衰落的考察诗史的方式，如白居易《与元九书》论风雅之道的逐代衰减，黄庭坚将诗史建构为“国风雅颂、楚人之言、后世诗人之辞”[①]三部分，明清崇尚汉魏诗风的胡应麟等人对汉乐府、汉魏晋古诗的推崇，从一种理想的艺术精神的角度来建构诗歌史。本来诗歌发自人类讴吟的天性，原始诗歌经过长期的发展，到《诗》、骚的时代，达到了一种成熟。在《诗》、骚中，我们看到诗歌艺术精神的圆满实现，也看到沿袭《诗》、骚的后世的文人四言诗、辞赋中，明显地向人工修辞的方向发展，而艺术的精神则有所坠失。同样，文人五言诗源于汉乐府，在魏晋时代就创造出建安风骨及阮籍诗、陶渊明诗这样的典范，情志与词彩获得统一；而南朝以降的文人诗，则修辞艺术片面地发展，而情志及比兴有所坠失。这种情况，都表明所谓诗歌的发展，是一个复杂的现象，非简单地利用进化论原理可以解释。作为一种文学史观的文学进化论，与中国古代诗歌发展史的事实，有符合的一面，也有不完全符合的一面，它与中国古代的诗歌史观的关系也是这样。事实上，20 世纪前期那种典型的进化论诗史观，虽然作为一种新方法风行一时，但后来的诗歌史家，很少简单地运用这种直接从生物学中搬运过来的进化论观念。但进化论对整个中国古代文学史的影响仍然是巨大的，前面已经说过，中国古代主流的文学史观，是带有复古色彩的，有文学今不如古的观点。这种今不如古的文学观，在特定的文学系统、文学史发展阶段中，是有一定的真理性的。但认为整个的文学史都是今不如古，则显然是有问题。

进化论的文学史观的一个表现，是在各时期的文学体裁中，重视

① 黄庭坚：《胡宗元诗集序》，《重刻黄文节山谷先生文集》卷十二，四部丛刊本。

新的文学样式,贬低旧的文学样式。这与中国古代的一代有一代之文学的观点,有一定的叠合之处。正是这种观念,使得汉赋、中古五言诗、唐诗、宋词、元曲、明清小说这样的文学史序列得以确立。后起的文学样式,如戏曲、小说获得充分的肯定,在很大的程度上改变文学史的格局。正是在这种文学史格局中,元明以降的文学正统被散曲、戏剧与小说所取代,诗词、辞赋、古文被程度不同地忽略。魏晋南北朝文学原来是诗赋并重,某种意义上说,辞赋在当时文坛上占有更重要的地位,但在 20 世纪的文学史研究格局中,诗歌得到了充分的重视,而辞赋则被冷落了。多种文学史,对魏晋以后的辞赋多是一语不及。1947 年出版的胡云翼《新著中国文学史》,一方面承认"魏晋南北朝的文学向以诗赋二者著称",并且认为"单就赋的一方面说,这个时代的辞赋已经比汉赋进步许多了";但另一方面,著者还是认为魏晋南北朝辞赋真正有价值的作品不多,"所以我们对于魏晋南北朝的赋略而不谈,专门来讲这时期文学的主干部分——诗歌"①。这种对魏晋南北朝辞赋的忽略,在整个 20 世纪的汉魏六朝文学史著述与具体的研究中,是有普遍性的。表面上,魏晋南北朝诗歌受到了特殊的重视,但这种特殊重视是以忽略这个时期诗赋并重的文学原生态为代价的,这显然对于魏晋南北朝诗歌史的研究也是不利的。

五四新文学运动的发生及随后一百年白话文学的发展,不仅使承传二千多年的文言文学失去了正统的地位,而且也为古代文学史划上了它的结束点。传统的文学教育重于作,而轻于研;重视经典作家的阅读,而轻视一般的文学知识与积累;其相关的文学研究的著作,要么重在文学原则与思想价值的阐述,要么重视具体作品的鉴赏

---

① 胡云翼:《新著中国文学史》,北新书局,1947 年版,第 73 页。

与批评，再有就是对文体的研究，也是其传统文学研究积累丰富的部分。总的来说，古代传统的文学研究包括文学史研究，是以有助于创作为主要目的的，是为了正在进行中的当代文学寻找借鉴，并期待发展出更加理想的未来的文学。从某种意义上讲，这也是我们今天的文学史研究的目的。但随着现代人文科学的文学研究及文学教育的专业化、职业化，文学史日益成为一门具有特定的研究对象、讲究现代人文科学的综合的研究方法的学科。也就是说，文学史研究日益客观化了。这种客观化，可以说是文学史学科发展中必然性趋势。但是五四新文学运动对旧文学的否定，使得在一般的认识中，旧文学成了一种历史。这加速了文学史研究的客观化。从此之后，古代文学就被当作一种已经完成了它的历史进程的"古代"的文学来看待。与从前的研究者是处身于那个活的文学发展进程之中不同，此后的研究者，则是面对着一个客观性的审美物的知识体系。虽然作为一个中国本土的研究者，我们与中国古代文学仍有一种属于思想文化传统的精神血脉的联系，但我们已经置身于"事"（创作之事）外。所以，文学史的学习与研究，就从以"能"为主的古代传统，转化为以"知"为主的现代传统。五四可以说两种文学史研究方式的分界点。从此，文学史教材及文学史专著的质量标准，就在于叙述这个叫做文学史的客观的、审美物的知识体系准确与否，这也同样是文学史内部各段落、各单元的如断代文学史、分体文学史，分体断文学史的质量标准。

在具体的文学史观上，五四新文学运动给中国文学史带来的影响更大。进化史观对新的文学样式的崇尚，与五四流行的崇尚平民文学、通俗白话文学，贬低贵族文学、庙堂文学、山林文学的观念结合在一起，甚至作为中国古代文学的主流的文人文学也在相当程度上遭到贬抑。胡适之的《白话文学史》就是这种文学观的代表作。胡适之《白话文学史》完全是他的白话文学主张在中国文学史著述上的演示，本身就是白话文学理论的一部分。他利用现代语言学的一些成就，认识到中国古代的文学，有基本与当时的语体一致的一种，又有与当时语体不一致的属于历代文人共同使用、不随着实际的语言变化而变化（或者说只有局部、少量的受当时语言的影响）的一种，后者即文言文学。从文学的发生历史来讲，前一种文学（即胡适提倡的、褒扬的“白话文学”）常是后者渊源所自，如汉乐府为魏晋以降的文人诗歌的母体。而且从根本来说，文学的发展经历了从口传文学到书面文学的发展，不仅整个文学史是这样[①]，各种文体也常常是这样的，如变文、小说、戏曲都经历过从口传到书面的发展。从这个意义上讲，对历史上白话文学、平民文学、民俗及民间文艺的重视，有助于揭示文学发生的真相，这的确是 20 世纪的中国文学史研究超越传统的文学史观的地方。这种文学史中，国风、汉乐府、南北朝新声、变文、早期曲子词、话本小说、金元戏曲、明清通俗小说等受到了格外的重视，一切发生古代（鸦片战争以前）的民间及民俗性质、过去被视为不登大雅之堂的文学样式，在理论上都获得了最重要的研究价值。郑振铎所著的《中国俗文学史》与《插图本中国文学史》，则是继胡适之以后，对俗文学的价值及其文学史地位做出更深入、系统地阐述的一部著作。

在上述文学史观与文学格局中，汉魏六朝诗歌史是很关键的一部分。本来在传统的诗学中，汉魏六朝诗歌就是极受重视的。而它

---

① 参看钱志熙《文人文学的发生与早期文人群体的阶层特征》，《北京大学学报》，2009 年第 5 期。

作为中国诗歌史发展的前期，与歌谣及音乐、舞蹈有着十分重要的关系。新的文学史观重视歌谣、通俗文艺，总的来说，有助于汉魏六朝诗史上述发展特点的揭示。在新文学史观所建构的汉魏六朝诗歌史中，汉乐府诗、吴声西曲在诗歌史上的价值与地位，也得到了空前的强调。并直接促使了20世纪汉魏六朝乐府文学研究的繁荣。但从另一方面来说，汉魏六朝也是庙堂诗歌与文人诗歌创作成就显著的时期。尤其是从魏晋至南北朝、隋，可以说是文人诗创作系统从确立到繁荣的重要时期。虽然这时期的诗体多出于歌谣及乐章歌诗，但体裁与题材及各种诗歌修辞艺术的发展，都是在文人的手里完成。20世纪前期诗歌史，对于上述文人诗的发展进程，是注意得不够的。不但这个时期的雅颂歌曲是基本上被否定了，文人创作中较多地反映纯粹的文士意识、讲究修辞的一派，也受到贬低。被晚清同光派诗人沈曾植奉为三关的元嘉体，胡适用"元嘉文学毫无价值"一语来下判断。至齐梁之间逐渐兴起的用典艺术，则直斥为"用典的恶风气"，而东晋南北朝乃至整个文学史上的山水文学成就，在这种文学史观下，也被忽略。胡适之在该书的引子"我为什么要讲白话文学"，第一，"要人知道白话文学是有历史"，第二，"要人知道白话文学即是中国文学史"。这两个断语，如果说前一断语还基本上是正确的，后一断语则显示出极大的偏差。虽然如前所述，多种文学样式常始于语体，并且语体文学本身也有它的极高价值，但是中国文学史主体仍是由文人文学、文言文学构成的。

事实上，五四之后形成的这种新的诗歌史观，恐怕也还是接受了以诗骚、汉魏、盛唐为正宗、唐以后无诗等传统诗歌史观。陆侃如、冯沅君的《中国诗史》分整个诗史为古代诗史、中代诗史、近代诗史三期，古代诗史为《诗经》、《楚辞》、汉乐府，中代诗史三国诗、六朝诗、初盛唐诗、中晚唐诗，近代诗史为唐五代词、北宋词、散曲及其他。两宋以来古近体诗系统，完全被删略了。闻一多的诗歌史研究，也是以诗经、楚辞以及从建安到盛唐的这一段为主。一些在五四新文学氛围中成长起来的文学史家，都程度不同地受到这种重视原典、原创的文学史观的影响，其实是诗骚正宗、汉魏盛唐正宗的传统诗史观在新文学氛围中的一种变形。如林庚先生的《中国文学史》，也比较突出地体现了上述的倾向，其对宋以来的古近体诗的评价，明显地偏低。这种诗史与传统的崇唐抑宋的诗史观有一定的叠合之处，但其审美思想与理论的前提则是来自五四新文学观，两者之间还是有相当大的差异的。应该说，从五四一直到上世纪 70 年代，上述诗史观一直是主流。但上世纪 50 年代开始，由于重视现实主义、积极浪漫主义等范畴的引进，宋元明清古近体诗中的现实主义、爱国主义以及像龚自珍这样的具有积极浪漫主义倾向的诗人，引起了研究者的重视，客观上打破上述有巨大偏颇的诗歌史，使宋诗、明清诗等中国诗歌史发展史上的重要阶段，开始进入研究的视野。但对五四以来的文学史观的真正突破，是从上世纪 80 年代开始的。随着文学价值观的多元化，诗歌史研究的广度与深度，都超过了前八十年。宋元明清的诗、古文辞才开始被关注，那种唐诗、宋词、元曲、明清小说的文学史建构方式才开始得到局部纠正。

一些具体的属于新文学运动范畴的活动，也对诗歌史观产生影响，如北大顾颉刚等的采歌谣运动，对《诗经》及汉乐府、南北朝乐府新声的歌谣体性的认识，也起到了重要的作用。顾颉刚的《诗经》研究，就带有歌谣学的色彩。在这种风气影响下，在古代诗学家那里基本上被遮蔽了的歌谣对于中国古代诗歌史的重要价值，在 20 世纪的诗歌史研究中得到了凸显。五四以来对民间文艺的整体重视，对于文学史中与民俗和民间娱乐关系密切的变文、戏剧、小说的研究,也起到推动作用。一些成长于三四十年代,研究活动持续到五六十年代,甚至七八十年代的文学史家,在其教学与著述的文学史中,都给歌谣、戏曲及一般的通俗文艺形式以较重要的位置。表现在诗歌史研究中,则是重视诗歌与音乐歌舞的关系。如曾经求学于北大的台静农的《中国文学史》,是作者在台湾大学教学与研究的成果,其文学史观却是渊源于北大一派的。在该书《第一章　中国文学的起源》中,作者认为"研究文学的起源,不能抛开跳舞与音乐,因为在原始时期,文学、跳舞、音乐是三位一体的"①。所以,本书在《诗经》、乐府、词曲的部分,都特别重视其原生的音乐体制,这可以说是本书与同期产生的大陆的各种文学史的特色。

从这个意义上看,20 世纪的诗歌史观是很复杂的,有着多方面的渊源。具体地落实到汉魏六朝诗歌史研究来说,传统的崇汉魏、轻齐梁的观念,与新文学的重视歌谣乐章及平民文学的观念,复杂地交织在一起,它们之间有叠合,也有矛盾。并且我们看到,随着研究的深入,有些研究者虽然也受上述诸种诗歌史观的影响,但更多地贴近诗歌史本身,梳理出比较接近诗歌史实际的发展进程的线索。当然,像胡适这样极端的白话文学史就是中国文学史的观点,后来的学者并没有完全接受。如 1932 年出版的沈达材的《建安文学概论》,接受了胡适等人重视汉乐府、民间文学的诗歌史地位的观点,强调乐府对建安诗歌的决定性影响。他认为建安文学发展的最重要的事实,不在于结束古赋,结束四言,为五言立壁垒;而是乐府诗的大解放,也就是俗乐歌词登上了文人创作的大雅之堂。"建安文学是从乐府来

① 台静农:《中国文学史》,台湾大学出版中心,2004 年版。

的，而乐府的发生，却是从民间孕育产生的。”他认为汉乐府有大半是平民文学，而建安文学又源于乐府，因此建安文学的民俗化、白话化，已是必然的结果。“只是中国的文学，一向都被看作贵族的妆饰品，这种反动，就有研究和重视的价值了。”①作者的这种史观，是受五四以后重视平民文学、白话文学的观念影响，但是基本符合文学史的实绩，而作者的叙述也趋于翔实。但是作者对民间文学与文人文学关系，却有自己的看法，他认为：“我们觉得纯粹的民间文学，其始不过是具着粗鄙的词句，真朴的情调，并没有什么绮腻的、曲折的文学描写。必要到了当代文人学士采用了这些民间歌曲，而自己去制造新词时，于是文学的黄金时期便到临了。所谓建安文学史，盖即这种文学史上的黄金期产物之一。”同时沈氏还指出建安“时代的文学观念仍注重于辞赋，诗歌的勃兴，不过是偶然的事吧了”②。这也比较合理地把握住了建安文学的整体构成。从胡适之的片面观点，到沈达材这样的比较辩证地认识所谓民间文学与文人文学的关系，是学术上有价值的扬弃。稍后的1936年出版的郭伯恭的《魏晋诗歌概论》，是一部比较系统地阐述魏晋诗歌发展历史的专著，作者从魏晋的历史背景与文学思潮中考察魏晋诗歌的发展历史，对五言诗的起源与建安五言腾踊的现象，较钟、刘两人有更加详细的叙述。郭著在讨论魏晋诗歌史的发生起源时，也强调乐府的影响：“建安诗歌的重要特点，并不在结束四言诗，扩展五言诗的另一领域，它在积极方面的表现，更是乐府的解放。这在东汉诗人已开其端，到这时候乐府的影响已深入了，于是建安诗人就公然出来以乐府的旧曲制作新辞，而

① 沈达材：《建安文学概论》，朴社，1932年版，第5页。

② 同上书，第7、6页。

且不为乐律所束缚，自由朴实，很能表现出各个人的真情来，这是建安时代的特有精神，也是建安诗坛的新局面。”[①]又如一些论断上，郭著也吸收五四以来的新文学观念，如称“太康诗坛是沿着曹魏以来的浪漫思潮而进展”[②]，用浪漫主义来概括建安以来的诗风，也是一种比较现代的诗史观。又如作者在观念上贬低以华缛风格与客观描写的辞赋，而重视新兴的五言诗。这反映五四以来的重视抒情文学的观念，一定程度偏离了清末至刘师培一派重视辞章的文学观念。与沈著表现出来的共同的倾向。对魏晋诗歌在诗歌史上的地位，郭著的一个关键词就是“古体诗时代”：“魏晋诗歌，经批评家公认为古体诗的黄金时代。所谓‘古体诗’，原是与‘近体诗’相对待的名词。近体诗就是律诗和绝句，有一定的格律，以五言、七言为限，凡不守律诗和绝句的格律的诗，都叫做‘古体诗’，或简称‘古诗’。这种分别是颇合理的，我们从这里可得着一个很确实的观念，并且由此在中国诗歌史上也划出一个很分明的时代来。我们知道近体诗是六朝永明年间沈约等人创始的，在六朝以前，完全是古体诗流行的时代；这个时代，上自《诗经》的无名氏诗人起，下至晋末大诗人陶渊明止，我们可以称为古体诗的时代。”[③]作者对古体诗时代与近体诗时代的区分，是比较粗糙的，并且将诗经与汉魏乐府诗、五言诗合为一谈，也不甚科学。其考证源流演变，亦未见精细。但还是揭示了诗歌史的一个大流变的。这种研究，比起那种完全使用平民文学、白话文学等观念对文学史做削足适履式的截割，是更加学术化了。可见一种文学

① 郭伯恭：《魏晋诗歌概论》，商务印书馆，1936年版，第21页。
② 同上书，第25页。
③ 同上书，第181页。

史研究,其起初可能是观念强横地干预文学史的建构,但随着研究的深入,会越来越向事实靠近,这时候,文学史研究的品质也开始提高。就汉魏六朝诗歌史来说,从最初基本上在旧学的语境中勾勒诗史,并且其准确、详尽尚且不如明清诗史家,到刘师培融旧学与新知,以扬州学派的文学观为灵魂,初步建立魏晋南北朝文学的系统叙述的结构,是一个变化。在具体的研究上,郭著继承了刘勰《文心雕龙·明诗》建安、正始、太康、玄言诗盛行这样一个诗史建构,其对魏晋诗歌之流变有较好的揭示,如其论建安之太康诗风的演变:“太康诗坛是沿着曹魏以来的浪漫思潮而进展,建安诗人已对于修辞有了相当的注意,正始时代虽略起了反动,可是到了晋代,因为当时的文人受辞赋的影响很深,所以就倾向骈俪的体裁,特别趋重在诗的外形之巧,而忽略了诗的内质之美。”①同时作者还注意到模拟、写景这些艺术因素的发展,应该说是比较准确地把握住了魏晋诗歌发展的脉络,对传统的魏晋诗歌研究有所深化。五四以后,以胡适为代表的白话文学、平民文学观念中的中古诗史建构,对汉魏六朝诗史的建构也是关键。但是此后的宿学与新秀,虽然深受此观念的影响,但舍弃胡氏的片面性,重新回归对中古诗歌的事实的全面掌握,并在这个过程中,对钟、刘直到明清诗史家的研究重新加以关注,以其为自身研究的出发点,这里我们可以看出学术的逐渐走向成熟。

四

20 世纪汉魏六朝文学史研究中有一个比较突出的史观,即“文的自觉”与“人的自觉”的理论。1927 年,鲁迅先生在广州夏期学术

① 郭伯恭:《魏晋诗歌概论》,商务印书馆,1936 年版,第 25 页。

演讲会上做了题为《魏晋风度及文章与药及酒之关系》的著名讲演，就是对20世纪的汉魏六朝文化及文学的研究影响极为深远的一个经典文献。他着眼于汉魏之际的思想环境与文学的发展，依据曹丕《典论·论文》"诗赋欲丽"、"文以气为主"之说，认为"曹丕的时代，可以说是文学的自觉时代，或如近代所说，是为艺术而艺术的一派"[①]。所谓文学自觉，在鲁迅的语境中，包含对纯文学的肯定以及强调文学独立于各种功利性的社会价值的、以表现主观的思想感情与审美趣味为其唯一的价值这样一些内容在里面。鲁迅关于魏晋文学的所有论述，都是着眼于上述视角的，如其对建安通脱壮丽文风的论述，对魏晋风度及陶渊明个性的论述。鲁迅这篇论文对汉魏六朝文学研究的影响之大，实际上远远超过胡适之、郑振铎诸家。但从晚清以来的文学史观的发展来看，鲁迅之所以能形成他自己如此独特的、穿透力极强的汉魏六朝文学史观，与晚清文学史家努力寻找文学的内涵、尤其是重视在中国古代广阔的著述体系中寻找纯文学的内涵是分不开的。另外，鲁迅在文学史上，其实也是属于刘师培、章太炎等人的六朝派的。在这个讲演中，鲁迅对刘师培的《中古文学史讲义》极为推重，其关于建安文学通脱壮丽的论述，也是踵承刘的观点的。他的魏晋文学自觉说，与刘师培的着眼于六朝文笔之分的"文学辨体"学说也有渊源的关系。刘氏借用文笔之说，来界定文学的内涵，代表晚清以来寻找纯文学内涵的一种论述方式。其《中古文学史讲义》正是寻找从汉到齐梁陈时代纯文学、或称修辞主义的文学发展的历史，并且以汉魏之际为此一文学史发展的起点。从这个意义上，鲁迅的魏晋"文学自觉说"是对刘氏文学观的一种发展。

---

① 《鲁迅全集·而已集》，人民文学出版社，2005年版，第526页。

但他自己将其表述为西方的“为艺术而艺术”的纯艺术观。传统“文笔论”中和“笔”相对称的“文”,正是文学写作外在功用价值的脱落,纯艺术性质的突出。从文学发展史来看,鲁迅所说的汉魏之际的文学独立,还包含着文学从经学与重视教化的汉代文化中,独立到重视文学自身价值,消解其教化功能这一层意思。从某种程度上看,这也是晚清以来文学史家逐渐摆脱经史及儒家教化的集体努力的结果。在另一方面,他对自我意识的强调,即被后人概括为与“文的自觉”相对的“人的自觉”,更是受到五四以来的思潮的明显影响。从这些方面来看,鲁迅的《魏晋风度及文章与药及酒的关系》所取得的成就,是对晚清以来的文学史思考的一个发展,并非个人一时兴到之言。另外,鲁迅重新激活了传统的“魏晋风度”这一概念,带出了人们对与之相关的魏晋文化的特征的重新认识。我们前面讲过,五四新文学建立起平民文学的观念,在此视野中,魏晋南北朝的士人文学的地位被相当程度地忽略。鲁迅的魏晋风度概念,以及他对魏晋士人精神世界的触及,为魏晋南北朝文学的研究寻找到一个重要的理论支撑。此后,通过对魏晋士人精神世界的研究来展现其文学的表现,成为魏晋南北朝文学研究的一种主要方法。在这样的视野下,20世纪的魏晋南北文学研究的一些热点问题开始形成,如建安风骨、正始风流、玄言文学、山水文学、宫体文学等,都被贯穿在文的自觉与人的自觉的文学史建构中来认识,促使了针对上述专题研究的深入。同样,士族文化与汉魏六朝文学关系的研究,也是汉魏六朝诗歌史研究的一个重要视点。但是客观来讲,相对史学界对这个专题研究的深入,文学史界对士族与六朝文学关系的研究,除了若干个案的阐释稍有定论外,整体研究的成就是不太起眼的。

鲁迅的魏晋文学史观及一系列具体观点,造成汉魏六朝文学研究的新起点。他从思想史、生活史、精神史出发来阐述文学史的做法，对汉魏六朝文学史研究的影响是很大的。完成于新旧交替时代的王瑶的《中古文学史论》，可以说是这一派的文学史研究的一个实绩性的成果，也可以说是从鲁迅的观点出发所做出的王瑶式的六朝文学史体系。如果相对于新中国成立后纯粹的马列史观的文学阐述（这种阐述也是渊源于五四），我们可以看到，王瑶源于鲁迅的文学史研究体系，奇迹般地超越了阶级分析的研究方式，保持了晚清以来文学史研究独立思考的立场。从这个角度上说，王瑶的《中古文学史论》无疑是刘师培、鲁迅的有力的继承者。不仅是王瑶，即使著述于建国后的游国恩的《中国文学史》，在阐述魏晋文学的时候，也还是沿用了文学自觉说："建安时期，文士地位有了提高，文学的意义也得到了更高的评价。加之汉末以来，品评人物的风气盛行，由人而及文，促进了文学批评风气的出现，表现了文学的自觉精神。"[①]可见，在阶级分析一统天下的时期，鲁迅的文学自觉观点，仍在发生理论上的作用。初版于四十年代，在五六十年代不断修订的刘大杰的《中国文学发展史》，也是"魏晋文学自觉说"的重要推演者，"这期的文学，形成一种自觉的运动，重视文学价值和社会地位，探讨文学理论问题"[②]。据此即可知，本书叙述魏晋文学及诗歌艺术，即是文学自觉说的基本纲领的。即此一端，也可见鲁迅在汉魏六朝文学史研究中的地位。但"文学自觉"对汉魏六朝文学史研究的价值，仍决定于其对文学史事实揭示的功用。

---

① 游国恩等主编：《中国文学史》（一），人民文学出版社，2002 年修订本，第 226 页。

② 刘大杰：《中国文学发展史》，上海古籍出版社，1983 年版，第 231 页。

五

在新的教学与学术体制中,20 世纪汉魏六朝诗歌史研究的一大实绩,就是各种专题研究的模式的建立。早期诸大家的汉魏六朝诸家研究,不仅本身具有很高的学术价值,而且对后来诸家有发凡起例的作用。所以,经过早期宏观、长时段的文学史叙述后,一些专门、专家的研究也由此推出。如据杨亮功的回忆,刘师培在教授中古文学史课时,曾指导学生选择中古文学家做专门的研究:"刘先生教我们于汉魏六朝文学中每人任选择一两家做专题研究。他认为研究任何一家文学必须了解其师承所自、时代背景及其个人身世。我所研究的是徐陵(孝穆)、庾信(子山)两家。有一时期我专致力于魏晋六朝文学,这也是受了刘先生的影响。"[①]同样,黄节在北大文学院(1917年)、清华文科研究所(1928 年)任教期间,讲授汉魏六朝专家诗及《汉魏乐府风笺》,不仅其本身的成果代表了旧学出新知一派的实绩,同时也开出了汉魏六朝乐府诗研究的新风气。有学者认为,20世纪前期像黄节的这样的学者,除受朴学影响较深外,也多少融入了近代的眼光。"如黄节的作品笺注,功力未必能赶上乾、嘉诸老,但在通达方面则颇有所过之,是为得益于近代的理性和理解力。另外,黄节等选择魏晋南北朝作家作为笺注对象,实际上已经舍弃了经学的陈腐传统,本身就含有一定文学史观念的变化。"[②]这一看法是允当的。正是从五四新文学观念中兴起的重视歌谣、民间文学的风气,与黄节等从旧学范畴出发的强调汉魏乐府的"风"的性质的观念正

① 杨亮功:《早期三十年的教学生活》,《杨亮功先生丛著》,台北商务印书馆1988 年版,第 661 页。

② 吴云等著:《魏晋南北朝文学研究·绪论》,徐公持执笔,北京人民出版社,2001 年版,第 7—8 页。

相交汇，由此形成了中古诗歌史研究中成就比较突出的乐府诗研究的风气，其在20世纪中古诗研究中实绩最大。主要的实绩，即黄节的《汉魏乐府风笺》和萧涤非的《汉魏六朝乐府文学史》（1933年清华研究院毕业论文）这两部著作。1927年考取清华研究院国学门的罗根泽，先从梁启超治诸子学，后又研究批评史与乐府文学史，并在1930年撰写出《乐府文学史》，显然也是受黄节、梁启超等人的影响。这个时期的乐府文学史研究，除了综述古代乐府学之外，在具体问题的研究上也有所深化，提出了一些新看法。如关于清商三调与相和歌辞的分合关系的讨论，是一个很深入的专题。这个问题本身虽然迄今仍未达成一致的结论，但显然刺激起乐府研究的兴趣。一般的文学史专著与文学史教材中，对汉魏六朝乐府诗的研究，也开始占据很大比例，如梁启超的《中国之美文及其历史》，冯沅君、陆侃如的《中国诗史》第四篇《乐府》，都是这个时期研究乐府的实绩。但是这些有关乐府的研究，其实是以郭茂倩《乐府诗集》、郑樵《通志·乐略》为基本的文献来源和分类依据的，没有超出以郭、郑为代表的古代乐府研究的范畴。其对郭、郑的观点的质疑，如梁启超认为清商三调与相和原为两类，沈约《乐志》、王僧虔《技录》都是这样著录的，吴兢《乐府古题要解》，将三调归属相和，而郭茂倩、郑樵沿其误，将汉魏时期的清商三调歌诗归入“相和曲辞”一类中，梁氏认为是“替清商割地”[①]。这是对乐府分类研究的深入。但是梁氏的观点不一定正确。这里涉及到对文献的理解与乐府音乐内部分类及历史沿变的不同认识，所以朱自清等人不同意梁氏观点，引起作为20世纪乐府研究热点问题的清商三调与相和曲辞归属问题的持续讨论。从这个

① 梁启超:《中国之美文及其历史》，中华书局，1936年版，第56页。

意义上，我们可以说，20 世纪对汉魏六朝乐府诗的特殊关注，是新文学中重视民间文学、歌谣、抒情乐歌等新观念对中国古代乐府研究传统的一个激活。

上世纪 40 年代，一批在清华、北大国文系以及清华文科研究所毕业的青年教师与研究生，在导师的指导下从事比较专深的学术研究，其中研究诗歌史的如余冠英、逯钦立，其重点多在汉魏六朝的诗歌史。这些研究开始体现专家研究的水准，如在乐府研究方面，他们在比较充分地掌握史料、比较全面地了解作家、作品的基础上，在传统的学术知识之外，在乐府的音乐体制、文献整理以及作家、作品的思想内容与艺术价值方面，都做了比较深入的研究。余冠英的《乐府诗选》，是继黄节《汉魏乐府风笺》之后的重要选本，是 50 年代至 80 年代学习、研究乐府诗的重要文本之一。在具体学术观点方面，余氏能比较准确地吸收传统乐府学研究的成果，而对采诗制度做了较好的梳理，他认为汉武帝时"采诗夜诵"(《汉书 · 礼乐志》)就是采集民歌，包括歌辞与乐调。传统对采诗的理解比较模糊，大体只知道是采集作品，余氏指出包括采乐调，这是符合音乐史的事实的，对我们理解汉武采诗的真相有启发。余氏还勾沉相关史料，指出东汉时期也有采诗:"东汉乐府是否恢复刘彻时代的规模制度，史无明文，但现存古民间乐府诗许多是东汉的，可能东汉的乐府是采诗的，至少东汉政府曾为了政治目的访听歌谣。""到了魏、晋，乐府机关虽然不废，采诗的制度却没有了。旧的乐府歌辞，有些还被继续用着，因而两汉的民歌流传了一部分下来。六朝有些总集专收录这些歌辞，到沈约著《宋书》，又载入《乐志》。""南朝是新声杂曲大量产生的时代，民歌俗曲又一次被上层阶级所采取传习，不过范围只限于城市，内容又不外乎恋情，不能和汉朝的采诗相比。""后魏从开国之初就有乐府。那时北方争战频繁,似乎不会有采诗的事。但‘横吹曲辞’确乎多是民谣,传入梁朝,被转译保存,流传到现在。”“从上述事实看来,汉、魏、六朝民歌的写定和保存,主要依靠政府的乐府机关。但由于私家肄习,民间传唱而流传的大约也不少。”[①]像上述这样通过全面的掌握史料与复原史实得出来的结论,代表了一种求实的史学风格。此外,余氏《乐府歌辞的拼凑与分割》、《吴声歌曲里的男女赠答》、《乐府诗集作家姓氏考异》以及《七言诗起源新论》等文章,也都是从平正求实中获得新知,代表了四五十年代的研究风格。逯钦立1936年至1937年就读于北京大学,1937年6月以北京大学学籍毕业于西南联合大学,毕业论文题目为《相和歌词考》,1943年以《乐府相和歌考证》为题刊于《读书通讯》第六十三、六十四期,又于1982年以《相和歌曲调考》为题发表于中华书局《文史》第十四辑。这篇论文,对近人梁启超的清商三调不隶相和歌辞的观点提出异议,从梳理历代著录相和歌词、清商三调的文献出发,指出王僧虔《技录》已以清商三调属相和,又进一步从曲调制作、演奏形式出发,认为清商三调仍属相和歌,但它们是相和歌的变种。他提出清商三调是魏代的产物,这是在乐府发展史上,第一次明确地指出从汉到魏晋,乐府音乐是有所演变的。而从前的史料记载汉魏乐府演变的,只有《宋书·乐志》记载的魏明帝分相和为两部,“清商三调,荀勖撰旧词施用者”,以及刘勰认为“宰割辞调,音靡节平”这几条记载,后人于此也颇少考论。逯氏第一次对汉魏之际乐府音乐体制演变进行考证,实开后来考证乐府音乐体制之先河。又逯钦立1945年所作的《汉诗

① 《〈乐府诗选〉序》,余冠英《汉魏六朝诗论丛》,商务印书馆2010年据中华书局1962年版排印本,第4—5页。

别录》中，也多考证汉乐府诗歌的文辞。其《先秦汉魏晋南北朝诗》也体现了他研究汉魏六朝乐府诗的成果。从 30 年代演至 40 年代、甚至 50 年代的乐府研究的殿军人物，应该是王运熙先生，他可以是 20 世纪乐府研究史的承续性人物。王运熙 50 年代出版的《六朝乐府与民歌》、《乐府诗论丛》，正是强调乐府为民歌这一五四以来的乐府研究新视点的继承，但同时王氏的研究对诸如汉魏乐府的音乐体制也做了研究，其贡献最大处为对汉魏晋乐府机构的演变的研究。其对吴声西曲的研究，则多侧重于其诗歌形式、内容及修辞艺术的研究。50 年代至 70 年代的乐府诗研究，基本上处于停滞状态，取得若干进展的，也主要对汉乐府的现实主义价值的阐释。乐府诗研究传统的恢复是在进入 90 代以后，这一时期研究的最大的特点的是对乐府诗原生的音乐、娱乐体制的重视，由此出发，汉魏六朝乐府诗发生的音乐与娱乐文化背景、乐府制度、音乐演奏体制、及歌曲本身，都得到了重视。这一研究趋势现在尚处于方兴未艾的态势中。

20 世纪前半期的汉魏六朝诗歌史研究，在古代文学研究中具有一定的典型性，成绩也比较突出。一方面是由于传统积淀之丰厚，另一方面是由于新的文学观之建立，其中如进化论、白话文学、平民文学等观念影响尤巨。学者们正是由于这些观念而获得了重新建构、阐释汉魏六朝诗歌史的话语体系，这其间也的确发现了一些新的事实，或者对那些被以往的旧文学史观所忽略的事实重新进行阐述，形成了像乐府诗研究这样的热点。但我们也看到，随着研究的深入，事实本身在不断地调整研究者的观念与方法，促使他们更加全面地认识汉魏六朝诗歌史的整体，并且不断地与旧学的结论呼应，甚至出现向传统方法的回归，如刘师培、黄节、刘永济、钱基博诸家，放弃晚清以来流行的文学史叙述体系，从钟、刘、胡、许及乾嘉注疏之学中发展出一种述作兼顾的文学史叙述方式。在这一方式中，旧学与新知、述与作得到了很好的统一，不失为著述文学史的良法。近年初版的郭预衡主编的《中国文学史长编》以及各家的文学编年史，在方法也与上述诸家有所接近，但基本上是编纂旧说，罗列事实，只可视为一种文学史料，不能看做是文学史的著作。总之，文学史研究如何融汇中西，沟通新旧，在继承中国古代丰富的文学史研究传统的基础上获得有力的发展，是今后的文学史家们需要认真思考的问题。

二、60 年代魏晋南北朝诗歌研究的初步评述

作为 20 世纪古代文学研究的一个部分的魏晋南北朝诗歌研究，其基本格局是在 20 世纪上半期奠定的。我在《旧学与新知的复杂交汇——试论 20 世纪上半叶的汉魏六朝诗歌史研究》①、《20 世纪上半期乐府研究史述评》②两篇论文里尝试对其做学术史的建构。上世纪五六十年代，在 20 世纪的古典文学研究史中，则是一个颇具特殊性的时期，政治与新的学术体制、学术传统等各种合力，形成了这个时期古代文学研究的复杂态势。单纯从形态上说，称之为开新之局或变异之态，许之以历史唯物主义方法的全面使用，或评之为庸俗社会学的流行，似乎都有各自的理由。这些复杂的问题，有待于学术界的讨论。无论怎样评价，有一点应该是没有疑问的，在上世纪三四十年代与八九十年代两个学术高峰之间，五六十年代的古代文学研究，

① 《文艺理论研究》，2012 年第 1 期。

② 《北京大学学报》，2013 年第 5 期。

以其特殊的方式完成了学术上承前启后的转变。所以,有必要对其进行深入的研究,藉以明了今后学术发展的方向。魏晋南北朝诗歌史,因其学术内容较集中、研究传统较深厚以及意识倾向明显等原因,向来易被各种文学观念影响;也是漫长的中国古代诗歌史中较易被迅速建构的一段历史。所以梳理五六十年代学术形态的魏晋南北朝诗歌史研究,是比较有意思的,可以作为研究五六十年代古代文学的一种个案。

一

20 世纪五六十年代的古代文学研究,从学术自身的发展态势来看,仍是 20 世纪前半期学术的延续,却是在新的政治体制、学术体制与意识形态背景中延续的。新的政治体制与意识形态的环境对古代文学研究的影响,是学界比较多地看到的,虽然问题本身仍有很大的探讨空间。而五六十年代新的政治体制建立后形成的学术体制对本段及此后古代文学研究的影响,似乎未被文学史的学者注意。由此而产生的一种古典文学研究者的学术工作规范,更是一个值得探讨的问题。

解放以后的大学教学体制,在系科设置方面,中文系的设置更加明确,称汉语言文学系或中国语言文学系。在研究机构的设置方面,五六十年代开始,设立科学院(后分社会科学院)下属的文学研究所及各种文学研究室。在出版方面,各出版社也有规范的文学室的设立。上述体制的整齐划一化,似乎使古代文学研究者有了更明确的分工意识,有一批固定的、可明确统计的从业人员。学术体制的这种变化,也带来学者治学方式的变化。民国时期的学者,虽然术业有专攻,有文、史、哲及古今中外等方面的各自专业方向,但是常常并不严格。即以古典专业的学者来看，常常是文史哲不分，这种情况也许更接近自然的学术生态。但进入新中国之后，由于在学术体制方面的更加专业化，学者们都经历了一番对自己专业的重新定位，并以此定位来规范他们的学术与教学。例如，著名的词学家夏承焘，前期学术兴趣广泛，对史学与理学都有过研究计划，其教学方面涉及的对象也较广，进入 50 年代后，则完全集中到以词学为主攻方向的古代文学的教学与研究方面[①]。又如兼攻文史的缪钺，新中国成立以前曾任河南大学、浙江大学中文系教授，华西大学历史系与中文系教授；新中国成立以后则先是任人民华西大学历史系主任，后来一直任四川大学历史教授[②]。这种情况在当时的老一辈学者中不在少数，也包括一部分原本同时从事现代文学创作与古典文学研究的学者，进入五六十年代后选择主要以古典文学研究为主要的工作。中文系文学专业内部各教研室的划分以及在教学与研究方面的研究方向的分工，也可以说是一种不同于过去的新的学术体制。也许可以说，进入新中国以后，我们今天常说的古代文学学科，才真正明确起来，而专攻方向的明确化，更使这个时期的人才由此前以通才为主向专家型发展。所以，我们思考或研究 1949 年以后的古代文学研究史，似乎不能不注意到上述学术体制的变化所带来的学术上相应的变化。其利弊不易一言以述之。直观的印象，民国时代的学者，虽然术业有专攻的意识也十分明确，但还没有形成此后的分工体制，所以学问上以博通为特点，但专精或有所不足；五六十年代以后的内地学者，分工

① 参看钱志熙《夏承焘先生早年学术道路试探》，浙江大学中文系编《中文学术前沿》第 5 辑，浙江大学出版社，2012 年版，第 1—12 页。

② 四川大学历史系编《冰茧彩丝集——纪念缪钺教授九十寿辰暨从教七十年论文集》附录一《缪钺教授自传》，成都出版社，1994 年版，第 571 页。

意识很明确,学问上以专精为特点,但博通不够,多有局隅。这种情况,在此期成长起来的年轻一辈学人中表现得尤其突出。

另一个学术体制的变化,是学术工作的形式。民国时代的学术,基本上是个体式,同时学术的生产也主要是个体化的,充分体现学术上的个性化与学术自由的原则。比如民国时期产生的数量颇多的各种文学史,多是个人著述。进入 50 年代后,有组织的集体研究、集体编撰的学术工作方式,成为一时风气。当时的重要学者,鲜有完全不被集体制的学术生产方式卷入其中的,五六十年代走上学术道路的青年一辈学者,更是直接地从集体制学术生产方式中培养出来的。要较好地把握 20 世纪后半期的魏晋南北朝诗歌研究史,尤其是寻找其与前半期的不同,上述学术体制变化的背景,似乎也应该加以注意。这种集体制学术生产方式是大跃进时代的产物。1958 年北京大学中文系文学专门化 1955 级集体编著的《中国文学史 · 前言》对当时学术活动的情况有所记载:

> 毛主席曾经指出:“随着经济建设的高潮的到来,不可避免地将要出现一个文化建设的高潮。”(《中国人民政治协商会议第一届全体会议上的开幕词》)大跃进以来,在工农业生产迅速发展的同时,波澜壮阔的文化革命也把我国的科学文化推到了飞跃发展的大道。文学史的研究,一年来取得的成就是十分重大的。好几部集体编写的文学史著作先后出版了,对古典作家作品进入深入研究的专篇论文,也比过去更加多了。近半年来,作家协会、文学研究所和北京大学、北京师范大学联合举办了多次座谈会,请了许多著名学者和各方面代表就文学史的若干基本问题发表了意见,报刊也就文学史的研究,展开极其热烈的自由争论。因而,许多去年不曾认识到的、认识不深刻的或者有错

误的问题，逐渐被澄清了。这是古典文学研究领域中可喜的收获，我们的文学史理应反映这种学术发展的最新成就。[①]

这里所叙述的学术讨论情况，在当时是具有普遍性的。中性地看待这种现象，我们不能不承认，五六十年代的学术生产方式，也与当时的整个生产方式一样，是高度的集体制的。文学史、较大规模的历代或通代文学作品选的集体编纂方式，是这个时期的代表性成果。这种编写方式，一直延续到下一个阶段，至今仍为流行的模式。可以说是五六十年代奠定的一种学术生产方式。这种模式的利弊是值得研究的。但其中学术个性、学者创新意识的减弱，当是不争的事实。

五六十年代，是新中国文艺思想体系的建立期。这个文艺思想体系的建立，以马列主义文艺思想为主导、以国家当时重要的政治政策和一系列由上而下的政治运动为主要的背景，以十七年中发生的具体的文学事件为主要内容而展开的[②]。由此引起许多文学方面的争鸣与争议。它主要是以当代文艺为主的，但也同样波及古代文学领域。在"百家争鸣"的政治口号下，一种旨在以新中国文艺思想体系为旨归的学术争鸣，同样在古代文学领域中展开，其中比较集中的表现，就是有关建安风骨发生的现实背景与具体内涵，有关曹操、陶渊明等作家的阶级属性及其作品的现实性、人民性等论题的讨论。这种争议，虽然是以共同的文艺思想如批判现实主义、积极浪漫主义等艺术标准为旨归，其中也体现了不同研究者不同的学术背景与审

① 北京大学中文系文学专门化1955级集体编著：《中国文学史》，人民文学出版社，1959年版，第1—2页。

② 上述问题，近期中国社会科学出版社出版的"中国哲学社会科学发展报告"丛书中的文学各分册有比较集中的研究。

美趣味的差别。但总的来说,这些争论,就魏晋南北朝诗歌研究史而言,有效的学术积累是比较少的。这种争鸣其实也可以视为五六十年代学术研究的集体生产方式的一种表现。

二

五六十年代魏晋南北朝文学史叙述的基本模式,可以概括为下述诸点:

一、重视历史背景与社会现实的分析。古代形态的文学史论,有重视社会现实与文学的关系的研究传统。班固《汉书·艺文志》论“贤人失志之赋”,以及《毛诗·大序》论变风变雅,都是从社会现实的变化来分析某些具体的文学现象的成因。刘勰《文心雕龙》继承汉儒文论的传统,并且提出“时序”这个范畴,建立了一种整体地把握历史变迁与文学发展的对应关系的研究方式。其《时序》可谓中国古代社会学文学批评方法的典范。但唐宋以来形成的不计其数的文学史论,总体上看,是侧重文体学、风格学的,社会学方法的使用不太多。上世纪前半期的魏晋南北朝诗歌史研究,较多地关注魏晋时代的历史特点与文化背景。尤其是对于门阀政治、玄学、佛学等与诗歌创作的关系有一定的关注,但并未形成凝固的叙述模式。这个模式在八九十年代的古代文学研究中仍有相当大的制约力,其形成则在这个时期。在叙述的内容上,总是首先强调魏晋南北朝时期混乱、黑暗、分裂的历史阶段特征。具体的例子如:“从汉末大乱到隋代统一,历时约四百年。我国社会处于长期分裂与动荡不安的状态,历史情况复杂,文学也经历了许多变化。”[①]“自公元 189 年汉末董卓之

① 游国恩等主编:《中国文学史》(一),人民文学出版社,1963 年版,第 195 页。

乱，经三国、两晋、南北朝，到公元581年隋统一全国，约四百年的时间里，中国社会进入了长期的混乱、分裂状态，是中国历史上少有的黑暗、动荡时期。在这一时期里，人民所遭受的苦难是极为深重的。”[①]这种在叙述魏晋南北朝文学的历史背景时强调分裂、黑暗的整体看法，在后面时期的研究中仍有相当的影响。中国古代文学史论中，就有认为变风、变雅为现实衰乱之产物的看法，可谓上述分析方法的本土传统资源。但在思考方式中，马克思在论古希腊神话等文学现象时提出的文艺与历史发展不平衡的观点，似乎有更大的影响。魏晋南北朝时期历史、政治上存在的某些负面情况与文学发展的复杂关系，的确是应该深入研究的问题。但不加分析地将一个长时段的历史定性为黑暗、混乱，并以此为文学产生的背景，并不利于我们认识文学创作中复杂、丰富的背景，其方法显然有简单化之嫌。上举两种文学史中，相比之下，前一种文学史强调此种分析方法，强调此阶段“历史情况复杂，文学也经历了许多变化”，不失为客观、有效的学术观点。与此相关，对魏晋南北朝时代的统治阶层在政治上的是非功过的评价，也是整体加以否定的。对其在政治上的建树很少肯定，仅对曹魏的评价有所例外。这深受当时政治上正反两分的思维方式的影响，也可以说是这个时期现实政治中阶级成份论在古代历史与文学研究中的反映。事实上，魏晋南北朝时期的政治，至少在文化上是具有一定的建树功能的。如统治阶级对文学的提倡、各种文化及学术对文学的积极作用，这些问题，此期的文学史较少涉及。同样，此期作家群体阶层情况的复杂性，则多被忽略。对这些问

① 吉林大学中文系中国文学史教材编写小组编著:《中国文学史稿》，吉林人民出版社，1961年版，第181页。

题的研究，也主要是在下一个学术时期展开的。

二、阶级分析方法的普遍使用。在大跃进期间或稍后编著的文学史，主要采取阶级分析的文化批判的方法。其在叙述魏晋南北朝文学史时，着重地描述这个时期政治上的黑暗，门阀士族阶层的腐败。与之相应的是，对作为此期政治之产物的玄学及形式主义、绮靡风格的文学创作，也基本上是以批判的、激扬的笔调来叙述的。同时，为了给这个时期诸如建安诗歌、阮籍、嵇康、陶渊明等人的经典性作品的成因做出解释，当时的通行方式，是采取将上述文学家群体及个人阐释为统治阶级中新兴的、持批判性的中下阶层。但是本时期撰述的文学史，显然是将上述历史事实夸张并完全简单化了。[①]

阶级分析的方法主要来自于历史唯物主义，在三四十年代就已流行。但在使用这种方法时，有带有派性主观色彩和比较客观的分析这两类。人类社会存在着阶层与阶级，是一个客观的事实。一切的文化与文学现象中都可能含有阶层性与阶级性的问题，也是整体上能够成立的看法。并且阶级、阶层并非人类唯一的归属方式，其他如国家、族群、地域等，同样是人类的重要归属。但五六十年代的文学史叙述，阶级分析差不多成了唯一的方法。这样就显示出它的偏差来了。具体到魏晋南北朝时代，当时社会中存在着门阀士族、庶族或寒素族等多种阶层，也是自来为历史学家所关注的。古代史学对此进行过较深入的研究，如赵翼《廿二史札记》卷八“九品中正”、“南朝多以寒人掌机要”，卷十二“江左世族无功臣”、卷十五“高门士女”等条[②]。

---

① 以上观点主要根据北京大学中文系文学专门化 1955 级集体编著《中国文学史》(人民文学出版社 1959 年版)，吉林大学中文系中国文学史教材编写小组编著《中国文学史稿》(吉林人民出版社 1961 年版)两书。

② 赵翼:《廿二史札记》，凤凰出版社，2008 年版，第 111、118、174、215 页。

20世纪的新史学家如吕思勉、陈寅恪等对此更多研究。1947年至1948年间，陈寅恪在清华大学历史研究所讲述魏晋南北朝史，所贯穿的就是阶级分析与集团分析的方法[①]，将曹氏与司马氏分别归属非儒家的寒族与儒家豪族，并且认为魏晋政治更替的实质为儒家豪族取代非儒家寒族。而将东晋的南北士族称"文化高门"，更是陈氏的重要观点。可见，五六十年代魏晋南北朝文学史的有关研究，在使用阶级分析方法时，相当大的程度上采用了当时被称为新中国成立前资产阶级史学家的研究成果。在这里我们又一次看到，学术嬗变中新与旧复杂交织的情况。但是五六十年代的阶级分析方法，由于缺乏深入的个案研究，显得简单化与标签化。尤其是在判定作家群体与个体的成份这一点上，受当时社会政治生活中实行的成份分析的影响很明显。尤其是滥用"地主阶级"这个概念，使得这个时期的文人群体总体上被判定为当时的封建统治阶级，而这在当时的价值评价标准中是被否定的。这掩盖了中国古代文人群体在社会角色、社会地位方面的多样性、复杂性的事实。作为一个补充的方法，则是根据统治阶级内部阶层的不同，区别为腐朽、反动的与具有进步、新兴色彩的两种，在地主阶级内部再分统治、压迫阶级与被统治、被压迫阶级。这方面的内容当然是大量地接受了古代与20世纪上半期历史研究中对门阀政治、门阀士族阶层的研究成果，但带有浓厚的褒贬色彩。直到今天，摆脱派性和当下的政治目的，文人群体的阶层性研究，仍是魏晋南北朝文学史研究中的重要课题。甚至可以说，这个课题真正深入的研究，还有待今后的学术界。

① 万绳楠整理：《陈寅恪魏晋南北朝史讲演录·前言》，黄山书社，1987年版，第1页。

三、诗歌史演变的叙述。接受上半期对汉魏六朝乐府民歌研究的成就,以及上半期已经做出的建安等时期的文人诗是从乐府民歌中发展过来的判断,主要研究文人如何接受民间诗歌的影响。前半期的三四十年代,已经突破五四时期片面肯定民间诗歌的倾向,对文人在接受民间诗歌的基础上所做出的发展给予了肯定。这一成果,在这个时期也巩固下来的。尤其是曹植、阮籍、陶渊明、鲍照等几个大诗人,较上半期受到更多的关注。无论是使用文学与现实关系的分析方法,还是阶级分析的方法,这些诗人都被列入正面性的叙述中。在艺术评价方面,更是差不多完全是正面性的。从上半期的重视文学史建构、重视诗歌史的宏观视野,转变为本期以大诗人、重要诗人为主的研究。所以五六十年代的魏晋南北朝诗歌研究,可以说是魏晋南北朝重要诗人研究。这当然与传统观念有关系。中国古代的文学史研究、文学评论,本来就主要是经典的接受与评论。

三

五六十年代文学史研究标志性的集体成果,首推 1962 年出版的中国科学院文学研究所的三卷本《中国文学史》和 1963 年出版的北大等高校的四卷本《中国文学史》。它们可以说是大跃进时期文学史编写热的一个持续性的成果,其中带有纠偏的性质。也许可以这样为这两部及与此同期产生的各种个人、集体的文学史定位:它们是在新的政治背景与意识形态中对从 20 世纪初以来的古代文学研究成果做了一个集成性的阐述。在评价其得失的时候,不能忘记它们与 20 世纪前半期学术的紧密联系。担纲这两部文学史中魏晋南北朝部分的主笔,在文学所方面是余冠英,在高校方面则是萧涤非。他们正是在 40 年代登上学术舞台的魏晋南北朝文学史研究尤其是乐府诗研究方面的资深学者。仅此一点,也可见它们与前半期在魏晋南北朝诗歌研究史所取得的成就之间不能割断的联系。余冠英1951年8月撰写的《建安代表诗人曹植》、1956年撰写的《三曹诗选·前言》、1958年撰写的《汉魏六朝诗选·前言》等论文,是本期建安与魏晋南北朝诗歌史研究的代表性著述。这些文章也确立了五六十年代,甚至更后一些时期叙述魏晋南北朝诗歌的基本框架。其在叙述建安诗歌的发展时,强调儒学的衰微对文学、民间歌谣的影响这些基本因素,同时吸取前期史学中关于魏晋南北朝社会阶层研究的成果,以阶级分析的方法来研究作家的阶级性问题,以及与文学的关系。如认为曹魏所代表的是与汉末大地主集团不同的一个新兴阶层,这个"集团所产生的文学有共同的特征,显出相当的进步性。曹植是这个集团的代表人物,从他的作品就可以见出那时代文学的特征与进步性"[①]。他分析袁绍与曹操各自代表士族与非士族两个阶层,曹魏的轻经术而重文学,就是新兴的非士族阶层的一种表现。从这样一个角度来把握建安乃至魏晋文人五言诗兴起的原因,对后来研究的影响相当大。又如指出建安时代是诗歌取代辞赋成为主流文体,同时建安诗歌也受到辞赋的影响,也继承了前期的一些观点,成为后来考察魏晋诗歌成因的一个角度。从余氏上述三篇论文,我们仍可以看到,传统的文学史观点、上半期关于魏晋南北朝诗歌史研究的一些新知、以及五十年流行的阶级分析方法,是比较复杂地交织在一起的。它们也构成后来的科学院版《中国文学史》的《魏晋南北朝文学》的一个重要来源。同时,余氏对这个时期走上学术舞台的魏

① 余冠英:《建安代表诗人曹植》,《汉魏六朝诗论丛》,商务印书馆,2010年版,第66页。

晋南北朝诗歌史的年轻一辈学者如王运熙、曹道衡等,也有直接的启迪与引导作用。

科学院版《中国文学史》的一个基本特点,是重视社会、政治、思想对文学的影响,它将本段文学史主要分为“汉魏之际”、“魏末晋代”、“南朝”、“北朝”这样的几个时期,对于每时期的社会政治及思想的基本情况都有一个比较概括的叙述。这种重视社会政治及思想背景的研究方法,无疑是继承了前半期中以刘师培、鲁迅为代表的研究方法,从更远的渊源来看,当然也继承了以刘勰为代表的南朝文史家的方法。刘勰在《时序》篇中即说“故知文变染乎世情,兴废系乎时序,原始以要终,虽百世可知也”[1]。但是在具体的观点上更多地使用了阶级分析的方法,如对建安文学的介绍,认为在汉末大乱中大官僚贵族的统治集团被削弱打击,曹操等代表中小地主阶级的利益阶层取得一定的地位。认为“曹操和他的集团不但在政治上代表中小地主的利益,而且在文学上也体现了这一阶层的艺术趣味”[2]。同样,在分析两晋文学风气时,注重的也是门阀政治与玄虚之风等政治及思想背景的影响。

“现实性”与“形式主义”是当时文学史研究中的两个关键词。在梳理魏晋南北朝诗歌史时,这对概念更是起到整体的构建性的作用。将现实主义、形式主义等概念与阶级分析的方法相结合,更是五六十年代文学史研究的一个特点。一般说来,代表着中小地主阶层利益的建安文学,以及此后寒素阶层的文学家如左思、陶渊明、鲍照,

① 刘勰:《文心雕龙·时序第四十五》,詹锳:《文心雕龙义证》(三),上海古籍出版社,1989 年版,第 1713 页。

② 中国科学院文学研究所中国文学史编写组:《中国文学史》(一),人民文学出版社,1962 年版,第 187 页。

他们在文学上表现出程度不同的现实性；与之相对的代表贵族阶级的两晋、南朝的不少文学家，则多趋向于"形式主义"。如游国恩等编《中国文学史》，认为西晋士族是一个非常腐朽的阶级，但垄断了文化。在他们的把持下，文学离开了"建安风骨"的传统，很少反映社会现实，主要成了表现士族阶级狭隘思想感情与不健康艺术趣味的工具。同时形式主义得到迅速的发展。但出身寒微的左思继承了建安风骨。[①]"历代作家常把建安看作文学的黄金时代，他们在反对绮靡柔弱的形式主义文风和强调作品的现实意义时，往往提出建安作品作为效法的典范。唐代陈子昂的提倡'汉魏风骨'就是最好的例子。"[②]这种判断的方法，无疑与传统的崇尚汉魏风骨、认为晋宋以后文学风气转向雕琢、绮缛的观点有共同的地方，与"汉魏风骨"说是一脉相承的。但是其中使用的阶级分析方法，以及"现实性"、"形式主义"两个概念和二元式的艺术批评方法，却并非古人所有。从这里我们看到古今文学史观、文学史范畴之间的微妙嬗替。在分析具体的作家、作品时，也主要使用上述的范畴和方法，如论曹操"《蒿里行》就是当时现实的生动的缩影"[③]、阮籍《咏怀诗》第三十一首是借古喻今，写的都是"魏末晋初的现实"[④]。而在分析作家创作精神的动因时，如对阮籍、左思、陶渊明等人的分析，无一例外地指出其"不满于现实"这一点，或因不满现实而生批判的精神，或因不满现

---

① 游国恩等主编：《中国文学史》（一），人民文学出版社，1963 年版，第 199—200 页。

② 中国科学院文学研究所中国文学史编写组编写：《中国文学史》，人民文学出版社，1962 年版，第 188 页。

③ 同上书，第 189 页。

④ 同上书，第 213 页。

实而生逃避的思想,从而决定其作品在表现现实方面的不同。

游国恩等五位学者主编的高校版《中国文学史》,魏晋南北朝部分主要由萧涤非负责。萧氏师从黄节,是三四十年代学院派乐府诗研究的中坚。其对乐府的研究,基本上采取传统的文学与音乐文献学的研究方法,黄节对其有很高的评价。解放以后,萧氏是主流学者,研究方法有较大的转变。这部《中国文学史》中的魏晋南北朝部分,在叙述方式上,同样使用了阶级分析的方法,使用"现实性"、"形式主义"等批评范畴。在本编的《概述》中,对于建安、正始、两晋、南朝、北朝各个时期的政治现实与文学关系作了系统的叙述。但在具体观点上,相对来说趋于平允,比较贴近历史事实。如认为强调汉末社会巨大变动引起思想方面的变化,名、法、兵、纵横等家思想都有不同程度的发展,思想界呈现自由解放的趋势,并以此作为建安文学形成新面貌的一种背景。又如指出建安时期文士地位提高,文学批评风气出现,表现出文学自觉的精神。在叙述玄学背景时,注重其与魏晋之际曹魏与司马氏两个集团之间的现实政治斗争的关系,并且也认为这两个集团代表不同的阶层利益。

五六十年代所形成的现实性、形式主义的评价标准,以及将此标准与阶级分析方法的结合,可以说是当时普遍使用的方法;许多具体的学术观点与学术讨论,都是由此方法派生的。进入八九十年代,带有浓厚的时代色彩的阶级分析方法,开始回归到文人群体及个体的阶层身份的研究,不再使用将马克思主义教条化的庸俗社会学的评论方式。同时海外尤其是日本学者关于魏晋南北朝时代贵族制度的研究,也被陆续地引入。至于将现实性、形式主义与阶级分析方法相结合的论述方式,也随之自然地分解了。但现实性、形式主义作为魏晋南北朝诗歌史的评价标准,在后面的时期仍然被广泛地使用。

四

五六十年代的文学史与上半期文学史的联系，还表现在对前半期的学术成果及学术权威的选择方面。这是一个复杂的课题，具体的结论需要通过详实的调查才能达成。一个初步的印象，是新文学派的学者及其研究成果在这个时期成为主流。这其中，原本在文学史方面影响最大的胡适，由于政治的原因，不再被广泛地征引，虽然他的一些文学史观及具体的学术观点，实际上还在发生影响。代之而起的，主要是鲁迅、闻一多、朱自清等人的影响。其中魏晋南北朝文学史的研究方面，鲁迅的影响更是决定性的。频繁地征引鲁迅的观点，在鲁迅观点的基础上进行阐述，可以说是这个时期魏晋南北朝文学史撰写与作家、作品研究的一个普遍现象，甚至可以视之为阶段性特征。

鲁迅是三四十年代左翼文艺的领袖，延安时期就已确立崇高地位。在五六十年代的古代文学研究领域，鲁迅的影响也是普遍性的，梅新林等人的《当代中国古代文学研究》第二章第二节《鲁迅：古代文学研究新权威的树立》对此有较详细的论述[①]。鲁迅在文学史观方面受刘师培、章太炎等人的影响，崇尚魏晋文章，其《魏晋风度及文章与药及酒之关系》对魏晋时代的社会风气与文学创作、以及建安文学、正始的阮籍、嵇康乃至陶渊明等，都有评论。所以，鲁迅在古典文学研究界的权威地位，在魏晋文学研究中表现得尤其突出。如科学院版《中国文学史》在论述阮籍、嵇康反对礼教的问题时，采用了鲁迅《魏晋风度及文章与药及酒之关系》中“表面上毁坏礼教者，

① 梅新林、慈波、曾礼军著：《当代中国古代文学研究》，中国社会科学出版社，2013年版。

实则倒是承认礼教,太相信礼教"这一说法[①]。分析阮籍《大人先生传》时,也指出"鲁迅曾借用刘勰说的使气来概括阮籍的特色"[②]。在论述陶渊明的时候,用较大的篇幅论述陶诗并非只有平淡,还有《咏荆轲》及《读山海经》、《饮酒》等组诗中激越感情的表现,也是采用了鲁迅的看法。高校版《中国文学史》采用建安时代文学自觉说[③],在评论曹操时,采用了鲁迅"曹操是改造文章的祖师",文风"清峻"、"通脱"等看法。[④] 在评论陶诗的风格时,和上书一样,同样采用鲁迅的"金刚怒目"式的评论。[⑤] 同期的论文中,引用鲁迅观点,甚至主要根据鲁迅的观点进行阐释的现象也很突出。如张志岳《论曹植的诗》一文在分析曹植的文学观念时,主要采用了鲁迅对曹植表面轻视文章、视其为小道的一段分析,还引用了鲁迅"帮忙文学"的说法,来分析三曹文学的不同特点。[⑥] 易润芝的《试论陶渊明》中说:"作为一个古典文学研究者来说,就更应该首先在思想上摆脱一切旧的影响,以清醒的、战斗的、现实主义的思想方法,学习鲁迅先生在研究古典文学方面的'知人论世'的治学态度。鲁迅先生告诉我们:'我总以为倘要论文,最好顾有全篇,并顾及作者全人,以及他所处的社会状态,这才较为确凿。'(《且介亭杂文二集·题未定草(七)》)。因

---

① 中国科学院文学研究所中国文学史编写组编写:《中国文学史》(一),人民文学出版社,1962 年版,第 200 页。

② 同上书,第 214 页。

③ 游国恩等主编:《中国文学史》(一),人民文学出版社,1963 年版,第 196 页。

④ 同上书,第 210 页。

⑤ 同上书,第 245 页。

⑥ 张志岳:《论曹植的诗》,《文学遗产增刊》第一辑,作家出版社,1955 年版,第 159—171 页。

而也就激烈反对：取材，单靠选本；研究，专门摘句，片面发挥，抹煞全体的那种主观的、资产阶级的'研究'方式。（《且介亭杂文二集》《'招贴即扯'》、《'题未定草'（六）》）。因此，我们今天应本着鲁迅所指出的方向去努力，以期达到鲁迅先生所期望的，使陶渊明真正成为一个和旧说不同的人物。"[1]王瑶的《关于陶渊明》，也多次引述鲁迅的观点。[2] 结合其他各段文学史的情况，鲁迅在五六十年代文学史研究中的影响，是值得注意的现象。可以说，这个时期的魏晋南北朝文学史研究，是鲁迅的经典地位的树立时期。

朱自清、闻一多在五六十年代的影响，也是构成当时学术思想的一个来源。夏晓虹为季镇淮《来之文录》所写的提要中指出："以文学史研究为职志，而形成贯穿各篇的自觉的文学史意识，是此书的鲜明特色。这一点在 1949 年以后撰写的诸文中更其明确。作者处理的尽管是具体、个别的文学现象、作家、作品，却以全史的构建为旨归。其间隐含着继承闻、朱二位先师本意之遗志的深心。作者不断回忆道：闻一多先生'在遇害前几个月，表示要写一部唯物史观的中国文学史'（《闻一多先生事略》）；朱自清先生'主张考据批评的概念，显然是为构造中国文学批评史创造条件'（《回忆朱佩弦自清先生》）。而作者把握数千年文学史的策略，同样得益于闻、朱二师。闻一多先生研究传统文学，开始于杜甫，'由杜甫研究扩及到全唐诗的研究，由唐上溯六朝、汉魏、直到古诗的源头《楚辞》、《诗经》'

① 易润芝：《试论陶渊明》，《文学遗产增刊》第一辑，作家出版社，1955 年版，第 172 页。

② 王瑶：《关于陶渊明》，《文学遗产选集》第一辑，作家出版社，1956 年版，第 105—113 页。

(《闻一多先生与中国传统文学研究》)。”[①]关于闻、朱在文学史研究领域的影响,也是一个可以专门研究的课题。

总的来看,五六十年代的魏晋南北朝诗歌史研究,是从五四以来的新文学派愈成主流,属于旧学范畴的研究,相对来说愈显零落。

五

五六十年代有关魏晋南北朝诗歌史的研究,从整体上看,是有比较突出的庸俗社会学与机械论的倾向的。但凭借三四十年代学术界养成的研究群体的实力,在诗人及诗作的研究上仍有不少实质性的推进,并且有些研究者还在一定程度上保持着一些独立性。对此,吴云主编的《魏晋南北朝文学研究》有比较中肯的评价。该书比较尖锐地指出 20 世纪五六十年代学术受政治强烈干预的现象,认为在方法上是庸俗社会学与机械论的盛行。但同时指出,这时期“仍有人能够运用唯物史观的基本原理,去比较科学、客观地研究古典文学,比如在有关曹操、蔡文姬、陶渊明的讨论中,都有部分学者不为风向所动,不管气势多么凶,坚持实事求是的精神,对有关问题作出比较中肯的发言。”而在学术成果方面,王瑶的《中古文学史论》之外,“浦江清、余冠英、程千帆、逯钦立、缪钺、张志岳、詹锳、胡念贻、王运熙等,在本时期也有水平较高的论著发表,使得本时期在学术一统化、学术政治化、学术运动化的大背景下,魏晋南北朝文学研究尚有一些成绩可说”[②]。造成此期魏晋南北朝文学史研究尚有成绩可说的主

① 乔默主编:《中国 20 世纪文学研究论著提要》,北京大学出版社,1994 年版,第 49 页。

② 上述两处引文分别见吴云主编《魏晋南北朝文学研究》,北京出版社,2001 年版,第 22、23 页。

要原因，是三四十年代走上学术舞台的一批重要学者丰厚的学术功底与学术良知的作用。

五六十年代的魏晋南北朝诗歌研究，一个值得重视的方面，就是在新的学术背景下，重新选择魏晋南北朝诗歌的经典，包括经典作家与经典作品方面。以前六朝诗选影响最大的当推沈德潜《古诗源》与王闿运《八代诗选》。《古诗源》反映了汉魏派的观念，《八代诗选》则是六朝派的观念。经过了近半个世纪的五四新文学观念的影响、尤其是进入50年代后政治及社会的新需求，重新选定经典自然是十分必要的工作。余冠英的《三曹诗选》、《汉魏六朝诗选》这两部选集仍是以一人之力而成，对当时及后来的魏晋南北朝诗歌史的研究与教学，产生了很深远的影响。对这两种选本，以及《诗经选》、《乐府诗选》与余先生主持的《唐诗选》，徐公持曾经这样评价："余先生的几种诗歌选本，当时的社会影响很大。可不要以为这只是普通的读物而已，从纯粹的学术眼光去考察，它们的质量是很高的。它实际上是将这几部作品选注当作一项严肃的学术工作来做了，所以他的许多学术心得、学术创见都融注进了这几部选本，使之具有一般选本少有的学术精品品格。"[①]笔者在上世纪末与已故的倪其心先生的谈话中，倪先生曾说，他们那一代学者研究汉魏六朝诗歌，都是在余先生这个选本的影响下展开的。看来余氏这几种唐前诗歌选本的学术影响，应该作为一个专门的学术史问题来讨论。1962年出版的北京大学中国文学教研室选注《魏晋南北朝文学史参考资料》，是另一个影响深远的选本。其中魏晋南北朝诗歌的选目主要由林庚先生主

① 徐公持：《记余冠英先生及其学术》，载余冠英著《汉魏六朝诗论丛》，商务印书馆，2010年版，第193页。

编，陈贻焮、袁行霈等参加。稍后 1964 年出版的林庚、冯沅君主编《中国历代诗歌选》是一个系列的成果，魏晋南北朝诗歌部分也是由林庚起草选目，倪其心负责注解的初稿撰写。[①] 后书的选编前言中说："我们希望尽可能选思想性艺术性都高的作品，同时为了体现中国古典诗歌全面的成就，以及历代诗歌流派的发展，也选了一部分思想性与艺术性有所偏重的作品。"这应该是五六十年代古代文学作品选的一个普遍性的选择原则。将艺术性与思想性的标准分开来，是五六十年代学术的思维习惯。艺术性来自审美，是具有古今相接的共同性的艺术标准。思想性则主要是时代性的。而注重诗歌流派的发展，则体现了丰富的学术积累。

五六十年代，魏晋南北朝诗歌研究方面出版了一些重要的著作。其中王瑶《中古文学史论》与刘师培《中国中古文学史》一样，在八九十年代都发生过重要的影响，被视为这个时期没有受左风影响、运用比较科学的知人论世方法的一个成果[②]。但在当时属于非主流的成果。并且此书属稿于 1942 年至 1948 年间，虽然出版是在 1951 年，但就学术史来看，此书是上半期新文学派中古诗歌史研究之殿军，并非新的学术体制的产物。王运熙有关汉魏六朝乐府诗的一系列研究，所开启的主要是乐府及其诗歌研究方面的实证性方法。由于他的研究开始于新的学术体制形成之前，其后 50 年代的研究也基本是循着其原有的研究方法展开，采取着重于乐府制度的沿变、乐府歌诗产生时地等史实考证的实证性研究方法，所以与当时主流的阶级分

① 林庚、冯沅君主编：《中国历代诗歌选》，人民文学出版社，1965 年版，第 3 页。

② 吴云主编：《魏晋南北朝文学研究》，北京出版社，2001 年版，第 22 页。

析方法关涉不是很大。

逯钦立大概是这个时期在汉魏六朝诗歌方面用力最勤、实绩最大的一位学者。逯氏在30年代就读西南联大时期开始研究乐府诗，并在罗庸指导下完成论文《相和歌词考》。1939年入北京大学文科研究所，确定研究课题为“校辑全汉魏晋南北朝诗”。随后陆续完成《汉诗别录》、《古诗纪补正叙例》等论文，并对《嵇康集》、《陶渊明集》进行集中的研究，撰写了陶渊明生平、里居与思想的相关论文。[①]其辑校的《先秦汉魏晋南北朝诗》，据其自叙，“校辑开始于四〇年，完成于四七年”。应该是新中国成立前完成的一个成果。但作者自称从六一年春对旧稿进行整理，至六四年完成。[②] 他的《陶渊明集》整理工作及附录的相关论文《关于陶渊明》、《陶渊明诗文事迹系年》，也是始于50年代，至70年代完成。逯氏的研究成果，最典型地体现了本文所强调的五六十年代的魏晋南北朝诗歌研究与三四十年代的延续关系，以及与八九十年代的接引关系。

六

五六十年代的魏晋南北朝诗歌研究，有一个不同于前后各个时期的特点，即主要集中在对重要诗家的研究，这与当时整个古典文学研究中作家研究盛行的情况一致。这个时期比较重要的论文和专著，也都属于作家研究。并且，主要集中于建安曹氏父子、阮籍、陶渊明、鲍照这几位在当时看来思想性与艺术性能够统一的诗人。1969

---

① 李思清、逯宏捷编：《逯钦立先生年谱初稿》、《逯钦立先生著述略表》，载《逯钦立文存》，中华书局，2010年版。

② 逯钦立：《先秦汉魏晋南北朝诗》“后记”，中华书局，1983年版，第三册，第2794页。

年，香港中国语文学社编辑《魏晋六朝诗研究论文》，选入了撰作于50年代的十位学者的十一篇论文，基本上可以代表此期魏晋南北朝诗歌研究论文的高度。具体题目如下：

余冠英　《论建安曹氏父子的诗》（《文学遗产增辑》第一辑）

张志岳　《论曹植的诗》（《文学遗产增刊》第一辑）

郑孟彤、黄志辉　《试论曹植和他的诗歌》（《文学遗产增刊》第五辑）

萧学鹏　《阮籍试论》（《中山大学学报（社）》1956年第4期）

张志岳　《略论阮籍及其咏怀诗》（《文学遗产增刊》第十一辑）

易润芝　《试论陶渊明》（《文学遗产增刊》第一辑）

王瑶　《关于陶渊明》（《文学遗产选集》第一辑）

刘禹昌　《陶渊明作品的现实性与人民性》（《吉林大学人文科学学报》1959年第三期。）

曾君一　《鲍照研究》（《四川大学学报》1957年第4期）

陈贻焮　《鲍照和他的作品》（《文学遗产增刊》第一辑）

陈寂　《鲍照诗歌的艺术特点》（《文学遗产增刊》第三辑）

余冠英、张志岳和郑孟彤、黄志辉四位学者的论文，都是以曹植的生平与诗歌艺术为研究对象的。此前，郭沫若在《历史人物》一书中专门写了《论曹植》一篇。可见50年代关于曹植的研究，也形成过一个热点。各家论文对曹植生命后期遭受压迫，都有比较重点的分析，其意图在于揭示曹植取得诗歌艺术上杰出成就的成因。同时也都强调其在发展五言诗艺术方面的作用。这些论文，有时也采用阶级分析的方法，如张文强调曹植与人民的关系，在分析曹植前后创作的高下与曹植与曹丕的高下时说："我们只要根据他前后不同的生活及其阶级关系去分析，也就可以分别理解何者该表扬何者该批判了。"但总体来说，这三篇论文，对曹植诗歌的研究是有所推进的。对一些传统的看法也有质疑，如张志岳对王夫之对曹丕的评论表示质疑。张氏论文还正面地肯定了曹植在乐府诗方面的新的创造，指出其"运用各种题材与情志结合的创造，大大开启了以后诗人的创作道路。""曹植的诗无论在内容上形式上都有他的创造性，兼有华茂淳朴之长，他写下了不少精美的诗篇，对五言诗的基础的奠定，起了很大的作用。至于他的辞赋像上文郭先生所列举的许多篇，的确是摹拟的痕迹异常显露，这也说明辞赋的没落，而发挥创造的天才很自然地要转到新兴的五言诗上去了。"[①]强调建安以后辞赋的衰落与五言诗的兴起，是五四以来观察本段文学史的一个基本视点。

萧学鹏、张志岳有关阮籍咏怀诗的研究也有各自的角度。萧作较多地从创作方法论方面论述阮籍，认为阮籍"是一个现实主义者和浪漫主义者"，并从其时代的黑暗、混乱与诗人对其的反映的角度来论述。具体分析阮诗艺术时，结合传统的比兴说，认为"'象征'的运用是阮籍诗篇中的一个最显著的特点，也是其运用艺术作品来进行斗争的一种有力武器"。将传统的比兴说与象征主义、浪漫主义结合起来，也是五六十年代乃至七八十世纪古典诗歌研究的一种现象。张作对阮籍的咏怀诗从主题方面进行分类，这也是 20 世纪阮籍研究的一个基本方法。

陶渊明是 20 世纪研究得最为深入的诗人。除了十分流行的传

---

① 《文学遗产增刊》第一辑，作家出版社，1955 年版，第 159—171 页。

记式研究外，运用新的文艺观与研究方法来对陶渊明进行阐述，是本世纪陶渊明研究主要的展开方式。王国维、梁启超、鲁迅、朱光潜、陈寅恪，都以各自的文艺思想来阐述陶渊明的思想、人格和艺术。其中王国维的“无我之境”说、梁启超的“自然说”、鲁迅的“论及全人说”、“金刚怒目”说、陈寅恪的“新自然说”、朱光潜的“静穆说”，都是陶学研究中影响深远的学术观点。[①] 由此可见，20 世纪的陶学研究，是最能体现 20 世纪文学史研究的新学特点的一个领域，也是比较敏感地表现各个时期观念变化的研究对象。到了五六十年代，则主要运用阶级分析的方法，以及人民性、现实性等概念来阐述陶渊明，或是肯定，或是否定。与三四十年代各家各自运用其文艺观对陶氏做出自由的阐释不同，这个时期的阐释是在一种统一的价值标准下进行的。同样的，前期的个人化阐释，虽然不乏主观阐释的色彩，但从各自的角度契合对象的本质与特点，因此具有学术上的真值。此期的阶级性、人民性等概念，与对象之间有着相当大的距离，因而出现肯定或否定，或在否定的前提下有所肯定，或在肯定的前提下有所否定等各种理解方式。易润芝《试论陶渊明》一文肯定陶渊明是伟大的诗人，但陶的性格与作品不仅是多方面的，而且是变化和发展的。以往的人多是抱着成见看陶渊明，使其失去本来面目。“所以，今天的问题，就还不仅要给予陶渊明一个正确的评价，还其本来面目，而且对目前存在一部分人中的错误看法，与封建文人所留下的残余影响，也必须予以批判和清除。”[②]文章主要从阶级分析、人民性、

① 具体介绍参见诸家的相关论文，及吴云《陶学百年》一文（《文学遗产》，2000 年第 3 期）。

② 《文学遗产增刊》第一辑，作家出版社，1955 年版，第 172 页。

现实性等观念出发，同时引用鲁迅的相关观点，批评当时张芝等人只围绕陶渊明是否忠于晋室的问题展开讨论。同时认为《归去来兮辞》、《桃花源记》等作品并非“恬美静穆”、或粉饰太平，而是体现陶对统治阶级的不满，具有现实性。刘禹昌《陶渊明作品的现实性与人民性》，如其题所示，主要是运用这两个概念来分析的。这篇论文比较有特点的地方，是援引了传统的门阀士族与寒庶族、农民的阶层分析方法，而强调其对立。文中称玄言诗是“反现实主义的文学潮流”，代表门阀士族的空虚生活与思想在文学上的反映。陶渊明“能够不受这个文学潮流渐染，在文学创作中从事现实生活形象的描写，单就这一点而论，对于文学的发展，即具有进步的意义。”论文主要从陶渊明作品中所揭示的积极用世、与当时腐朽政治的矛盾、参加农业生产后对劳动实践和认识的生活的具体描写、对贫困的生活现实的深刻反映这几个方面来论述其现实性与人民性。这样的论文，在当时是属于正面性的。并且其中确实反映了宿学的思考，与传统的文学史论也有复杂的承接关系，比如否定玄言诗在南朝时期就已经是一种通识。

在陶渊明研究方面，1956 年出版的王瑶《陶渊明集》，在编年与校注方面，也有不少切实的成绩。并且与王瑶一贯的研究风格一样，比较正面地接受鲁迅的影响，而与当时主流的阶级分析方法有一定的距离。在《陶渊明集》的《前言》中阐述陶渊明及其诗歌时，主要沿承上半期的分析方法，没有明显地套用阶级分析的方法。其对陶渊明阶层地位的分析，还是采用四十年代魏晋门阀与寒素问题研究的观点。

鲍照向来被视为东晋南朝庶族文士的代表，作为统治阶级中的下层，在五六十年代的研究格局中最受重视。曾君一《鲍照研究》提出一个在今天仍然值得重视的看法:“一般人说:由于隋唐的科举制度给予新兴士大夫阶层以参加政治的机会,才把南北朝势族官僚专政的局面根本转换过来。但是历史告诉我们,这种新兴势力的抬头,不是科举制度的结果而是科举制度的起因。因此,它的抬头,不仅不在唐朝开科取士之后,也不在隋朝开科取士之后,而在刘宋建国以寒人掌机要之初。”言外之意,因科举而走上仕途的隋唐寒素族士大夫阶层,其来历可以追溯到刘宋时代以文章才能而掌机要的寒庶族。这个观点无疑是富于启发性的。曾文强调鲍照与谢灵运作为新旧两种势力的对立,全文都从这个角度来研究鲍照的思想与文学表现。这无疑是受到阶级分析方法的影响。尤其强调两者文学观方面的对立,甚至说“六朝是我国骈文和五言诗的极盛时代。作为新旧势力的代表的短兵相接,在刘宋朝里也就正式爆发。”[①]但剔除这种阶级斗争式的思维方式,这篇论文在分析鲍照的寒素身份与其文学的关系方面还是比较深入的。陈贻焮先生《鲍照和他的作品》也着重从鲍照的寒素身份来研究其作品的现实性。文章认为鲍照并非像他自己所说的那样真的是“下农”、“末皂”,而是出身于贫贱的寒士家族。论文主要着重于鲍照在当时门阀社会中的不平遭遇,及其反映现实方面的勇气[②]。陈寂《鲍照诗的艺术特点》以《南齐书·文学传论》“发唱惊挺,操调险急,雕藻淫艳,倾炫心魄。亦由五色之有红紫,八音之有郑卫,斯鲍照之遗烈也”数句为根据,很细致地分析鲍诗骨气奇横、神彩焕发的风格,并认为是来自建安风骨的影响。另外如鲍诗

① 曾君一:《鲍照研究》,《四川大学学报》,1957 年第 4 期。

② 陈贻焮:《唐诗论丛》,湖南人民出版社,1980 年版,第 421—432 页。原载《文学遗产增刊》(第一辑)1955 年版。

"善于描写奇异景物"、"善于用简洁的句子写复杂的人事"、"华靡艳冶"、富于音乐性及其受古乐府及当代民歌的影响数点，都能精辟入理[①]。该文完全摆脱流行的阶级分析方法，不简单地使用"现实性"、"形式主义"等概念，而是纯粹进行艺术分析，这样的论文是当时少见的。像这样纯艺术式的研究方法，在当时应该还是有一些的。

20世纪五六十年代的魏晋南北朝诗歌研究，虽然外在的政治干预空前强烈，但是由于同世纪上半期学术研究的丰富积累，尤其是具有一批学术功底深厚的研究者，所以总体上讲，学术仍在进展，仍在有效地积累。进入新时期以后的魏晋南北朝诗歌研究，整体上看，还是在扬弃五六十年代的研究成果与方法的基础上发展的。由于学力的限制，本文对此期研究的评述仍然是粗疏的，并且有不少挂漏。笔者的意图，并非要形成定论，而是提出问题，引起同仁的研究兴趣。

（本章执笔人：钱志熙）

① 陈寂：《鲍照诗的艺术特点》，《文学遗产选集》第三辑，中华书局，1960年，第233—237页。

第一章　建安诗歌研究综述

第一节　建安诗歌通论

一、20 世纪前期

20 世纪前期的建安诗歌研究主要集中在本世纪二三十年代，这一时期的建安诗歌研究主要依附于建安文学的整体研究格局，学界对建安诗歌的研究处于发轫期。刘师培的《中国中古文学史》[①]是此时期建安诗歌研究的拓荒之作。刘氏通过对汉末学术的发展、民风士风的变化及君主好尚等诸多方面的独到分析，概括地指出了建安文学的风格特点："清峻""通脱""骋词"和"华靡"[②]。作者按语虽不多，却颇中肯綮地指出了建安文学的大致发展轨迹，其中有很多按语对建安诗歌的研究颇具启发性，如作者认为建安诗歌之盛与曹氏父子的提倡和士子之间的相互评骘有关，指出了建安乐府是变汉乐府而来，分析了建安诗歌的"渐事华靡"和"多慷慨之音"[③]与两汉诗歌不徒隶事、翰藻的不同。但刘师培对建安诗歌的论述多侧重从形式特征展开，对建安诗歌"多慷慨之音"与当时的社会背景论述不

---

① 刘师培：《中国中古文学史》，北京大学出版社，1920 年版。

② 刘师培：《中国中古文学史》，人民文学出版社，1959 年版，第 11 页。

③ 同上书，第 34 页。

够。之后,鲁迅的《魏晋风度及文章与药及酒之关系》[①]则侧重了从社会学的角度多层面地探讨了建安诗歌的发生背景,此文是1927年鲁迅在广州学术演讲会上的一篇讲演稿。作者以文学发展的视野给予了建安文学以极高的评价,认为建安文学是“文的自觉时代”的折射,并对建安文学做出了深入透彻的分析和极中肯綮的总结。文章精辟地概括出了建安文学主要风格特色,并对这种文学特色的成因做了全面深刻的阐释,同时也概括出了建安诗歌的风格特点及其创作背景。鲁迅对建安文学风格的概括是对刘师培“清峻”“通脱”“通脱”“华靡”等观点的继承与发展。

这个时期的建安诗歌研究主要集中于学术和社会背景等外围方面的探讨,尤其注重汉魏之际学风与文风的变迁于诗歌研究之关系。这种思路开端于刘师培。其《中国中古文学史》之第三课便以“论汉魏之际文学变迁”为题,论述了建安诗文风气的主要特点,便是将其置于汉魏之际的广阔学术思想背景而加以论述探讨的。这种观点远承刘勰、钟嵘关于建安时风与文风关系的看法,但同时又表现出了前卫的现代学术视野。此后,汉魏之际的文学变迁与建安诗歌的关系一直是学术界较为集中探讨的问题。

本世纪初学界受新文化运动影响,学者更多注意到了建安诗歌的创作特质。徐嘉瑞《中古文学概论》指出了建安诗歌创作的“贵族文学”:“曹家父子,除曹操的诗,还有点雄健自然的气象外,其余曹丕、曹植都是受汉代词赋一派的甄陶,他们的文字都是向着雕刻俳偶方面去做的。”[②]对此,刘永济《十四朝文学要略》[③]也持相同观点。

---

① 鲁迅:《鲁迅全集·而已集》,人民文学出版社,1973年版。

② 徐嘉瑞:《中古文学概论》,上海东西图书馆,1925年版,第157页。

③ 刘永济:《十四朝文学要略》,中国文化服务社,1928年版。

此书是20年代作者在东北大学讲授中国文学史的讲义。此书在著述体例上与刘师培的著作有异曲同工之处,作者也从学术的发展衍变和曹氏父子的提倡来分析建安诗歌"五言腾踊"的创作原因。此外,作者还着重分析了汉魏诗歌的不同:"汉魏同者,情兴所至,以不意得之,故其体皆委婉而语皆圆,有天成之妙者。魏人异者,情兴未至,始有意为之"[①],认为汉诗自然天发而魏诗却是学力所为,并日趋雕琢。此种观点古人有之,许学夷早就认为"汉魏五言,由天成变至作用"[②],但刘著论述更为全面。张长弓《魏晋南北朝诗之演变大势》[③]则在此基础上,从修辞、用韵及寄托等诸方面展开,来说明汉魏诗的不同,作者还指出了魏诗在模拟诗、行旅写景诗等诗歌类型在中国诗歌史上的开拓性作用。胡怀琛的《中国文学史略》[④]也通过分析汉魏学风的变异,指出了建安诗歌变两汉诗歌之朴茂而开六朝绮丽诗风之先河。钱振东的《魏晋文学之时代背景》[⑤]则从学术思想的转向层面,对建安诗歌的发展做出了较为深入的解释,指出汉末士风的变化、慕古文学及经述文学的的衰落,是建安诗歌得以发展的重要前提。姜亮夫在《歌诵分离时代的诗》[⑥]中指出建安诗歌与魏晋学术思潮的觉醒有关,认为建安诗歌除了受到修辞技巧的影响外,抒情题材较两汉更为广阔。这些独到的学术观点都从不同角度丰富并开拓着

---

① 刘永济:《十四朝文学要略》(修订本),中华书局,2007年版,第157页。

② 许学夷:《诗源辩体》,人民文学出版社,1987年版,第73页。

③ 张长弓:《魏晋南北朝诗之演变大势》,《燕大月刊》第六卷第一期,1930年版。

④ 胡怀琛:《中国文学史略》,新文化书社,1935年版。

⑤ 钱振东:《魏晋文学之时代背景》,《师大国学丛刊》第一卷第二期,1931年版。

⑥ 姜亮夫:《歌诵分立时代的诗》,《青年界》第十卷第三期,1936年版。

建安诗歌研究的新格局。

李维的《诗史》[①]是本时期的第一部具有现代学术史意义的诗歌史专著。作者以明确的诗歌史意识，阐述了中国古代诗歌发展的演变过程，指出了建安诗歌是六朝诗学的先导。同时，作者还注意到了建安游宴诗对后代诗歌发展的影响。欧阳溥存、谢无量等人则从学术发展的角度对建安诗歌进行了深入地分析和探讨。欧阳溥存《中国文学史纲》[②]认为建安诗歌的发展与章句之学的繁琐及汉赋的繁琐有关联。谢无量《中国大文学史》[③]从经学变迁的角度阐述了古文经学派对建安诗歌的影响。邓梅羹《中国文学史纲》[④]主要是从当时的虚无主义、享乐主义和"诗赋欲丽"的唯美主义等几个方面，论述了建安诗歌发生的思想文化背景，着重强调了建安学风的变化对其影响，"建武以来，琐碎之考订，繁重之辞赋，人心厌倦已甚，魏文乃言'以气为主'，陈思王植所作，以气质为体"[⑤]。这些观点均堪称创获，但后来踵承者少。

本时期建安诗歌研究的重点是有关五言诗与建安文人诗的关系问题。建安时代是五言诗发展的重要时期。郑振铎的《插图本中国文学史》[⑥]便着重论述了建安诗歌在五言诗发展历程中的重要作用，指出建安时代是五言诗的成熟时期。沈达材《建安文学概论》[⑦]着重

① 李维:《诗史》,北平石棱精舍印本,1928 年版。

② 欧阳溥存:《中国文学史纲》,商务印书馆,1930 年版。

③ 谢无量:《中国大文学史》,中华书局,1930 年版。

④ 邓梅羹:《中国文学史纲》,神州国光社,1932 年版。

⑤ 同上书,第 73 页。

⑥ 郑振铎:《中国文学史》,朴社,1932 年版。

⑦ 沈达材:《建安文学概论》,朴社,1932 年版。

指出了建安诗歌具有热烈而又痛苦的抒情性情感。郭伯恭的《魏晋诗歌概论》[①]通过对建安时期古典主义渐趋消歇现象的分析，指出了建安诗歌具有新的浪漫主义的特质，魏晋时代“结束两汉古典主义的诗歌，而开展出六朝浪漫主义诗歌的新局面”[②]，“正统的古典主义的文学就渐渐消歇，而浪漫主义的反动也就立即到来”[③]。就建安诗歌所具有的浪漫主义特色而言，两者的观点是一致的。

朱谦之的《中国音乐文学史》[④]也认为五言诗发展到建安时代才算完全成熟，并从音乐的角度分析说明了三曹诗歌的乐歌性质。陈子展的《中国文学史讲话》[⑤]则肯定了五言诗作为一种新诗体在建安诗歌发展中的文学意义。作者认为建安时期，五言诗成为文人的嗟叹对象、抒发感慨的一种新兴文学样式。曾毅的《中国文学史纲》[⑥]对建安诗歌研究有独到分析。作者就建安诗歌的的发生环境及诗歌特点等内容进行了深入地分析和探讨，指出了建安诗歌继承了汉乐府的传统，采用乐府诗题，沿袭汉乐府的常见题材，并加以改造和发展。建安乐府即使采用乐府旧题，也很少故事性而更具抒情性，促使诗歌风格向多样化方向发展。但赵景深在《中国文学史新编》[⑦]中却就建安文学研究提出了与曾氏相反的观点，认为建安的文学成就只是诗歌而辞赋不足观。刘大杰的《中国文学发展史》[⑧]则结合时代背

① 郭伯恭：《魏晋诗歌概论》，商务印书馆，1936 年版。
② 同上书，第 2 页。
③ 同上书，第 8 页。
④ 朱谦之：《中国音乐文学史》，商务印书馆，1936 年版。
⑤ 陈子展：《中国文学史讲话》，北新书局，1937 年版。
⑥ 曾毅：《中国文学史纲》（1936 年完稿），湖南文艺出版社，1998 年版。
⑦ 赵景深：《中国文学史新编》，北新书局，1936 年版。
⑧ 刘大杰：《中国文学发展史》，中华书局，1941 年版。

景和作者生平等因素对建安诗歌进行了较为客观地评价。作者结合汉末以来的社会背景,指出建安文学的两个时代特征:一是保存了乐府诗的写实的色彩;二是开了两晋浪漫文学之先河。缪钺在《曹植与五言体》①一文中也指出建安时代是五言诗发展的关键时代,建安乐府则提高了五言诗的诗体地位,建安乐府所表现出的文人化倾向,对后世文人乐府诗的发展产生了深远的影响。

二、50 年代至 70 年代

新中国成立后的建安诗歌研究在诗歌风格和思想内容方面有了进一步的拓展,尤其是对"建安风骨"文学风格的深入探讨。自上世纪 30 年代以来,有关"建安风骨"问题的探讨引起了学界的普遍重视,他们的论述多倾向于对社会背景的分析而又侧重点不同。林庚《中国文学简史》②指出建安风骨具有极为明显的浪漫主义色彩。作者认为建安时代,旧的秩序被打破,坦率解放的个性形成为建安风力的基础。作者所理解的"建安风力"具有鲜明奔放的"青春"气质,即是一种个性主义的浪漫主义诗歌情调。王瑶则对建安风骨做出了不一样的解释,他在《中古文学风貌》③中指出,建安时代文人流离失所,他们把这种无所归依感表现于诗歌,便形成了"以情纬文,以文被质"的建安风骨。在《魏晋五言诗》④一文中,王瑶又对建安风骨做了解释,认为建安诗人是运用带有民间歌谣特点的五言诗形式,描写了社会动乱的现实,表现出了慷慨苍凉的声

① 缪钺:《曹植与五言诗体》,《文学杂志》第二卷第十二期,1948 年版。
② 林庚:《中国文学简史》,古典文学出版社,1957 年版。
③ 王瑶:《中古文学风貌》,棠棣出版社,1951 年版。
④ 王瑶:《魏晋五言诗》,《文艺学习》,1954 年第 6 期。

调。这种观点在当时颇具代表性，即动乱的社会现实是形成建安风骨的决定性因素，而五言是其主要的诗歌表现形式。余冠英在《三曹诗选·前言》[①]中也从“现实性”的角度来阐述建安风骨的内容，认为建安诗人的功业志向和时代的动荡乱离是建安风骨的表现内容。这种对建安风骨的认识，有别于之前主要着眼于浪漫主义的理解。事实上，建安风骨的现实主义性体现了建安诗歌对汉乐府现实主义精神的继承和发扬。游国恩等主编的《中国文学史》[②]对这一时期诗歌的“建安风骨”做了较为恰当的论述，认为他们的诗歌一方面反映了社会动乱和民生疾苦，一方面又表现了统一天下的理想壮志，具有鲜明的时代特色并为五言诗的发展奠定了坚实的基础。这种强调建安诗歌的现实主义思想价值的文学观点，在当时极具代表性。

这一时期的研究论文也从不同角度探讨了建安诗歌的源流演变和发展特色。余冠英的《乐府诗选·前言》[③]从诗歌发展史的角度分析了建安诗歌的文学地位，指出：“中国诗史上有两个突出的时代，一是建安到黄初，二是天宝到元和。也就是曹植、王粲的时代和杜甫、白居易的时代。”[④]作者通过对三曹诗歌主要作品的注析，指出了建安诗歌的共同时代特征即现实性、抒情性和通俗性，这三个方面较为全面地概括了建安诗歌的整体性文学面貌。在《汉魏六朝诗选·前言》[⑤]中，余冠英概括了建安诗歌中“慷慨之音”的主要内容：

① 余冠英：《汉魏六朝诗选》，人民文学出版社，1958 年版。

② 游国恩等主编：《中国文学史》，人民文学出版社，1963 年版。

③ 余冠英：《汉魏六朝诗论丛》，上海棠棣出版社，1952 年版。

④ 同上书，第 16 页。

⑤ 余冠英：《汉魏六朝诗选》，人民文学出版社，1958 年版。

“一是对于乱离中人民疾苦的悲悯之心;一是要求澄清天下、建功立业的热情壮志”[①]。王运熙在《论建安文学的新面貌》[②]一文中则指出了建安诗歌受民歌影响而表现出的质朴特色,但作为文人诗发展的初始阶段,同时表现出强烈的抒情性和雅化色彩。这都是建安诗人受汉乐府影响而又有所发展的结果。

三、80年代至90年代

上世纪80年代是中国思想界、学术界蓬勃发展并取得了累累硕果的开拓性时期,这一时期的建安诗歌研究也随之呈现出前所未有的繁荣局面。王锺陵的《中国中古诗歌史》[③]结合历史时代背景概括出了建安诗歌的三个显著特色:一是由于人的自我意识提高、个性价值得到确认所形成的感情充沛的诗歌特色,这一特色又多与伤感主义相交融;二是消释了伤感主义的玄学思潮对于高远理想的追求;三是对于诗歌形式的重视。葛晓音的《八代诗史》[④]将建安文人的人生观、道德观和学术思想等变化联系起来加以综合地考察,探讨了建安诗歌的发生背景,认为建安文人突破儒家思想的束缚,追求人生永恒的精神价值。这种精神追求促使建安文人突破儒家以雅颂为正声的传统观念,重视乐府新声,从而引起了建安诗歌在题材内容和艺术风格上的一系列显著变化。作者还指出,建安诗人用乐府古题自创新题来反映现实生活和探究人生意义,用比兴手法抒写建功立业和拯世济时的功业理想,为后代文人乐府诗的创作提供了良好的艺术借

① 余冠英:《汉魏六朝诗选》,人民文学出版社,1958年版,第9页。

② 王运熙:《论建安文学的新面貌》,《郑州大学学报》,1979年第4期。

③ 王锺陵:《中国中古诗歌史》,江苏教育出版社,1988年版。

④ 葛晓音:《八代诗史》,陕西人民出版社,1989年版。

鉴。章培恒、骆玉明的《中国文学史》[①]指出建安时期慷慨悲凉的情感与抒情言志的表现方式，非铺陈渲染的抒情小赋所能承担，所以这一时期的文人写作重心由辞赋转移到诗歌，形成了中国文学史上第一次文人诗歌创作的高潮。张可礼的《建安文学论稿》[②]对建安诗歌有较为全面的认识。作者通过分析四言诗"文繁而意少"的表现局限，指出了五言诗发展的必然趋势，加之曹氏父子的倡导、实践之功而出现了建安"五言腾踊"的诗歌盛况。作者还指出了建安诗歌的强烈抒情性特点，而对凄凉景物的选择，则又进一步加强了这种悲情的抒发。张国星的《慷慨·哀美·人——也说建安诗风》[③]认为建安诗歌的"慷慨"既有激昂顿挫的一面，又有委婉低回的一面。建安诗歌的前期创作，诗人在追求时代风尚中纳入道德功利的自我经验；后期创作将社会经验和自我体验纳入到审美对象中加以表达。这种变化在诗歌中表现为前期"收束汉音"，后期"发振魏响"，反映了"人的自觉"思潮在诗歌中的影响和诗歌创作艺术本质的回归。"哀美"风尚的推重和"人的自觉"意识发展共同造就了建安诗歌的独特风格。

这一时期从宏观视野对建安诗歌做出了全面而深入探讨的是钱志熙的《魏晋诗歌艺术原论》[④]。作者单列一章"建安诗歌及其文化背景"对建安诗歌的发生环境做了细致的阐述。文章着重从汉魏之际的思想文化背景中探讨建安诗人群体的特点，认为这个群体具有质朴明朗、刚劲有为的人格魅力。作者认为建安诗人将抒情与言志

① 章培恒、骆玉明：《中国文学史》，复旦大学出版社，1996 年版。

② 张可礼：《建安文学论稿》，山东教育出版社，1986 年版。

③ 张国星：《慷慨·哀美·人——也说建安诗风》，《文学遗产》，1987 年第 6 期。

④ 钱志熙：《魏晋诗歌艺术原论》，北京大学出版社，1993 年版。

相结合,使文人诗脱离了单纯的抒情缘事的格局,为新体诗表现功能的增强和题材内容的扩大提供了可能性,从而使新的诗歌艺术传统能迅速地摆脱自然艺术的阶段而走向自觉艺术的成熟阶段。比之古诗作者,建安诗人已开始由“小我”走向“大我”的诗歌格局,他们的诗歌在时空方面显现得更为广阔,以更大的气魄容纳了时代精神,甚至以艺术的形式和审美的媒介间接地反映了建安时代学术文化的最高成果。“建安诗人的思想风貌,尤其是他们所具有的锐气,是历代文人所少有的”[①]。本书将建安学风概括为博涉多通、务本尚用、长于言辩,并讨论其对诗风的影响。并研究儒、道、名、法等家思想在建安各家诗风中的体现。作者力求从整体上把握建安诗人的群体特色来分析建安诗风及其所体现的艺术精神。钱志熙的另一专著《唐前生命观和文学生命主题》[②],作者则从分析建安诗人的生命价值的追求着眼,解读了建安诗歌所传达出的由个体感伤到怜悯生命的终极关怀的转变。作者认为,最早的一批建安诗歌所表现的生命主题,主要不是感伤个人的生死,而是悲哀黎民的生灵涂炭。残酷的现实促使了建安诗人关怀全体生命的生命意识的觉醒,悲剧性的生命体验由以个人为对象扩大到所有生命对象,这种大生命关怀虽没有发展为自觉的人道主义,但却在一定意义上促发他们社会责任感的产生。这种全面而深刻对建安诗歌的解读不仅是当时学术思想广泛发展的结果,同时也是当时学人学术研究积极深入的典型表征。

本时期在诗歌文献整理方面也取得了较大的学术成果。刘跃进的《中古文学文献学》[③]比较系统地介绍了建安诗歌研究资料。穆克

① 钱志熙:《魏晋诗歌艺术原论》,北京大学出版社,2005 年第二版,第 61 页。

② 钱志熙:《唐前生命观和文学生命主题》,东方出版社,1997 年版。

③ 刘跃进:《中古文学文献学》,江苏古籍出版社,1997 年版。

宏的《魏晋南北朝文学史料述略》[①]从目录学的角度，介绍了这一时期的诗歌发展状况，并对对建安时期的相关文学史料及作品集进行整理，对建安诗歌的研究有津筏之用。

建安风骨在80年代以后仍然是学界普遍关注的重要研究课题之一，对此研究的论文也取得了优质高效的成果。王运熙的《从〈文心雕龙·风骨〉谈到建安风骨》[②]强调“风骨”的形式内容，反对将思想内容的充实作为建安风骨的首要因素，认为建安诗人的慷慨激昂是构成其明朗刚健诗风的重要思想基础，而建安风骨不是直接指慷慨激昂的情感基调本身。作者还指出，不可以建安风骨标准去评价建安作品，也不应将建安文学的所有特征都纳入到建安风骨的概念中。徐公持在《建安七子论》[③]则把建安风骨理解为一种特殊时代的精神和情感的特质，可以表现在不同题材主题的诗歌中，这种对建安风骨的解释在一定意义上已突破了题材决定论的限制。周振甫的《释“建安风骨”》[④]认为建安风骨是由建安时代的“风衰俗怨”和建安诗人建功立业的慷慨之音所构成的刚健风格，以及继承了“风雅楚骚”和乐府诗的优良传统的合力作用的结果。赵昌平的《建安诗歌与〈古诗十九首〉》[⑤]也表现出与徐公持相同的观点，认为建安风骨的表现题材广泛，他反对将“怜风月”类的题材排除在建安风骨的范畴外，认为建安诗歌的“慷慨之音”是指一种感于哀乐的或悲或喜的亢奋的精神状态，是建安诗人在诗歌中所表现出的宽广的胸襟与昂

---

① 穆克宏：《魏晋南北朝文学史料述略》，中华书局，1997年版。

② 王运熙：《从〈文心雕龙·风骨〉谈到建安风骨》，《文史》，1980年第9辑。

③ 徐公持：《建安七子论》，《文学评论》，1981年第4期。

④ 周振甫：《释“建安风骨”》，《文学评论》，1983年第5期。

⑤ 赵昌平：《建安诗歌与〈古诗十九首〉》，《江淮论坛》，1984年第3期。

扬的气魄。所以,他认为“怜风月,狎池苑,述恩荣,叙酣宴”的诗作同样也表现了建安风骨的品格。王拾遗的《略论建安风骨》[1]主要从建安诗歌的题材内容来分析,认为建安风骨主要是指建安时代那些对社会现实反映的较真、较广、较深的诗歌。张可礼在《建安文学论稿》[2]中,也着重从艺术风格方面来阐释建安风骨,认为建安风骨侧重的是明朗刚健、质朴自然的艺术表现力,基本不涉及内容方面的因素。郁贤皓、张采民《建安七子与建安风骨》[3]从两方面来理解建安风骨:一方面是以曹操为代表的“汉音”,即反映社会现实,慷慨悲凉的作品;一方面是以曹植为代表的“魏响”,即自抒胸臆的华美诗篇。

钱志熙的《魏晋诗歌中的飞翔形象》[4]则以“飞翔形象”为切入点来阐释建安诗歌中的“风骨”意味。文章指出“飞翔形象”的精神实质是“寄兴言志”,与建安风骨在风格上有相通之处,魏晋诗人多以飞鸟形象表现自己的理想追求,具有浪漫主义精神,而曹植的“飞翔形象”更多的反映了现实的苦闷,重视自我价值的表达,这实际是建安诗歌精神的转变。作者认为正始之后“寄兴言志”的传统为体物缘情的观念所代替,以“寄兴言志”为特征的飞鸟逐渐被纯粹咏物性的鸟类形象所代替:“正始之后,建安风骨成了袅袅余音。一直到初唐陈子昂等人提倡兴寄,建安精神才重现诗史。”这一诗歌论断是符合中国诗歌史实的。王少良的《建安风骨的原始意义》[5]对建安风

---

① 王拾遗:《略论建安风骨》,《宁夏大学学报》,1984 年第 2 期。

② 张可礼:《建安文学论稿》,山东教育出版社,1986 年版。

③ 郁贤皓、张采民:《建安七子与建安风骨》,《南京师范大学学报》,1989 年第 4 期。

④ 钱志熙:《魏晋诗歌中的飞翔形象》,《文学遗产》,1989 年第 5 期。

⑤ 王少良:《建安风骨的原始意义》,《辽宁大学学报》,1990 年第 6 期。

骨进行了较为深入地阐述，认为“建安风骨实际上就是建安文学的现实主义传统”的说法是不全面的。作者从建安风骨的提出及文学上的继承关系等方面进行了梳理，从美学意义和艺术属性等层面阐释了建安风骨的内容。文章指出，刘勰对建安文学的分析和评价，初步完成了对建安风骨内涵的界定，但没有把建安诗歌反映社会生活的内容作为建安风骨的基本特征；钟嵘所提出的“建安风力”只是对其风格的的阐释；陈子昂提出的“汉魏风骨”侧重了它的“兴寄”的艺术属性和“骨气端详”、“音情顿挫”的美学特征；殷璠认为盛唐继承建安诗歌的只是“风骨”，对将建安风骨作为唐代诗人慷慨激越的情感特征来理解的；严羽对建安风骨的理解是侧重其愤世嫉俗的骨鲠性格和旷达放诞的自然风神。通过纵向考察，作者认为建安风骨的本质要义是气，它蕴含于诗人的主观情感中而表现于诗歌的刚健明朗的风格。

关于建安诗歌的文学渊源问题，大致来说主要有四种说法即：来源于《古诗十九首》、汉乐府民歌、汉代诗赋和继承以往的文学传统但却又各有侧重。80年代后对建安诗歌渊源的问题也展开了进一步的探讨。张可礼的《建安文学论稿》[①]通过分析建安诗人对《诗经》、《楚辞》、汉乐府和《古诗十九首》的接受，探讨了建安诗歌对前代文学传统的继承和发展。刘知渐的《建安文学编年史》[②]也分析了建安诗歌对前代文学传统的继承问题。秋枫《试论乐府民歌与建安文学的关系》[③]主要论述汉乐府民歌对建安诗歌的影响，指出建安诗歌是在乐府民歌和汉末文人五言诗的基础上发展起来的。吴应鏻的

---

① 张可礼：《建安文学论稿》，山东教育出版社，1986年版。

② 刘知渐：《建安文学编年史》，重庆出版社，1985年版。

③ 秋枫：《试论乐府民歌与建安文学的关系》，《贵州民族学院学报》，1986年第2期。

《建安文学对汉代诗赋的继承和发展》[①]从五个方面论述了建安诗歌与汉代诗赋的关系：建安诗人一改汉赋为文造情的赋法而在诗歌中驰骋想象任意抒情；以汉赋题材为借鉴进行诗歌创作；吸取汉赋铺张扬厉的创作经验；吸收汉赋的丰富词汇；仿效汉赋标题的命题方式。王巍的《建安作家与文学传统》[②]认为建安诗人从《诗经》、《楚辞》、汉乐府民歌和《古诗十九首》中吸取经验并加以创新。《诗经》中"风"、"雅"部分对建安诗人影响大，建安诗人的篇章写作也多与《诗经》中的篇目相关联；还指出《楚辞》的浪漫主义精神和汉乐府的现实主义精神都对建安诗歌产生了积极的影响。黄玉田《建安文学思想之嬗变》[③]通过分析汉末文学思想的变化，而指出建安士人对儒家正统思想的疏离，这种疏离导致了他们对情感个性的追求，在诗歌中表现为由重美刺到重抒情的变化。孙明君的《建安诗风的旧说与己见》[④]结合汉末士风的变化，将建安诗歌的特征概括为"一体两面"，所谓"两面"是指建安诗歌中反映社会乱离、抒发建功立业的慷慨悲凉的诗篇和表现生命意识的华丽细腻的作品。关于这一课题的其他论文还有张亚新《试论〈古诗十九首〉对建安诗歌的影响》[⑤]、赵福坛的《略谈曹氏父子对汉乐府民歌的继承和发展》[⑥]、蒋立甫的《略谈建

① 吴应鳞：《建安文学对汉代诗赋的继承与发展》，《云南教育学院学报》，1992年第2期。

② 王巍：《建安作家与文学传统》，《辽宁大学学报》，1991年第5期。

③ 黄玉田：《建安文学思想之嬗变》，《河南教育学院学报》，1993年第2期。

④ 孙明君：《建安诗风的旧说与己见》，《广西社会科学》，1995年第2期。

⑤ 张亚新：《试论〈古诗十九首〉对建安诗歌的影响》，《延安大学学报》，1981年第1期。

⑥ 赵福坛：《略谈曹氏父子对汉乐府民歌的继承和发展》，《广西师大学报》，1982年第1期。

安诗人向民歌学习》[①]、赵昌平的《建安诗歌与〈古诗十九首〉》[②]、张亚新的《建安诗歌民歌化探索》[③]、宋士杰的《试论三曹乐府在中国歌曲史上的地位》[④]、张亚新的《建安诗歌民歌化探索》[⑤]、沈念慈的《三曹乐府的音乐特色》[⑥]、范能船的《古诗十九首和汉乐府及建安诗歌》[⑦]等。建安诗人对汉乐府的继承,是从胡适、郑振铎等人以来许多学者研究建安诗风的一个主要论题。

随着学界对建安诗歌研究的深入,有关建安诗歌的影响问题也为学人所重视。刘文忠《建安文学对六朝文学的影响》[⑧]通过分析建安文学对正始文学的影响,对"建安风骨,晋宋莫传"做了深入的阐释,从诗歌形式、技巧等方面,指出了建安文学对六朝文学的影响。张可礼的《建安文学论稿》[⑨]以时代为序比较全面的论述建安诗歌对六朝、隋唐和宋元明清的影响,并指出"建安文人用诗歌写时事的现实主义创作对后代的影响最大"。胡敬民的《简论建安正始士风与文学》[⑩]指出曹氏父子作为文坛领袖对当时士风影响很大,他们通脱旷达的作风促进了建安文学的发展和影响。

① 蒋立甫:《略谈建安诗人向民歌学习》,《艺谭》,1982 年第 3 期。

② 赵景平:《建安诗歌与〈古诗十九首〉》,《江淮论坛》,1984 年第 4 期。

③ 张亚新:《建安诗歌民歌化探索》,《贵州社会科学》,1984 年第 4 期。

④ 宋士杰:《试论三曹乐府在中国歌曲史上的地位》,《贵州社会科学》,1983 年第 2 期。

⑤ 张亚新:《建安诗歌民歌化探索》,《贵州社会科学》,1984 年第 4 期。

⑥ 沈念慈:《三曹乐府的音乐特色》,《艺谭》,1984 年第 2 期。

⑦ 范能船:《古诗十九首和汉乐府及建安诗歌》,《江淮论坛》,1986 年第 4 期。

⑧ 刘文忠:《建安文学对六朝文学的影响》,《文学遗产》,1985 年第 2 期。

⑨ 张可礼:《建安文学论稿》,山东教育出版社,1986 年版。

⑩ 胡敬民:《简论建安正始士风与文学》,《贵州民族学院学报》,1992 年第 2 期。

第二节　建安乐府诗歌研究综述

20世纪初具有近代学术研究意义的建安乐府诗歌研究，从一开始便具有较强的实证考据性。黄节的《汉魏乐府风笺》承继传统的风、雅、颂诗歌观念，来研究汉魏乐府，着重体现了建安乐府的风诗特点[①]。他将郊庙歌辞比作《颂》，将燕射、鼓吹、横吹、舞曲及琴曲比作《雅》，将相和、杂曲类汉乐府民歌及汉魏文人受民歌影响较深的作品比作《国风》。注者专取相和杂曲，笺释其辞句，尤在训诂、音韵方面材料最为丰富。陆侃如的《乐府古辞考》[②]也是具有实证性的乐府研究专著，该书以"传制"和"入乐"为条件确立了七类乐府曲调，并对其古辞进行了一一考证。可以说，《汉魏乐府风笺》和《乐府古辞考》是现代建安乐府实证性研究的开拓性著作。

20年代，胡适提倡"白话文运动"，他的《白话文学史》[③]侧重从"平民文学"的角度来阐释文学作品和分析文学现象。作者指出了建安乐府对后世乐府诗发展的影响，认为"以前的文人从仿作故赋颂里得着文学的训练，从此以后的诗人要从仿作乐府歌辞里得着文学的训练了"[④]。受胡适"白话文学"主张的影响，这一时期建安乐府诗歌的研究重点主要集中在乐府歌辞"平民化"风格的探讨上。陈冠同在《中国文学史大纲》[⑤]中指出了建安乐府与后来乐府发展的关系：

---

① 黄节：《汉魏乐府风笺》，北京大学出版社，1924年版。

② 陆侃如：《乐府古辞考》，商务印书馆，1926年版。

③ 胡适：《白话文学史》，新月书店，1928年版。

④ 胡适：《白话文学史》，上海古籍出版社，2006年版，第38页。

⑤ 陈冠同：《中国文学史大纲》，民智书局，1931年版。

建安诗人着力于吸取民歌的全新表现形式,并确立了文人拟乐府诗的文学传统。沈达材的《建安文学概论》[①]则认为建安时代的文学都民俗化了,自然也包括诗歌。郭伯恭在《魏晋诗歌概论》[②]也认为建安诗坛的主流是朝着民歌化与白话化的方向发展,具有"建安诗坛的趋势,是民歌化与白话化的诗歌,将代替了贵族的传统文学"[③]。作者指出建安诗坛一方面沿着模拟雅颂的方向发展,一方面接受汉乐府的影响,使诗歌朝着平民化的方向发展。同时,建安乐府歌辞又受到东汉文人拟作乐府修辞技巧方面的影响。这些关于建安乐府诗的创作特点及建安乐府的创作方法对后来乐府诗的研究产生了重要的影响。

罗根泽《乐府文学史》[④]是这一时期对建安乐府诗歌的梳理较为完整的一部专著。该书对建安前后的乐府诗进行了较为详细地分析,认为建安前后是乐府诗的全盛时期,尤其强调了曹氏父子的乐府诗创作及其对后世乐府诗歌发展的重大影响,指出他们的乐府诗"以旧曲,翻新调","虽不始于曹氏父子,但却是在曹氏父子手中成为创作主流,及曹氏父子兄弟出,其所作乐府,率皆一用汉谱,完成仿效的乐府。自六代以至隋唐,所有乐府,几乎全属此类"[⑤]。曾毅在《中国文学史纲》[⑥]指出了建安乐府与汉乐府的不同及其影响,认为建安诗歌"咏史述志,寄怀应诏,侍宴游览,赠答伤感之作,无体不备。所以为乐府,以接汉武代,得其声情,是人如相和之阃奥,号为爽

① 沈达材:《建安文学概论》,朴社,1932年版。

② 郭伯恭:《魏晋诗歌概论》,商务印书馆,1936年版。

③ 同上书,第34页。

④ 罗根泽:《乐府文学史》,北平文化学社,1931年版。

⑤ 罗根泽:《乐府文学史》(修订本),东方出版社,1996年版,第72页。

⑥ 曾毅:《中国文学史纲》(1936年完稿),湖南文艺出版社,1998年版。

厉”,“自晋、宋以来,或以被歌,或以拟造,与三祖等视,其引人悦慕如此。影响之大,逾于汉以来之辞赋”[①]。作者还指出曹操的乐府诗歌从音乐分类上说,是以“相和歌”为主,与以前文人拟乐府多为郊庙歌辞不同,这种不同与曹操好民间音乐有关。

这一时期有关诗歌风格方面的研究更多侧重于建安乐府诗歌的源流问题的探讨。刘大杰的《中国文学发展史》[②]通过对曹氏父子乐府诗歌的研究,指出了他们各自的创作特色:曹操的乐府诗不是在形式上模拟乐府,而是学习乐府民歌反映现实的创作精神,用旧曲作新辞,既具有民歌的特色,而又富有自己的创造性;曹丕的乐府诗形式多样,具有民歌精神的显著倾向;曹植的乐府诗在汉乐府、古诗的基础上,对五言诗的发展,做出了重要的贡献。萧涤非的《汉魏六朝乐府文学史》[③]可谓本时期建安乐府诗研究的集大成之作。该书的基本观点是“一切诗体皆从乐府出也”[④],认为一切诗体都是从乐府来。诸如如三言、五言、杂言出于汉,七言出于曹魏,五、七言律绝出于南北朝,无一不是如此。基于文学为时代之反映的现代文学之观念,作者对于相关现象多能结合时代背景来探究其发生的根源,在考辨作品时代、追溯诗体变迁、品鉴诗篇意蕴等诸多方面对建安乐府诗的研究多有发见。此书从乐府诗发展的文学史实出发,把汉魏乐府的发展归纳为三点:第一是文人乐府之全盛,第二是声调之模拟,第三是体裁之大备。此外,作者还具体分析了三曹乐府诗的特点及对

① 曾毅:《中国文学史纲》(1936 年完稿),湖南文艺出版社,1998 年版,第 212—213 页。

② 刘大杰:《中国文学发展史》,中华书局,1941 年版。

③ 萧涤非:《汉魏六朝乐府文学史》,中国文化服务社,1943 年版。

④ 萧涤非:《汉魏六朝乐府文学史》,人民文学出版社,1984 年版,第 2 页。

后世乐府文学发展的影响。

余冠英在《建安诗人代表曹植》[①]一文中，认为建安乐府诗歌受到汉乐府民歌影响，同时也受到诸如声律、对仗、辞藻等方面的影响，但相对于汉乐府的影响，比如现实主义的创作传统等要小的多。建安诗歌虽受了汉乐府的影响，但也创造性地推动了五言诗的发展，不仅以乐府诗来反映现实，更重要的是以此来自抒胸臆，这样的乐府与徒诗几乎没什么区别了。王瑶在《关于曹植》[②]一文中进一步阐发了此观点。文章指出，建安诗歌是中国诗歌从"言志"发展到"缘情"的重要转折点，建安乐府"其初当然以叙事为主，由叙事到抒情，由内容富有社会性到有鲜明的个性，就从内容方面说明了乐府到诗的进展"[③]。诗歌内容也从汉乐府的叙事发展到文人五言诗的抒情。乐府虽源出民间，但五言诗还未完全脱离了乐府的性质，所以不只是在表现上如乐府一样地富于社会性，而且在句法词采上也具有质朴之乐感。王瑶的文章从内容和形式两方面对建安乐府作了中肯的评价和解读。在另一篇文章《魏晋五言诗》[④]中，王瑶还指出了建安诗歌的意义就是发扬了汉乐府的现实主义精神，认为建安文人以乐府诗可以自由抒怀而不受乐府旧题的限制，逐渐奠定了五言诗的基础。

罗根泽的《魏晋南北朝文学史》[⑤]在论述曹氏父子的文学贡献时强调了他们对乐府诗歌发展的重要贡献，认为他们大胆地吸收乐府民歌的形式，创作五、七言新体诗，指出了曹氏父子的乐府诗是他们

① 余冠英：《汉魏六朝诗论丛》，棠棣出版社，1952 年版。
② 王瑶：《中古文学史论集》，古典文学出版社，1956 年版。
③ 同上书，第 182 页。
④ 王瑶：《中国诗歌发展讲话》，中国青年出版社，1957 年版。
⑤ 罗根泽：《魏晋南北朝文学史》，南京大学教务处，1957 年版。

充分地有意识仿效并创造乐府诗的结果,他们“抛弃已经成为贵族的陈旧的骚体和颂体,采用民间的新鲜的五言体,这实在是一种大胆的革新”[①]。作者分析了建安文人创作乐府诗歌的时代背景,认为建安时代急剧变迁的社会现实和激烈斗争,是建安乐府诗歌发展的一个重要原因;而古典文学和民间文学则为建安文人提供了丰富的文学养料。游国恩等主编的《中国文学史》[②]指出了曹操的乐府诗虽然采用了乐府古题,但却不袭用古辞古意,而是继承了汉乐府民歌“感于哀乐,缘事而发”的精神,用乐府旧题作诗。该书还指出了曹植乐府诗歌的特点,其乐府虽脱胎于汉乐府,但同时也吸收了汉末文人古诗的成就而有创新和发展,使乐府诗的创作具有了明显的文人化色彩,以致在一定意义上几乎与纯诗无异。

八九十年代的建安乐府诗歌研究,无论是在思想内容还是艺术风格方面都有了更为深入的发展。胡国瑞的《魏晋南北朝文学史》[③]指出建安五言诗是学习汉乐府的结果,汉乐府的社会性和现实性对乱离中的文人发挥了很大的诱导作用。建安文人以乐府古题抒情,开文人拟古乐府创作的端绪。作者还侧重分析了曹植的乐府诗歌的重要作用,认为其乐府诗歌在一定意义上体现了他的生活情绪,指出他的乐府诗虽用乐府古题,但却多具抒情性。可以说,曹植把乐府诗过渡到了纯诗,但在一定意义上却淡化了乐府诗与文人诗的诗体界限。庞天佑的《略论汉魏乐府诗的史料价值》[④]则根据乐府诗“感于

---

① 罗根泽:《魏晋南北朝文学史》,南京大学教务处,1957 年版,第 8 页。

② 游国恩等主编:《中国文学史》,人民文学出版社,1963 年版。

③ 胡国瑞:《魏晋南北朝文学史》,上海文艺出版社,1980 年版。

④ 庞天佑:《略论汉魏乐府诗的史料价值》,《湛江师范学院学报》,1999 年第 2 期。

哀乐,缘事而发”的现实主义传统,从揭露社会政治的黑暗、反映人民的苦难和展示风俗人情等方面探讨了汉魏乐府的史料价值。

第三节 三曹诗歌研究综述

一、曹操诗歌研究综述

20世纪初,有关曹操的研究多集中于他的评价问题。自胡适对“褒刘贬曹”的传统观念进行批判后,有关曹操的评价及其文学成就的认识随之也发生了重大变化。章太炎在《国学概论》[1]不仅指出曹氏父子继承了《古诗十九首》而重振诗坛,还着重称赞了曹操四言诗不单纯模拟《诗经》的独特文学成就。顾实在《中国文学史大纲》[2]也认为曹操不仅是中国历史上的英雄豪杰,其诗歌也具有沉雄慷慨之风格。鲁迅在《魏晋风度及文章与药及酒之关系》[3]一文中指出曹操是“改造文章的祖师”。

对于曹操诗歌题材的研究,多数学者认为曹操乐府诗歌在一定程度上反映了汉末现实,抒发了诗人的雄心壮志和积极进取之精神,体现了建安时代的文学风貌。陆侃如、冯沅君的《中国诗史》[4]着重分析了曹操的乐府诗成就,认为曹操的乐府分为两个时期:模拟古乐府和借乐府古题来抒发己意,并指出曹操的四言能突破《诗经》旧套,五言亦能渐脱汉乐府的束缚而自铸新辞。曾毅在《中国文学史纲》[5]

---

① 章太炎:《国学概论》,泰东书局,1922年版。
② 顾实:《中国文学史大纲》,商务印书馆,1926年版。
③ 鲁迅:《鲁迅全集》第三卷,人民文学出版社,1981年版。
④ 陆侃如、冯沅君:《中国诗史》,大江书铺,1931年版。
⑤ 曾毅:《中国文学史纲》(1936年完稿),湖南文艺出版社,1998年版。

指出了曹操在乐府诗歌史发展中的作用,认为在把属于民间文学形式的乐府诗改造为文人文学重要形式的过程中,曹操起了关键的作用。郭伯恭的《魏晋诗歌概论》[①]认为曹操以古题写时事的创作方法开了唐人新乐府的先河。陈飞之的《从曹操乐府诗看他在音乐史上的贡献》[②]通过分析曹操的乐府诗创作,分析了曹操在音乐史上的地位,指出了曹操乐府诗,无论从歌辞体裁、内容情感,乐调特点和乐器形制等方面来看,都比西汉以来的古辞旧曲都有了重大的发展。在歌辞体裁上,曹操的相和歌辞已经由叙事转向了抒情,其歌辞着重抒写自己的情怀与抱负,抒情性极强。在歌辞的内容情感上,曹操的乐府诗也继承并发展了相和古辞的"缘事而发"的现实主义精神。在歌辞的乐调特点上,曹操加强了清商俗乐的特点,发展了相和歌辞中那种哀怨激越的音调,使之与其所开创的悲凉慷慨的诗风相得益彰。

新中国成立后的一段时间内,学界主要是从意识形态的角度评价了曹操及其历史作用,即使有关其诗歌的研究亦多着眼于此。如郑宇和施声的《论曹操的法家路线和文学创作》[③]、杨凯的《"改造文章的祖师"——试谈曹操的诗歌》[④]、顾为今的《曹操以诗言法家之志》[⑤]、吕进的《曹操诗歌的法家思想》[⑥]、牟世金的《曹操为其法治路

① 郭伯恭:《魏晋诗歌概论》,商务印书馆,1936 年版。

② 陈飞之:《从曹操乐府诗看他在音乐史上的贡献》,《许昌师专学报》,1989 年第 3 期。

③ 郑宇,施声:《论曹操的法家路线和文学创作》,《中央民族学院学报》,1974 年第 2 期。

④ 杨凯:《"改造文章的祖师"——试谈曹操的诗歌》,《云南大学学报》,1974 年第 4 期。

⑤ 顾为今:《曹操以诗言法家之志》,《南京师院学报》,1974 年第 4 期。

⑥ 吕进:《曹操诗歌的法家思想》,《四川文艺》,1974 年第 10 期。

线服务的诗歌创作》[①]、洪途的《谈曹操表现统一思想的诗歌》[②]、钟之成的《曹操诗歌中的法家思想》[③]、任嘉禾的《屈原与曹操——论儒与法在诗史上的结合》[④]、孙明君的《论曹操对原始儒学精神的诗化》[⑤]、吴怀东的《经学盛衰与曹操诗歌革新》[⑥]等。此外，学界对曹操诗歌的整理取得了多方面的成果。余冠英的《三曹诗选》[⑦]所选多为三曹诗歌的精华，注释简明典要。黄节的《魏武帝诗注》[⑧]，诗歌注释仿李善注《文选》体例，注明用辞出处，间或解释词义，也采取史传或各家成说来阐发诗歌主题，对读者了解诗意很有帮助。其他的相关注本还有傅亚述的《三曹诗文全集译注》[⑨]、闻众注释的《曹操诗文选读》[⑩]、安徽亳县《曹操集》译注小组注的《曹操集译注》[⑪]、夏传才的《曹操集注》[⑫]等研究专著也是有关曹操诗歌文本整理和注释方面的优秀学术成果。

这一期时期随着学界研究的广泛深入探讨，有关曹操诗歌的

---

① 牟世金：《曹操为其法治路线服务的诗歌创作》，《文史哲》，1974年第4期。

② 洪途：《谈曹操表现统一思想的诗歌》，《文汇报》1974年12月14日。

③ 钟之成：《曹操诗歌中的法家思想》，《人民日报》1975年2月5日。

④ 任嘉禾：《屈原与曹操——论儒与法在诗史上的结合》，《内蒙古大学学报》，1981年第3期。

⑤ 孙明君：《论曹操对原始儒学精神的诗化》，《陕西师大学报》，1996年第2期。

⑥ 吴怀东：《经学盛衰与曹操诗歌革新》，《江淮论坛》，1999年第3期。

⑦ 余冠英：《三曹诗选》，作家出版社，1956年版。

⑧ 黄节：《魏武魏文帝诗注》，人民文学出版社，1958年版。

⑨ 傅亚述：《三曹诗文全集译注》，吉林文史出版社，1997年版。

⑩ 闻众等：《曹操诗文选读》，人民文学出版社，1974年版。

⑪ 安徽亳县《曹操集》译注小组注：《曹操集译注》，中华书局，1979年版。

⑫ 夏传才：《曹操集注》，中州古籍出版社，1986年版。

研究亦有了深入的进展。林庚的《中国文学简史》[①]指出曹操不仅在延揽人才方面不遗余力，并极大地推动了乐府诗向文人诗的演变进程。“曹操的诗几乎都是乐府诗，这说明建安时期还是从乐府诗转向诗人的诗的开端。”[②]作者肯定了曹操的四言诗，认为它开创了一个以古为新的局面，“四言在两汉原是骈偶的，到了后来又成为骈文的骨干，而曹操的四言却就能独不落于骈俪，使得本来比较平稳的双字节奏上，也有一种不羁的苍茫之气”[③]。逯钦立的《在文学史上应该怎样评价曹操》[④]重点论述了曹操提倡乐府写作，因为爱好“相和歌”而以民间歌曲写新诗，以五言诗歌代替乐府歌辞，赋予诗歌内容以现实性和人民性，对建安诗歌的发展起了很大的促进作用。

八九十年代学界对曹操诗歌的研究更为深入和全面。钱志熙的《魏晋诗歌艺术原论》[⑤]通过分析曹操诗歌内容，指出他的诗歌特点在于以诗歌为政论，如《薤露行》、《蒿里行》、《度关山》等诗歌“在表述上颇类当时的子书。我们也可以说这是曹操以诗歌形式所作的子书，以此来表达曹操的一家之言”[⑥]。作者还从音乐的角度来解释曹操古直诗风的成因，认为曹操的乐府诗创作与杜夔等人所整理的古雅乐有关，后来杜夔地位为柴玉、左延年等人所取代，曹魏音

① 林庚：《中国文学简史》，上海文艺联合出版社，1954 年版。

② 林庚：《中国文学简史》，北京大学出版社，1995 年版，第 113 页。

③ 同上书，第 116 页。

④ 逯钦立：《在文学史上应该怎样评价曹操》，《东北师大学报》，1959 年第 4 期。

⑤ 钱志熙：《魏晋诗歌艺术原论》，北京大学出版社，1993 年版。

⑥ 钱志熙：《魏晋诗歌艺术原论》，北京大学出版社，2005 年版，第 73 页。

乐风格也随之发生变化，这也是建安诗风由质朴趋于华美、由言志趋于抒情变化的音乐环境方面的原因。孙明君的《三曹与中国诗史》[①]认为曹操诗歌的最大价值在于，突破了两汉经学的桎梏，全方位深层次地诗化了原始儒学的基本精神，此专著是比较系统的论述三曹诗歌的艺术成就和诗歌史地位的较有影响的学术著作。

游仙诗在曹操诗歌中占有相当比重，以前学界往往视其为消极思想的体现而加以否定。80 年代后，学界对曹操游仙诗的探讨犹如百家争鸣，至今方兴未艾。王锺陵在《中国中古诗歌史》[②]认为曹操的游仙诗标志着民族思想逐步从神仙虚妄中走了出来，指出曹操的游仙诗有一种积极向上的追求。顾农的《曹操游仙诗新论》[③]比较全面地探讨了曹操诗歌中的游仙主题，指出曹操游仙诗的主题是慨叹人生有限与建功立业之关系矛盾的变相表达，因此他的游仙诗充满了积极进取的精神。其他的相关论文有陈飞之的《曹操的游仙诗》[④]、阎璞的《谈曹操的游仙诗》[⑤]、成基圣的《曹操游仙诗发微》[⑥]、张士骢的《是求仙还是求贤——评曹操的游仙诗》[⑦]、农作丰的《关于曹操游仙诗的评价》[⑧]等。

关于曹操诗歌的艺术成就，进入 80 年代后，学界探讨的更为深

① 孙明君：《三曹与中国诗史》，清华大学出版社，1999 年版。

② 王锺陵：《中国中古诗歌史》，江苏教育出版社，1988 年版。

③ 顾农：《曹操游仙诗新论》，《山东师大学报》，1993 年第 3 期。

④ 陈飞之：《曹操的游仙诗》，《学术月刊》，1980 年第 5 期。

⑤ 阎璞：《谈曹操的游仙诗》，《艺谭》，1982 年第 3 期。

⑥ 成基圣：《曹操游仙诗发微》，《吉林师范学院学报》，1987 年第 1 期。

⑦ 张士骢：《是求仙还是求贤——评曹操的游仙诗》，《中国人民大学学报》，1988 年第 4 期。

⑧ 农作丰：《关于曹操游仙诗的评价》，《广西师范大学学报》，1993 年第 1 期。

刻全面。吴云的《论曹操诗歌的艺术风格》[①]等论文，主要就曹操诗歌的本色语言、悲壮风格及借乐府古题写时事上的创新等方面，做了较为详细的剖析。陈飞之的《论曹操诗歌的艺术成就》[②]认为曹操诗歌为开创具有兴寄风骨的建安诗歌做出了重大贡献，并概括了曹操诗歌的艺术成就：深化了自《诗经》以来的现实主义传统；发展了自《离骚》以来的浪漫主义精神；吸收了汉乐府中叙事、抒情的表现技巧；开创了以乐府写时事的创作传统；丰富了诗歌想象、比兴的表现方法。蔡厚示的《曹操诗歌的艺术剖析》[③]通过分析曹操的哲学思想、政治主张及社会经历等内容，指出其诗歌悲壮美的审美价值是"建安风骨"的典型代表。秦效成《论曹操诗歌的现实主义精神》[④]从重大题材的提炼、雄壮意境的开拓、起伏跌宕的笔势和沉雄质朴的语言等方面论述了曹操诗歌的现实主义表现手法，着重论述了曹操诗歌的现实主义特色。张可礼在《建安作家的艺术个性特点》[⑤]文中从诗歌取材、创作方法、语言风格等方面对曹操诗歌的风格进行了较为全面的分析。

韩式朋的《曹操诗歌别论》[⑥]则从诗歌语言方面指出了曹操诗歌艺术的缺陷，认为曹操诗歌语言过于散文化，在一定程度上有损于诗歌艺术美的特质。左汉林的《佛心诗韵两相通——曹操诗风成因一解》[⑦]

---

① 吴云：《论曹操诗歌的艺术风格》，《辽宁大学学报》，1982年第4期。

② 陈飞之：《论曹操诗歌的艺术成就》，《文学评论》，1983年第5期。

③ 《艺谭》编辑部：《建安文学研究文集》，黄山书社，1984年版。

④ 同上。

⑤ 张可礼：《建安文学论稿》，山东教育出版社，1986年版。

⑥ 韩式朋：《曹操诗歌别论》，《北方论丛》，1993年第2期。

⑦ 左汉林：《佛心诗韵两相通——曹操诗风成因一解》，《河北师大学报》，1996年第1期。

从社会思潮的影响探讨了曹操诗歌的特点。文章指出曹操诗歌古直悲凉的风格受佛教思想的影响,而清峻通脱的风格则是受汉末黄老思想的影响。作者认为曹操受佛教影响的观点有待进一步考证。刘朝谦的《生命脐带的缺失与新的生存空间》[①]通过分析曹操的生平和社会经历,指出曹操生命无根的潜意识促使其超越了体现儒家孝文化的日常生活轨道,而表现出游仙、游侠等新的生存空间。他的“唯才是举”的新型人才任用模式塑造了建安时代新的人格范式,表现在诗歌中便是慷慨之音的任情抒发。这些较为新颖的学术观点是八九十年代对曹操诗歌研究进一步探讨的新成果,从而拓展充实了曹操诗歌研究的丰富内容。

二、曹丕诗歌研究

在三曹诗歌研究中,有关曹丕的诗歌研究相对薄弱。上世纪 20 年代,鲁迅在《魏晋风度及文章与药及酒之关系》中称赞曹丕诗赋很好,并指出曹丕的时代是“文学的自觉时代”,这一结论对建安诗歌研究产生了重要影响,但其时,关于曹丕的诗歌研究并未引起学界的充分重视。之后,曹丕诗歌逐渐进入学界视野。

中国社会科学院文学研究所编写的《中国文学史》认为曹丕诗歌反映的生活面就比较狭窄,艺术风格不免流于纤弱。容肇祖的《中国文学史大纲》[②]从艺术风格方面探讨了曹丕诗歌的文学特点,指出其诗多是缠绵悱恻的抒情之篇章。余冠英在《三曹诗选 · 前言》[③]中分

① 刘朝谦:《生命脐带的缺失与新的生存空间》,《社会科学研究》,1993 年第 3 期。

② 容肇祖:《中国文学史大纲》,朴社,1935 年版。

③ 余冠英:《三曹诗选》,人民文学出版社,1979 年版。

析了曹丕诗歌的成就，指出曹丕诗歌的显著特色是明显地倾向民歌化，在歌谣各体的仿作和通俗语言的运用上比曹操更为自觉；他的诗歌在语言和风格上更逼近乐府民歌。这一观点是切中对象的特点，对古人有所发展。

八九十年代，学界对曹丕诗歌的研究无论是在深度还是广度上都得到了长足的发展。在思想内容方面，夏传才的《曹丕集校注·序》[①]把曹丕的诗歌内容分为宴游田猎、军事活动、人生无常和离愁别绪等四类，认为他对中国诗歌的贡献在于艺术形式的创新。章建新的《曹丕诗歌的写实精神》[②]指出曹丕诗歌中描写战士出征和社会灾难的诗篇，反映了当时的社会现实。而田猎酣宴题材的诗歌“反映了贵族们侈靡的享乐生活，显示了统治者对于自己武功的粉饰”，“在客观上起到了文献的作用”。这一观察点也是比较新颖的。文章还指出曹丕的这些题材的诗歌对建安社会的描述具有一定的写实精神。

胡国瑞的《魏晋南北朝文学史》[③]认为曹丕的多数乐府诗歌表现了“游子他乡，人生如寄”的人生感怀，五言古诗主要是游子思妇、军事宴饮等题材，具有一定的现实主义倾向性。张可礼的《建安作家的艺术个性特点》[④]指出曹丕诗歌主要反映游子思妇之题材，风格多是便娟婉约之抒情。徐定祥的《论曹丕诗歌的现实主义精神》[⑤]针对将曹丕的诗歌排斥在现实主义范畴外的观点提出了异议，认为曹丕的诗歌不仅题材不狭窄，而且有的直接地较为深刻地反映了当时的

---

① 《艺谭》编辑部：《建安文学研究文集》，黄山书社，1984 年版。

② 章建新：《曹丕诗歌的写实精神》，《信阳师院学报》，1983 年第 1 期。

③ 胡国瑞：《魏晋南北朝文学史》，上海文艺出版社，1980 年版。

④ 张可礼：《建安文学论稿》，山东教育出版社，1984 年版。

⑤ 《艺谭》编辑部：《建安文学研究文集》，黄山书社，1984 年版。

社会现实。作者还指出曹丕的部分诗歌表达了积极的政治态度和豪迈的情怀。陈飞之的《曹丕诗歌的内容和风格》[①]认为曹丕的诗歌题材丰富,是建安诗歌的代表,为我国抒情诗的发展做出了贡献。韩晖的《论曹丕诗歌的悲剧意识》[②]指出曹丕的悲剧意识在诗歌中表现为时间矛盾与主体关照方式的矛盾。易健贤的《曹丕乐府诗本事系年综论》[③]把曹丕的乐府诗歌分为四个阶段,作者对每首乐府诗的曲名和本事进行了逐一的考证,并分析了每首乐府诗创作的年代和创作背景,其文献价值不可低估。

在诗歌艺术风格方面,葛晓音在《八代诗史》[④]中对汉魏诗歌的总体把握中,探讨了曹丕诗歌的艺术特点。作者指出曹丕在诗歌体制和表现艺术上所进行探索,对于中国诗歌形式的发展有重要的文学意义。钱志熙的《魏晋诗歌艺术原论》[⑤]从创作主体与社会文化背景的角度更为深入细致地探讨了曹丕诗歌的特色,认为曹丕与曹操诗风的不同与其创作的音乐环境的不同有直接关系,指出曹丕未曾执意用一种语言来处理诗歌内容,相对而言,曹丕在表现自身感受方面较曹操更为开放。这种分析对深刻理解曹丕诗歌的艺术特色形成有极为重要的启发作用。

章新建的《曹丕诗歌与乐府》[⑥]认为曹丕的乐府诗歌是对汉乐府

---

① 陈飞之:《曹丕诗歌的内容和风格》,《广西师大学报》,1986 年第 2 期。

② 韩晖:《论曹丕诗歌的悲剧意识》,《广西师大学报》,1993 年第 3 期。

③ 易健贤:《曹丕乐府诗本事系年综论》,《贵州教育学院学报》,1997 年第 3 期。

④ 葛晓音:《八代诗史》,陕西人民出版社,1989 年版。

⑤ 钱志熙:《魏晋诗歌艺术原论》,北京大学出版社,2005 年第二版。

⑥ 章建新:《曹丕诗歌与乐府》,《安徽大学学报》,1984 年第 2 期。

民歌的扬弃，指出曹丕继承了汉乐府比兴的手法和民歌化的语言，但同时又促进了乐府抒情化的发展，且能做到诗歌形式的多样化。王昌猷的《论三曹诗主“气”及其风格差异》[①]认为曹丕诗的意象排列有利于表现诗歌的阴柔美。李洲良的《三曹诗歌的意象与风格》[②]指出曹丕诗歌善用弱小明丽的意象，有益于表现清丽婉约的诗歌风格。陈飞之的《曹丕诗歌的内容与风格》[③]认为曹丕的主要风格不仅仅是便娟婉约，还可以概括为壮丽，这代表了建安诗歌中期的艺术风格。文章指出曹丕强化了文人乐府民歌化的倾向，使景物描写多样化，抒情方式多样化，表现出建安诗歌“体被文质”的特点。傅正义的《三曹诗歌异同论》[④]通过比较三曹诗歌的不同风格，认为曹丕较为恰当地表现出诗歌的阴柔美。曹文心的《继承“汉音”传统，开拓“魏响”新风——论曹丕在建安文学中的地位》[⑤]认为曹丕在建安诗歌的发展中处于承上启下的重要过渡地位，既是“汉音”的继承者，又是“魏响”的开拓者。曹丕的部分诗歌反映了社会战乱和人民的动荡，但同时又以华丽的语言抒发了游子思妇的细腻心理。

学界对建安诗歌研究，多肯定曹操和曹植对诗歌发展的作用，指出曹操于拟乐府创作的开创作用，曹植的“辞采华茂”对五言诗发展的重大影响。于曹丕，虽肯定其诗歌形式和民歌化语言对诗

---

① 王昌猷：《论三曹诗主“气”及其风格差异》，《安徽师大学报》，1984 年第 2 期。

② 李洲良：《三曹诗歌的意象与风格》，《北方论丛》，1991 年第 4 期。

③ 陈飞之：《曹丕诗歌的内容与风格》，《广西师大学报》，1986 年第 2 期。

④ 傅正义：《三曹诗歌异同论》，《重庆师院学报》，1993 年第 2 期。

⑤ 曹文心：《继承“汉音”传统，开拓“魏响”新风——论曹丕在建安文学中的地位》，《淮北煤炭师院学报》，1993 年第 3 期。

歌发展的作用,但对其诗歌的现实主义风格观点不一。徐定祥的《论曹丕诗歌的现实主义精神》[1],通过分析曹丕游子思妇题材的诗歌,指出他以便娟婉约的诗歌风格委婉细腻的展现了复杂的人物内心世界,再现了当时战乱对人物内心的影响。曹文心、刘传增的《论曹丕与建安文学》[2]通过对曹丕诗歌的题材内容和技巧形式两方面的分析,指出曹丕是"汉音"的继承者,同时又是"魏响"的开拓者,他的诗歌不但推动了建安文学从"汉音"阶段向"魏响"阶段的跃进,而且还促进了"文学的自觉时代"的新发展。夏传才的《论曹丕德政对中国文学发展的贡献》[3]认为曹丕对中国诗歌发展的贡献,主要表现在艺术形式的创新上。章建新的《曹丕诗歌与乐府》[4]着重探讨了曹丕诗歌对乐府民歌的继承发扬问题。许善述的《"子桓以下,纯乎魏响"——也谈曹丕诗风之变》[5]概括了曹丕诗歌的抒情化特征。

有关《燕歌行》内容是曹丕诗歌研究的一个重点。顾实的《中国文学史大纲》[6]认为曹丕七言《燕歌行》每句押韵,节奏之妙,有天然之趣。胡适的《白话文学史》[7]在论及曹丕的乐府民歌《上留田行》和《临高台》,并着重分析了《燕歌行》其一,指出《燕歌行》是文人作品

---

① 《艺谭》编辑部:《建安文学研究文集》,黄山书社,1984 年版。

② 同上书。

③ 夏传才:《论曹丕德政对中国文学发展的贡献》,《河北大学学报》,1986 年第 6 期。

④ 章建新:《曹丕诗歌与乐府》,《安徽大学学报》,1984 年第 2 期。

⑤ 许善述:《"子桓以下,纯乎魏响"——也谈曹丕诗风之变》,《安庆师院学报》,1997 年第 2 期。

⑥ 顾实:《中国文学史大纲》,商务印书馆,1926 年版。

⑦ 胡适:《白话文学史》,新月书店,1928 年版。

的民众化的优秀结晶。陆侃如和冯沅君的《中国诗史》[1]也肯定了《燕歌行》的文学价值，指出纯粹的七言诗始于曹丕。刘大杰的《中国文学发展史》[2]指出曹丕的《燕歌行》两首是完整的七言体，标志着七言体的正式确立。曾毅的《中国文学史纲》[3]也肯定了《燕歌行》的七言诗体地位，认为它是七言诗体成型的重要标志。

萧涤非的《汉魏六朝乐府文学史》[4]对曹丕完成了七言诗体的转变评价很高，认为曹丕七言《燕歌行》两篇，为乐府诗产生了一新体制，开创了中国乐府文学的新纪元。此外，曹丕还有《令诗》、《黎阳作》等诗歌是六言诗，是当时的新诗体。曹丕可谓是诗歌新体的开拓者。游国恩等的《中国文学史》[5]也指出《燕歌行》是汉乐府旧题，汉古辞已经不存在，但从曹丕以后凡是写这个题目的也全是七言这一点看，很可能这个曲调原来就是配七言的。从这里也可以看出七言诗的形成与乐府的关系。王锺陵的《中国中古诗歌史》[6]认为《燕歌行》二首，在汉末古诗的基础上有一定发展：抒情女主人公的心理展示更加充分，且在利用景物渲染衬托人物情思上，亦有明显提高。思妇的题材而表现得如此凄切深婉、情景交融，这两点正是建安诗歌向文人化方向发展的明显特征。徐公持的《魏晋文学史》[7]认为《燕歌行》是我国早期七言诗走向成熟的标志，认为曹丕在一定意义上

① 陆侃如，冯沅君：《中国诗史》，大江书铺，1931 年版。

② 刘大杰：《中国文学发展史》，中华书局，1941 年版。

③ 曾毅：《中国文学史纲》（1936 年完稿），湖南文艺出版社，1998 年版。

④ 萧涤非：《汉魏六朝乐府文学史》中国文化服务社，1943 年版。

⑤ 游国恩等主编：《中国文学史》（一），人民文学出版社，1963 年版。

⑥ 王锺陵：《中国中古诗歌史》，江苏教育出版社 1988 年版。

⑦ 徐公持：《魏晋文学史》，人民文学出版社，1999 年版。

提高了七言诗的品质。

三、曹植诗歌研究

曹植诗歌研究相对其父兄而言，更早受到学界重视。在其诗歌整理方面，自上世纪初，便有了很大的发展。古直笺注的《曹子建诗笺》[①]以李善注《文选》为曹植诗作注，打破旧本次第而以时间顺序重新编次，此书对曹植诗歌研究有重要的参考价值。黄节的《曹子建诗注》[②]注释内容丰富，取舍精严，是新中国成立后较好的注本。该书将曹植诗歌分为古诗和乐府两类，从诗歌题目到思想内容都有详细的考证，学术价值极高。丁晏的《曹集诠评》[③]是比较全面评价曹植作品的专著，全书分十卷，其中第四、五卷是对曹植古诗和乐府诗歌的评析，主要是对其诗歌题目做了简要的说明，并根据《文选》等资料，对诗歌字句进行校正，最后还附有曹植年谱，是曹植诗歌研究的重要参考文献。河北师范学院中文系编写的《三曹资料汇编·曹植卷》[④]收录历代对曹植及其作品的评析，是曹植诗歌研究的重要参考资料。

对曹植作品进行全面整理注释的是赵幼文的《曹植集校注》[⑤]。之前的曹植注本仅及于诗，不见注释其他体裁，赵注本为全集作注，每字释义并注明出处。该书不再采用黄节注释的分类方法，而是按诗歌创作的时间，以编年的方式分曹植诗歌创作为"建安时期"、"黄

① 古直：《曹子建诗笺》，中华书局，1928 年版。

② 黄节：《曹子建诗注》，商务印书馆，1930 年版。

③ 丁晏：《曹植铨评》，商务印书馆，1931 年版。

④ 河北师院中文系：《三曹资料汇编》，中华书局，1980 年版。

⑤ 赵幼文：《曹植集校注》，人民文学出版社，1984 年版。

初时期”、“太和时期”三个历史阶段，对其不同创作时期的诗歌加以注释分析。注本后附录了《逸文》、《版本卷帙、旧序、旧评录》和《曹植年表》，是曹植作品注释较好、较全的本子。

在诗歌研究方面，自上世纪初，学界便多有关注。顾实在《中国文学史大纲》[①]中较为客观地论述了曹植诗歌的诗歌史地位，认为曹植“乃魏文学之巨擘，上接汉代，下通晋、宋、齐、梁、陈、隋而独步之高才也。唐代李白、杜甫诸贤，莫不师其风骨。故钟嵘曰‘骨气奇高，词采华茂，情兼雅怨’”，“要之，植之诗足称者，在于风骨之高，气象之广也”[②]，作者对曹植诗歌极为期许。胡适在《白话文学史》[③]中肯定了曹植的文学地位，认为他是当时最伟大的诗人，其诗歌具有一种民众化的文学趋势。陈冠同在《中国文学大纲》[④]中指出曹植是当时最有成就的诗人，并从锤炼词句和声韵对偶两方面论述了曹植的诗歌影响。容肇祖的《中国文学史大纲》[⑤]作者指出曹植的诗歌特点：铸辞警炼、工于发端、对偶运用、声韵协律，此四点可视为是文人诗作脱离民间诗歌形式的重要文学因素。徐英的《汉魏六朝诗派衍变略说》[⑥]认为曹植诗歌是五言诗的重要转折点，亦从三方面指出了其诗歌的创作特点：“一曰炼字。古诗不假烹炼，子建则用字独工”，“二曰琢句。古诗不假思索，子建则琢句必佳，且工于起调”，“三曰揣声。古诗节奏天然，子建则平仄妥帖”。曾毅在《中国文学史纲》[⑦]

① 顾实：《中国文学史大纲》，商务印书馆，1926年版。

② 同上书，第153页。

③ 胡适：《白话文学史》，朴社，1928年版。

④ 陈冠同：《中国文学大纲》，民智书局，1931年版。

⑤ 容肇祖：《中国文学史大纲》，朴社，1935年版。

⑥ 徐英：《汉魏六朝诗派衍变略说》，《安大季刊》第一卷第四期，1936年。

⑦ 曾毅：《中国文学史纲》，湖南文艺出版社，1998年版。

中着重分析了曹植诗歌的特点及诗歌史意义,指出曹植把文人的艺术修养、文人文学的传统与乐府民歌的特点结合了起来,既吸取了民歌的长处,又改变了民歌单纯朴素的面貌,从整体上概括了曹植诗歌的特点。

与其他研究者的观点相反,郭沫若的《论曹植》①对曹植持强烈的批判态度,认为其作品形式多出于摹仿,而且痕迹异常显露,批评曹植诗歌对后世诗歌的不良影响,认为抒情化、民俗化的过程在曹植诗歌中开始“逆流”,对曹植的诗歌成就几乎是全盘否定。张德钧在《关于曹植的评价问题》②对此做出呼应,认为曹植的“辞采华茂”,完全是以文章外形的美观与否为标准,曹植受到推崇只是因为南北朝形式主义文风泛滥时期的一种表现而已。廖仲安在《关于曹植的几个问题》③指出曹植在诗歌艺术上有新的追求,但同时也指出建安诗人中用“官话”的亦是曹植,认为这是曹植的诗歌脱离古乐府和古诗的轨道的结果。

新中国成立后的一段时期内,受社会思潮的影响,曹植诗歌研究进入了一个相对的低谷期,但也取得了阶段性的研究成果。游国恩等主编的《中国文学史》④论述了曹植的艺术风格,指出在建安作家中,曹植要算最讲究艺术表现的,建安诗歌从乐府中出而逐渐文人化,到曹植便是明显的文人诗了。胡国瑞《魏晋南北朝文学史》⑤重点分析了曹植的乐府诗歌,指出曹植的乐府诗虽仍袭用乐府古题,但

① 郭沫若:《论曹植》,《中原月刊》第一卷第三期,1943 年。
② 张德钧:《关于曹植的评价问题》,《历史研究》,1957 年第 2 期。
③ 廖仲安:《关于曹植的几个问题》,《文学遗产增刊》,1959 年第 7 辑。
④ 游国恩等主编:《中国文学史》(一),人民文学出版社,1963 年版。
⑤ 胡国瑞:《魏晋南北朝文学史》,上海文艺出版社,1980 年版。

在多数情况下具有较重的主观抒情性，自然地把乐府诗过渡到文人徒诗，淡化了乐府诗与文人徒诗的疆界，使文人诗歌呈现出了新面貌。钟优民的《曹植新探》[①]以曹丕登位为界，从思想上把曹植诗歌分为前后两期，分析了其诗歌“骨气奇高，悲凉慷慨”、“词采华茂，雕绘工丽”的艺术风格，并对曹植诗歌的具有形象美及在语言、练字、声律等方面的特点进行了探讨。王锺陵的《中国中古诗歌史》[②]认为曹植的诗是建安诗歌文人化过程完成的标志，认为其诗歌是诗人融汇了建安诗歌的两个源头：乐府民歌和汉魏古诗，而又加以提高和升华的结果。作者还论及曹植诗歌特点对正始诗歌形成的作用时，指出曹植诗歌的慷慨情怀、恢廓气度和对苦闷的吟唱，开辟了建安诗歌向正始诗歌发展的道路。

葛晓音的《八代诗史》[③]主要从从思想内容和艺术成就两方面，深刻地探讨了曹植诗歌的文学成就。作者指出曹植对于诗歌的题材内容多有开拓，或借乐府古题抒情，或据内容自创新题，艺术上也极具创造性，还指出曹植将汉大赋劝百讽一的文章章法移入诗歌中，为后世描写都市佳作的诗篇开创出新的写作模式。在艺术表达方面，曹植继承发展了汉乐府的表现手法，善于刻画人物及其内心活动；并吸取《诗经》、《楚辞》、汉末文人诗的成就，运用比兴抒发情感，表现个性；同时又注意对偶、声律和雕琢辞藻，讲究声色和意境的描绘，工于起调和锻炼警句。

钱志熙的《魏晋诗歌艺术原论》[④]将曹植的诗歌创作分为邺下时

① 钟优民：《曹植新探》，黄山书社，1984 年版。
② 王锺陵：《中国中古诗歌史》，江苏教育出版社，1988 年版。
③ 葛晓音：《八代诗史》，陕西人民出版社，1989 年版。
④ 钱志熙：《魏晋诗歌艺术原论》，北京大学出版社，1993 年版。

期、黄初和太和时期。作者在历史文化传统背景中分析了曹植诗歌的艺术特点和成就，观点新颖独到，发前人之所未发。作者指出汉魏文人诗的发展历程，正是诗人们不断地用自己所理解和把握的文学传统对民间的新的诗歌艺术传统进行不断革新的过程，而这也正是诗歌“文人化”的一大主题，“在这方面，曹植的成就是突出的，他将儒家的文学传统和庄骚的文学精神融合到五言诗和乐府诗中……通过曹植，‘庄’‘骚’等古典浪漫主义的艺术精神在五言诗和乐府诗中得到了复活，而阮籍、嵇康则是沿着曹植的创作道路，进一步发展了浪漫主义的诗歌艺术。这是曹植后期创作对中国诗歌史的一大贡献”[①]。在另一部专著《唐前生命观和文学生命主题》[②]中，作者在深刻分析曹植人生经历及其诗歌特点的基础上，指出曹植是通过诗歌表达了诗人弘道济世的儒家人生观，而其在创作上以雅颂为旨归，正是继承了儒家传统文学理念，他的创作心态又是汉魏之际的慷慨抒怀，突破了温柔敦厚的诗教。

徐公持的《魏晋文学史》[③]认为曹植是中国文学史上的一位全面型的作者，他工于诗、赋、文，且在这些方面都做出了超越前人的贡献：他继承了曹操开创的文人乐府诗传统，将以汉乐府旧题写时事的做法进一步推广；创作乐府诗艺术成就高。孙明君的《三曹与中国诗史》[④]是比较系统的论述三曹诗歌的艺术成就和诗歌史地位的比较有影响的学术著作。作者详细地分析了曹植诗歌哀怨的情感特

① 钱志熙：《魏晋诗歌艺术原论》，北京大学出版社，2005 年第二版，第 122—123 页。

② 钱志熙：《唐前生命观和文学生命主题》，东方出版社，1997 年版。

③ 徐公持：《魏晋文学史》，人民文学出版社，1999 年版。

④ 孙明君：《三曹与中国诗史》，清华大学出版社，1999 年版。

质，认为这一情感特征既受原始儒学人文精神与诗学理想的辐射，也是老庄哲学与道教神仙思想的投影，同时它又包孕着两汉“温柔敦厚”、“发乎情，止乎礼义”的正统儒教观，这一诗歌艺术特色对后世诗歌无论在思想内容还是诗歌艺术风格方面都产生了深远的影响。

上世纪80年代，学界对建安风骨的现实主义性探讨更为深入，并以此来衡量建安诗歌的艺术成就。以建安风骨来评价曹植的诗歌在此时期也引起了学界的关注和讨论。早在50年代，廖仲安在《关于曹植的几个问题》[①]一文便以建安风骨的“现实主义化”来衡量曹植的诗歌，指出这是和当时的诗歌内容不相符的，并因此对曹植颇有贬抑。陈祖美在《建安诗风的衍变》[②]一文中做出回应，认为建安风骨不只是指那些反映社会乱离和表现积极进取的作品，还应包括那些揭露现实残酷的作品，比如曹植的《赠白马王彪》、《野田黄雀行》等。王力坚的《从三曹的诗风看建安风骨的嬗变与发展——兼论曹植的文学史地位》[③]较为恰当的评价了曹植诗歌的建安风骨，认为建安风骨在内容上真实深刻地反映了社会现实动乱、民生疾苦和诗人们的政治抱负，但曹植诗歌文质彬彬的内容表达也是建安风骨的应有之义。

钟优民的《曹植及其诗歌的评价问题》[④]对曹植诗歌做了较为全面的分析，认为反映曹植不幸遭遇的诗篇，深刻揭露了现实政治的黑暗，其诗歌是刚健柔美的融合统一，指出曹植诗歌重视比喻、象征的

---

① 廖仲安：《关于曹植的几个问题》，《文学遗产增刊》，1959年第7辑。

② 陈祖美：《建安诗风的衍变》，《文艺研究》，1983年第6期。

③ 王力坚：《从三曹的诗风看建安风骨的嬗变与发展——兼论曹植的文学史地位》，《文艺研究》，1988年第2期。

④ 钟优民：《曹植及其诗歌的评价问题》，《吉林大学学报》，1980年第6期。

表现手法对人物形象塑造，在语言上也极具个人风格。赵福坛的《略论曹操父子和他们的诗》[1]针对郭沫若在上世纪四十年代提出的曹植开骈俪文字的先河做出了反驳。作者认为六朝诗风在曹植之前便形成，而曹植诗歌最有影响的则是具有建安风骨的作品。徐公持在《关于曹植的评价问题》[2]也认为开骈字丽句先河的不始于曹植，之前的刘向父子的作品已有表现，经张衡、崔寔、蔡邕等有了很大的发展。并指出说曹植只侧重辞藻和形式的说法也是不恰当的，曹植的很多诗歌具有强烈的抒情性且大多慷慨激昂，不应只侧重他的诗歌形式的讨论。作者在《略论曹植及其创作的特点》[3]则多角度地考察了曹植创作上的影响因素，尤其指出了汉末学术风气的多元化对曹植诗歌题材包容性的重大影响。文章还从汉末学风和抒情小赋的发展的角度，分析了曹植诗歌“雅好慷慨”和“辞采华茂”的风格特点。胡国瑞的《论曹植的艺术成就》[4]通过对曹植诗歌内容的分析，指出曹植诗歌的题材内容和情感基调是对《古诗十九首》的继承和超越，文章还分析了曹植“比兴”手法的特点，强调了他在建安文学中对诸体发展的重大贡献。陈飞之的《论曹植的诗学思想》[5]就曹植的文学思想展开了讨论，认为曹植的诗学思想与曹丕的“绮丽”诗论不相同。曹植对诗歌的社会功能、艺术特征、创作原则和批评标准等都有明确的认识。文章认为曹植是比较系统地反映了这种文学上自

① 赵福坛：《略论曹操父子和他们的诗》，《广州师院学报》，1981 年第 1 期。

② 徐公持：《关于曹植的评价问题》，《文学遗产》，1983 年第 1 期。

③ 徐公持：《略论曹植及其创作特点》，《中国古典文学论丛》第一辑，人民文学出版社，1984 年版。

④ 《艺谭》编辑部：《建安文学研究文集》，黄山书社，1984 年版。

⑤ 陈飞之：《论曹植的诗学思想》，《文学评论》，1988 年第 3 期。

觉的美学意识，对于古诗学的发展具有提纲挈领的开创意义。顾易生的《英雄割据虽已矣，文采风流今尚在——曹操文学批评与曹丕、曹植文论中若干问题新探》[①]指出曹植的文学思想更能代表文学自觉发展阶段的文学倾向和时代精神。

“文革”前学界对曹植诗歌的内容多侧重其社会现实性的分析。“文革”后，曹植的游仙诗受到关注，出现了新的学术争鸣。20 世纪前期学界对曹植游仙诗多持否定态度。陈飞之的《应该正确评价曹植的游仙诗》[②]则是较早对曹植游仙诗持肯定态度的文章。作者认为曹植的游仙诗是社会现实的产物，指出曹植本来并不相信有神仙而是为现实生活所激发出来的有感而发的寄托精神。作者还指出了曹植游仙诗对后代同类题材诗歌的深远影响。就诗歌的发展历史看，《诗经》中已出现游仙的因素，屈原的许多作品也具有游仙的性质，而曹氏父子以诗歌的形式正式确立了游仙题材的创作传统，在中国诗歌史上具有重要的地位。张士骢的《关于游仙诗的渊源及其他》[③]认为曹植的游仙诗是他长期信奉长生之道在其诗歌中的艺术反映。张平的《有关曹植游仙诗的几个问题》[④]指出如何理解曹植的游仙思想是能否正确评价其游仙诗的前提，指出曹植晚年的思想不但谈不上不信神仙，而且那种借助道家神仙之说以超脱尘世的消极情绪反而有所抬头。陈飞之的《再论曹植的游仙诗》[⑤]从曹植游仙诗的创作渊源、指

① 顾易生：《英雄割据虽已矣，文采风流今尚在——曹操文学批评与曹丕、曹植文论中若干问题新探》，《文史知识》，1993 年第 10 期。

② 陈飞之：《应该正确评价曹植的游仙诗》，《文学评论》，1983 年第 1 期。

③ 张士骢：《关于游仙诗的渊源及其他》，《文学评论》，1987 年第 6 期。

④ 张平：《有关曹植游仙诗的几个问题》，《文学评论》，1987 年第 6 期。

⑤ 陈飞之：《再论曹植的游仙诗》，《广西师大学报》，1991 年第 2 期。

导思想、艺术方法等方面探讨了曹植游仙诗的特点，指出曹植的游仙诗主要源于《楚辞》和南方巫术文化，诗人创作的指导思想是汉魏名理学，采用暗示性、比拟性等方式来咏怀寄托。顾农的《从游侠到游仙——曹植创作中的两大热点》[①]指出曹植的思想并非纯儒，既有近儒的一面，又有近侠的一面。这种思想在其诗歌中表现明显，但无论是否寄意游仙，贯穿其始终的是诗人强烈的个性追求和积极进取的功业精神。

八九十年代，学界多从美学风格来探讨曹植诗歌的艺术成就。裴登峰的《曹植诗歌的阴柔美》[②]、《曹植诗歌的阳刚美》[③]、《曹植诗歌意境美探析》[④]等文章就曹植诗歌的风格美展开了分析讨论。《曹植诗歌的阴柔之美》[⑤]认为曹植诗歌的审美特征是多样性的，文章从哀怨低回、含蓄委婉和女性形象等三方面分析了曹植诗歌的阴柔美；在另一篇文章《曹植诗歌的阳刚之美》[⑥]通过对曹植诗歌题材解读，分析了其诗的阳刚之美。

关于曹植的诗歌史地位的确定，取决于如何理解和评价曹植诗歌的“民歌文人化”现象。郭沫若的《论曹植》[⑦]认为曹植开骈俪文字的先河，是以反“文人化”观念为前提，而否定曹植诗歌文学成就。王瑶则把曹植的“文人化”现象看做是诗歌发展的必然方向，而曹植

① 顾农：《从游侠到游仙——曹植创作中的两大热点》，《东北师大学报》，1995 年第 3 期。

② 裴登峰：《曹植诗歌的阴柔美》，《西北民族学院学报》，1991 年第 1 期。

③ 裴登峰：《曹植诗歌的阳刚美》，《西北民族学院学报》，1992 年第 2 期。

④ 裴登峰：《曹植诗歌意境美探析》，《西北师大学报》，1993 年第 4 期。

⑤ 裴登峰：《曹植诗歌的阴柔之美》，《西北师院学报》，1991 年第 1 期。

⑥ 裴登峰：《曹植诗歌的阳刚之美》，《西北师院学报》，1992 年第 2 期。

⑦ 郭沫若：《论曹植》，《中原月刊》第一卷第三期，1943 年。

的文学地位就在于确立了这个方向，他在《中古文学风貌》[1]指出了乐府诗“文人化”的方向，乐府诗源出民间，由叙事到抒情，从内容方面说明了由乐府到徒诗的发展，而曹植的诗歌地位便在此体现。余冠英也侧重了曹植诗歌的“文人化”，在《曹植》[2]一文中指出曹植诗歌不但没有脱离民歌轨道，而且还“发展了乐府民歌”，在《汉魏六朝诗选·序言》[3]作者进一步阐释了曹植诗歌的这一倾向即以闾里歌谣的刚健清新、明白诚恳来表情达意。程毅中的《略谈曹植作品的评价问题》[4]也不认为曹植是机械地模仿乐府民歌，指出只有曹植的诗歌把内容和形式相统一。在理解曹植诗歌的“现实性”问题上，郭沫若的“开骈俪文字的先河”的评价不仅是对曹植诗歌“民歌化”进程的反对，更是对“现实主义”的背离。程毅中认为曹植的“现实主义”主要体现在建功立业的进取精神上，而诗人后期诗歌所表现出的愤懑和痛苦，可看做是邺下文人的建安风骨和竹林七贤的魏晋风度的代表。陈祖美的《建安诗风的衍变》[5]则从曹植的内在世界来阐释其诗歌的“现实性”问题，认为曹植在文学史上的贡献重要的在于其诗歌所展示内心世界时所迸发出的精神力量。陈飞之的《曹植诗歌的体类及影响》[6]对曹植诗歌的类型及其影响进行了深入地分析，指出曹植游仙诗既给予魏晋时代的阮籍、张协、郭璞等以直接影响，还启示了唐代的陈子昂、李白、李贺等优秀诗人。这是曹植诗歌中影

① 王瑶：《中古文学风貌》，棠棣出版社，1951年版。
② 余冠英：《祖国十二诗人》，开明书店，1953年版。
③ 余冠英：《汉魏六朝诗选》，人民文学出版社，1958年版。
④ 程毅中：《略谈曹植作品的评价问题》，《光明日报》，1957年8月25日。
⑤ 陈祖美：《建安诗风的衍变》，《文艺研究》，1983年第6期。
⑥ 陈飞之：《曹植诗歌的体类及影响》，《中州学刊》，1986年第3期。

响最为深远的一个体类。此外，曹植还写了许多富有创造性的杂诗、咏史、宴游等多种体类的诗歌，为后来一些优秀诗人的创作进一步向专类化方向发展奠定了基础。

第四节　建安七子诗歌研究综述

建安七子的诗歌研究是建安诗歌研究的重要组成部分，但相对三曹诗歌研究，有关他们的研究却显得相对薄弱，至20世纪30年代末，对于七子诗歌的研究仍未完全展开，但刘师培、鲁迅等人对七子作品风格的论述对后来七子诗歌的研究产生了深远的影响。刘师培的《中国中古文学史》和鲁迅的《魏晋风度及文章与药及酒至关系》主要对建安七子的作品风格及写作背景做了精到地解析和论述。刘师培注意到了建安七子作品在当时文风变迁中的作用。鲁迅对建安七子给予了肯定，认为七子都很能做文章，但由于七子的文章很少流传，现在我们很难判断。在七子中，鲁迅着重论述了孔融，涉及到了如何看待孔融及其文章的问题。冯沅君和陆侃如的的《中国诗史》[①]在“三国诗”的章节中结合七子的生平背景论述了他们的诗歌，指出了七子的诗歌是“建安体”的代表。容肇祖的《中国文学史大纲》[②]认为，建安诗歌是“由民歌而称为文人诗的作品，这风气的做成，七子是当然很有力量，不止三曹称功而已。至于他们的散文，渐启六朝俳偶的习尚”。

上世纪四五十年代，学者开始关注对建安七子的诗歌研究。游

① 冯沅君、陆侃如：《中国诗史》，大江书铺，1931年版。

② 容肇祖：《中国文学史大纲》，商务印书馆，1938年版。

国恩等主编的《中国文学史》[1]对建安七子的论述可谓公允，他们认为建安七子与三曹一样同是建安文坛的杰出代表，他们继承了汉乐府的创作精神，打破了汉代文人诗歌消沉的局面，第一次掀起了文人诗歌创作的高潮。他们直接继承了汉乐府民歌的现实主义精神，通过他们的诗篇反映了广阔的社会现实生活，表现出了新的时代精神，具有“慷慨悲凉”的独特时代风格，并且形成了“建安风骨”这一优良文学传统。同时，他们普遍采用五言诗的创作形式，奠定了五言诗在文坛上的坚固地位。

80 年代以后建安七子逐渐受到学界的普遍关注，有关他们的研究也取得了明显的进展。在文本整理方面有俞绍初的《建安七子诗文钩沉》[2]首开其端，文章对七子的诗文做了详细的整理和补正，是对七子文本文献整理的有益尝试。郁贤皓、张采民的《建安七子诗笺注》[3]对七子现存的 103 篇作品笺释，为其诗歌研究提供了一个相对完整的文本文献，并附有《建安七子诗资料选录》和《建安七子年表》。俞绍初辑校的《建安七子集》[4]对七子作品的收集更为完备，是建安七子文集的重要版本，附录有《建安七子佚文存目考》、《建安七子杂著汇编》、《建安七子著作考》、《建安七子年谱》。七子年谱有利于更好的把握他们的作品，可视为是对陆侃如《中古文学系年》的有益补充。吴云主编的《建安七子集校注》[5]几乎网罗了七子的所有作品，并对其作品一一校注，对他们的生平、文章特点等进行介绍。

---

① 游国恩等主编：《中国文学史》(一)，人民文学出版社，1963 年。

② 俞绍初：《建安七子诗文钩沉》，《郑州大学学报》，1987 年第 2 期。

③ 郁贤皓、张采民：《建安七子诗笺注》，巴蜀书社，1990 年版。

④ 俞绍初：《建安七子集》，中华书局，1989 年版。

⑤ 吴云：《建安七子集校注》，天津古籍出版社，1991 年版。

与以往七子文集不同的是,该书删去了文后的附录,在每卷前添加了前言,侧重对七子个体的研究。关于七子的其他文献整理还有俞绍初的《王粲集》[①]、吴云、唐绍忠的《王粲集注》[②]、吴云的《建安七子作品选》[③]、佘斯大选注的《建安七子》[④]等。

这一时期有关七子整体性的研究较具代表性的文章是徐公持的《建安七子论》[⑤]和《建安七子诗文系年考证》[⑥]。《建安七子论》共分四个部分:七子的政治态度、七子的创作倾向、个人特色与时代风格、在文学史上的贡献。历来论者对于七子的政治态度笼统地概括为:孔融与曹操有矛盾,王粲等人依附曹操,此文对七子政治态度重新解析,并提出了独到见解。有关七子的文学成就历来评价不高,该文充分肯定了七子在文学史上的贡献,认为七子在文学史上的贡献包括两个方面。一方面,“七子”以其创作反映了汉末——建安时期的社会现实,表现了一群有才智的知识分子的时代感受,他们的作品,是“建安文学”的重要部分,他们作品中的“慷慨基调”,是“建安风骨”的重要内容。另一方面,在诗、赋、散文等各种文学样式的发展中,“七子”也扮演了不可忽视的角色。另一篇文章《建安七子诗文系年考证》是考证“七子”诗文写作年代的力作,作者将建安七子诗文的内容和特点及其作品的亡佚情况言说甚明,为学者研究建安七子的生平及其创作提供了方便。

---

① 俞绍初:《王粲集》,中华书局,1980 年版。
② 吴云、唐绍忠:《王粲集注》,中州书画社,1984 年版。
③ 吴云:《建安七子作品选》,中州书画社,1987 年版。
④ 佘斯大:《建安七子》,岳麓书社,1998 年版。
⑤ 徐公持:《建安七子论》,《文学评论》,1981 年第 4 期。
⑥ 徐公持:《建安七子诗文系年考证》,《文学遗产增刊》,1982 年第 14 辑。

郁贤皓、张采民的《建安七子与“建安风骨”》[①]和辛保平的《试评建安七子》[②]对建安七子的诗歌成就和风格特色做了较为系统的论述。郁贤皓、张采民的《建安七子笺注·序言》[③]指出建安七子的诗歌不仅具备建安文学的所有特色,而且也逐步形成了各自独特的个性风格。建安七子的诗歌总体风格是比较质朴的,但已经有了追求语言华丽的倾向。文章还指出七子的诗歌个性鲜明,各具特色,体现出建安风骨内涵的丰富性,也可以说是建安诗歌之所以取得较高成就的一个重要因素。

韩格平的《建安七子综论》[④]是一部综合研究建安七子及其作品的研究著作。该书分上、下两编。上编从“时代氛围”、“作品主题”和“文学成就”等三个方面论述了建安七子的文学风貌,指出建安七子充实了穷情写物的“建安风骨”的时代内容。下编结合具体诗人的生平经历和创作特色,分别论述了建安七子的文学成就。徐公持的《魏晋文学史》[⑤]认为王粲的部分诗歌体现了深广的忧患意识,但后期作品多为颂扬之作,社会价值不高。

关于建安七子诗歌的个案研究主要集中于王粲诗歌的思想内容和艺术特色。林庚认为王粲《七哀诗》是建安风力的优秀代表作品[⑥]。罗根泽的《魏晋南北朝文学史》[⑦]认为王粲的文学成就是建安七子的

---

① 郁贤皓、张采民:《建安七子与“建安风骨”》,《南京师大学报》,1989年第4期。

② 辛保平:《试评建安七子》,《语文学刊》,1995年第3期。

③ 郁贤皓、张采民:《建安七子笺注》,巴蜀书社,1990年版。

④ 韩格平:《建安七子综论》,东北师大出版社,1998年版。

⑤ 徐公持:《魏晋文学史》,人民文学出版社,1999年版。

⑥ 林庚:《中国文学简史》,上海联合文艺出版社,1954年版。

⑦ 罗根泽:《魏晋南北朝文学史》,南京大学教务处,1957年版。

代表，其文学成就的取得是因为“王粲的流落时期较长，受得苦难较多，因此也就更多有价值的作品”。陈飞的《王粲诗赋的思想和艺术》[①]肯定了王粲后期的诗歌创作，“后期的诗赋不惟是数量多”，而且“更加慷慨任气，更加富有建安文学的时代特色”。顾农的《王粲论》[②]认为王粲的主要文学成就在前期，王粲后期的诗歌几乎成为从政的工具。这一时期有关王粲诗歌研究的其他主要论文还有有殷呈祥的《〈七哀诗〉题解》[③]、吴云的《论王粲的诗赋》[④]、吴云和唐绍忠的《试论王粲的诗赋创作》[⑤]、锐声的《独步江南的建安诗人王粲》[⑥]、顾农的《建安中小作家论》[⑦]、彦君的《试论王粲诗赋的思想内容》[⑧]、樊楚宇和江玉祥的《王粲诗风转变的标志——〈从军诗〉》[⑨]等。

（本章执笔人：于海峰）

① 陈飞：《王粲诗赋的思想和艺术》，《广西师大学报》，1984年第3期。

② 顾农：《王粲论》，《天津师大学报》，1992年第5期。

③ 殷成祥：《〈七哀诗〉题解》，《淮北煤炭师院学报》，1980年第4期。

④ 吴云：《论王粲的诗赋》，《古典文学论丛》，1982年第3期。

⑤ 吴云、唐绍忠：《论王粲的诗赋创作》，《天津社会科学》，1982年第6期。

⑥ 锐声：《独步江南的建安诗人王粲》，《艺丛》，1983年第5期。

⑦ 顾农：《建安中小作家论》，《许昌师专学报》，1983年第1期。

⑧ 彦君：《论王粲诗赋的思想内容》，《语文学刊》，1983年第4期。

⑨ 樊楚宇：《王粲诗风转变的标志——〈从军诗〉》，《四川大学学报》，1985年第3期。

第二章　正始诗歌研究史综述

第一节　20 世纪前期的研究史

一、正始诗歌通论

正始诗歌研究，就其时限而言，主要是对曹魏后期诗歌创作状况的研究。由于正始诗歌的主要成就集中于阮籍与嵇康，正始诗歌研究也主要是针对此二人诗作的研究，而统观性的通论则只体现在一些文学史性质的论著中。刘师培 1917 年撰成的《中国中古文学史讲义》第四课《魏晋文学之变迁》首述正始文学的流派，然而都是从文章学角度做的论述。其后，谢无量 1918 年出版的《中国大文学史》认为正始文学风气的形成受到老庄之学的影响①，又具体指出正始玄风流及竹林七贤，"大抵陋儒崇老，蔑弃礼法"②。从思想层面看文学风气的形成是一种重要的视角，但他未对正始诗歌的概貌与特色做出具体描述。

陆侃如、冯沅君于 1931 年初版的《中国诗史》专设《正始诗人》一章，第一次从文学史的角度较为明确而完整地描述了正始诗坛状貌。他们将竹林七贤称为竹林诗人，又将其生发为正始诗人，这种对

① 谢无量：《中国大文学史》卷四，中华书局，1918 年版，第 42 页。

② 同上书，第 43—44 页。

正始诗人的定义在今天看来虽然并不准确，但他们将正始诗歌与建安和元康两个时段相对照来定位，体现出了承变的文学史观。[1]

郑振铎于1932年出版的《插图本中国文学史》第十一章，指出正始时期诗人的作风各不相同，阮、嵇诸作，“信笔皆有隽气”，而左延年的乐府，何晏的诸诗也都值得注意。总体上他认为“他们一面承袭了初期的高迈，一面开启了西晋的清隽；一面结束了七子的复杂的风格，一面辟殖了陆、张、潘、左的工力深厚的诗业”[2]。叙述虽较概括，但观照却较全面，且将承变的内涵具体化了。

郭伯恭于1936年出版的《魏晋诗歌概论》，将“正始时代之诗坛”列为专章进行深入探讨。相比过去言简意赅、以述为主的研究，这样的专题论说型研究代表着一种新方向，而与陆、冯《中国诗史》相比，郭著也相对更客观、丰富和系统。郭伯恭明确定义了诗歌史上正始的断限，即从魏明帝太和元年到司马炎篡魏共三十八年，凡属正始前后的诗人都纳入其中。[3]他又指出正始诗坛的主要诗人，即前期的曹睿与何晏、刘劭、左延年及后期“竹林名士”中的嵇康、阮籍与刘伶[4]。这一明确的断限或不一定准确，但这种尝试是第一次。

郭氏对正始诗坛也做了总体分析。他将正始诗风与两汉至魏晋的思想变迁相联系，将正始诗人的思想定位为汉末以来对礼教的反动潮流和时代的叛逆，认为嵇康、阮籍、刘伶等人的诗歌“诗杂仙

① 陆侃如、冯沅君：《中国诗史》，山东大学出版社，1996年版，第270页。

② 郑振铎：《插图本中国文学史》，人民文学出版社，1957年版，第142页。

③ 郭伯恭：《魏晋诗歌概论》，商务印书馆，1936年版，第84页。

④ 同上书，第84—85页。

心”,“已变建安时代的作风”[①]。从思想层面切入来谈文学风气的思路与谢无量相似,但他突出从思想的变迁和诗人的叛逆上来定位正始新诗风,则较新颖。他也指出正始诗歌在建安、太康之间承前启后的作用[②],与郑振铎之说相类。

刘大杰于1939年撰成的《中国文学发展史》(上卷)也对正始诗歌的总体风格做了评述。他认为当时黑暗恐怖的政治氛围对文学产生了很大的影响,并指出建安七子与竹林七贤的区别:“七子虽是围绕着当日的权门贵族,但他们在集中邺下之前,大都有过现实生活的体验和感受;七贤则是寄情于竹林山水之乡,虽对政治表示不满,但大都离开实际,对社会现实感受不深。由这种地方,一面说明建安、正始文人的生活思想的转变,同时也就表示当日文学精神的转变。当日的诗文辞赋,大都表现出虚无玄想的倾向。文学的表现方法,也多由写实的变为象征的、隐蔽的。”[③]与前人多从思想层面入手不同,刘氏从政治因素入手,从建安七子与竹林七贤在政治氛围影响下的生活、思想的转变来看建安文学到正始文学的转轨,说明正始文学的特色,这是颇具新意的。

1947年出版的林庚《中国文学史》第九章中将阮籍为代表的竹林七贤所在的时代定位为文学史上的正始时期。他也从承变的角度来通观正始诗歌,但却自有新意:“建安中因子建的影响,而成为一个个性天才的时代……正始以来便又走向人生思想的路径,那正是一种文化的生活。”又认为“建安的风力是凭天才的,正始的诗篇是

---

① 郭伯恭:《魏晋诗歌概论》,商务印书馆,1936年版,第86页。

② 同上书,第90页。

③ 刘大杰:《中国文学发展史》(上卷),复旦大学出版社,2006年版,第174—175页。

在修养的成熟上。它的恰到好处之间，乃也含着一个解脱”[①]。与前人从思想、政治方面的变化入手分析不同，他是从诗人主体特点的角度来看诗坛的转轨的。他从诗人个性天才勃发的建安到诗人修养和思想成熟的正始的变化轨迹出发，也从一个方面勾勒出了正始诗歌相较建安的特色。

二、正始诗人研究

正始诗歌创作以阮籍、嵇康为主，而成就又以阮籍为最高。所以正始诗人研究的主要成果都集中在阮籍诗歌研究方面，嵇康次之，而涉及其他诗人的研究则很少。

1、专著

刘师培《中国中古文学史讲义》虽以论文为主，但关于阮籍、嵇康，仍论及其诗。他针对《文心雕龙·时序篇》“正始余风，篇体轻澹”一说，认为刘勰对正始风气所概括的“篇体轻澹”主要是针对王弼、何晏等人。从诗风而言，阮、嵇尤其是阮籍是不可以“轻澹”来评价的[②]。他还就《文心雕龙·才略篇》“嵇康师心以遣论，阮籍使气以命诗”加以疏解：“此节以论推嵇，以诗推阮。实则嵇亦工诗，阮亦工论，彦和特互言见意耳。”[③]提示对阮、嵇二人的研究不可偏废，就诗歌研究而言，一般都重视阮籍，但嵇康同样工诗，亦值得重视和研究。他还就《文心雕龙·明诗篇》“惟嵇志清峻，阮旨遥深，故能标焉”一段从诗体方面加以对比和补充，指出嵇康、阮籍之诗体，一为清峻一

① 林庚：《中国文学史》，厦门大学，1947 年版，第 100—101 页。

② 刘师培：《中国中古文学史讲义》，上海古籍出版社，2000 年版，第 42 页。

③ 同上书，第 42 页。

为高浑,而“遥深”则是阮诗之旨意,又引用钟嵘《诗品》,进一步印证二者诗体之不同,辨析准确。他还从魏代诗风流变的角度,突出了嵇、阮二人之诗“矫以雄秀”的价值[①]。总之,刘师培通过对《文心雕龙》的解读和评述,提出了阮、嵇诗风特点与诗体同异,又对其文学流派及渊源、影响等问题做了探究,是正始诗人研究之始。

谢无量《中国大文学史》评述正始诗人均以生平事迹与思想为主,涉及诗歌甚少。他只详引钟嵘、刘勰诗评及嵇康《杂诗》、阮籍《咏怀》等作,认为阮籍“承建安之风格,含《易》、《老》之玄味,故其诗超然深远”[②]。其中涉及阮诗风格,颇含诗史意识。刘永济20年代末所编著《十四朝文学要略》也引述了《文心雕龙·明诗》的相关论述,认为在玄风影响下,何晏等人的诗作浮浅无可言者,唯有嵇康之清峻壮丽与阮籍之遥深艳逸,矫正始之颓风,接建安之芳轨。[③]他将阮、嵇诗风从正始玄风中剥离开来评判其价值,这比谢无量更为准确。

顾实1926年出版的《中国文学史大纲》认为阮籍《咏怀》诗“导源《离骚》,资以《小雅》……而所咏者,司马氏方逞篡夺之阴谋,魏明帝庸愚暗弱,愈启奸雄觊覦之事实也。然其表面之措辞,何等婉曲,毫无忿世嫉俗之语,而缱绻之情,自在言外,抑何其妙也。然则此固《古诗十九首》以后之大文字,而唐代陈子昂《感遇》三十八首,李青莲《古风》五十九首,皆学之”[④]。从《咏怀》诗的政治内涵、抒情策

① 刘师培:《中国中古文学史讲议》,上海古籍出版社,2000年版,第42—43页。

② 陆侃如、冯沅君:《中国大文学史》,山东大学出版社,1996年版,第47页。

③ 刘永济:《十四朝文学要略》,黑龙江人民出版社,1984年版,第156页。

④ 顾实:《中国文学史大纲》,商务印书馆,1926年版,第156—157页。

略、渊源影响等方面做了完整的文学史定位，尤其关于对唐诗创作影响的提法是首创。而对于嵇康诗歌，他认为嵇诗失之浅露，不如阮诗，但其辞藻则值得肯定。值得注意的是，新中国成立前的研究史是从借钟、刘旧说而阐发新知的注疏式逐步走向有完整架构的体系化的论述式，这一转变体现在正始专家诗研究上，正是以顾实为拐点的。

胡适20年代末所著《白话文学史》只提到了阮籍，但观点却值得注意。他认为："五言诗体，起于汉代的无名诗人，经过建安时代许多诗人的提倡，到了阮籍方才成立。阮籍是第一个用全力做五言诗的人；诗的体裁到他方才正式成立，诗的范围到他方才扩充到无所不包的地位。"[①]又认为《咏怀诗》的价值在于"他是一个文人，当时说话又不便太明显，故他的诗虽然抬高了五言诗的身分，虽然明白建立了五言诗的地位，同时却也增加了五言诗'文人化'的程度"[②]。将阮籍置于五言诗艺术发展的洪流中加以定位，认为阮籍使得五言诗体地位得以确立、范围得以扩大、文人化程度得以提高，这样的观点是准确而有新意的，对后来诗歌史影响也很大。

陆侃如、冯沅君《中国诗史》对阮籍《咏怀诗》也做了解读。他们将《咏怀诗》的中心思想系于"无常"感上，又认为《咏怀诗》价值在于更深刻灵敏地表现出士大夫们所感到的无常，而引起了共鸣[③]。此外，他们还指出了《咏怀诗》的三个"无关宏旨"的缺点，即太过抽

---

① 胡适：《白话文学史》，百花文艺出版社，2002年版，第43页。

② 同上注。

③ 陆侃如、冯沅君：《中国诗史》，山东大学出版社，1996年版，第273—275页。

象、使事隐晦与前后重复[①]。这些论点较新，但似并不准确。

对于嵇康诗歌，陆、冯将其四言诗所受的影响主要系于《楚辞》[②]，又引《诗品》之评指出“峻切”和“清远”是嵇康诗风的两个方面。前者代表为《幽愤诗》，有“讦直露才”之讥；后者的代表为《赠秀才入军》，但“实无入军意”而“未失高流”，这些都是嵇康不同于《诗经》、《楚辞》的特殊风格。[③] 其后，他们从思想与形式两方面分析了嵇诗的特色。思想方面，他们认为嵇康受庄、老影响在诗中一再提到皈依自然之旨，“与陶潜‘复得返自然’意同，而嵇康实为先驰”。与陶诗相联系，具有新意。他们还指出嵇诗在形式方面的四种特点，也是前人很少涉及的[④]。此外，书中还略及正始诗坛有作品存世的几位边缘诗人如何晏、刘伶、嵇喜、阮侃、郭遐周、郭遐叔等，并对其作品的诗体、内容和风格均进行了评述[⑤]，从而对整个正始诗人群体有了较全面的把握。

郑振铎《插图本中国文学史》论及阮籍《咏怀》诗，认为其“作非一时，咏非一意，故我们只能将她们作八十二首诗看”，这一观点承冯惟讷、吴汝伦之说，不一定准确。又认为其中“高妙”与“质实无情趣”的诗篇并存，一些名句使心目为之“清新”、“震撼”[⑥]，这些评价则更似鉴赏。关于嵇康，他认为其诗“以四言为最多，且最好。陶潜的四言诗便颇似他的”，“四言诗的生命，已中绝了很久，想不到在建

---

① 陆侃如、冯沅君：《中国诗史》，山东大学出版社，1996 年版，第 275—276 页。
② 同上书，第 276—277 页。
③ 同上书，第 277 页。
④ 同上书，第 278 页。
⑤ 同上书，第 279—280 页。
⑥ 同上书，第 145—146 页。

安、正始之时乃走上了中兴之运,且有了很伟大的作家,如曹氏父子与嵇康",嵇诗"如珠的好句,都是未之前见的,此种韶秀清玄的风格,也是未之前见的"。又"在诗歌上也别有了一条高超清隽的要道,一洗汉诗乃至建安诗中的浅近的厌世享乐的思想。在这一方面,康的《杂诗》与《游仙诗》是很可以表现出这个新倾向来的"①。从四言诗传统及其杂诗与游仙诗的新倾向来看待嵇康诗,这种论点前所未见,新颖深刻。此外,他也提及了正始诗坛边缘诗人与吴蜀诗坛,评价均不高,但所涉也因此较完整了。

钱基博30年代晚期作《中国文学史》分别论述了嵇康与阮籍二家。他认为嵇康之诗"过为峻切,讦直露才",是承袭钟嵘的评价,然而他以为嵇康"诗多危苦之言",则与钟嵘"托谕清远,良有鉴裁"不同。对于阮籍之《咏怀诗》,钱氏直言其"多悲魏氏,愤司马之词",并拈出"尤激切者七首"②。他还对阮籍《咏怀诗》的创作心态和艺术特色进行了分析,尤其将阮籍诗歌的语言艺术特色与曹植、嵇康比较,突出阮诗表达上隐微的特色③。

郭伯恭《魏晋诗歌概论》对正始诗坛的诗人做了更全面的论述。他将正始诗歌分为两段。在"初期的正始诗坛"中,他对曹睿、何晏、左延年的诗歌创作情况都做了较为细致的介绍,并从诗歌史的角度对他们进行定位,提出"除左延年的乐府,何晏的诸诗外,曹睿的乐府,也不容我们所忽视"。过去的研究对这几位诗人均是一笔带过,这样具体全面的分析是未有的④。他又重点论述了正始后期的阮

① 见《插图本中国文学史》,第144页。

② 钱基博:《中国文学史》,中华书局,1993年版,第132页。

③ 同上书,第133页。

④ 郭伯恭:《魏晋诗歌概论》,商务印书馆,1936年版,第92—93页。

籍、嵇康。他对五言诗到阮籍《咏怀诗》那里地位得以确立的看法，与胡适《白话文学史》一脉相承，而其对于《咏怀诗》内涵的分析，涉及诗中诸如悲哀、出世、愤怒、深邃的感情，豪放阔达的胸襟等方面，较前人则具体多了。他指出后来的陈子昂《感遇》与李白《古风》都曾摹仿《咏怀诗》，则承袭顾实之论[①]。关于嵇康诗歌，多与前述陆、冯《中国诗史》与郑振铎《插图本中国文学史》的观点类似，可见对于嵇康的把握，当时已基本形成了共识。

郭氏也提及了正始诗坛上其他诗人之间的唱和现象及吴蜀诗坛，这在郑振铎和陆、冯《中国诗史》那里，都或多或少有所提及了。但他分析刘伶《北芒客舍诗》，认为"技巧虽古拙，但也颇足珍贵，有欣赏的价值"，又认为"他原是一个天才很高的人，因过于憎恶社会，致使他的热情专向内陶化，一切都被他的澹默所吞没；故在文学上，终久没有什么发展"[②]。这在以往的研究史中是很少提到的。总的来说，郭著比较全面细致地描述了正始诗歌的面貌，也全面承袭和统括了前人的一些观点，在当时应属集成性的成果了。

刘大杰《中国文学发展史》也具体论述了阮籍与嵇康二人。对于阮籍，他仍延续胡适的观点，将其与五言诗的发展相关联。对于《咏怀诗》，他从内涵与表现两个方面去理解，将《咏怀诗》的创作与时代相联系。此虽前人已有涉及，但他能将诗中所反映的意境与作者心境细致地勾勒出来，具体描述诗中反映的阮籍的种种心情[③]，却比陆、冯《中国诗史》所言"无常"要具体和丰富得多。对于嵇康的诗

① 郭伯恭：《魏晋诗歌概论》，商务印书馆，1936 年版，第 96—99 页。

② 同上书，第 102—103 页。

③ 刘大杰：《中国文学发展史》（上卷），复旦大学出版社，2006 年版，第 175—176 页。

歌，刘氏所论则较为简要，他认为嵇诗的成就不如阮籍，就诗体而言，阮籍以五言专，嵇康以四言专，又针对钟、刘的评价，就清远与峻切二者介绍了嵇诗风格，与前人所论接近。最后他还从性格差异与作品风格差别，大致比较了阮、嵇二人。刘大杰对正始诗歌的把握，虽不像郭伯恭那样详尽细密，但还是能得其要点的。

进入 40 年代，林庚《中国文学史》第九章也分析了阮诗。他将《咏怀》诗风格定位为“浑朴天真”，并认为这是来自于深刻的思想和修养的成熟，在恰到好处之间，含着一个解脱。他还具体分析了咏怀诗中的佳作名句，如认为咏怀其十七“独坐空堂上”，起句悲愤，结尾却很平静，由此而论及中国诗的冲淡境界与东方精神[①]，延伸较广。

2、论文

这一时段对正始专家诗研究的论文相对较少，主要都集中在阮籍身上。20 年代，鲁迅有《魏晋风度及文章与药及酒之关系》一文，其中涉及阮、嵇二人诗歌不多，却也已勾勒出阮诗的主要特质，即内蕴情感的“慷慨激昂”与表现方式的“隐而不显”，又说阮籍诗中虽然多游仙场景，其实本人并不相信，这种认识已经触及了阮籍诗歌的比兴特点[②]。论述虽简要却是有新意的。除此之外，如徐绍烈《阮籍的思想及其作品》[③]、李开先《阮嗣宗的咏怀诗》[④]、植亭《阮籍研究》[⑤]、

① 林庚：《中国文学史》，厦门大学，1947 年版，第 101—102 页。

② 《鲁迅全集》第 3 卷，人民文学出版社，1981 年版，第 511 页。

③ 《学灯》1923 年 10 月 19 日。

④ 《世界日报副刊》1926 年 12 月 2 日—7 日。

⑤ 《厦大集美国专学生会集刊》1929 年 6 月第 1 期。

萧涤非《读阮籍诗札记》[1]等等单篇论文也可以参看，不过大部分是做一般性地描述和介绍，新意较少。三十年代涉及正始诗歌的专题文章，主要集中在年谱和笺注类，如董众《阮步兵年谱》[2]、黄侃《咏怀诗笺》[3]、星笠《阮嗣宗咏怀笺序》[4]等，并非专门的诗歌研究论文，故暂置之不论。

40年代，正始诗歌研究论文方面的主要成果是朱偰与沈祖棻二文。朱偰《阮籍〈咏怀诗〉之研究》对于《咏怀诗》的研究思路，仍是从阮籍的时代背景、生平、思想而及其诗歌。他认为《咏怀诗》的内容，"大半反映其身世及感遇，可分为二类：一曰言志，二曰感遇……属于感遇者，又可分为下列各类：一曰哀时之不遇，二曰叹世道之险巇，三曰伤时之不我予，四曰超世之反真，复归于自然。八十二首之中，强半属之，盖为《咏怀诗》精华所在"[5]。分类较细，且跳脱出通常所言《咏怀诗》表现阮籍对现实的愤怒、出世思想或讥刺时政等思路，而强调从身世和感遇角度来理解，很有见地。又论及《咏怀诗》的思想，近于老庄又不失魏晋名士本色；论及其诗地位，认为"于古诗中独创一格，盖上承建安七子，下启伯玉、曲江，至李太白而集其大成。然籍天分高超，才调卓越，故有魏晋人之清逸，而无唐人之滞重，所谓飘然而来，忽然而去，其古诗之龙乎？"[6]表现出了渊源流变的诗史意识，又能在其中把握住阮诗特质，新颖而有其独到

① 《学衡》1929年7月第70期。

② 《东北丛镌》1930年3月第3期。

③ 《东北丛镌》1930年3月第3期。

④ 《文学杂志》1933年9月第5期。

⑤ 《东方杂志》1945年第41卷第11号。

⑥ 同上文。

之处。

沈祖棻《阮嗣宗〈咏怀诗〉初论》一文所述也类似朱文,由阮籍之时代、思想与生活入手,解析《咏怀诗》的特征:"一曰:情之急迫而辞之隐约也;二曰:思想感情之矛盾也;三曰:题材之严肃也。"①又论及《咏怀诗》的主题:"大体不外六类。或为忧国,或为刺时,或为思贤,或为惧祸,或为避世。此五类者,皆缘时事而发。五点之外,时亦虑及生命无常,为人类超时世之永恒悲哀而咏歌。"②同样以分类细密为特点,并且概括得比较准确。

第二节　50年代至70年代的研究史

这一时段的正始诗歌研究,受制于政治等诸多因素,相对衰落,但也并未完全中断,仍有一些值得注意的成果。因论文论著很少,以下仅按时序排列,而不再以通论、专家论的形式分而述之了。

正始诗歌研究始于50年代的文学史著作。谭丕谟编成并出版于50年代的《中国文学史纲》涉及了正始诗歌的分析,其中指出从曹植到陶渊明的发展,是从用自然物来抒情到自然物生活化,也就是将自然景物从诗歌吟咏的客体发展为主体,而阮籍在这之中是推动者,是从曹植到陶渊明的桥梁③,这是一个新颖且具价值的观点。前人虽也提到阮籍前承曹植后启陶渊明的地位,但只是概说,并没有做这样具体的阐明。

游国恩等于1963年编成并出版的《中国文学史》也主要介绍了阮籍

① 《国文月刊》1948年3月第65期。

② 同上文。

③ 谭丕谟:《中国文学史纲》上册,人民文学出版社,1958年版,第167页。

与嵇康二人。其对阮、嵇创作的诗史观照、内容主旨、比兴手法和诗体贡献等方面的论述,承袭前说。但对阮籍《咏怀诗》的具体分析则很有特点。如"驾言发魏都"一首,认为"借古以寓今,揭露了魏国后期政治的腐败和统治者的荒淫。结尾大胆地指出这必将导致灭亡的命运"[①]等,将诗句与具体的时局和政治事件一一对照分析,在之前的文学史研究中还没有出现,似乎是沿承了近代学者《诗比兴笺》的思路。但从现在的眼光来看,是有一些穿凿比附的嫌疑的。另外,这本《中国文学史》对正始诗歌的分析虽大体还坚持在文学范畴内,不过诸如认为《咏怀诗》"也有不少作品表现了诗人意志消沉、畏祸避世的消极思想"[②],认为《幽愤诗》"是以俊逸之辞表现他的硬骨头"[③]等评价语辞,也已带有了一些那个时代特有的痕迹。而中国科学院文学研究所编写的《中国文学史》,则强调阮籍《咏怀》诗内容上对现实不满和忧生之嗟,主旨上的隐晦,表达方式上的比兴与慷慨悲歌共存,叙述完整但新意不大。

除了以上三部文学史,这一时期其他关于正始诗歌的研究,由于受到政治因素的干扰和阶级立场的影响,都带有很浓重的阶级分析、批判的政治色彩。如高海夫《略探阮籍及其咏怀诗》[④]、《关于嵇康的评价》[⑤]等论文以及北京大学中文系一九五五级集体编著的《中国文学史》等,其中的论述,似大都偏离了诗歌研究的正常轨道,缺乏公正客观的立场,因此并不值得注意。

① 游国恩等主编:《中国文学史》,人民文学出版社,1963 年,第 253 页。

② 同上书,第 253 页。

③ 同上书,第 255 页。

④ 《人文杂志》1959 年第 2 期。

⑤ 同上文。

第三节　80 年代至 90 年代的研究史

80 年代以来，随着政治运动的结束，学术研究也逐渐恢复正常。正始诗歌研究进入了繁荣期，涌现了一批重要的专著和论文。虽然也是在前人基础上而生发，但由于视野更开阔，角度更新颖，思考更细密，运用材料更广泛，各个方面都实现了巨大突破。

一、正始诗歌通论

1、论著

这一时期出版的几部专著，论述较前都更翔实而系统，对正始诗坛的统观把握也都各有特点。王锺陵于 1988 年出版的《中国中古诗歌史》对诗歌史上建安与正始的区别与联系进行了进一步分析，并认为从建安到正始，是从受汉乐府民歌影响很深反映社会现实生活，转向追求词采华茂并细腻地表现诗人内心世界的文人化形态的过程。并尤其突出了正始文学的特质是“把建安以来诗歌中所表现的有着觉醒的自我意识的个性形象，加以了哲学的升华，使其达到了极为宏大恢廓的境界。与此相联系的是正始之际，哲理开始显著地被吸收入诗”[①]。过去的研究，一般都会提到正始与建安诗风的承续，却很少有这样的具体描述。

葛晓音于 1989 年出版的《八代诗史》描述了正始时期整个政治、思想的背景，指出建安诗人到正始诗人，是从“模仿乐府叙事体的方式揭露时事”到“使五言抒情诗脱去里闾歌谣之质，进一步文人

① 王锺陵：《中国中古诗歌史》，江苏教育出版社，1988 年版，第 299—300 页。

化”[1]。这一观点前人虽已提及,但她具体指出了正始诗歌吸取民歌的艺术手段丰富五言诗章法构思的技巧,以及表达曲折隐晦、风格清隽艰深、开创把多首托喻寄兴的诗歌集合成五古咏怀组诗的体例,这些概括,前人却从没有提及过,确属新见。

进入90年代,又有几部重要的相关研究专著出版。钱志熙1993年出版的《魏晋诗歌艺术原论》对正始诗歌做了新的界定。在时间上,将其界定为曹芳、曹髦、曹奂在位的三少帝时期。而在内涵上,他认为正始时期的“正始名士”与“竹林名士”,都不是严格意义上的文学集团,甚至还有轻视文学的表现。只是作为竹林名士代表人物的阮籍、嵇康在文学上取得了巨大的成就,而其文学精神又与玄学风流为特征的时代思潮密切相关,因此人们借鉴玄学上的“正始风流”、“正始之音”的说法,称阮籍、嵇康的诗风为“正始诗风”。他认为正始诗风的意义不同于建安诗风、太康诗风,因为这个时期并不是一个诗歌时代,也没有形成一种群体诗歌创作风气[2]。这种从其命名由来对正始诗风内涵的界定,及其与建安、太康的区别,相比过去的定义,是一种更清晰的判断。

徐公持于1999年出版的《魏晋文学史》,是20世纪对正始诗歌进行全面研究和论述的最后一部文学史专著。在命名上,他并没有用正始文学的传统名称,而是用“曹魏后期文学”来概括。在篇章结构中,则设置了《曹魏后期诸文士》一章介绍曹睿、应璩、向秀、刘伶、何晏等人,又分设《阮籍》、《嵇康》二章,对这一时期最重要的两位诗人做专章介绍。这样的时期命名及重要诗人的选择,与三十年代郭伯恭对正始

① 葛晓音:《八代诗史》,陕西人民出版社,1989年版,第88页。
② 钱志熙:《魏晋诗歌艺术原论》,北京大学,1993年版,第172页。

诗坛的论述较为相似，而不同于其他大多数的文学史与诗歌史著作，以全面为其特色，而其论述，则比郭氏的论述更显细密，且多具新意。

2、论文

这一时期，学界对整个正始诗歌的宏观把握主要仍体现在著作中，而单篇论文则很少。仅有如汪宏飞《建安诗歌、正始诗歌文化意蕴比较》[①]一文指出建安诗歌和正始诗歌不同的艺术风格主要是文化背景的差异所致，前者儒道等多元文化共生而后者则玄风独畅，由此形成了各自不同的审美取向，即建安以慷慨、质朴、悲凉为美，而正始以玄远、冲淡、达意为美。同时他又指出儒道之间冲突互补，两者仍有联系。王力坚《言意之辨与隐秀之象——论正始诗歌的意象表现特征》[②]一文，则认为正始诗歌中的意象表现深受玄学“言意之辨”的影响，从而呈现出具有独特审美价值的“隐秀之象”。他又具体介绍了“隐秀之象”的特征，即圆融会通与圆融蕴藉。正始名士重“意”，主张“得意忘象”，但亦不绝弃“象”，而是要求“寻象以观意”，从而形成诗歌创作中意象融合、形神互济的表达方式以及在形象的描写中追求意的深邃以及神的远邈的特点。总的来说，这类从总体上把握正始诗歌的研究论文，大多是将正始诗歌与当时特殊的思想文化背景相联系进行研究的，由于这方面可供发掘的角度不多，这类论文的数量也相对很少。

二、正始诗人研究

1、论著

这一时期的几部论著对正始诗人的研究在前人基础上，在广度

---

① 《湛江师范学院学报》，1998 年第 1 期。

② 《齐鲁学刊》，1998 年第 5 期。

和深度上均显著扩展，值得重点关注。其中，王锺陵《中国中古诗歌史》结合阮籍、嵇康的思想与性格来分析他们的诗歌。他从嵇康性格、思想上的矛盾来分析其诗歌清与峻交融的风格[①]，又从嵇康的"道"的概念与养生论的思想，分析其游仙诗不同于曹植的特质，最后将嵇诗风格特点的形成归结到"绝俗人格之抒写"上[②]。此外他还从影响的角度，提到了与嵇康类似的陶渊明。进而又就嵇诗中浑然一体的玄淡意趣与玄言诗阶段的来到乃至与南朝诗歌山水诗派的关系做了论述，这一点是较有新意的。

对于阮籍，他结合《咏怀诗》勾勒出阮籍思想感情"由慷慨之转为怆凉"的过程，而这种转变主要和司马氏集团在政治上的高压有关[③]。但他并未单纯做勾稽史事的比附，而着重从具体诗句感受其中的情韵意境和艺术特色。他又分析了影响《咏怀诗》创作的阮籍思想中的两个方面：即"对一种宏大人格的观念的崇尚"以及"由忧生之嗟"走向"迁逝之悲"[④]。前一方面的艺术特色表现为"宏放"二字。后一方面则传承其父阮瑀，从广义讲，也是对建安诗人的承续[⑤]。其所涉及阮籍与其父阮瑀的承传关系，也是过去少有言及的。

王锺陵还从阮籍迁逝之悲的背景去分析他的游仙诗乃至整个《咏怀诗》的特色。他认为阮籍的"迁逝之悲"使他"对于游仙的态度颇为矛盾"，正是这种矛盾造成了无法排遣的苦闷蕴积，而苦闷"使

① 王锺陵：《中国中古诗歌史》，江苏教育出版社，1988年版，第309—310页。
② 同上书，第306—307页。
③ 同上书，第315—318页。
④ 同上书，第320、328页。
⑤ 同上书，第325—329页。

得他的游仙诗显示了一种内在的深厚”[1]。正是这种苦闷使得阮籍想去寻找一种理思的解脱，但又难以获得真正的消释，而“使他的不少诗形成了忧叹中存理遣，理遣中有郁情的特色。理思的展拓，使阮诗表现出浓厚的哲理意味”[2]。最后王锺陵又具体分析了阮诗用典、词采因素的增加，抒发胸怀的象征主义手法的运用以及虚远幽微、宏放不羁的艺术境界，“继汉末古诗以后开辟了一条文人抒怀诗的道路”[3]。对胡适提出的阮诗提高了五言诗文人化程度的观点做了进一步的丰富。总的来说，王锺陵对正始诗歌的研究是在前人基础上的推进，但他的表述似更偏于感性，而稍欠更凿实的分析。

葛晓音《八代诗史》中针对阮籍、嵇康的诗歌创作也提出了不少新见。她进一步概括了《咏怀诗》的艺术风格，即“远绍楚辞、庄子，近承《古诗十九首》，大量运用象征比兴，思绪恍惚玄远，寓意隐晦曲折，形成了高远清丽而又沉重阴郁的独特风格”[4]，并做了具体的分析。其中她着重论述了阮籍诗歌的比兴手法，认为“《咏怀》诗集《诗经》、《楚辞》、汉魏诗比兴象征手法之大成，同时又在建安诗以赋寓比的基础上，创造出化典为喻、寓理于喻的表现方式”、“将象征手法和寓意的不确定性结合起来，加上典故含义的多样性，使他的比兴形成了‘厥旨渊放，归趣难求’的特点”[5]。又认为“阮籍运用比兴的手法主要是将他感受到的政治压力和时代气氛转化为形象的理念”[6]。

① 王锺陵：《中国中古诗歌史》，江苏教育出版社，1988年版，第334—335页。
② 同上书，第332—336页。
③ 同上书，第336—337页。
④ 葛晓音：《八代诗史》，陕西人民出版社，1989年版，第93页。
⑤ 同上书，第95页。
⑥ 同上书，第96页。

但同时她也指出了《咏怀诗》中比兴的不足之处："几乎每首都用比兴，表现比较单一……虽尽力变化章法，仍难免申重熟复、表现单调之感，这是过多运用比兴所造成的瑕疵。"[①]通过推源溯流和文本细读，她对阮诗艺术的把握十分到位，尤其是对《咏怀诗》比兴手法分析的完备细致，是前人研究中从未有过的。论及影响，她也将《咏怀诗》对陈子昂、张九龄、李白等人的影响具体到阮籍首创五古抒情组诗的体例对后世咏怀组诗的诗体影响上，较前人也是一个推进。

论及嵇康，葛晓音着重就其四言诗《赠秀才入军》进行分析，认为其"有些篇章体势虽然与诗经相似，但神韵全然不同。有些篇章则从句式到格调，都脱出了汉魏四言诗模仿雅颂的窠臼"[②]。并以其中"良马既闲""息徙兰圃"两章为例，认为其"改变了《诗经》四言体多用虚字和单音词的句式，采用赋体大量运用双音词的对偶句式，语言精炼清新，使表情达意摆脱拘束，更加活泼自由"。而在四言这样的诗中，嵇康又将这类句式与《诗经》体的传统写法相结合，"这些诗无论就句法的活泼新颖还是境界的清隽玄远而言，都成为陶渊明四言诗的先声"[③]。前人多就嵇诗对四言诗传统的继承略述，而她则具体从四言诗句法体式入手论述嵇康对四言诗传统的承变，亦属新见。最后她也略及何晏、应璩的诗歌创作，其中从应璩说理居多的诗作看出文人诗趋向成熟的同时也显露出枯燥深涩的端倪，以及与西晋殆同书抄的说理诗的关联，这也是前人没有谈及的。

钱志熙《魏晋诗歌艺术原论》专论阮籍《咏怀诗》，提出了许多很

① 王锺陵：《中国中古诗歌史》，江苏教育出版社，1988 年版，第 97—98 页。

② 葛晓音：《八代诗史》，陕西人民出版社，1989 年版，第 100 页。

③ 同上书，第 100—101 页。

有价值的新见。对《咏怀诗》的审美取向，他认为其“具有强烈的否定现实美并追求超现实美的倾向”，并做了具体的分析[①]。对于《咏怀》八十二首的创作时期，他所提出的观点有别于以往的研究者。过去大都以为这些诗篇是阮籍生平各个时期的创作，最后结集。而他认为《咏怀诗》主题相对集中，风格意象统一，思想高度一致，各篇章法大致相近，是一个宏大的整体。无论是从思想上还是从艺术上看，《咏怀》八十二首中都看不出什么阶段性，甚至诗中所反映的感受和心态都是基本一致的。阮籍《咏怀诗》尽管不一定是在很短的时间内完成，但也应该是在一个相对集中的时间内写成的。而据李善《文选注》引颜延年之语，《咏怀》八十二首似应是阮籍晚年的作品[②]。这一观点与前人相比，是具有新意且合理的推断。

对于《咏怀诗》的创作动机，他拈出《晋书·王沈传》关于阮籍曾于正元中奉司马氏命参加编写《魏书》的故实，认为：“参加编写《魏书》，让他重温了汉魏之际和魏末这种水火相凌、弱肉强食的血腥历史，但他又不可能按照自己的观点写作，只能按照司马氏的意旨作史。这件事情对阮籍内心的刺激应该是很大的。也许正是编史一事，成了阮籍写作《咏怀》诗的契机。写史使他更具体地回顾了魏代的政治史，也让他接触到更多的内幕性质的材料，这对阮氏史观的成熟无疑是一个促进，而良心的作用，又使他在编写‘谤史’之后，有将历史的真相、自己对历史事件的真实态度表达出来的强烈愿望，使《咏怀》之作有了感性的动力。”[③]从一个不为人注意的史实，来解读

① 钱志熙：《魏晋诗歌艺术原论》，北京大学出版社，1993 年版，第 187—189 页。

② 同上书，第 191 页。

③ 同上书，第 195 页。

阮籍创作《咏怀诗》的动机，言之有据，材料的发掘和切入的角度都很新颖。

关于《咏怀诗》创作的性质与宗旨，他认为“《咏怀》八十二首既是诗情激越、灵感爆发时的创作，又是一部十分严肃认真的著述”。他联系到汉末魏初社会批评思潮的兴起与子书著述蔚成风气的状况，认为《咏怀诗》的创作宗旨，“显然受到子书体例和著述原则的影响，也具有‘究天人之际，通古今之变，成一家之言’的特点。这是它与一般的抒情诗的区别所在”。他追溯了这一创作宗旨的传统，尤其提到了应璩的《百一诗》，“可以说是以诗歌的形式创作的一部‘子书’，是以诗歌代替子书。他的目的正是批评社会政治，讥切风俗人心”。而阮籍《咏怀诗》八十二首，“是《百一诗》之后的又一组诗巨制，其创作宗旨应该是受到《百一诗》的影响。应氏以诗歌代子书，这种作法启发了阮籍，使阮氏也萌生了这种想法，通过诗歌的形式，发表自己对现实与人生的基本见解……尽管《咏怀》诗中对于政治的批评多是闪烁其辞，难以指实。但对社会的风俗人心的批评，则是显而易见的”。但同时他也指出：“阮诗的思想比应诗要深刻得多，并且在议论立言之中，始终不偏离抒情的原则。尤其是多用比兴，意象丰富，寄托遥深……这说明阮籍借鉴了子书的体例，将它融化在诗歌的艺术原则之中，增加了诗歌艺术的表现力。”[①]他将《咏怀诗》的创作宗旨与子书联系起来，认为《咏怀诗》是阮籍通过诗歌的形式发表自己对现实人生的基本看法，并结合诗句文本做了具体的分析和论述，又指出《咏怀诗》在议论立言之外的抒情原则。同时发掘出建

① 钱志熙：《魏晋诗歌艺术原论》，北京大学出版社，1993 年版，第 197—202 页。

安正始时期借鉴子书原则创作“立言”性质诗歌的创作传统。这些观点均属首创，开拓了对《咏怀诗》研究的新思路。

对于《咏怀诗》的艺术结构，他从阮籍的思想与学术背景来理解，认为“汉魏之际的学术，门径阔大，旨趣高远，培养了延伸性很强、探根寻极、全方位地把握问题的思维能力。阮籍的《咏怀》诗就体现了这种思维能力，只有他能成功地将这种思维能力与丰富的艺术感受结合起来，从而将汉魏之际的思想模式转化为诗歌的艺术结构”，“阮籍宏大的艺术世界和很有张力的艺术结构，正是来自他那强大的思想能力，这种能力是时代思潮所赋予的，但如果没有足够的诗人气质和艺术激情，这种能力也只能造成一位哲学家，而不能产生一位诗人”[①]。过去对于阮籍《咏怀诗》的研究，主要集中于其主题、意境、艺术手法等方面，对于其结构并未有人注意和涉及，他从阮籍的思想学术、思维模式来理解《咏怀诗》的艺术结构，也是一个具有开拓性的创见。

最后他还谈到了阮籍诗歌创作的艺术渊源。这个论题虽前人已有涉及，但他还是提出了具有新意的观点。他着重分析阮瑀与曹植对阮籍的影响，其中认为曹植“《杂诗》那种洁静精微的结构，深闳广大的意境，以及运思微妙、章法多变的特点，都被阮籍所吸取。阮籍的处境与曹植相近，这也引导阮籍接近曹诗。成为曹植之后又一位对五言诗的发展作出巨大贡献的诗人”[②]。而在继承古老的艺术传统方面，除了钟嵘所言出于《小雅》之外，他还指出从美学特征看，《咏怀》融合《庄》、《骚》的特点更为明显。此外还受魏晋之际崇尚

① 钱志熙：《魏晋诗歌艺术原论》，北京大学出版社，1993 年版，第 202—207 页。

② 同上书，第 208 页。

异学和博物的风气影响，对神异志怪、山经海志很熟悉，也是造成诗歌辞藻艳丽、奇肆瑰丽的一个成因。这些方面的分析，都是前人所未提及或所论未深的。综观钱志熙对阮籍《咏怀诗》的研究，以多创见和开拓性在百年研究史中占有重要地位，这些创见和开拓是在前人对正始和阮籍诗歌研究成果已经相对丰富的情况下完成的，就更见其价值。能达到这种高度，主要与他对诗歌艺术知音的敏感与对正始时代哲学思想背景的准确把握相关。

林庚1995年修订出版的《中国文学简史》是在他1947年厦门大学出版的《中国文学史》基础上修订的。其中对《咏怀诗》思想和艺术的分析，也同样给人启发。如他认为诗中所表现的隐士思想具有一定的反抗意义，表现出不同于流俗的清醒的思想情操①。又如其比兴手法，"谁都可以从字里行间感受到他的思想感情，但是都很难确指出他说的是什么事情。他的曲折，使人从表面上看来，仿佛只是一个愤世嫉俗否定一切的隐者，他的八十二首诗，往往使人感到扑朔迷离，我们无妨说那正是一种打掩护的方法，使得他的中心思想不致于太明显地暴露在敌人的面前"②，进而观照到那个时代的诗人因为少有阮籍这样的比兴功夫，而导致诗坛寂寞的整体状况。与前人不同的是，林庚并没有完全从苦闷压抑的这方面去解读阮诗而忽视了其他因素，他举出《咏怀诗》中的第三十首和三十七首，认为其正是陈子昂称誉的"光英朗练"的正始之音。林庚的分析虽颇感性，观点却很准确，这当然与他诗人与学者的双重身份带来的对诗歌特有的敏锐感受力分不开。

① 林庚：《中国文学简史》，北京大学出版社，1995年版，第133—134页。

② 同上书，第135页。

徐公持《魏晋文学史》作为20世纪正始诗歌研究的殿军之作，对于正始诗坛的诗人把握最为全面，成果也最为丰硕。一些存诗较少的诗人，他也均能形成具体的观点。如曹睿，他认为是“建安文学与正始文学间的过渡性人物”。并将其诗歌内容概括为两类：“一类写政治时事，一类抒述个人情怀。”又分别与曹操、曹植同类诗做了比较分析，最后指出曹睿今存诗歌全部为乐府歌词，类似曹操，作品基本继承建安文人乐府诗传统，而写法上则有受曹操、曹丕、曹植影响的痕迹[①]。他对曹睿诗歌从内容、形式到源流的把握，相较前人远为完整细致。

他对曹魏后期其他诗人的论述也都能抓住重点。如他对应璩诗歌，着重于其《百一诗》的分析。他从《百一诗》切讥时弊与述普通生活感受这两类内容所含的两种文学精神与文学性格，概括出其中所反映的建安文学到正始文学的过渡[②]，这样由小及大的论述，是前人所没有提及的。他又描述了应璩诗的平易朴拙与曹魏后期玄学思潮渐盛而文士普遍重视推崇自然风致的关系，指出应璩在审美思想上的尚朴倾向，也具新意。

他对刘伶、向秀、何晏等存诗极少的诗人，也都能就其诗作提出一些新的感受。如他对刘伶的《北芒客舍诗》的意境和内涵的分析和感受，较郭伯恭更精细。又如对何晏所存二诗，历来评价不高，常略而不论，但他却分析了诗中的忧患、出世、寄托，指出其模仿曹植的痕迹，并引钟嵘之评，指出钟、刘评价不同的原因，也是别具手眼的。此外他还论述了王弼、刘劭、李康、曹冏、缪袭等人，都是一般文学史不会涉及的，体现了他对正始文学把握的全面细致。

① 徐公持：《魏晋文学史》，人民文学出版社，1999年版，第156—159页。

② 同上书，第163—164页。

对阮籍和嵇康，该书各设一章专论。对于阮籍的《咏怀诗》，他从诗歌内容和诗歌风格两方面把握。内容上，他引用《文选》颜延之评，用“忧生之嗟”和“志在刺讥”两类概括，并结合诗句文本做了具体解析。这方面他对前人之说是有所承袭的。此外，他还指出《咏怀诗》中也有少量抒述正面理想及追求之作和怀念友人之作，如其三十九，“都表明阮籍在严重政治恐怖环境中，表现虽较软弱，然内心并不平静，亦非总是消沉，也有激奋之时，只是这种慷慨激情显露较少罢了”①。把握较全面。风格方面，他用“蕴藉含蓄”、“自然飘逸”两方面来概括。就“蕴藉含蓄”而言，他认为一方面“与阮籍生活中‘发言玄远’、‘口不臧否人物’的作风相一致，因此它是魏末特殊时代环境中产物，亦为阮籍本人思想风貌处世态度之反映”。从艺术创作角度言，“‘含蓄’为众多品格之一品，司空图《诗品》二十四品中，即有‘含蓄’一目……与阮籍诗风甚为切合”。继而他从诗歌品格入手，对“蕴藉含蓄”之佳处做了分析，而对以往研究者如刘师培对此的诟病也从诗歌抒情本质的角度做了辨析，认为《咏怀诗》基本情绪倾向可以把握体会，不必以之为“失其旨归”而曰“弊”②。其论凿实有理而不流于虚泛，令人信服。

“自然飘逸”则表现在“取材随意，往往偶然意念，信手拈来，便成篇章；其命意旷远萧散，多在若即若离之间，不执著凿实；其结构亦不紧密，张弛有度；其章句如行云流水，宛转无方，而委顺畅达；其文字既含采润，又颇浑朴，不作刻意雕琢。要之，《咏怀诗》在表现风格方面亦任情适性，体现自然精神。而由于作者气质高洁清朗，诗歌境

① 徐公持：《魏晋文学史》，人民文学出版社，1999年版，第188—190页。

② 同上书，第190—191页。

界超凡拔俗,加之有玄理虚胜氛围渲染衬托,故自然之外,又形成飘逸诗风"[①]。他对《咏怀诗》自然飘逸风格的描述是一种创见,过去研究论及《咏怀诗》,多集中在其情感之苦闷、表现之隐晦,却少有人注意到阮籍在艺术风格上另有"自然飘逸"的一面,他对这种风格的描述对今后的研究具有启发作用。

他最后还分析了《咏怀诗》的艺术特色,突出其比兴手法,并举《咏怀诗》其四为例分析,以为"此类比兴,表面逻辑关系不很紧密,若明若暗,若即若离,但其兴象生动峻逸,兴义高邈清远,实为比兴运用大手笔,堪为诗篇增色。刘勰谓:'嗣宗倜傥,故响逸而调远。'此种倜傥风调特色,当与比兴运用有相当内在联系"[②]。通过文本分析将比兴手法的艺术效果具体化,又将比兴与刘勰对阮诗风格之评相联系,也值得参考。

对于嵇康诗歌,他分别从四言、五言、六言、骚体等不同诗体入手把握。关于四言诗,他提到了《秋胡行》的创作传承问题[③],此似为前人之所未注意者。对其《幽愤诗》,他则从诗名与内容上做了分析,认为"自内容看,当时他似未意识到即将被害,因他实无任何罪过。诗名'幽愤',取班固《汉书》谓司马迁'幽而发愤,乃思精义'之意,可知嵇康将己之无端受难,拟于司马迁被诬下狱,发愤作此诗",而从艺术上看,则"结构完整,无论叙事述志,皆能从容写去……显示出临难不惧镇定自若气度……此诗基本不加藻彩,亦少曲折……朴实、真率,自有浩然正气在"[④],这些分析都能在联想生发中发明

① 徐公持:《魏晋文学史》,人民文学出版社,1999 年版,第 191 页。

② 同上书,第 191—193 页。

③ 同上书,第 213 页。

④ 同上书,第 213—214 页。

本意。

他最后还对嵇康诗歌的总体风格做了辨析。针对钟嵘、刘勰、刘熙载等人评价嵇诗所说的"峻切"、"清峻"、"峻烈",指出诸评之内涵"当谓其诗旨显露,少含蓄蕴藉,亦即'讦直露才'之意",他承认"嵇康诗似乎确有此特点,与阮籍对比更为显明",但他同时认为"钟、刘评论意见,似从'温柔敦厚'传统'诗教'出发……其中不免偏颇,因含蓄或峻切,皆为诗之一品,诗之性格,亦如人格,难求一律。此外,嵇康诗亦有高古、劲健等优点。嵇康诗之缺点在于若干作品中横发玄论,多少染上'诗杂仙心'弊病,为后世玄言诗之产生种下远因。不过此弊并非嵇康独有,魏末诗人几乎无一能免,阮籍同样如此,其《咏怀诗》中少数篇章,也是玄意曼衍,诗味索然。此时代风气也。钟嵘列嵇康于'中品',如与'上品'中曹植、阮籍相比,嵇康确应退居于后;然陆机、张协、潘岳等人,亦列'上品',则嵇康似有不值;要之嵇康亦魏末重要诗人"①。持论甚新,但细细读来却是颇为中肯公允的,对研究者们少有质疑的古人旧说加以辨析,最后又就钟嵘所列品级提出己见,似欲提高嵇诗地位,这在过去正始诗歌研究偏重阮籍而往往忽略嵇康的背景下,也是一种新意。

除了上述所及的几种文学史与专著之外,80年代至20世纪末,适应各种需求,还出现了一批作为高等学校文科教材的《中国文学史》,不过其中涉及正始诗歌的部分,大多较为简略,故暂置而不论。另有两种重要的文学思想史及批评史论著,即罗宗强的《魏晋南北朝文学思想史》及王运熙、顾易生主编的《中国文学批评通史·魏晋南北朝卷》,二书所论向为学界重视,但由于其涉及正始时期的部

① 徐公持:《魏晋文学史》,人民文学出版社,1999年版,第215—216页。

分，偏重于思想与理论方面的分析，而涉及诗歌创作与艺术分析的则较少，故也暂不加论列。同样的情况，也适用于高晨阳所著《阮籍评传》、韩传达所著《阮籍评传》等。

2、论文

这一时期，在出现上文所述的一批重要论著的同时，也涌现出很多与研究正始诗人诗作相关的单篇论文。我们在这里择其要者加以列举。

这一时期对于正始诗人诗作的研究论文与专著相似，都集中在阮籍和嵇康二人身上。80年代初，任嘉禾《嵇康与阮籍——论儒与道在诗史上的早期结合》[①]一文开启了80年代开始对阮、嵇研究的序幕。阮、嵇二人中关于阮籍诗歌的研究一向是重点，研究成果也相对丰富，大致可分为以下几种方向。一是从政治方面来解读其诗歌的，如顾农《阮籍的政治态度和他的作品》[②]，其认为阮籍早年在曹魏政权日益腐朽的情况下，一再回避出仕，他的《咏怀诗》中有相当一部分的篇什对于以曹爽为首的当朝权贵进行抨击、讽刺和规劝，诗人此时内心相当苦闷。高平陵之变以后，司马氏掌握了实权，魏晋禅代的机运已在酝酿之中，从此阮籍与司马氏合作，长期担任要职，发挥了独特的作用，他的四言《咏怀诗》是写来歌颂司马氏的。司马昭对阮籍非常之照顾宽容，允许他保持嗜酒荒放的名士作风。该文从政治角度解读阮籍的诗歌创作中所反映的一些内容和主旨，其具体分析或有比附牵强之处，但是整体思路却自成一体，尤其他认为长期以来流行的认为阮籍是反司马氏至少也是不满司马氏的、他在司马氏

① 《内蒙古大学学报》，1983年第1期。

② 《西南师范大学学报》，1984年第4期。

手下当官只不过是不得已的敷衍的观点，完全不符合阮籍的生平史实与诗文创作，这样的看法对传统观点有所突破，也较有新意。二是从文献角度来考察其诗歌的存佚。如刘文忠《关于阮籍的四言〈咏怀诗〉十三首》[①]，从版本与辑佚的角度对阮籍的四言《咏怀诗》的情况做了整理和介绍，梳理唐宋以来各种版本的《阮籍集》以及类书、书目、诗话等文献涉及四言《咏怀诗》的内容和相关记载，并介绍了目前仅存的四言《咏怀》即黄节《阮步兵诗注补篇》本的情况，推断其所抄录的目前已佚失的潘璁序本《阮嗣宗集》之十三首四言《咏怀》源自宋元残本。此文为我们了解通常不为研究者重视的四言《咏怀诗》的版本流传情况，提供了有益的参考。三是从思想角度来理解其诗歌创作。如蔡锦军《正始玄学与阮籍的游仙诗》[②]一文将阮籍与曹氏父子的游仙诗进行对比，认为由于玄学的影响，阮籍游仙诗风格清远恬淡，与受名理学影响的曹氏父子游仙诗激昂豪逸的风格不同。具体而言，阮籍游仙诗中的仙境是他追寻到的玄学的理想精神家园，其游仙诗中的仙人是玄学中理想人格的代表。同时受玄学思想的影响，其游仙诗也出现了玄理化的倾向。从玄学角度解读阮籍游仙诗，分析相当全面。

当然最重要一类研究的还是从诗歌艺术的角度来分析解读阮籍诗。其中有的讨论阮诗的艺术手法，如任先大《阮籍诗歌的比兴艺术》[③]一文，首先梳理了比兴一词的来源以及历代比、兴的不同含义，继而论及阮诗的比兴对前代的继承，最后从三个方面详细分析阮诗

① 《文献》，1984 年第 1 期。

② 《广西师范大学学报》，1992 年第 1 期。

③ 《零陵师专学报》，1985 年第 2 期。

对前代比兴的发展,即托物兴辞之“物”的外延进一步扩大,将香草美人的艺术手法由写实转为寄托,比喻更加绚丽多彩。他从渊源流变的层面对作为阮诗首要艺术特质的比兴做了深入的考察,颇有价值。有的则探讨阮籍诗歌的艺术渊源,如祝凤梧《阮籍〈咏怀诗〉和〈诗经〉、〈楚辞〉的关系》[①]一文认为阮诗在讽刺精神上对《诗经》和《楚辞》都有继承,但《咏怀诗》在象征艺术上是直承《离骚》的。而孙伯涵《论阮籍〈咏怀〉诗的文学构成》[②]一文对阮诗的艺术考察则从文体价值与语言风格,太阳、植物、鸟、山等意象的系统及其语义,抒情主人公的形象塑造和母题、原型选择等三个方面较为完整地论述和评价了阮籍《咏怀诗》的艺术成就与贡献。

相较阮诗研究的繁荣,嵇诗研究则较少。大部分涉及嵇康研究的论文都集中在其论,并解析其中所含玄学、美学等方面的思想,还有些与嵇康政治和文化人格相关的研究,而很少涉及其诗。关于嵇诗研究,似只有如顾农《嵇康〈幽愤诗〉解读》[③]、崔富章《论嵇康对诗三百传统的继承与发展》[④]、张廷银《对〈诗品〉评嵇康之辨析》[⑤]等为数不多的几篇研究论文。其中顾文驳正了过去关于嵇康《幽愤诗》体现其刚正不阿、敢怒敢言、不屈服于司马氏等的传统解读,从嵇康与吕氏兄弟事件的关系及其立场,以及牵连入狱的原因等史实出发,结合具体诗句,认为《幽愤诗》有自责自悔并向司马氏妥协之意,这也符合嵇康浓重的出世悠游全身的人生态度,而相对于其政治立场,

① 《湖北大学学报》,1989 年第 2 期。
② 《烟台师范学院学报》,1992 年第 3 期。
③ 《山东师大学报》,1996 年第 3 期。
④ 见《第四届诗经国际学术研讨会论文集》。
⑤ 《青海民族学院学报》,1991 年第 4 期。

这种人生态度才是嵇康最本质的东西。其立论颇新颖，又以充分的文献与文本为依据，值得参考。崔文从嵇康诗中的四言入手，分析其与《诗经》的关系，认为这些诗歌继承了《诗经》比兴手法和现实主义传统，写出了新的境界，而他的自由情结、对自然之和的向往和追求则超轶《诗》人，是他对《诗三百》传统的新发展。这种研究渊源承变的思路较为可取，然关于嵇康四言与《诗经》关系之论述似稍欠紧密，部分内容主要成为对嵇诗的专文分析。张文就《诗品》嵇康条内容作了辨析，着重从曹丕与嵇康之文品与人品、《诗品》的解诗原则，以及魏晋六朝的时代风尚三个方面对“颇似魏文”的判断做了具体深入的分析，认为其所指为曹、嵇二人对才气的偏注与由此而形成的使才负气、自恃傲物的独特个性及其在创作中的表现。嵇康与曹丕在诗学上的关系，前人很少注意和论及，此文做了有益的尝试。

（本章执笔人：都轶伦）

第三章　西晋诗歌研究

西晋是中国诗歌发展史上承上启下的转折期，诗歌艺术虽然距离风华神韵的盛唐还有相当长的发展历程，但是诗人众多，“三张、二陆、两潘、一左”和较早的傅玄、张华，稍后的刘琨、郭璞等共同造就了西晋诗坛的繁荣局面，诗歌美学由自然美向人工美转变，辞藻、对偶、用典等艺术手法在西晋有了很大发展，诗歌审美从关注内在性情扩展到对自然界的欣赏，诗歌体式的发展更加成熟多样，五言诗成为诗坛正宗，四、七、杂言各类诗歌体式的共同发展，这些对后世的诗歌发展产生了深远的影响。从南朝起，历代诗人都对西晋的诗人、诗风及其在诗歌史上的地位进行过不同程度地研究，形成了相对稳定的研究格局，积累了丰富的经验。

20 世纪的西晋诗歌[①]研究从总体上看，在综合继承传统研究成果的基础上，不断吸收中外历史、哲学等学科的研究所长，对西晋诗歌做了进一步的深入研究，既包括对西晋诗歌的综合性研究，也涉及

① 由于太康时期诗坛繁荣，西晋时期的主要作家和西晋诗风的代表作家基本上活跃于太康诗坛，以致于相当一部分研究者径以“太康诗歌”为西晋诗歌的代称。但是，太康诗歌毕竟只是西晋诗歌的一部分，之前的傅玄，之后的刘琨、郭璞等都为西晋诗歌的发展做出了一定的贡献，所以本文的西晋诗歌研究指的是以朝代兴亡为断限的从西晋朝建立到灭亡期间的诗歌，傅玄、张华、陆机、潘岳、张协、刘琨、郭璞等主要诗人都在研究之列。

对西晋时期主要诗人的个体研究，概括起来主要集中在以下几个问题上，一是西晋时期的主要诗人和西晋诗风的代表诗人，二是西晋诗风的主要特点及其形成原因，三是西晋诗歌及重要诗人在诗歌史上的地位。随着整个社会的发展，学术研究的开放，学者们的触角不断深入，视野不断扩大，对与诗歌创作有重要影响的社会思想文化背景等基本性、普遍性的问题进行了深入探讨，将西晋诗歌的研究推向了一个新的高度。

第一节 西晋诗歌综合研究

一、20 世纪前期的西晋诗歌研究

20 世纪前期的西晋诗歌研究在研究方式上对传统有较多地继承，对西晋诗歌的研究较多地集中在诗歌风格和诗歌艺术的分析上，综合性研究和诗人个体研究多融合在一起，并在综合分析的基础上对主要诗人和代表诗人进行品评，勾勒出诗歌艺术发展的大致渊源，语言简练，概括准确，初步奠定了后来西晋诗歌研究的基调和格局。大致来说，早期更多的是整体诗风的综合性研究，个体诗人研究多融入在综合研究中，对个别作家的点评后来逐渐增多。

较早涉及西晋诗歌研究的有刘师培和章太炎。刘师培所著的《中国中古文学史》[①]，根据艺术风格差异把西晋诗歌分为两派，“晋代之诗如张华、张载之属，均与士衡体近；然左思、刘琨、郭璞所作，浑雄壮丽，出于嗣宗”[②]。刘师培的划分继承了钟嵘的辨别源流的方

① 此书是刘师培在北京大学讲授文学课的讲义。

② 刘师培：《中国中古文学史》，人民文学出版社，1959 年版，第 62 页。

法，但具体观点有发展，值得今人深入探讨。

章太炎《国学概论》[1]从与汉代文学（诗风）的比较中概括出西晋文学（诗风）的特点，认为较之汉代的壮美和刚性，西晋则为优美和柔性，并肯定了陆机在汉晋文风转变中的地位[2]，关注到晋代文学包括诗歌的转折性以及在形式上的追求。

刘大杰的《中国文学发展史》[3]也是从整体诗风上进行品评，认为太康诗人的共同特色是“偏重修炼辞藻，形成华美的风气”，认为这种雕琢刻画虽然有伤文学真美，但是肯定了这种现象在文学艺术上的进步[4]，刘大杰在 20 世纪的诗歌研究史上第一次肯定了艺术技巧的进步意义，非常有见地。

随着教学和研究不断深入的需要，除了对西晋诗歌进行综合性研究外，对个体诗人诗风的研究也逐渐增多，并对历来齐名或并称的诗人进行比较。谢无量《中国大文学史》对诗史上并称的二陆、三张、两潘分别进行比较，做出优劣高下之判，认为“二陆之中，机胜于云，两潘之中，尼不如岳，三张景阳为伯，一左独当差肩于机、岳之间”，[5]认为刘琨“弥峻”、郭璞“挺拔”，为“中兴之杰”[6]，评价简练准确。

西晋是五言诗的重要发展时期，五言诗成为诗坛主流，20 世纪初期，郑振铎[7]第一次明确从五言诗的发展角度对西晋诗坛的主要

---

① 章太炎的《国学概论》是其国学讲演的整理稿，后经整理并结集出版。

② 章太炎：《国学概论》，泰东图书局，1924 年版，第 102—103 页。

③ 该书上卷完成于 1939 年，两年后由中华书局出版。

④ 刘大杰：《中国文学发展史》，古典文学出版社，1957 年版，第 263—264 页。

⑤ 谢无量：《中国大文学史》，中华书局，1929 年版，第 50 页。

⑥ 同上书，第 59 页。

⑦ 《插图本中国文学史》初版由北平朴社出版部于 1932 年印行，1957 年作家出版社出版了增订版。

诗人进行分析，认为五言诗是当时的诗体正宗，三张、二傅、二陆、两潘、一左，都是当时著名的诗人，不过“三张”所指是张华、张载、张协，对《诗品》将张华置之中品非常不满，对张华的情感动人和张协的“富于诗材”[1]评价很高，论及傅玄时认为其至少可以和陆、张、左、潘等诗人分一席之地，对于潘岳哀悼诗也有较高评价。太康诗人中，郑振铎最为推崇左思，并概括了“左思风力”的特点，认为他的诗歌“骨肉皆隽，情固高旷不群，力亦健俊莫追。太康之际，实罕其俦”，“其雄气什足吞数十百辈小诗人于胸中，曾不芥蒂的”[2]。刘大白的《中国文学史》论及晋代文学时，也以太康时代为较盛，认为张协是“三张”中的冠冕，[3]对陆、潘、左的评价较为精炼准确，“陆机丰于辞，潘岳富于情，左思于精切之中，流露怨悱之旨”[4]，认为陆机和潘岳是晋代诗风“偏重辞华的倾向”的代表[5]，潘岳在抒情上胜于陆机。郑振铎、刘大白研究文学史，属于新文学派，但从这些评论中又可看出他们对传统文论的方法也有较多继承。

郭伯恭《魏晋诗歌概论》也从五言诗反映内容由少到多的发展趋势中，解释了五言诗缘何在西晋时期得到众人亲睐，发展迅速，并逐渐达到最高点的原因。郭伯恭认为西晋诗人受到辞赋和曹植的双重影响，逐渐倾向骈俪[6]，而且这种骈俪化的倾向又有着深刻的社会根据，由于汉代思想保守，重视周颂、大雅，因袭模拟现象较多，形成古

① 郑振铎:《插图本中国文学史》，作家出版社，1957 年版，第 148 页。

② 同上书，第 151—154 页。

③ 刘大白:《中国文学史》，大江书铺，1933 年版，第 224—225 页。

④ 同上书，第 230 页。

⑤ 同上书，第 226 页。

⑥ 郭伯恭:《魏晋诗歌概论》，商务印书馆，1936 年版，第 114 页。

典主义文学，到了魏晋时期，这种对实际没有发生情感的古典文学便不再适应，浪漫主义的五言诗就应运而生，在内容上以积极的精神代替了礼教保守的思想，在形式上以骈偶代替了周颂、大雅的外套[①]。

谭正璧的《中国文学史大纲》论西晋文学时，简要地分析了西晋诗风形成的原因，认为晋人多耽于恬安娱乐，专于造词，而无深情表现，文体日渐骈偶[②]。认为八人中左思文学价值最高，对“二陆”评价不高，认为“三张”所指应是张华而非张亢[③]。

随着社会和时代的变化发展，这一时期的诗歌研究也经历着由传统向现代的转变，但是，传统研究方法和体例仍然影响很大，钟嵘、刘勰等对西晋诗歌的品评仍然受到众多学者的重视，研究者在进行论述时，往往围绕钟、刘等的观点，或列举或引述钟、刘的观点，或在材料的排比中显出自己的观点，或通过简短精辟的点评勾勒自己的看法。刘师培认为“历代文章得失，后人评论每不及同时人评论之确切。……去古愈近所览之文愈多，其所评论益当愈可信也”[④]，所以非常重视所论作家时代相近的各种评论，辑录排比当时的文学评论，略加引论和案语，形成自己的观点和结论。谢无量在论述各家诗人时也多征引史传和钟嵘《诗品》，并在此基础上进行评点。钱基博《中国文学史》也继承钟、刘以来的传统，其论各代文学与各家作风，多引钟、刘以下的评论，继之以个人论述，除此之外，钱基博还对两晋诗风的源流演变有自己的深刻洞见，以阐明诗学之源流，评论体制之得失为主。如论陆机：“诗则偶语十居七八，铺陈整赡，而以开谢灵

---

① 郭伯恭：《魏晋诗歌概论》，商务印书馆，1936年版，第142—143页。

② 谭正璧：《中国文学史大纲》，光明书局，1930年版，第47页。

③ 同上书，第48—49页。

④ 刘师培：《中古文学论著三种》，辽宁教育出版社，1997年版，第137页。

运之前茅；然辞虽俪偶而未甚藻缛；意致疏散，不以俳偶累其驰骋之势，犹有建安遗韵。”[①]又如论“杂诗遒丽，则开鲍照之雕藻，而胜陆机之阐缓。”[②]又云：“协之丽偶，与陆机同；特其工于造语，丽而能遒，偶而不滞，所以风骨警挺，音韵铿锵。诗以琢炼出警遒，极于鲍照，而萌于张协。”[③]又如总论诸家体制、风格：“就体制而论，潘岳、陆机、张协俳偶，开齐梁之新声；独左思倜傥，得汉魏之古意。就骨采论，陆文丽以为工，潘流靡以自妍，格调不同，而同归于风骨不飞，气病其驽；协琢炼以警遒，思错综而震荡，风格亦不同，而同归于挺拔为俊，气近其文。而刘琨清刚，郭璞超逸，与思代兴，力矫轻绮；诚足嗣汉魏之逸响，而障潘、陆之颓波已。”[④]

以上诸家往往是从西晋诗歌的综合性研究入手，进而分析个体诗人的艺术特点，王瑶对西晋诗风的研究则是从西晋代表诗人潘岳、陆机入手，归纳西晋诗风的特点[⑤]。王瑶认为潘岳、陆机二人的风格和特点并不相同，却可以代表当时一般作风的趋向，因此以潘岳和陆机为例，以点带面地分析西晋文学的特色。王瑶认为西晋文学最明显的就是“缛旨星稠，繁文绮合”[⑥]，在辞藻排偶上下功夫，由于追求

① 钱基博：《中国文学史》（上），中华书局，1993年版，第155页。

② 同上书，第159页。

③ 同上书，第159页。

④ 同上书，第162页。

⑤ 见王瑶《潘陆与西晋文士》，收录于1948年完成的《中古文学史论》，1951年由棠棣出版社出版时分编为三本《中古文学思想》、《中古文人生活》、《中古文学风貌》，《潘陆与西晋文士》即收录于《中古文学风貌》，1984年北京大学出版社将三本合为一本仍名为《中古文学史论》。

⑥ 王瑶：《潘陆与西晋文士》，收录于《中古文学史论》，北京大学出版社，1984年版，第251页。

绮丽，隶事用典也逐渐增加。王瑶还注意到乐府诗创作方式的变化对文人诗歌创作的影响，由于西晋时期文人乐府中音乐的缺失导致乐府诗民间性和社会性的消退，文人只能就古题咏古事，或在原题中沿述古意，所能表现的只是修辞技巧而已[①]。

总的来看，20世纪前期的西晋诗歌研究大都在文学史中完成，单篇的论文和专著极为少见。在研究方法上多继承钟、刘传统，通过征引、排比材料，简短评论凸显自己的观点，在研究内容上，对西晋整体诗风进行了概括，并对重要诗人诗风进行了比较、点评，分析了五言诗在西晋的发展，在继承传统的的基础上提出了一些新的看法，大致确立了西晋诗歌的研究格局，承前启后。

二、新中国成立至“文革”前的西晋诗歌研究

新中国成立至“文革”前的学术发展受社会意识形态的影响比较明显，反映在诗歌研究上就是普遍重视并强调诗歌的现实性，一是对诗歌内容的探讨多于对形式技巧的分析，二是对诗歌艺术风格的分析与诗人的个人经历紧密结合，从个人学识、仕宦、交游等分析诗人作品，使诗歌研究的基础更加扎实，研究的角度更加全面，结果更加丰满。

由于强调诗歌的思想内容，中国社科院文学研究所编写的《中国文学史》和游国恩等编写的文学史对西晋诗歌总的评价不高，认为西晋诗歌创作缺乏现实内容，只能模拟古人、追求词藻的华美和对偶的工整，走上形式主义道路，但是对傅玄、张华的部分乐府诗和左思、刘琨、郭璞评价较高[②]。

---

① 王瑶：《潘陆与西晋文士》，《中古文学史论》，北京大学出版社，1984年版，第256—257页。

② 游国恩等主编：《中国文学史》（一），人民文学出版社1963年版，第227—237页。

虽然这一时期的诗歌研究对思想内容的强调较多，但是仍有一些研究者能够对诗歌艺术的发展给予充分肯定，郝立权《陆士衡诗注》在序言中对陆机诗歌之“体变”做了深刻剖析，认为其“体变”有三，一是变之前的“缘性致情、不为藻缋”为崇尚对偶，发扬了由曹植开始的人工雕琢之风；二是变汉魏语言质朴、抒写性灵为“联字合趣”，讲究语言形式之美，三是变此前的自抒胸怀、吟咏性情为模拟因袭，这“三变”是陆机驰誉西晋的主要原因，也点明了陆机诗歌在西晋诗风转变中的地位[①]。对于从汉魏之际到西晋中期诗歌修辞风格的演变，有精辟的描述。

诗歌艺术技巧的发展对五言诗的发展成熟起到了重要作用，五言诗以其创作实绩在西晋时期成为诗坛主流，因此，部分研究者把五言诗的发展和诗歌艺术的发展结合起来论述，分析了诗歌体式的发展和诗歌艺术进步之间的互为因果关系。谭丕模《中国文学史纲》就是在“五言诗的发展”中研究西晋诗歌，并对各位诗人在五言诗发展史上的贡献给予了较为准确的定位，他认为建安是五言诗的奠定期，正始是扩大期，以左思为代表的西晋是巩固期。张华、陆机等作品缺少社会内容，形式华美，但其在写作技巧上着力，对五言诗的发展有一定的贡献[②]。一部分诗人诗作如左思《咏史》用现实主义创作方法，借咏史以咏怀，反映社会黑暗、抒发个人怀抱，起了坚固五言诗基础的作用[③]。认为在诗歌发展史上的地位，除去阮籍，左思是从曹植到陶渊明的第二座桥梁，且对李白的诗歌创作有一定的影响[④]。

① 郝立权：《陆士衡诗注》，人民文学出版社1958年版，第1页。
② 谭丕模：《中国文学史纲》，人民文学出版社1958年版，第170页。
③ 同上书，第171页。
④ 同上书，第172页。

谭丕模认为刘琨、卢谌的诗“风格雄峻，感情深厚，打破了玄言诗的静寂”，郭璞的游仙诗与左思的借历史抒怀一样，是以另一种态度面对现实。郭诗中着重于大自然的描写，已经开陶渊明描写自然之先，只是在现实性上不及陶渊明[①]。

林庚认为五言诗在西晋已成为最普遍的文学形式，对太康诗人没有简单地加以贬斥，而是突出其贡献，认为诸位诗人各自在技艺上的锻炼共同推进了诗歌的发展。他对陆机的精致和“近于工笔”的写作手法，对潘岳的爱情诗，对刘琨“真正有血有泪的文字”和郭璞“坎壈咏怀”“挺拔艳逸”[②]都给予较高的评价。林庚非常推崇左思，认为其之所以成为伟大的诗人与其所处时代的以门阀取士制度有较大的关系，认为左思的诗承继了建安风力，汲取了阮籍《咏怀》诗的精神实质，他的咏史诗实际上是诗句更为明朗，形象更为有力的咏怀诗[③]。

三、“文革”后的西晋诗歌研究

“文革”后，学界对西晋诗歌的整体研究有两个突出特点，一是整体性研究综合前两个时期的研究所长，既不局限于单一的艺术特色研究，也不是单纯对现实内容的强调，而是将二者有机结合，在深入分析社会思潮、文化变迁的基础上进行互动地探讨，思想和艺术并重，使诗歌艺术发展的规律性得以凸显；二是对主要诗人的个体研究中往往贯穿着一条线索，无论是葛晓音、钱志熙、王锺陵对诗歌发展

---

① 谭丕模：《中国文学史纲》，人民文学出版社，1958年版，第172—173页。

② 林庚：《中国文学简史》，上海文艺联合出版社1954年版，第185—193页。

③ 同上书，第182—185页。

历史性地阐述，还是傅刚对诗歌流动性的强调，都使个体诗人研究也呈现出一种整体性、连贯性。

胡国瑞《魏晋南北朝文学史》中“晋代诗风的变化”一节分析了西晋诗歌思想性与艺术性之间呈现较大的距离的表现及原因[1]，葛晓音《八代诗史》结合社会政治和学术文化发展的背景论述西晋时期文学思潮的基本特征，分析诗歌题材、内容、形式、风格变化的原因，注意每一时代诗歌前后因革的关系及其对后世的影响。既分析了西晋诗歌对建安诗歌中讲究形式的发展，也看到了西晋诗歌在某些方面的开拓，如由于政局的混乱造成晋世隐逸之风兴盛，歌颂隐逸成为一种精神上的自我解脱，隐逸题材和玄言文学同时发展，隐逸、谈玄、游仙进一步结合，产生了郭璞的游仙诗，游仙诗变为隐逸诗，同时又助长了玄言诗风。[2] 葛晓音肯定西晋诗歌的进步，认为西晋文人对于后代诗歌最大的启示是深入一步开拓生活多样化的内容，变换方式表现多方面的感受。

王锺陵认为，西晋是诗歌史上承上启下的转折期，造成此期诗歌“力弱采缛”现象的原因之一是由于诗歌自身发展中的文人化，一是上层文人们愈益远离社会现实，胸襟狭小，情感肤浅，遂在刻画和语言上致力。[3] 在论述具体诗人时，王锺陵把诸位诗人置于整个西晋诗歌发展史中进行详细深入地分析，对每位诗人给予较为准确的定位，体系完整贯通，论述有力。

钱志熙的《魏晋诗歌艺术原论》旨在西晋文化的整体中把握西

---

① 胡国瑞：《魏晋南北朝文学史》，上海文艺出版社，1980年版，第55—56页。

② 葛晓音：《八代诗史》，陕西人民出版社，1989年版，第108—109页。

③ 王锺陵：《中国中古诗歌史》，江苏教育出版社，1988年版，第341—342页。

晋诗歌，他在系统研究西晋文人群体的形成过程及其基本素质的基础上深入探讨西晋文士的审美观和诗歌创作以及西晋诗风的渊源流变。其中对西晋文士以儒玄结合为特征的思想和人格模式的成因的研究有很大的创新和突破，找到了西晋文学中复雅、因袭、力柔等特征的根本原因。钱志熙在此基础上探讨西晋人的自然观也取得了很大突破，认为西晋人的自然观主要是用汉儒天人合一、天人感应的自然观认识自然中包含的天道意志，考究天地运行、阴阳变化的规律，以求在正始情势复杂多变的时代寻求祸福盛衰之理，并常以自然景物来表现这一主题，从而形成西晋诗中多节物感应之作，同时取象以天体运行和季候变化为多的特色，找到了西晋人虽然尚玄却还不可能视自然为审美客体的深层原因。在研究西晋诗风的渊源流变时，钱志熙将整个西晋诗歌发展分为前后两个时期，前期以傅玄、张华、陆机为主，形成温雅高华，清新与缛丽相接的古典主义诗风[①]，元康以降，士林分化，后期的左思、张协、郭璞抛弃了前期的审美风格，用诗歌表现自身的真实精神[②]。钱志熙的两个时期之分与刘师培两个派别之分有相似之处，但是却点明了两派诗风差异的原因。

傅刚论述西晋文学强调诗人的主体性，认为太康诗人的创作围绕“情”和“辞”展开，整体特色是“繁文缛采、流韵绮靡和清绮浅易”，落实到创作特点上，陆机表现为繁文缛采，潘岳表现为清绮浅易，张协则表现为巧构形似之言[③]。这些观点对钟、刘有较多的继承。傅刚把整个魏晋南北朝时期视为五言诗由古体向近体不断流

① 钱志熙：《魏晋诗歌艺术原论》，北京大学出版社，1993 年版，第 291 页。
② 同上书，第 307 页。
③ 傅刚：《魏晋南北朝诗歌史论》，吉林教育出版社，1995 年版，第 119 页。

动、发展变化的动态过程，因此能够用历史的、发展的眼光对西晋诗歌和每位诗人进行评价，由于傅刚主要关注近体诗的形成，因此对诗人的艺术价值进行品评的时候能够从近体诗的发展上给予客观评价。

徐公持也是在分析西晋文化精神的基础上探讨西晋文学包括西晋诗歌的艺术特色以及形成这些特色的深层原因。他认为西晋文化精神中一方面有反传统的素质，但是缺乏建设性，批判精神不强，意义有限，而传统政教精神的弱化、淡化导致文学创作对象选取上对时事政治社会内容的忽视，另一方面，西晋文化中缺乏崇高精神，品格低下，文学缺乏盛世精神，文人思想贫乏，感情平庸。对文学创作的技巧和形式问题颇为重视，在写作上多崇尚绮丽，崇尚繁缛，追求技巧，炫耀词采，模拟成风[①]，并认为西晋诗风中“繁缛”和“绮靡”两种特色的呈现是由不同的诗体来完成的。

徐公持对不同诗歌体式在西晋的发展进行总结，认为四言、五言、杂言及乐府诗诸体发展比较均衡，不同的诗人在不同诗体上显示才力，各擅胜场，总体上看，五言诗保持着第一诗歌体裁的地位，并不断在体式和技巧上完善着自己；四言亦声势不衰，但缺乏生机，数量不少，而佳作殊稀；杂言乐府诗在正始低迷后有新的高涨。在此三大诗体之外，三言、六言诗也偶有作者试验；七言诗延续曹丕《燕歌行》，发展不大，正酝酿着新的创作高潮的出现；而古老的楚歌体正艰难地苟延残喘。”[②]像这样全面分诗体介绍西晋诗歌是第一次。其次，在对诸种体式进行品评后，对西晋时期四言和五言两种诗体之间

① 徐公持：《魏晋文学史》，人民文学出版社，1999年版，第252—266页。

② 同上书，第266—267页。

的微妙关系给予格外关注。从数量上看，五言诗不占优势，四言体完全可以与五言诗颉颃，与建安、正始诗坛相比，四言诗颇有回潮之势，这与西晋诗坛的模拟风气盛行有关，又与当时的诗体观念落后于实践有关。四言诗量的繁荣缺乏必要的内涵，在表现手段及写法上并无实质性进展。所以四言虽然被推为“正”体，且颇兴盛，但文学史意义却不如五言诗重要。反映在诗风上，他认为四言诗主要表现的是西晋诗风“繁缛”的特点，五言诗主要表现“绮靡”的特点。五言诗在抒情言志上进展不甚明显，在写作技巧方面有所进步，表现为“词采的敷设”和“对偶的运用”①。

第二节　西晋主要诗人的个体研究

20世纪前期对西晋主要诗人的个体研究较多地继承传统，多为结论式的点评和综合性的比较，较少对诗人本身或诗作做具体分析，但是所论精当，风格流派的划分比较准确客观，为后来的研究奠定了大致的基调和格局。由于这一时期的个体诗人研究多融于综合研究中，单独剔出，有割裂破碎之感，且前文已有论述，此处不再赘述。新中国成立后尤其是“文革”后的研究者在进行诗人个体研究时，除了对诗人生平、学识、师从、所处的时代背景等方面进行深入的研究外，还试图在诗人中梳理出一种纵向的关系，给每位诗人一个客观的定位，把诗人恰当地集结到整个诗歌发展史的链条上，诗人之间的比较不再是简短地点评，而是多角度地深层分析，因此，本章的个体诗人研究主要是新中国成立后尤其是“文革”后的个体诗人研究。

---

① 徐公持：《魏晋文学史》，人民文学出版社，1999年版，第267—270页。

一、傅玄、张华及相关诗人研究

钟嵘对傅玄、张华的评价不高，分别将其列入下品、中品，但是作为开西晋诗歌风气之先的诗人，傅玄的乐府诗和张华的《情诗》历来是研究的重点。20世纪初各家大都结合钟嵘、刘勰等传统研究对傅玄和张华进行了点评，并对与其并称的诗人进行了比较，不同程度地肯定了傅玄和张华乐府诗的创作。新中国成立后尤其是“文革”后，学者对傅玄、张华的研究也主要集中在乐府诗的模拟和情诗的情思上，但是评价的角度更为多元。

胡国瑞对傅玄、张华的分析放在张协之后，所论多以张协的诗风为参照，认为他们的诗歌创作中，有一个共同的方面，“即从自然节物的变更，触发出轻淡的人生倏忽孤寂的哀感，也可以看作是他们在翻覆纷乱政局中的一种心理反映”[①]，且在对自然景物的描写上，都与张协一致地善于“巧构形似之言”。

傅玄的乐府诗由于模拟痕迹较重，历来评价不高，葛晓音却看到傅玄模仿乐府的叙事诗虽不如原作质朴，却“善于体察事物，描写较为具体”，没有对这一类乐府诗简单地否定，认为傅玄的爱情短章透过一层的写法和对于巧思的追求，使其乐府诗呈现了不同于汉乐府民歌的艺术风貌[②]。二是认为傅玄描写女子情思的短歌，“委婉轻巧，善于即景取喻，在比兴上翻新”，“除了模仿楚辞、汉乐府情歌外，还可能受到江南吴歌的影响”[③]，由于西晋文人诗受吴歌的影响微乎其微，傅玄的这几首诗尤其值得注意。葛晓音论及张华时，

---

① 胡国瑞：《魏晋南北朝文学史》，上海文艺出版社，1980年版，第72页。

② 葛晓音：《八代诗史》，陕西人民出版社，1989年版，第349页。

③ 同上书，第112页。

着重论述其游侠之作和《情诗五首》,认为《情诗》中有些语句已初步显示出脱离汉魏诗反复直接倾诉的表现方式的趋势[①],显示出风格的变化。

在总结傅玄的诗歌史地位时,王锺陵认为傅诗明显地表现了“力柔”的特点,但一些追求巧思和造语的篇章,透露出向“采缛”发展的动向,起着艺术风向指示器的作用[②]。王锺陵认为“力柔而采缛”的张华是由傅玄诗风向太康诗风发展的中间环节,其过渡作用表现在三个方面,一是较多地运用典故和偶句,二是诗中表现出的一种进与退的矛盾心理,三是《情诗五首》在铺展和呈露求巧的痕迹上婉转低回耐人咀嚼,逼近潘岳的《悼亡诗》[③]。王锺陵分析张华进与退的矛盾心理对西晋诗歌发展动向的影响颇有新意,认为太康诗人中多有存在进与退的矛盾者,由于这种矛盾,西晋诗人之人格表现出一种力弱采缛的特殊风貌。但是西晋诗歌并非全无风云之慨,仍有上承魏代而存的一脉厚重气息。

钱志熙认为傅玄、陆机更多追求辞藻的造作,傅玄的乐府诗突出表现了“缘情而绮靡”的创作程式,其主要方法有二,“一是逆探题意,用赋法缘写”,“二是在因袭前人本事的前提下,追求一种新的语言风格,或踵事增华,追求繁富,或摒弃生动,力求典雅丽则”。但傅玄对美缺乏深刻感受,内心没有激情。傅玄对西晋以寒素为主体的诗人群产生很大的影响,是西晋诗风的开启者[④]。张华较之傅玄,表

---

① 葛晓音:《八代诗史》,陕西人民出版社,1989年版,第112—114页。

② 王锺陵:《中国中古诗歌史》,江苏教育出版社,1988年版,第354页。

③ 同上书,第357—364页。

④ 钱志熙:《魏晋诗歌艺术原论》,北京大学出版社,1993年版,第294—295页。

现出一定的创新精神，作为诗坛宗主，影响了一代诗风。张华追求先情后辞、细腻地捕捉诗意景象和清新流丽的艺术风格，其情诗明显地受到古诗和建安诗中离妇、思妇之作的影响，张华不像傅玄那样一味摹拟，而是用细腻的笔触勾勒男女主人公的内心世界，善凸现情感。张华在诗歌艺术上的着意经营开启了西晋诗人钻研艺术的风气，而且张华心中有着一个“度”，即诗歌理想，他善于按照这个“度”来调和诗中的情意、物象、词藻，力求达到一种和谐的美。也是从他开始，“物象”在诗歌中具有了比较独立的地位，诗歌艺术观念开始注重图写物象。从张华开始，西晋诗歌摆脱了完全因袭模拟的状况，走上了向精美化发展的道路[①]。

傅刚认为傅玄和张华显示出由建安向太康发展的过渡，傅玄虽然模拟气重，但其诗中表现出来的繁富等文人化特征对太康文学有明显的启示作用，同时由于采莲诗对南朝诗风的形成有重要联系，傅诗中带清丽之色的采莲诗值得重视[②]。张华的《情诗》与建安以来的“情诗”系统一脉相承，但是更多侧面烘托，较为含蓄有意，文人气更重，情调也更清雅。张华不仅扶植指导陆机、陆云等诗人，还以创作实际开启了太康诗歌的新局面，是“完成着由汉魏向太康的转变而又贴近太康的诗人”[③]。傅刚通过梳理魏晋诗歌中“情”和“辞”两条线索的发展源流，指出张华重“情”是由王粲到潘岳的中间环节，其诗歌表现出的“华艳”，导向陆机，“巧构形似之言”，又与张协相近，从而勾勒出张华对太康诗人的影响。

---

① 钱志熙：《魏晋诗歌艺术原论》，北京大学出版社，1993 年版，第 296—300 页。

② 傅刚：《魏晋南北朝诗歌史论》，吉林教育出版社，1995 年版，第 109—111 页。

③ 同上书，第 111 页。

徐公持对傅玄乐府诗中的复古模拟和主观介入评价不高，但是对其乐府诗风的概括比较全面，既看到“古朴、凝重、浑厚”的一面，也注意到“清丽”的一面，而且肯定了傅玄在比兴运用上的特色，认为其在西晋诗坛上亦自成一家[①]。对于张华，徐公持认为其是西晋尚繁缛、重技巧风气的第一位代表，对西晋主流文风的形成起了推波助澜的作用。具体分析时区别不同的诗歌体式进行，认为钟嵘对于张华的评价只适用于五言诗，张华五言，写“情”较多，但非直写男女情爱，而是有所兴托。只是所托如钟嵘所说“不奇”，取材托意缺乏新意，又因题材限制，文字妍冶，故骨力不强。而五言中游仙、招隐、赠答等题材往往传达出张华的真实心态[②]。对于张华的乐府诗，徐公持认为颇有豪壮之气，但总体上看模拟风格浓重，继承有余创新不足，其中一类以“刺”为主的作品，体现了诗的赋化倾向[③]。

二、陆机、潘岳研究

1、陆机研究

陆机和潘岳历来被视为西晋诗风的代表诗人，是诸家研究的重点。胡国瑞认为陆机在文学上的成就在于“他丰厚的学问和高度的艺术技巧发挥了充分的表达作用”[④]，对以后文学创作极力追求形式的精美有重大影响。较之此前的研究者，胡国瑞明确肯定了陆诗与其生活联系较为密切，认为他的诗歌虽然很少描写具体的生活事件，但是较多反映了生活情绪并逐渐开始反映自然界中的事物。胡国瑞

① 徐公持：《魏晋文学史》，人民文学出版社，1999年版，第278页。
② 王锺陵：《中国中古诗歌史》，江苏教育出版社，1988年版，第285—286页。
③ 徐公持：《魏晋文学史》，人民文学出版社，1999年版，第287—288页。
④ 胡国瑞：《魏晋南北朝文学史》，上海文艺出版社，1980年版，第59页。

还对陆诗语言特色及其影响进行了客观评价，认为其在语言上过分加工，用字力求深奥，着意求辞句的整对，对后世骈俪之风大畅有重要作用①。

葛晓音对陆机、潘岳评价不高，认为二人作品内容肤浅与其人品的卑下有必然联系。陆机的拟作可能有所寄托但是缺乏新鲜真切的感受，对偶呆板章法雷同，语言则是艰深掩饰感情的肤浅，不过写景细致，往往见佳句，写作技巧上也为后人提供了可资借鉴的经验。潘岳词藻绝丽，除悼亡诗外，大都伤于绮密肤浅②。

王锺陵把陆机、潘岳、张协作为太康诗歌的代表诗人一起研究，在对平列的诗人的论述中，梳理出一种纵向的发展系列。从纵向上看，三人诗风的差异构成递次向前的序列，浑厚风格渐次衰退，精致意趣的新风格逐渐兴起③。王锺陵还通过对迁逝之感分析陆诗厚重、哲思加重的原因及对玄言诗的影响，认为这种迁逝之感一方面导向对及时努力的追求，另一方面，对迁逝之感的消解又时而使陆机趋向及时行乐，这种积极与消极、进与退的矛盾具有尖锐性、深刻性及明显的哲思意味，所以陆诗较为厚重，和汉魏传统仍有承接。哲思的加重，在诗歌中便是玄言成分的上升，某种程度上兆示了玄言诗阶段的日益逼近④。王锺陵分析陆诗艺术特色时认为其语言上追求工巧华美，集中表现在对骈偶和秀句的重视，而其在诗歌史上的功与过也需要从这两个方面去认识。

钱志熙认为陆机意在追求一种壮美的风格，希望增加诗歌中的

---

① 胡国瑞：《魏晋南北朝文学史》，上海文艺出版社，1980年版，第59—62页。

② 葛晓音：《八代诗史》，陕西人民出版社，1989年版，第115—121页。

③ 王锺陵：《中国中古诗歌史》，江苏教育出版社，1988年版，第366页。

④ 同上书，第368—376页。

理性因素，创造出一种典雅整饬而又堂庑阔大的新诗风，但终因精神无法企及只能袭其貌而遗其神[①]。钱志熙从文学思想对诗歌创作影响的角度对陆机乐府诗创作方式及其原因进行深入研究。他认为陆机的乐府诗善于在题目本身的意思上发挥，依照先在的题意，利用个人的博学展开诗境，人工有余，缺乏情性。这是因为陆机论文以"文""意""物"为三要素，恰与《易经》研究中的"言""意""象"的关系相对应，因此"得意忘象""得象忘言"也同样适用于文学创作，同一个"意"可以用不同的"物象"来表达，所以陆机大胆抽取出古诗的"意"，用自己的"言"和"象"去置换。陆机以三要素分析文学，理论上是一种进步，但是实际创作中硬性地分剖就破坏了诗歌抒情言志、浑朴自然的特色[②]。钱志熙对陆机创作的评价也比较公允，认为他虽然没有体现诗歌艺术的最高原则，但也还是具有较高艺术价值，在偶对、写物、音韵等方面做了许多创新，是魏晋诗风向南朝诗风发展的一个重要的过渡性诗人。

傅刚论及陆机时认为其对近体诗的建立、以及保证其在正确方向下的流动是作出了贡献的，他以完全文人化的写作态度与古诗决裂，和对文人写做法规的建立，从而将近体诗正式引进历史行程。陆机的破坏一方面表现在拟古诗的态度上，他刻意求与前人异，追求意的巧和词的新，在对古诗的阐释和破坏中确立新诗的方向，另一方面在写作法规的确立上，大量运用赋法、对偶和析文，但是陆机的赋法并非临摹，从不同方面着笔，塑造形象抒发感情，在抒情诗中加进铺叙成份，其对偶大都靠自己组织语言，还不及用典，在句法上，常使用

① 钱志熙：《魏晋诗歌艺术原论》，北京大学出版社，1993 年版，第 305 页。

② 同上书，第 302—305 页。

顶针法。陆机的对偶对后世诗人掌握平仄规律探索声律理论有一定的影响，用析文和赋法来增加诗歌容量的做法也在文学史上产生了一定的影响[①]。

徐公持对陆机的论述多围绕钟嵘等的品评，认为其部分作品的政教内涵与辞采做到了某种程度的结合[②]，陆机文学的真正精粹部分是表现在了作者真实情愫日常自我抒发的作品中[③]。但是徐公持对陆机的模拟评价不高，认为陆机的各类拟作鲜见“时事”，寄托亦少，以模仿形似为主。

2、潘岳研究

历来对潘岳诗歌的研究集中于哀情悼亡诗。胡国瑞认为其诗风虽辞藻华美，但比陆机明净疏畅，对其《悼亡诗》通过对具体事物的细致刻画表达深挚的感情给予了较高评价[④]，对其四言《关中诗》中如实的艺术描写给予肯定，认为其补充了史书叙述的不足[⑤]。

王锺陵总结潘岳的悼亡诗之所以特出是由于潘岳是针对具体对象来写作，所以感情浓烈，艺术细腻，在铺写的同时又常以环境描写加以烘托，在实写之中透出虚活笔法[⑥]。王锺陵还对潘岳在河阳、怀县所作四首诗歌中对农村田原景色的刻画给予关注，认为潘岳以紧劲锻炼之词对外物的刻画，以及对景物自在情态意味的表现是他通

① 傅刚:《魏晋南北朝诗歌史论》，吉林教育出版社，1995 年版，第 138—152 页。

② 徐公持:《魏晋文学史》，人民文学出版社，1999 年版，第 365 页。

③ 同上书，第 365—366 页。

④ 胡国瑞:《魏晋南北朝文学史》，上海文艺出版社，1980 年版，第 63—64 页。

⑤ 同上书，第 63 页。

⑥ 王锺陵:《中国中古诗歌史》，江苏教育出版社，1988 年版，第 403—406 页。

向张协的地方[①]。在评价潘岳的诗歌地位时认为，潘岳诗中笔力阔大的一面体现出与魏代诗文的联系，而情怀狭小带来的细腻刻画又是有别于魏诗浑厚传统的一面，在诗歌史上处在比陆机更后亦即是离开魏诗传统更远一些的位置上[②]。

傅刚从悼亡诗的传统和不同文体之间交流融合的角度来评价潘岳的《悼亡诗》，认为文赋比诗歌具有更成熟的艺术经验，魏晋诗歌在流动发展的过程中，不断吸收文赋的经验、技巧而形成自己的表现手法，潘岳在写作手法和情绪的刻画上取法汉魏以来抒情文赋的经验、技巧，用赋法集中铺叙事物，描摹哀情，句法更为绵密。除了悼亡之外，潘岳的其他诗作体现出“清绮浅静”的特色，绮丽又饶有清气，工练而轻敏流畅，由于善于言情，文词绮丽而含情[③]。

三、左思、张协、郭璞等组诗诗人研究

胡国瑞结合钟嵘的评价对七首咏史诗做了比较详细的分析，认为“所谓‘典’、‘怨’，即是借历史人物的事实，抒发其对于现实的愤慨之情，而这些历史人物事实，在他的感叹抒写下，易于感人而意义深刻显著，使人感到‘建安风骨’的再现，在整个组诗中，郁发着一种苍劲的风格，‘讽喻’的精神凸显”[④]。胡国瑞认为左思的《咏史诗》在运用史材上复杂多姿，气调亦雄健高远，故能超越前人，且从内容

① 王锺陵：《中国中古诗歌史》，江苏教育出版社，1988年版，第413—416页。

② 同上书，第416页。

③ 傅刚：《魏晋南北朝诗歌史论》，吉林教育出版社，1995年版，第120—130页。

④ 胡国瑞：《魏晋南北朝文学史》，上海文艺出版社，1980年版，第69页。

到形式所构成的总体风格，对鲍照和李白有明显的影响[①]。

葛晓音论及左思时认为其诗典雅精切的一面体现了西晋诗的共同特点，但其胸次高旷，笔力雄迈，因而能够拔出流俗，成为西晋成就最高的诗人。葛晓音在比较中勾勒了咏史诗的发展历程，认为左思使咏史和咏怀更紧密地结合，表现上也更富于变化。八首诗在结构上各自独立成章，而意思又相互承接，构成一个有机的整体，在精神上继承了建安诗人积极健康的人生理想，在艺术上吸取了阮籍善于运用多种对比探索立身原则的写法，同时消除了阮氏咏怀中虚无悲观的色彩。八首诗以诗人一生由进而退的经历为次序，在假托古人古事大发不平之鸣、讴歌理想节操的同时，也体现了对西晋社会现实的强烈批判精神。除此以外，葛晓音还看到了左思的《杂诗》、《招隐》在精神上与咏史同出一源[②]。葛晓音认为联系张协的生平来看，《杂诗十首》这组诗的结构与左思的咏史类似，都是用咏怀的方式将自己一生的仕隐出处的经过串成组诗，只不过张协是通过工巧绮密的景物描绘来抒写自己的心情、感叹和意志。它们既是诗人生活的实录，又杂有比兴和象征。同时对张协对思妇题材的创新和对雨景描写的细致也有论及[③]。葛晓音认为郭璞对游仙诗的主要变革是变仙居为隐居，为咏怀组诗开出借游仙咏隐逸，又入之以玄理的一种境界，从而对玄言诗的发展起到推波助澜的作用。郭璞的游仙诗是佛理兴盛及其与玄学合流的先兆，郭璞游仙诗中玄言虽然不多，却是通过对隐遁之境形象的鲜明描绘，发挥超然物外的旨趣，

---

① 胡国瑞：《魏晋南北朝文学史》，上海文艺出版社，1980 年版，第 65 页。

② 葛晓音：《八代诗史》，陕西人民出版社，1989 年版，第 122—127 页。

③ 同上书，第 131—132 页。

他在鲜明的形象和彪炳的文采中输入玄理，甚至直接以《易经》卦辞等阴阳、道家之言入诗的做法，被东晋玄言诗人所吸收，为永嘉后已经兴起的玄言文风推波助澜。在品评郭璞诗歌的因革时，葛晓音认为他的玄言源自阮籍、嵇康诗中的玄理，而又不同于一般意义上的隐逸，其文字缛丽，而又“泓峥萧瑟”，为李白等诗人开创了借栖遁之言抒慷慨之情的表现方式，提供了揉合隐逸真趣和游仙幻境的艺术经验[①]。

王锺陵从寒士的心理角度分析左思，认为左思诗将建安式的慷慨音响和嵇、阮反抗世俗、崇大自我的色调，一起糅合进对寒士生活和情怀的抒写之中，使得其诗明显地承受了魏代传统而又有着新的艺术风貌[②]。张协的诗中玄思与写景成分同时上升，更多关注于外在景物的刻画[③]。对外物形状的细致观察，及对此观察之主题内在感受的细微表达，是张协诗在艺术上主要成就，也是中国诗歌在艺术意趣上寓意走向精致的表现。正是由于淡然的情怀，他才能在景物描写上趋向于真切细致，并通过二者之间的联系说明自然物独立审美价值必须经过何种必然的历史过程才能获得自觉，即真正意义上的山水诗不可能出现在此期[④]。张协诗中与世不谐的沉忧之思是同魏晋诗歌相通的方面，而淡然尘外的情趣则是太康诗歌向下一个诗歌阶段发展的标志。在西晋诗歌史上，张协比潘岳更靠后，更明显地表现为一种新诗风的形成[⑤]。王锺陵认为郭璞是玄言诗的正式起

① 葛晓音：《八代诗史》，陕西人民出版社，1989 年版，第 132—135 页。
② 王锺陵：《中国中古诗歌史》，江苏教育出版社，1988 年版，第 444 页。
③ 同上书，第 418 页。
④ 同上书，第 424—426 页。
⑤ 同上书，第 427 页。

点，兼备坎壈咏怀与列仙之趣，“坎壈咏怀”为郭璞的《游仙诗》提供了深厚的内蕴，“列仙之趣”则使他的《游仙诗》表现出一种恢阔的境界和雄浩的气势，卓荦于时流之外[①]。

钱志熙认为张协、左思、郭璞的五言诗反映了西晋后期的文学新精神。从前学者对他们的研究更多地着眼于个人的情况，甚至将他们的作品看成是西晋普遍的采缛力柔诗风中的特殊现象。钱志熙则认为从某种程度上看，这时存在一个追求文学新精神的群体，尽管他们彼此之间也许声气不通，但是都受着士林分化，人格模式和审美理想发生变化的大背景的影响[②]。左思的《咏史》、张协的《杂诗》和郭璞的《游仙》，风格意象不同，但写出了某种共同的命运，追寻着大致相近的出路，从艺术上看，他们都抛弃了玄冲文明的作风，摆脱了唯美化的风格，继承了汉魏诗人抒情与言志相结合、写实与寄托并用的艺术传统，三位诗人都以各自的方式创造性地接受阮籍的影响[③]。

钱志熙还从对现实的态度、对艺术形象的选择和诗歌中蕴含的情绪等方面比较左思、张协、郭璞的异同及其原因。钱志熙能够从三位诗人艺术形象选择的差异中看出其内在精神的一致，在内在精神一致的基础上又能敏感地把握其对现实批判程度的深浅以及种种这些对诗歌情绪的影响。钱志熙认为三位诗人都通过他们的诗歌表现了对现实的基本态度。其中左思咏史批判现实的精神最突出，张协所塑造的隐逸山林、抱朴守素的形象，郭璞高蹈世外的游仙形象及其游仙精神，实际上也是对现实的一种否定。郭璞与左思、张协同是追

---

① 王锺陵：《中国中古诗歌史》，江苏教育出版社，1988 年版，第 494 页。

② 钱志熙：《魏晋诗歌艺术原论》，北京大学出版社，1993 年版，第 307 页。

③ 同上书，第 307—308 页。

求出世,追求自由,但是左、张是积极入世后的出世,是摆脱了羁绊之后的自由,而郭璞则是未曾入世就已出世,有一种天然的追求自由的素质,因而左、张趋于严肃思考,郭氏则更带有浪漫色彩趋于恣肆和任情。郭璞的素质使他选择了与左、张不同的出世形象,其游仙诗只是渲染一种比较强烈的出世情绪,热烈地向往浪漫自由的神仙世界。郭诗的深沉主要体现在通过神仙主题对生命归宿和社会现实流露出来的比较浓厚的悲剧情绪。与左思、郭璞相比,张协在思想的表达上比较温和。在思想和艺术两方面都更接近西晋文士的常态。但是张协性情近真,追求自然真朴的意趣。左思重在揭露,思想更加激烈,而张协委婉一些,在他身上还没有完全摆脱柔顺的特征,在艺术风格上更多地接受了典雅丽藻派的影响,但是张协能创化,在审美趣味的格调上超越太康诗人,创造了更加真实、清新的诗歌美[①]。

钱志熙还对左思、张协和郭璞对山水诗创作的影响给予肯定,认为他们的诗中山水自然开始作为独立的审美客体出现。左思、张协的固穷守节以及对高士贫士的赞慕,是陶渊明精神的前导,张协诗歌中表现归隐的情绪和隐居躬耕的情趣是陶诗的先声[②]。

钱志熙还通过对左思、张协、郭璞的创作对组诗的文学史价值和意义给予评价,认为组诗是西晋诗歌发展主流序列里的奇变,是对汉魏诗歌艺术精神的回复。组诗在魏晋诗人的心目中是一种严肃的艺术,诗人要表现出他思考的最高度,将在他的心灵中占有最重要地位的思想和情结用独特的、富有个性的艺术形象表现出来[③]。在塑造

① 钱志熙:《魏晋诗歌艺术原论》,北京大学出版社,1993 年版,第 315—321 页。

② 同上书,第 321—322 页。

③ 同上书,第 324 页。

艺术形象上，左思表现历史人物重在表现人物个性，而不重具体事件。张协沿着天人之际的关系这一主题发展自己的思想，从这里选择足以体现自身个性的艺术形象，他追求真实美，同样体现出某种程度的崇尚自然的意向。郭璞选择的仙隐结合的出世形象是与他的对奇异事物的敏感的个性相契合的。他借助于山海经志、神异传说以驰骋丰富的幻想力，创造出不同凡响的诗境[①]。

傅刚论及左思时兼顾其继承性和独创性，继承性是指他个人胸臆的直接表达与建安诗人直抒怀抱的方式相同，独创性是指他咏史形式的使用。独特的咏史形式使得左思诗歌的风力具有“典以怨，颇为精切，得讽喻之致”（钟嵘《诗品》上）的特色。形式独创之外，左思风力是他以个人的力量向社会制度进行抗争和批判，建立了寒士诗歌传统。傅刚对左思《娇女诗》的论述眼光独到，认为对小儿情状的生动描摹，题材和写法新颖，全篇采用赋法，铺陈渲染，可能受到宋玉、曹植等人赋的影响，对于后来人物诗的产生，发生了影响[②]。傅刚认为张协诗歌除了善于描摹事物的形状，词采华丽，音韵流畅，诗风华静，少病累外，摹写雨景非常突出。葛晓音在《八代诗史》中亦提及，傅刚此处做了进一步地分析。张协在字句上遣词工练，绮丽而又清雅流畅，音韵上琅琅上口，铿锵和谐，篇章结构上将感物之情糅入景物刻画中，意境优美，此外诗人写情运辞的气力雄健，警遒生动，在由古体向近体流动的过程中，合重辞的陆机和重情的潘岳之长，指示了一种方向[③]。

徐公持对其咏史诗做了较多的分析，认为左思诗文中塑造的自

---

① 钱志熙：《魏晋诗歌艺术原论》，北京大学出版社，1993 年版，第 325—328 页。

② 傅刚：《魏晋南北朝诗歌史论》，吉林教育出版社，1995 年版，第 134—138 页。

③ 同上书，第 130—134 页。

我形象与本人的真实状况之间存在一定的差距[①]，在内容上前三首蕴含诗人强烈的自信心和积极用世的人生态度，基调颇为高昂，后几首则对功名仕途完全绝望，基调悲慨，苍凉低沉，而对社会现实的审视，则目光更透彻，态度更达观。在平庸风气弥漫的西晋诗坛上，《咏史诗》以强烈的情绪特色，独标风格，令人耳目一新，是其主要价值[②]。徐公持认为张协的《杂诗》是一组抒情述怀的作品，大部分作于晚年，就写法看，除了第一首运用传统的思妇词手法外，其余皆以直书己意出之。徐公持较为看重人品与文品的关系，认为潘岳、陆机的人品不高，而张协人文一致，杂诗实际上是忧患文学，为西晋文风转变信号，面向战乱现实，涌现忧患意识，似乎可见建安文学精神某种程度的复归，结合钟嵘的品评点明张协诗风“华净”的特点[③]。

徐公持对刘琨主要结合其诗中反映的史实加以论述，对刘琨诗歌的艺术特色，采用品评钟嵘、刘勰、刘熙载等的论述，最为推崇刘熙载的评论[④]。

“文革”后的西晋诗歌研究普遍呈现出一种历史的眼光，论述更加客观，同时，对于一些时代性的基本、重大问题的探讨也更加深入，论述的角度更加多元化。除专著外，还有一些高校的文学史教材和一些专题论文也对西晋诗歌进行了研究，这一时期的论文数量和质量较之此前都有很大的发展，而且有相当一部分论文在某些具体问题的探讨达到了一定的深度，如毛庆《怎样评价陆机的拟古诗》和陈冰《论陆机的拟古乐府诗》对陆机拟古诗的探讨，胡大雷《论西晋诗

---

① 徐公持：《魏晋文学史》，人民文学出版社，1999年版，第389页。

② 同上书，第393—400页。

③ 同上书，第413—417页。

④ 同上书，第433页。

人的逆反式抒情》对西晋诗人抒情方式的研究等做了深入分析和论述，在不同程度上丰富着西晋诗歌的研究，是整个20世纪西晋诗歌研究史上不可缺少的一部分。

（本章执笔人：尹婷婷）

第四章　东晋刘宋诗歌研究综述

第一节　20世纪前期的研究

一、通论及文学史研究

20世纪前期“新旧学之争”贯穿了整个学术界，东晋刘宋文学研究也不可避免地分成了新旧两派。其中一派学者是旧学代表。他们继承了“钟、刘之学”的传统方法，对东晋刘宋诗歌进行了较为系统的关照。这派学者以钱基博、刘永济、刘师培为代表。

钱基博的《中国文学史》①，从文学史的源流出发，对东晋文人诗歌创作做出了系统总结。钱作认为东晋文学延续西晋，同样承袭汉魏。王羲之与陶潜则是这个时代的冠冕：“两晋文章，其回翔于汉魏之际而渐定所趋者乎？其大要不出二派：其一派奇丽藻逸，撷两汉之葩，潘岳、陆氏机云、左思其尤，以开太康之盛；又一派清微淡远，袭七贤之风。王羲之、陶潜为著，以结东晋之局，斯一代之冠冕，而文词之命世也。”既看到了玄理清谈之风影响下，东晋诗歌创作的不足，又指出了陶渊明、王羲之超出时代的价值：“但理过其词，雕润恨少；而葛洪才章赡丽，自成一子，又嫌缛而伤隽。若乃无雕虫之功，而探怀以抒，可以陶性灵，发幽思，言在耳目之内，情寄埃尘之表；洋洋乎会

① 中华书局，1992年版，第150页。

于风雅，使人忘其鄙近，自致旷观者，其惟王羲之、陶潜乎。”而对于刘宋元嘉时期的诗歌创作，钱作则指出，骈俪之风是整个南朝文学的基调，而这种源头出自陆机，盛于颜、谢，鲍照则是异军突起的一代之杰：“机缛旨星稠，繁文绮合，丰藻克赡，而风骨不飞，碌碌丽辞，遂开骈体。”“刘宋之世，颜延之、谢灵运，弁冕南朝，体裁明密，并称文章第一。而鲍照雕藻淫艳，异军特起，才秀人微，骖驾其间，并方轨前秀，垂范后昆。”钱作的这些描述，是符合当时文坛创作的实际的。

刘永济的《十四朝文学要略》一书的体例很能代表这一派学术思想。全书大体是引述钟嵘、刘勰的相关论述，并逐条做出评按。中国古代文艺理论体系中，对前人观点的引述、归类、评按、注疏也是学术研究的一种重要方法，值得重视。本书卷二第十章《六朝诗学之流变》中补充的一些很有价值的材料，对这一时期的诗歌创作现象做出了颇有见地的阐发。仅以“艳体出自鲍照”说为例。“至淫艳一体，《齐书》虽著明远，其源实出晋宋《乐府》。初为民间男女相悦之辞，后乃渐被于士林。如休文《六忆诗》，亦至妖艳。明远比之，犹为有骨。”[①]都是作者的学术创见，不能仅以评按视之。

这一时期最重要、也最具分量的诗歌研究为刘师培的《中国中古文学史》。钱志熙教授称其为近现代中古文学史研究领域的开山之作[②]。

① 中华书局，2010年版，第190页。

② 钱志熙：《旧学之殿军　新学之开山——刘师培〈中国中古文学史〉》：本书所据以立论的文学观念如文笔观、大文学观，也都是传统的。其研究文学的方法，则深受钟嵘、刘勰等古代文学史家的影响。这与他那些喜欢比附新观念、运用新名词的早期论著相比，似乎完全是回归旧学了。但是，从体系的构筑到材料的搜集、运用，仍然能看得出新学的规模。中国古典文学史的研究，因其特殊的学科性质，需要走沟通古今，贯穿中西的道路，刘著在这方面对我们是有启发作用的。《文史知识》，1999年第3期。

刘在论及东晋文学时，较为深刻地梳理了玄佛之学对文风的影响："东晋人士，承西晋清谈之绪，并精名理，善论难，以刘琰、王蒙、许询为宗，其与西晋不同者，放诞之风，至斯尽革。又西晋所云名理，不越老、庄。至于东晋，则支遁、法深、道安、惠远之流，并精佛理，故殷浩、郗超诸人，并承其风，旁迄孙绰、谢尚、阮裕、韩伯、孙盛、张凭、王胡之，亦均以佛理为主，息以儒玄；嗣则殷仲文、桓玄、羊孚，亦精玄论。大抵析理之美，超越西晋，而才藻新奇，言有深致，即孙安国所谓'南人学问，精通简要'（《世说新语·文学》）也。故其为文，亦均同潘而异陆，近嵇而远阮。"①

而与此同时，另一派学者以新学的视野，为东晋刘宋文学研究打开了新的角度。这一派的研究特点是以思想性为主导，目的在于阐发己见，成一家之言。专论较少，多散见于杂文集及文学史论著中。最典型的代表是胡适与鲁迅等新文化运动之先驱。

胡适在为徐嘉瑞《中古文学概论》作序②时，从推崇俗文学、白话文学的角度出发，对晋南北朝的诗歌创作做了简要论述，推崇南北朝民间诗歌，而对这一时期的文人诗给予了较多批评。"当时的贵族文人，一面虽也学时髦，居然肯模仿汉魏乐府；一面却不知道赏识眼前的活宝贝，他们只会作'拟'某人或'拟'某题的诗，而不能采用当日民间的文学新体。所以从表面上看去，我们也只看见江淹、颜延之、沈约一班人的古典文学，或是北方苏绰等人的假古董，而不看见那真有生气又真有价值的南北平民文学。"胡适重视民歌和白话文学的观点，对长久以来以文人诗传统一统天下的研究局面做了有益

① 刘师培：《中国中古文学史》，上海古籍出版社，2000 年版，第 56 页。

② 《胡适文集》（三），北京大学出版社，1998 年版，第 611 页。

补充，也是和当时五四时期特殊的文化思潮有关。其对刘宋元嘉文学的代表沈约、颜延之的诗歌创作时有失偏颇，反映了当时文学观念的局限。

鲁迅在1927年《魏晋风度及文章与药及酒之关系》中则认为，东晋文风有“和平”的倾向。“到东晋，风气变了。社会思想平静得多，各处都夹入了佛教的思想。再至晋末，乱也看惯了，篡也看惯了，文章便更和平。”并彰显出陶渊明早东晋文学中的独特地位：“代表平和的文章的人有陶潜。他的态度是随便饮酒，乞食，高兴的时候就谈论和作文章，无尤无怨。所以现在有人称他为‘田园诗人’，是个非常和平的田园诗人。”①

以上两家可谓新学立场出发，研究东晋文学。以立言为主，考据较少，思想发挥的性质大于文学研究。由于当时的特殊时代思潮和两位大家的影响力，这两篇文章虽然论及诗歌创作的篇幅不多，却对后世影响都极其深远。

此外，郭伯恭的《魏晋诗歌概论》②亦是这一时期的重要研究著作。本书第五章《永嘉以后之诗坛》本着“知人论世”的立场，从时代背景出发，考察这一时期的诗歌创作。对永嘉之后文学创作的评价较低。“永嘉之后的历史背景既是这样（民生涂炭，盗贼蜂起），那末它的文学主潮自然不会有什么创新的发展，干脆一点说，则仍是继承了太康的余风。不过自南渡之后，由于五胡的纷扰，本土文学便逐渐熏染上许多外来的影响，这是与前代稍稍不同的。晋人贵黄老、尚清

① 鲁迅：《魏晋风度及文章与药及酒之关系》第148—149页。《鲁迅全集·而已集》，人民文学出版社，2005年，第537页。

② 郭伯恭：《魏晋诗歌概论》，上海商务印书馆，1936年版。

谈，一般作家则尤甚。故永嘉以后的诗人嗜酒放诞，同样的不拘礼节。”并指出“永嘉以后的诗人虽多，严格来说，也只有刘琨、郭璞、及最后的田园大诗人陶渊明三人而已”。彼时为乱世，则一代文学之气运亦随之衰颓，亦是当时较有代表性的文学史观。

持此类观点的还有刘大杰《中国文学发展史》[①]。本书最初写作于20世纪上半期，新中国成立后曾加以修订，“文革”期间再度奉命修订，是以受马克思唯物史观影响较大。其中一些观点对后一个时期（50年代至70年代）的主流文学观有开端作用，可以看作两种思潮的分水岭，颇有代表性。本书第九章涉及魏晋诗歌的章节中，自永嘉东渡后只立“陶渊明及其作品”一节。甚至没有正式提及东晋文学这一名称。偶尔论及东晋诗歌创作时，对郭璞等游仙诗评价不高，认为其“思想内容及现实意义来说，郭璞当然不如刘琨”，但还尚能“保存诗的美质与情韵”，对玄言诗评价则更低，认为孙绰、许询等人作品“近乎偈语，那就更差得远了。”并认为正是玄言诗的盛行，导致了东晋诗歌创作的低潮：“这种玄虚的诗风，弥漫了东晋诗坛，风会所趋，效仿日众，于是当日的诗坛更是沉寂。”刘氏对东晋唯一推崇的作家是陶渊明，认为其“独树一帜，卓然而成大家”，给予专章论述。这种轻视晋宋、独重陶氏的文学史观，50年代至70年代渐成为一时主流。这在陶渊明研究的相关章节中，还会有专门论述。

这一时期涉及到东晋刘宋文学研究的重要著作还有：徐嘉瑞的《中古文学概论》[②]，把平民文学摆在突出位置，从民间诗歌出发，着

① 上海古籍出版社，1982年版。

② 上海亚东图书馆，1924年版。

重研究了音乐与诗歌的关系，对后来研究有启迪意义。陈仲凡的《汉魏六朝文学》①、陈家庆的《汉魏六朝诗研究》②、洪为法的《古诗论》③、罗常培的《汉魏六朝专家文研究》④，都对后来的研究者产生了相当的影响。

二、作家作品研究

20世纪前期东晋、刘宋作家研究比较集中于陶渊明。

早在晚清末年，戊戌六君子之一的谭嗣同在《致刘淞芙书》中论及陶渊明："足下论陶，与嗣同所见若重规叠矩。真西山称陶公学本经术，最为特识。如足下所举之外，它若'道丧向千载'云云……皆足为证。然嗣同尤有妄解，此为陶公慷慨悲歌之士也，非无意于世者，世人唯以冲澹目之，失远矣！"⑤肯定了陶渊明诗歌中有慷慨悲凉的一面，这和当时革新变法的背景是分不开的。随着西方文艺理论、美学观念传入中国，王国维吸取西学，结合中国传统文艺批评，对陶渊明诗歌境界进行了全新的阐释。在其名著《人间词话》中，将古今诗词分为"有我之境"、"无我之境。"将陶渊明的《饮酒》诗"采菊东篱下，悠然见南山"二句，列为"无我之境"。并指出"古今为词，写有我之境者为多，然未始不能写无我之境，此在豪杰之士能自树耳"⑥！除了艺术成就外，王国维亦对陶渊明的文学史地位做了极高的评价："屈子之

---

① 商务印书馆，1931年版。

② 安徽大学出版社，1934年版。

③ 商务印书馆，1939年版。

④ 独立出版社，1945年版。

⑤ 《谭嗣同全集》卷三，三联书店，第379页。

⑥ 《人间词话》，中华书局1955年版。

后，文学上之雄者，渊明其尤也。韦、柳之视渊明，其如刘、贾之视屈子乎！"[①]可谓推崇备至。

基础研究方面，陶渊明年谱、生平研究亦取得了相当的成就。20年代，古直的《钟记室诗品笺》[②]就对钟嵘《诗品》中的"陶诗源出应璩说"加以阐发，认为"应璩诗以讥切时事、风规治道为长，陶诗亦多讽刺，派出应璩殆指此耳"。除此之外，20年代，一批文人学者针对陶渊明享年，曾有过一场论辩，具体有古直《陶靖节年谱》、梁启超《陶渊明年谱》，朱自清《陶渊明年谱中之问题》等文。

关于陶渊明思想及宗教信仰研究，陈寅恪先生在40年代所著《陶渊明之思想与清谈之关系》[③]中认为，陶渊明的思想实承袭魏晋清谈之旨，未受佛教影响。这一观点得到了后世研究者的普遍认同。陈氏于魏晋玄学自然思想的界域中考察陶渊明的《形影神》诗，称陶渊明的"神辨自然"思想为新自然观，并从东晋时代天师道与佛教的分野出发，认为陶渊明没有接受佛教思想，与其家族的天师道背景有关系。陈氏的观点对后来的研究者起了较大的影响。但也有不同的看法，朱光潜一方面承认陈氏的见地，同时也指出他"只是把渊明看成有意地建立或皈依一个系统井然壁垒森严底哲学与宗教思想，像一个谨守绳墨的教徒，未免'求甚解'。"[④]陈、朱的不同看法，反映了史学家与美学家研究在把握同一对象时的不同方式，值得玩味。

在近代研究陶渊明的诸学者中，梁启超先生算得上陶学专家。

① 《中国历代文论选》第四册，第380页。

② 上海聚珍仿宋印书局，1928年版。

③ 收录于《金明馆丛稿初编》，上海古籍出版社，1980年版。

④ 《陶渊明研究资料汇编》，中华书局，1962年版，第363页。

1923年他出版了《陶渊明》[①]一书，其中包括《陶渊明文艺及其品格》、《陶渊明年谱》、《陶渊明考证》三篇文章，吸取了五四时期新文学运动中形成的新观念和新方法，较系统、全面地对陶渊明及其诗歌进行研究，既梳理作者思想人格，又考订生平事迹，又分析作品艺术成就，体系完整，眉目清楚，标志陶渊明研究进入了一个全面的局面。

早在30年代，朱光潜便用美学概念"静穆"来形容陶渊明的诗歌。"陶潜浑身是'静穆'，所以他伟大。"1946年，朱光潜撰写了《陶渊明》一文，以美学家、哲学家的眼光，高屋建瓴地对其人格思想、感情生活、艺术风格等多角度论述了陶渊明。除了发展"静穆"说外，在艺术鉴赏上，朱光潜将渊明的艺术成就提高到"化境"的高度。"总合各家的评语来说，陶诗的特点在平、淡、枯、质，又在奇、美、腴、绮。这两对恰恰相反的性质如何能调和在一起呢？把他们调和在一起，正是陶诗的奇迹：正如他在性格方面把许多不同的性质调和在一起，是同样底奇迹。"[②]

萧望卿的《陶渊明批评》[③]，是较早的陶渊明研究专著。共分为三部分：一、陶渊明的历影像；二、陶渊明的四言诗论；三、陶渊明五言诗的艺术。其中关于四言诗的论述，征引翔实，言之有据，是书中的精华部分。而其对于陶渊明四言诗的关注，也填补了前人研究的空白。全书将重点放在诗歌艺术分析上，在当时重理论轻文本的风气中是极为可贵的。

---

① 商务印书馆，1923年版。

② 《陶渊明研究资料汇编》，中华书局，1962年版，第375页。

③ 开明书店，1947年版。

陶渊明研究外，元嘉三大家研究也是较热的领域。缪钺先生在30年代发表的的《鲍明远年谱》[①]、《颜延之年谱》[②]，以及吴丕绩先生的《鲍照年谱》[③]，丁陶庵《谢康乐年谱》[④]、郝立权《谢康乐年谱》[⑤]，对元嘉三大家的生平研究有重要意义。而黄节先生的《谢康乐诗注》[⑥]、《鲍参军诗注》[⑦]，征引翔实，考据严谨，是元嘉三大家作品的重要注本。

第二节　1949年至1978年的研究

一、1949年至1978年的东晋诗歌研究

1949年以后，文学研究受政治思潮和意识形态的影响较重"人民性、阶级性、现实性"成为衡量一切作家作品的依据，政治过多干涉了学术研究，必然导致文学研究方向的偏离。而魏晋南北朝文学追求语言艺术之美，审美风貌上比较繁复绮丽，便被这种思潮扣上了"形式主义"的帽子。很长一个时期内，评价一向有失公允。而对缺乏代表作家（陶渊明除外）的东晋文学，偏见尤为明显。

1、文学史、总论

1949年以后一段时间，学界对东晋文学的总体评价较低。林庚的《中国文学简史》[⑧]于东晋文学亦只列"陶渊明"与"江南民歌"两

① 《文学月刊》第3卷第1期，1932年5月。
② 《中国文化研究汇刊》第8卷，1948年9月。
③ 《读史存稿》，三联书店，1963年版。
④ 《京报文学周刊》，第41—42期，1929年11月。
⑤ 《齐大月刊》，第6期，1935年6月。
⑥ 人民文学出版社，1958年版。
⑦ 人民文学出版社，1957年版。
⑧ 上海文艺联合出版社，1954年版。

节。60年代游国恩等主编的《中国文学史》对东晋诗歌也是寥寥几笔带过，且评价不高，认为士族文人为了“表现阶级狭隘思想感情和不健康艺术趣味”，“为了掩盖内容的空虚，他们刻意追求形式的华美，把文学推上了形式主义的道路……从西晋末年开始，由于清谈玄理风气的盛行，‘因谈余气，流成文体’，诗坛渐为玄言诗所统治，其代表作家孙绰、许询等人的创作都‘平典似道德论’。玄言诗统治文坛达百年之久，直到晋末杰出的诗人陶渊明出现，才为空虚的东晋文坛带来富有现实内容的创作。”①这种轻视东晋诗歌创作、独重陶诗的观点对新中国成立以后的学术研究有较大影响，几乎占据了一时主流。

余冠英、钱锺书等《中国文学史》②算得上这种风气之内的公允之作。本书在论及南朝文学时亦基本持批判观点，但与当时主流文学观相比，并不否认“形式”的作用，对这一时期文学体式、修辞手法、艺术技巧的丰富给予了积极评价。亦指出了当时的士族制度对文学产生的积极影响，如文学事业得到重视、作家数量增加、文史哲分工明晰、文笔之辨发生等，在当时应皆算是颇具慧眼之论。在作家评价上，本书在力推陶渊明的同时，不忘给予谢灵运、颜延之、鲍照相当的篇幅，总体而言较为客观。

另有部分学者超越了意识形态和当时文学风气的局限，对东晋文学做出较为中肯的评价。比较重要的有王瑶先生的《中古文学风貌》③。书中《玄言·山水·田园——论东晋诗》一章，专论东晋文

① 游国恩等主编：《中国文学史》，人民文学出版社，1963年版，第200页。

② 人民文学出版社，1962年版，中国科学院文学研究所中国文学史编写组编写。

③ 王瑶：《中古文学风貌》，棠棣出版社，1951年版。

学。该文首先认可了玄言诗是当时一时文学的主流，是时代的产物，并指出玄言诗的出现不是偶然的，除了思想时代背景外，也有其文学史上的固有脉络，可以上推到阮籍。在本书中，最有见解的是对玄言诗到山水诗变迁的梳理。王瑶先生指出，永嘉东渡之后，南方的秀丽山水对偏安一隅的东晋士族起到了精神寄托的作用。“美丽的自然环境和他们追求玄远恬淡的心情结合起来，于是山水美的发现便成了东晋这个时代对于中国艺术和文学的绝大贡献。”[①]对于玄言诗向山水诗的变迁，并不存在古人所谓“老庄告退而山水方滋”的取代关系，山水只是一种更适合的导体，来表达诗人的思想。“老庄其实没有告退，而是用山水乔装出现了……我们说山水诗是玄言诗的改变，毋宁说是玄言诗的继续。”王瑶先生还进一步指出，山水诗最高成就的代表是谢灵运。陶渊明的田园诗，只是山水诗的另一种形式的发展。王瑶的论述深刻而有创见，特别是对玄言诗、山水诗、田园诗三者关系的论述，乃发前人所未发。而对从郭璞到谢灵运到陶渊明这三位魏晋到刘宋时期重要作者关系的阐述，也理清了一条从玄言——山水——田园诗歌的发展轨迹。

2、陶渊明研究

总体而言，在50年代至70年代间，东晋诗歌在文学史上的地位不高。但有一位诗人例外：陶渊明。

陶渊明毫无疑问是中国诗歌史上最伟大的诗人之一。加之新中国成立后受意识形态的影响，普遍将陶渊明归于代表“下层劳动人民”的田园诗人，从意识形态和阶级矛盾的角度加以解读。这一时期的研究中，几乎所有研究者都将之视为东晋时期唯一超越时代的

① 王瑶：《中古文学风貌》，棠棣出版社，1951年版，第61页。

伟大诗人，推崇备至。陶渊明研究成为这一时期东晋刘宋文学研究的最热点，取得了可喜的成就，但由于研究热点过于集中，也对其他作家研究产生了一定遮蔽性影响。

游国恩等主编的《中国文学史》对陶渊明进行如下评价："他的诗歌对腐朽的士族社会表现了极端憎恶与否定的态度，表现了他的不同流合污的高贵品格和躬耕自给的生活理想。由于在田园劳动中接触了下层劳动人民，亲身体验了农村生活的贫困，后期创作还在一定程度上反映了广大人民反对剥削压迫，要求以自己的劳动创造和平幸福生活的愿望，提出了桃花源理想。"[①]这个评价较典型地代表了50年代至70年代的陶渊明诗歌研究的主流倾向。

这一时期马克思主义唯物史观成为文学研究的指导思想，陶诗研究也受此影响，主要关于陶诗的现实性、人民性。罗根泽《陶渊明诗的人民性和艺术性》[②]，黄天冀《陶渊明作品的人民性特征》[③]、刘禹昌《陶渊明作品的现实性和人民性》[④]等即是。林庚的《中国文学简史》论及陶诗时也认为陶渊明田园诗："虽然仍不免染上放浪形骸的名士气氛，它仍然是现实的，富于反抗性的。"逯钦立先生《读陶管见》[⑤]一文则在肯定了陶诗"写实的创作精神与创作方法"外，对陶诗的艺术性进行了较为严谨的分析，指出其拟人化手法与自然风格与韵律美两大特色。

受意识形态的影响，陶渊明研究甚至成为学术界党同伐异的工

---

① 人民文学出版社，1963年版，第200—201页。

② 《人民文学》，1954年11月号。

③ 《文学遗产增刊》第二辑，1956年版。

④ 《吉林大学学报》，1959年第3期。

⑤ 《汉魏六朝文学论集》，陕西人民出版社，1984版。

具,偏离了学术研究的轨道。在五六十年代,曾有两次关于陶渊明研究的大讨论。第一次是张芝(李长之)的《陶渊明传论》[①]出版引发的。第二次则是由反右斗争中《陶渊明基本上是反现实主义诗人》[②]一文引发。受当时政治风气影响,一些讨论偏离了学术轨道。事后《光明日报·文学遗产》编辑部做了总结,并将有代表性观点的论文汇编成《陶渊明讨论集》[③]一书。两次争论中仍出现了不少有价值的论文。如曹道衡于1957年发表的《关于陶渊明思想的几个问题》[④]、《再论陶渊明思想及其创作》[⑤],游国恩等《试论陶渊明的作品及其影响》[⑥],力争将陶渊明研究扳回学术讨论的正确道路上来。

在这两次大讨论之间,王瑶的《陶渊明集》[⑦]出版。王瑶先生在谈及此书出版的目的时说,"本书是为了普及的。"但事实上,"前言"中对于陶渊明归隐的阐发、陶渊明思想及人格魅力的肯定,都对当时陶渊明研究混乱的状况起了拨乱反正的作用。王瑶对绝大多数诗文做了系年,还写了简要的题解。对此,袁行霈先生评价:"王瑶先生按写作时代的先后将陶渊明作品重新编排,是一种十分可贵的创举。"[⑧]

正当陶诗研究乱象纷呈时,部分学者将精力投入基础领域,取得了丰硕的成果。这一时期陶渊明作品整理名家辈出,有王瑶、王孟白、孙钧锡、唐满先等各家的校、注本。陶渊明生平研究涉及甚广,陶

---

① 棠棣出版社,1953年版。
② 《光明日报》,1958年12月1日。
③ 中华书局, 1961年版。
④ 曹道衡:《中古文学史论文集》,中华书局,2002版。
⑤ 《光明日报》,1959年5月10日。
⑥ 《北京大学学报》,1959年第2期。
⑦ 作家出版社,1956年版。
⑧ 《陶渊明研究》,北京大学出版社1997年版,第204页。

渊明生卒年、享年，故居，名、字等问题众说纷纭，尚无定论。代表性成果是《古典文学研究资料汇编·陶渊明卷》。此书由北京大学、北京师范大学两校中文系教师、同学合编。上卷收集自南北朝刘宋直至“现代”史料记载，以及评陶文摘、诗论、语录及文章片断；下卷以陶渊明作品为纲，收集历代有关作品评论。该书由中华书局1962年出版。所收资料丰富，为研究陶渊明的重要工具书。除了内地成果外，台湾学者杨勇在70年代出版的《陶渊明集校笺》[1]其附录《陶渊明年谱汇订》部分，影响也颇为广大。

陶诗及陶渊明研究成为这一时期东晋文学研究的最热点，从一定意义上反映了陶渊明应有的文学地位，基础研究领域取得的相当成果，也为以后的研究打下坚实基础。但对东晋时期其他作者也有一定“遮蔽”效益。刘大杰《中国文学发展史》整个东晋诗歌只列陶渊明一节，林庚先生《中国文学简史》则只列陶渊明与江南民歌，皆是这种遮蔽性的表现。

二、1949年至1978年的刘宋元嘉诗歌研究

与东晋诗歌一样，这一时期的刘宋诗歌也被扣上了“形式主义”的帽子，评价上以批判为主。但由于刘宋元嘉时期被视为诗歌史“三关”之一，还是取得了不少研究成果。对于刘宋诗歌的研究主要集中在“元嘉三大家”和山水诗上。

关于山水诗研究，除了前篇提到的王瑶先生《中古文学风貌》一文外，王达津的《论六朝山水诗的形成》[2]、高尔太的《山水画溯源》[3]。

---

① 台湾正文书局，1971年版。

② 《河北日报》，1961年7月28日。

③ 《甘肃师大学报》，1978年第2期。

这些论文大多从从知人论世的角度出发，指出当时社会动荡，南渡后江南经济的开发，士族文人精神寄托的失落，都是山水文学兴盛的历史前提和文化背景。

谢灵运研究的成果主要体现在两方面，一、作品选注。叶笑雪的《谢灵运诗选》①，以选本加译注的方式，对谢灵运名作名篇进行了整理，其注释或有可商榷之处，但敢于提出见解，译文清晰流畅，适合于初读者。黄节《谢康乐诗注》②中的文本部分，系黄节根据明万历焦竑本《谢康乐集》中的诗歌部分重新编录的；注释部分，凡《文选》所录的取李善注，另作补注以求详尽。注后附录各家评述，多能阐发谢诗精微，是谢诗较精的注本。二、生平研究：郝昺衡《谢康乐年谱》③，杨勇《谢灵运年谱》④等对谢灵运一生行迹进行了梳理。另外沈玉成著有《谢灵运评传》⑤，并有《谢灵运的政治态度和思想性格》等多篇论文，总的而言，是这一时期谢灵运研究中较有分量之作。

鲍照注本始于清末的钱振伦，他的注本没有来得及刊行。近人黄节在钱注基础上做了补注，称《鲍参军诗注》⑥，该书考订精严，搜寻博洽，为鲍诗的重要注本。钱振伦之孙钱仲联则在祖父和黄节本基础上加以补订而成《鲍参军集补注》⑦（附录《鲍照年表》）六卷，改

① 古典文学出版社，1957 年版。

② 人民文学出版社，1958 年版。

③ 《华东师范大学学报》，1957 年第 3 期，第 89—92 页。

④ 《饶宗颐教授南游赠言集》，1970 年版。

⑤ 《中国历代著名文学家评传》第一卷，山东教育出版社，1983 年版。

⑥ 人民文学出版社，1958 年版。

⑦ 古典文学出版社，1957 年版。

为新式标点，是现在最通行的本子。而祖孙同注一书，也给学术界留下一段佳话。此外，罗根泽有《略谈鲍照》[1]一文，肯定了七言诗、歌行体是鲍照之后才逐渐形成"新体诗"，要言不烦，也是这一时期鲍照研究的重要文献。总体而论，新中国成立后鲍照作品及作家研究的专著不多，代表性的有50年代曾君一《鲍照研究》[2]，重点讨论了鲍照作品中忠君爱国、同情民众疾苦的一面，这和当时的文学评论风潮是一致的。

颜延之作为"元嘉三大家"之一，在当时的文坛享有重要的地位，钟嵘在《诗品》中称其为"经纶文雅才"。但从六朝之后，颜延之文学地位不断下降。尤其在新中国成立后批判形式主义文学的思潮下，更趋没落。从50年代至80年代前，颜延之研究论著几乎难觅踪影。

第三节　80年代至90年代的研究

"文革"结束后，学术研究逐步回归到百家争鸣、百花齐放的正常状态。这一时期的文学史对东晋—刘宋文学有了较多关注，评价也更为公允。除了总论和文学史部分外，研究的热点比较集中于东晋时期的玄言诗、山水诗。作家研究中除了陶渊明研究依旧是热点外，对元嘉三大家——谢灵运、鲍照、颜延之都产生较多成果。甚至对于一些以前关注较少的"小家"如湛方生等诗人也有了新的发现。这体现了东晋、刘宋文学研究走向系统和深入。

---

① 《罗根泽古典文学论文集》，上海古籍出版社，1985年版。

② 《四川大学学报》，1957年第4期。

一、八九十年代玄言诗研究(附录郭璞及其游仙诗)

玄言诗是东晋文学研究中的热点之一。与之前文学研究不同的是,80年代以来文学研究将玄言诗放在历史背景和文学本身发展的脉络中去考察,认可其为一代之文学,应运而生,得出了较为公允的评价。

玄学研究成为哲学界的热点,1984年11月在北京召开的玄学讨论会,对玄学在中国哲学史上的地位和意义做出了较充分的估价。这对魏晋玄言诗的研究显然有推动之力。胡大雷在《玄言诗的魅力及魅力的失落》[①]一文中提出:“玄言诗有无魅力?它若无魅力,为何能风靡百年?它若有魅力,为何衰亡并被南朝人所贬斥?玄言诗的魅力何在?”此问颇为发人深省,指出了玄言诗曾风行一时的文学现象,必然有其魅力所在,提醒学界应重新发掘这段被遗忘的诗歌史。

张可礼的《东晋文学衍变的三个阶段》[②],主要从创作心态上肯定了玄言诗并非完全是老庄注疏,实际上也是当时文人抒写襟怀的作品:“玄言诗实际上是玄言诗人的‘襟怀之咏’。人常常把写作玄言诗作为一种‘任乐’的方式。表面来看,东晋的玄言诗很少有感情,其实并非完全如此。从这一阶段的著名的玄言诗人来看,他们当中的许多人都是性情中人。这一点同其他文人是相同的。不同的是他们的感情有时显得比较高远。”类似的观点还有:马积高、黄均《中国古代文学史》[③]中相关章节认为:玄言诗“扩大了文人的眼界和心胸,表现了他们顽强的生存意识和生命意识,体现了他们特有的达观

① 《文学遗产》,1997年第2期。

② 《古典文学知识》,1997年第6期。

③ 湖南文艺出版社,1992年版,第332—333页。

情调”。裴斐《中国古代文学史》[①]认为:“玄言诗一反汉人歌功颂德的风气,集中抒写个人的思想感情,一定程度上打破了封建伦理道德观念的束缚”。阎采平《玄学人生观的艺术体现——论玄言诗的主旨》[②]认为玄言诗“对于在文学中打破封建伦理道德观念的束缚,着重个人的主观思想感情发挥了一定的影响”。都是试图从思想主题上肯定玄言诗的积极意义。角度较新,但观点仍有偏颇之处。因为玄言诗整体以写理为主,对个体具体生活情感是否定的。后人参考时需要注意。

钱志熙《魏晋诗歌艺术原论》从士族文化与玄言文学的关系入手,深入考察了玄言文学兴盛的根源及主要内容。书中指出,名教与自然统一的人格模式,是东晋士人主要的人生追求,也是东晋玄学的主要任务。而玄言文学就是以塑造名教自然合一的人格、描写“体玄”的精神活动为内容的。本书通过对门阀士族的政治历史现实的考察,从一个全新角度指出了当时玄言文学兴盛的原因:东晋的士族文人真切地体悟到,选择名教自然合一的人格模式,是最适宜于门阀政治的格局,所以他们热衷于此,使玄言清谈、体玄悟理的活动在这一时期达到高潮。而玄言文学的创作也以此时为最盛。并据此对玄言文学的历史价值做出了不同于前人的评价:“东晋雅诗尽管偏离诗歌艺术的抒情原则,但也反映了一种特殊的精神活动,表现出时代的精神气质。尤其它将名教自然合一的人格表现出来,创造了一种特殊的艺术形象。”[③]

徐公持在《魏晋文学史》中对玄言诗的论断,较有代表性地回答

---

① 中央民族大学出版社,1996 年版,第 224 页。

② 《文学遗产》,1986 年第 5 期。

③ 北京大学出版社 ,1989 年版,第 269 页。

了"玄言诗魅力何在"为疑问。文中指出,东晋时期事实上的国家残破,山河分崩,是东晋玄学兴盛的根源。"玄学以其崇尚虚无的本质特征,正好给士大夫提供了精神解脱、实现心理平衡的良方。"对于玄言诗的诗史地位,徐氏给予了较为公正的评价,既指出了其弊端:"以诗谈玄,抽象枯燥,淡乎寡味,诗将不诗。故玄言诗之兴盛,实为诗歌发展史上的一段歧途。"但同时亦指出:"玄言诗对东晋诗歌的影响并非全是负面的性质,至少在以下两方面起到了某种正面的作用,即促进哲理诗之逐渐成熟和诗歌清虚恬淡风格之形成。"①在承认玄言诗给东晋诗坛造成弊端的同时,肯定了玄言诗的正面作用,以及对后世诗歌类型及文学风貌的开创意义。这在 90 年代玄言诗研究中颇具代表性和总括性,前后时期的学者亦多持此见,并从不同的角度加以发挥。

钱志熙《唐前生命观和文学生命主题》一书,则从生命观及生命主题的角度,对玄言诗的诗歌史地位做出了独具创见的阐释。文中认为,玄言文学通过玄学生命观的作用,使生命情绪得到淡释。玄学家将这一精神过程称为"去累除情"。而玄言文学对生命情绪的淡释,是玄学对文学生命主题影响的最直接反映。在这个背景中,文学生命主题的表现也由激情型、感伤型向淡释型、和谐型转变。玄言文学虽然偏离了文学的抒情传统,在汉魏以来文学生命主题的发展史上有截断众流的性质。但也走出了过去凝聚于生命主题的局面,为文学的表现领域的扩大创造了条件。

王锺陵《玄言诗研究》②从诗歌史的角度肯定玄言诗的价值,认为玄言诗:"吸收哲理来开拓诗境是一个值得肯定的努力……中国

① 徐公持:《魏晋文学史》,人民文学出版社,1999 年版,第 372—377 页。

② 《中国社会科学》,1988 年第 5 期。

诗歌正是在付出了此种代价，方才学会了正确地以哲理入诗而达到高微精深的境界的。”其在《中国中古诗歌史》[①]中进一步指出：“诗歌史发展的本身逻辑，需要一个对主体内在感荡意气和万端悲慨加以消逝的过渡性的中间环节。这个中间环节便是玄言诗阶段。”许总《中国古代哲理诗三个阶段特征及发展轨迹》[②]，亦将玄言诗定义为哲理诗的一种，肯定其对诗歌类型的开创意义。

具体研究方面，也取得了相当可观的成果，主要体现在对玄言诗的定义、分期、与佛学玄学关系研究。

玄言诗定义上，胡大雷认为“以玄学思想方法来体悟玄理的诗，才是典型的、完全的玄言诗”[③]。徐国荣《大陆近二十年玄言诗流变研究之检讨》，认为“玄言诗是以玄学思维方式来体悟玄理的诗，其中的玄理包括三玄和佛理”[④]。反映出学界对玄言诗狭义与广义的两种不同界定。

分期上各学者分歧较大，尚难达成一致。张可礼《刘勰论魏晋玄言诗》[⑤]一文中把玄言诗的发展分为四个阶段：正始为产生期，西晋为停滞期，东晋为兴盛期，晋末宋初为衰退期。李少华《玄言诗发展演变的轨迹》[⑥]则认为魏正始至西晋永嘉为形成期，永嘉或建武至

---

① 江苏教育出版社，1988 年版，第 316 页。

② 《晋阳学刊》，1998 年第 1 期。

③ 胡大雷：《玄言诗的魅力及魅力的失落》，《文学遗产》，1997 年第 2 期。

④ 徐国荣：《大陆近二十年玄言诗流变研究之检讨》，《暨南学报》，2000 年第 5 期。

⑤ 《文史哲》，1995 年第 6 期。

⑥ 《中国文学研究》，1992 年第 2 期。

义熙中为兴盛期,义熙中后期是消退期。龚斌《玄言诗的流变》[①]将玄言诗分成形成、兴盛、消退三个时期:正始到永嘉为形成期,建武到义熙为兴盛期,义熙以下为消退期。卢盛江《玄言诗二题》[②]则与诸家看法有较大不同,认为玄言诗的起点应为东晋时的庾阐。大体而言,这些分歧主要集中在对于早期玄言诗(西晋——两晋之交)的界定上,还有待进一步考察。

在玄言诗与玄学、佛教关系的研究上,钱志熙《魏晋诗歌艺术原论》在《东晋诗歌与士族文化》章节中,除了论述玄学自然观对玄言文学的影响外,还对于佛理进入诗歌的原因做出了颇有新意的分析。书中指出,名教与自然合一的理想人格是东晋玄言文学的主题。而佛学之所以在当时士人中产生重大影响,是因为"系统地阐述了名教与自然合一的人格学说,并且是以新的理论模式阐述的"。佛性理论参与了这一人格塑造思潮,其表达上的新颖、完美、圣人人格的理想光辉对追求自然名教合一的士大夫们产生了很大吸引力。佛教徒的玄言诗及颂、赞、偈等作品,就是以塑造这种人格为主要内容的。此外,李建中《玄学人格与玄言诗》[③]认为玄言诗体现了当时诗人的玄学人格:"站在人格心理学的角度重新解读东晋玄言诗,不难见出蕴藉其间的玄学。"陈允吉《东晋玄言诗与佛偈》[④]则指出东晋翻译的天竺说理佛偈,对玄言诗的成熟、分娩具有关键的直接的作用,完全可以充当许询、孙绰等人"理过其辞"篇章的蓝本。

---

① 《华东师大学报》,1989 年第 3 期。
② 《北方论丛》,1994 年第 4 期。
③ 《江海学刊》,1999 年第 1 期。
④ 《复旦学报》,1998 年第 1 期。

自王瑶先生以来，玄言诗与山水诗、田园诗的关系就得到了学者的关注。80 年代以后对玄言诗有了较为公正的评价，将其发生、兴盛、消退放到诗歌史历史脉络中去考察。较多关注其对山水、田园诗的启发作用。王毅《魏晋时期的“自然”说与晋诗之风貌》[①]指出东晋玄言诗已反映出东晋诗人追求精神与大自然为一体的新自然观。作者《东晋的玄言诗与山水诗——从东晋士人生活看东晋文学特点》[②]进一步发挥，基于东晋诗歌创作实际，指出东晋文学中玄言诗和山水诗大量并存的情况，指出刘勰所说的“庄老告退，而山水方滋”的说法是不确切的，山水其实是玄言的新形态。这种观点与王瑶先生一脉相承。章培恒、骆玉明主编的《中国文学史》进一步指出：“玄言诗已完全失去了文学趣味，几乎不成其为诗了，然而在玄言诗中却又酝酿着一种新的东西，这就是山水诗的萌芽。陶渊明的田园诗，从某种意义上说，是山水诗的分枝，与玄言诗同样有直接关系。”[③]关于陶渊明与玄言诗关系，陶新民有《陶渊明：玄学人生观的终结与玄言诗的超越》[④]一文详细加以论述。

在这个问题上，较有总结性质的是葛晓音的《山水方滋，庄老未退——从玄言诗的兴衰看玄风与山水诗的关系》[⑤]一文。文中阐述了两晋玄风对山水诗的影响，认为山水诗是渐渐从玄言诗中独立出来的。玄言诗发展到后期，从山水体认道体，将山水玄理化和佛理

① 《文学遗产》，1984 年第 4 期。

② 《中国古典文学论丛》第 6 辑。

③ 章培恒、骆玉明主编：《中国文学史》，复旦大学出版社，2005 年版，第 353 页。

④ 《安徽大学学报》，2000 年第 1 期。

⑤ 《学术月刊》，1985 年第 2 期。

化,在诗中夹杂着山水描写的特色,则为山水诗在短时间内大量涌现做好了准备。谢灵运在玄言到山水的过渡中做出了重要贡献,为诗歌成功地开辟了新的题材。

总体而言,玄言诗从思想上反映了当时文人向往自然的精神内核,艺术上开启了冲淡玄虚的诗风,故在一定意义上上孕育了山水、田园诗的萌芽,这种观点已渐渐得到学术界的认可。

玄言诗作家作品研究方面,主要集中在孙绰、支遁和以王羲之为首的兰亭诗研究。王醒《简论孙绰对美学的影响》[①],张可礼《许询生年和曹毗卒年新说》,[②]蒋述卓《支遁与山水文学的兴起》,[③]周舸岷《兰亭诗研究探微》[④]等等。

值得单独提出的是郭璞。郭璞诗歌作品的定位历来是东晋文学研究的争论热点。郭璞是游仙诗的开创者和代表作家,但其作品中也有涉及玄言诗和山水诗的篇章。对于郭璞诗风定位的争论,实际上代表了对游仙、玄言、山水诗关系的看法。

曹道衡《中国历代著名文学家评传》[⑤]中郭璞评传的部分,是80年代后较为详细、专门的郭璞研究。不仅对郭璞思想生平进行了较多考证,还深入探讨《游仙诗》承前启后的作用。指出郭璞诗中:“那些遗世独立,向往自由,以及感叹人世无常等思想”与老庄和魏晋风度一脉相承,不仅承袭了阮籍、潘岳,并且直接启迪了之后的李白、李贺。王锺陵《中国中古诗歌史》较有创见地指出,郭璞有浓重的方术

① 《晋阳学刊》,1991年第4期。
② 《山东大学学报》,1988年第2期。
③ 《学术月刊》,1988年第6期。
④ 《浙江师范大学学报》,1993年第4期。
⑤ 山东大学文史哲研究所,山东教育出版社,1983年版。

思想。袁行霈《中国文学史》[①]则指出:郭璞游仙诗"抒发的不是庄子的那种逍遥精神,而是儒家'达则兼济天下,穷则独善其身'的精神",显示出对郭璞及其游仙诗作思想主题研究的深化。陆侃如《中国诗史》[②]则继承钱基博《中国文学史》中的说法,将郭璞提到与曹植、左思并称的高度,体现了对郭璞文坛地位的再发现。

钱志熙《魏晋诗歌艺术原论》中考定了《游仙诗》的创作年代。并从生命观的角度提出:郭璞"通过神仙主题对生命归宿和社会现实流露出来的比较浓厚的悲剧情绪……他追求仙境的自由而又对这种自由能否达到产生本能的怀疑,这是郭诗的一重情节。"[③]是对郭璞诗歌研究的深化。

郭璞研究方面,还有两本较重要的传记类作品。游信利《郭璞正传》[④],曹道衡《郭璞评传》[⑤],都收集整理了现存史料,对郭璞一生行进及其创作进行了梳理,为后世研究者提供了方便。

二、八九十年代山水诗研究

80年代起,有一批研究者对东晋刘宋时期的文学给予了较多的关注,特别是东晋的山水诗,成为研究者关注的一个焦点。

山水诗研究的主要问题集中在如下几个方面:

1、山水诗的起源

---

① 高等教育出版社,1999年版,第50页。

② 山东大学出版社,1990年版。

③ 钱志熙:《魏晋诗歌艺术原论》,北京大学出版社,1993年版。

④ 台湾《政治大学学报》第33期。

⑤ 山东大学文史哲研究所主编:《中国历代著名文学家评传》,山东教育出版社,1986年版。

山水诗起源于何时何地？历来就有《诗经》说、建安说、西晋说、辞赋说等不同看法。认为山水诗起源于东晋刘宋的，主要有以下几篇文章：李罗兰《试论我国山水诗的产生》[①]指出东晋处于山水诗的开创时期。但也同时指出，东晋时还未形成较有力的诗派，原因有三：一是有些山水诗受玄言诗的影响，玄气未除；二是山水诗数量不多；三是缺乏有影响的作家和作品。李文初《论东晋的山水诗》[②]则指出，山水诗产生于东晋：东晋已出现不少山水诗，一种是杂糅玄理的山水诗，一种是纪游性的山水诗。

2、山水诗兴盛原因

关于山水诗兴盛原因，学界也进行了深入的探讨，主要关注的有两方面，一是政治、经济、哲学思潮等外部原因，二是文学发展、文人自觉的内部原因。

外因方面：韦凤娟撰写了《试论魏晋朝隐之风与山水诗的兴起》[③]、《魏晋的庄园经济与山水诗的兴起》[④]两篇文章，分别从思想背景与经济环境两方面，讨论魏晋山水诗兴盛的原因。前者分析了魏晋隐逸之风对山水诗创作的影响；后者则从东渡之后庄园经济的兴盛的角度，探索魏晋山水诗兴起的经济背景。立足佛教、玄学与文学关系探讨山水诗起源的论文有：崔承运《试论山水文学的兴起及其原因》[⑤]、刘忠国、王尧美《玄佛静观思想与晋宋山水诗的兴起》[⑥]、陈金花《简论道

① 《淮阴师专学报》，1980 年第 2 期。
② 《学术研究》，1986 年第 1 期。
③ 《社会科学战线》，1983 年第 1 期。
④ 《江汉论坛》，1982 年第 7 期。
⑤ 《学术月刊》，1985 年第 5 期。
⑥ 《文史哲》，1992 年第 1 期。

家玄学对晋宋山水诗的影响》[①]、钟元凯的《魏晋玄学与山水文学》[②]等等。徐宗文《也论山水诗兴盛的原因》[③]则从美学思想发展史、文学批评、文学样式之间互相促发,考察山水诗的兴起。高人雄《魏晋"文的自觉"与山水田园诗的产生、发展》[④],从魏晋时期文人自我意识觉醒的角度,看待山水诗的产生与发展。

此外,邓承奇《六朝山水诗综合起因浅说》[⑤]、詹福瑞《论晋宋之际山水诗潮兴起的内因外缘》、方勇《中国山水诗从产生到发展之我见——兼议刘勰宋初"山水方滋"说》[⑥]、林校生《简述山水诗兴起的历史原因》[⑦]、何涌《山水诗的成因初探》[⑧]等,都对山水文学兴盛原因进行了内外因方面的综合性考量。

3、山水诗的哲学、美学、思想意义

钱志熙《魏晋诗歌艺术原论》在《东晋诗歌与士族文化》章节中,通过梳理中国古代士人自然观以及山水美意识的发展历程全面考察了山水文学兴起的成因。从思想史的高度,对山水文学中体现的新"自然观"做出了深刻的观照。书中认为,西晋及之前,文人们的自然观仍然属于天人学的范畴,对自然缺乏自觉的审美能力,从而影响了山水美意识的发展。而从东晋开始,随着玄学自然学说的发展,"自然"的涵义由人格自然、行为自然发展到山水之中,产生了凭借

① 《惠州大学学报》,2000 年第 3 期。
② 《学术月刊》,1984 年第 3 期。
③ 《辽宁大学学报》,1987 年第 5 期。
④ 《西北民族学院学报》,1995 第 3 期。
⑤ 《齐鲁学刊》,1986 年第 12 期。
⑥ 《杭州师范学院学报》,1991 年第 5 期。
⑦ 《宁德师专学报》,1983 年第 2 期。
⑧ 《郑州师专学报》,1983 年第 4 期。

山水以体悟自然之道的观念。人们要实现真正自然与名教合一的完善人格，就必须以自然界为效法对象。自然美的独立价值开始确立。可以说，自东晋开始，对自然山水的观照才成为士人群体精神生活的重要内容，并对群体的人格理想和审美理想产生深刻影响。东晋诗人的积极贡献就在将自然意识引进了诗歌美学思想，摆脱了汉代以来神学目的的自然观，建立了一种新的自然观，可以说是一次比较彻底的思想启蒙。

《唐前生命观和文学生命主题》则进一步细化了上述观点，指出玄学自然观的成熟，把士人从天人学说的生命观中解放出来。人们顿悟到自然山水体现了最完整的自然之道，与它接近、融合能够将体认自然的意义最充分地发挥出来。所以，人们从自然中体验到的生命自由意志，消释了生命的紧张感。虽然从整体上讲，东晋山水文学成绩并不大，但是以山水自然淡释生命情绪的行为，使文人群体的生命体验发生了深刻变化。它预示着文学的主流将由生命情绪的表现转向自然景物的描写，而这也是魏晋生命主题衰落的一大原因。

较侧重山水诗美学及审美艺术方面的论文有：

吴功正《古代山水诗的审美特征及其演化》[①]从哲学与美学的高度，分析山水诗审美特征。文中系统梳理了从先秦到宋元的古代山水诗审美变化，指出其归根到底，是“人化的自然”的普遍规律的体现。人和自然的关系经过“人化”，进而发展成审美关系。这是儒家美学的重大贡献，规范了中国古代山水诗的美学发展方向。

李文初《中国山水诗人的审美追求》[②]一文指出，古代山水诗人

① 《社会科学家》，1987 年第 4 期。

② 《暨南学报》，1995 年第 4 期。

的审美追求大体有以下几个方面：一是“巧言切状”；二是理趣的追求；三是意境的创造。三者又各有一个发展过程，呈现出多姿多彩的艺术风貌，使山水诗演进的历史显得格外的辉煌壮丽。“我国古代山水诗人通过对自然山水的观照，不但发现了‘红尘’之外的另一个美的世界，而且以山水为媒介，进一步认识宇宙和自我。”

钱志熙《论晋宋之际山水审美意识的发展特点及其在山水诗艺术中的体现》[①]一文从思想的逻辑发展和当时的历史背景两方面出发，对此时期山水审美方式与山水诗艺术的关系进行了深入考察，指出东晋、刘宋时期是山水审美意识发展史上的一个重要发展阶段。东晋中前期“道法自然”、“山水即道”的思想观念，将山水和道结合，这是山水审美意识发生的思想基础。但山水独立审美价值的真正确立，却又需要一个把山水从“道”中还原出来的发展过程。这个过程在晋宋之际山水文学的发展中成为可能。同时，本文还注意到刘宋时期以山水为雅颂的文学现象，对刘宋时期山水审美意识的发展情况以及其与政治等社会因素的特殊关系进行了具体研究。

4、山水诗历史价值、文化传承

董小华《论魏晋南北朝山水美学的历史地位》[②]，从东西方山水文学发展情况的对比入手，指出“与我国魏晋南北朝相比，欧洲人赏识山水、对山水美学的发现、追求及艺术表现，要比中国晚近一千年。从山水田园诗派的形成看，更是晚一千五百多年”。由此可见我国魏晋南北朝的山水美学在世界美学史上的突出地位。臧维熙的《山

① 《原学》，1992 年第 2 期。

② 《学术论坛》，1999 年第 7 期。

水文学与民族精神》[1],则高度推举了山水诗为核心的山水文学的思想价值。认为山水文学反映了中华民族特有的品质,可以丰富世界文化遗产,在对大好河山的歌颂中,标举了中华民族的爱国主义。章尚正《山水审美中的生命精神》则指出:山水文学"洋溢着中国人特有的生命精神,映照出远比山水世界广邈深邃的心灵世界,创造出较之欧洲自然文学历史更悠久、内涵更丰富、意义更重大的业绩"[2]。它们都从不同方面说明了我国山水诗在中国乃至世界文坛的特殊地位。

李文初《中国山水文化》一书提出了"山水文化"这个概念,指出"山水文化就是人们以大自然山水为基本素材而创造出来的精神财富"[3]。扩大了山水文学研究的视野。钱志熙《论晋宋文人对传统山水文化的创造性发展》则打破了学界论及山水时过分侧重于山水审美和山水文学方面的局限,从山水文化的宏观角度入手,详细勾勒出晋宋之前山水文化传统发展轨迹,还原出晋宋人对山水传统的体认及体认方式。文章指出山水审美意识虽然是在魏晋时代发生的,但却也是在丰富的传统积淀基础上实现的。魏晋文化本质不是原生型文化,而是发展型文化,整体上而言,是承上启下的一个阶段,不是简单的集成,而是带有转向的性质。作为在魏晋文化系统中发生的晋宋山水审美意识,是魏晋文化系统的重要构成部分,其与传统山水文化的关系,也正体现了魏晋文化的如上特质。

5、山水诗艺术分析

王锺陵《真实与形似——南朝山水诗派兴起的原因、特征及

① 《安徽大学学报》,1985 年第 4 期。

② 《中国文化研究》,1998 年第 3 期。

③ 《国学研究》第六集,1999 年版。

意义》[①]从两晋之际政治历史、社会风尚、士人精神的变迁入手，指出厚重遒劲的气势不再适合动乱中士人的审美情趣，因而诗歌艺术日益走向细致和精深。“形似地，细微地刻画外物，在南朝是一个历时弥久、十分普遍的风尚。”

王玫《试论晋宋山水诗形成的两点内在规定性》[②]指出晋宋山水诗与以前的“山水描写”及以后独立自足的“山水篇什”相比，呈现出两方面特色：即山水赏会与玄理感悟，前者是感性体验，后者为理性沉思，晋宋山水诗正是藉山水与玄理相互渗透、共融并生而显示其特有的精神气蕴，是山水文学发展史上承上启下的阶段。

钱志熙《中古山水诗主客关系的转变》[③]则从诗人与山水之间的主客体关系的角度，全面考察了中古山水诗的变迁。文中指出，东晋山水诗中，诗人主体和山水客体是统一的，但这是在哲学本体性概念上的统一，诗人主要是借山水来表现自然之道。元嘉时期，诗人重视山水本身之美，主客关系反倒分离。诗中的情、景、理处于疏远状态。到了齐梁时期，山水成为诗人抒情的对象，心物相感，情景相生，主客双方达到了新的统一。山水诗中，诗人主体与山水客体之间的关系的转变呈现出这样一条轨迹：即从哲学性的主客统一到审美性的主客分离，最终又回归于诗性的主客统一。这是一种真正符合诗歌艺术规律的新的主客统一。角度颇为新颖。

域外研究方面，新加坡学者王力坚《山水以形媚道——论东晋诗中的山水描写》[④]从魏晋时期玄学、佛学对文学的影响出发，指出

① 《社会科学战线》，1990 年第 6 期。

② 《厦门大学学报》，1995 年第 1 期。

③ 《文史知识》，1998 年第 4 期。

④ 《学术交流》，1996 年第 3 期。

东晋诗人将玄学中神形关系、佛学中色空关系运用于文学创作，将山水景物的描写引进了以阐发玄佛义理为主旨的玄言诗，最终形成了"以形媚道"的山水诗。在诗文方面，山水之"形"的直观描摹以及"媚"的感性表现，使清新秀丽的景物描写构成了诗中独立自足的美感意象。

6、谢灵运的山水诗；山水诗与玄言诗、田园诗关系

谢灵运作为晋宋山水诗的代表人物，历来是山水诗研究领域的重点，相关论文很多。见于本文《谢灵运研究》章节，不再重复列举。同样，山水诗与玄言诗、田园诗关系也见于玄言、田园诗相关章节。

三、陶渊明研究

20 世纪以来，陶渊明研究一直是整个晋宋文学研究的最热点，专著与论文都远远多于其他诸家。80 年代以后，对陶渊明的关注更是高于之前，取得了相当可观的研究成果。

1、"文革"以后的综合研究专著

逯钦立《陶渊明集》[①]是"文革"以后陶渊明研究的开创之作，以宋元刻本为底本，对陶渊明集进行了细心校勘。征引资料翔实可靠，注释准确，要言不烦。为进一步研究陶渊明及其作品提供了可靠的文本。逯先生还有《汉魏六朝文学论集》[②]，收录了 40 年代以来作者关于汉魏六朝文学的论述。其中关于陶渊明的论文占据了三分之一的篇幅。《陶渊明行年简考》、《陶潜居里史料述评》、《〈述酒〉诗题注释疑》、《读陶管见》等论文，涉及陶渊明研究的整理、校勘、译注、

① 中华书局，1979 年版。

② 陕西人民出版社，1984 年版。

考证、评述、鉴赏等多个领域，资料搜罗广泛，考据功力深厚，学术见解深刻。近来陶渊明研究的专家、大家、名家，要首推逯钦立先生。

廖仲安《陶渊明》[①]以评传的方式，讨论了陶渊明研究中的诸多问题。包括陶渊明所处时代，家世，青年时代、出仕到归隐的人生履历。并着重分析了《饮酒》组诗、《归去来兮辞》、《归田园居》等代表作品，最后较全面地评价了陶渊明在文学史上的成就和影响。本书语言质朴、立论稳妥，深入浅出，可谓雅俗共赏的陶渊明研究著作。该书还颇受域外读者的欢迎，有两种日文译本。

钟优民《陶渊明论集》[②]试图从十个方面评价陶渊明：东晋的社会面貌、陶渊明的家世、陶渊明的经历、陶渊明的政治倾向、陶渊明的思想、陶渊明的咏怀诗、陶渊明的田园诗、陶渊明的哲理诗、陶渊明的辞赋与散文、文学上的地位与成就。内容比较全面，是马克思主义文论指导下陶渊明研究的典型著作。但由于尚未摆脱阶级斗争为纲思想，部分评价有失偏颇。

吴云《陶渊明论稿》[③]由十二篇论文组成。书后附有《陶渊明年谱》和阎万钧编写的《陶渊明研究论文、专著索引编目》。本书主要针对60年代那场陶渊明研究的争论而来（主要论文收录于《陶渊明讨论集》），意在补充当时“谈得很不够的问题”。包括陶渊明在文学史上究竟占有何等地位、文学发展上所起的作用、陶诗的艺术风格等。文章有意不在陶渊明思想性问题上多做纠缠，而是针对于陶诗艺术做出具体分析，对五六十年代两次学术争论有拨乱反正

① 上海古籍出版社，1979年版。

② 湖南人民出版社，1981年版。

③ 陕西人民出版社，1984年版。

的作用。

李华《陶渊明新论》[①]既有考释,又有阐微,既论思想,又论艺术,还有年谱辨证。廖仲安在序言中指出:“这本《陶渊明新论》……无论是在义理,还是在词章、考据方面,都有多少不等的创获。”[②]该书另外一大特色是陶渊明与其他作家比较。《陶渊明与阮籍》、《陶渊明与孟浩然》、《陶渊明与王维》,在与其他作家作品比较参看中,梳理出陶诗的源流及对后世影响。

李文初《陶渊明论略》[③]“收入文章十一篇,对历来一些有争议的问题,敢于发表自己的意见,并有独到之处。作者向来主张,要提高古典文学研究现有的水平,必须打破陈规,扩大视野,开辟新的蹊径。本书即用实际行动体现了这一良好愿望。”(见《陶渊明论略》序言)。该书另一特点是行文风格俊逸洒脱,情感真挚,富有文采和学术个性。

魏正申《陶渊明探稿》[④]。与诸多平稳之作不同,敢于在继承前人研究成果的基础上发表创见。作者在后记中明确提出,若自认为无新意的论文一概不加收录。对于陶渊明朋友观、与颜延之交游情况;陶渊明隐逸原因、仕宦遭遇;陶渊明无君论思想、诗文传世思想;陶诗中“饮酒”“咏鸟”“桃花源”意象探索等,都自成一家之言。作者还有《陶渊明评传》[⑤],该书以评传的方式梳理了陶渊明的人生际遇及创作情况,对陶渊明“隐逸”的原因进行了深入探讨,反驳了之前

---

① 北京师范学院出版社,1992 年版。

② 李华:《陶渊明新论》,北京师范学院出版社,1992 年版。

③ 广东人民出版社,1986 年版。

④ 文津出版社,1990 年版。

⑤ 文津出版社,1996 年版。

以“隐逸”为由，指责陶渊明消极逃避的诬评。全书主要成就在于对陶渊明思想的研究，提出了并详细分析了陶渊明思想中“以诗文传世”的一面，在学术界引起较多重视，是作者在陶渊明研究的的一大贡献。

袁行霈《陶渊明研究》[①]则是20世纪后半期陶渊明研究的集大成之作。收录了关于陶渊明研究的十四篇论文，涉及到陶学的方方面面。成果丰硕，自成一家。最突出的有四个方面：一是基础研究领域，对陶渊明生平系年及陶集校注的考证成果卓著。二是思想研究领域，从中国哲学、思想史的层面对陶渊明做了较全面的评价，提出了陶渊明“不仅是诗人，而且还是一位哲人”的观点。三是主题研究方面，将陶渊明诗歌的主题归纳五个方面：徘徊—回归主题、饮酒主题、固穷安贫主题、农耕主题、生死主题。四是在陶诗源流问题上，辨清了钟嵘《诗品》“源出于应璩”的疑案。研究特色鲜明，功底扎实，资料翔实，艺术鉴赏精当，结论令人信服，是陶渊明研究的里程碑式作品。此外袁行霈与杨贺松合作有《陶渊明集》[②]，除了对陶渊明诗文的辑校工作外，还附录了后代苏轼等人的和陶诗作品。

这一时期的注本选本亦不少。李华《陶渊明诗文选》[③]是新中国成立后较早选本，一度影响很大。之后作者又有《陶渊明诗文赏析集》[④]，特点是请陶学名家作赏析文，保证了本书的质量。此外还有徐巍《陶渊明诗选》[⑤]、孙钧锡《陶渊明集校注》[⑥]、郭维森和包景诚

① 北京大学出版社，1997年版。

② 辽宁教育出版社，1997年版。

③ 人民文学出版社，1981版。

④ 巴蜀书社出版社，1988年版。

⑤ 广东人民出版社，1984年版

⑥ 中州古籍出版社，1986年版。

《陶渊明集全译》[①]、孟二冬《陶渊明集译注》[②]等。

选本中较有代表性的有唐满先《陶渊明诗文选注》[③]、《陶渊明集浅注》[④]后者是前者的补充。通俗性是本书的特征,将难句翻译为现代汉语,并在每篇诗文之后附有简短的说明。由于作者在陶学研究上颇具功底,译注的同时也加入了部分学术看法,可谓雅俗共赏。

魏正申《陶渊明集译注》[⑤],以科学、公允的态度重新注陶、评陶,采用类比方法用以鉴别有歧见的作品,使一些作品系年和篇旨论析有据有证,且行文简明扼要,通俗易懂,既有较高的普及性,又有相当的学术价值。

2、生平、诗文系年

逯钦立《陶渊明集》[⑥]书后所附的《陶渊明事迹诗文系年》,对渊明的生平事迹、诗文主旨以及系年诸方面多有创见。

稍后有许逸民校辑的《陶渊明年谱》[⑦],收录了宋代至上世纪初的九种陶渊明年谱,并搜集了有关各谱的序跋评论资料,主要的陶渊明传记资料,朱自清、宋云彬、赖义辉的三篇专论有资料汇编的性质,是陶渊明研究的重要参考。王孟白《陶渊明诗文校笺》[⑧],主要针对逯钦立校注《陶渊明集》中"漏校、误校、改字不言所据"的问题进行了补充和改正。凡有重要校改或疑义,则校记申明。是逯校本的有

① 贵州人民出版社,1992年版。
② 长春吉林文史出版社,1996年版。
③ 上海古籍出版社,1981年版。
④ 江西人民出版社,1985年版。
⑤ 文津出版社,1994年版。
⑥ 中华书局,1979年版。
⑦ 中华书局,1986年版。
⑧ 黑龙江人民出版社,1985年版。

益补充。

进入90年代,邓安生的《陶渊明年谱》[①]是这一时期陶渊明基础研究的代表作。该书罗列排比了能搜集到的各种陶渊明年谱,对渊明的里居、家世、作品系年、交游等方面进行了深入详细的考证辩析。龚斌《陶渊明集校笺》[②],采用集注形式,汇萃众说,时加辨证,颇见作者的功力。附录有各本序跋、陶氏宗谱、陶渊明年谱简编、陶渊明评论辑要,有资料集成的性质,为后世研究者提供了方便。

陶渊明的享年一直是陶渊明研究领域的一桩公案,自宋代以来就聚讼纷纭。邓安生《陶渊明年谱》中力主59岁说,得到了学界较多支持。袁行霈在《陶渊明享年考辨》[③]一文中提出76岁说。随后魏正申《陶渊明享年六十三岁说辨正》[④]提出异议。之后邓安生《陶渊明享年无七十六岁辨——与袁行霈先生商榷》[⑤]、李文初《关于陶渊明的享年问题》[⑥]、徐声扬《评陶渊明享年五说》[⑦]等论文先后参与讨论。

其他还有陶渊明集校勘、生卒年代、具体诗文系年等多种问题,研究者众多,不再一一列举。

3、思想信仰

陶渊明思想研究一直是陶渊明研究的重点。逯钦立在《陶渊明少年时期江州一带各种社会思潮的斗争》一文中指出,"陶渊明少年

---

① 天津古籍出版社,1991年版。

② 上海古籍出版社,1996年版。

③ 《陶渊明研究》,北京大学出版社,1997年版。

④ 《江西社会科学》,1997年第1期。

⑤ 《文学遗产》,1998年第4期。

⑥ 《文学遗产》,1998年第2期。

⑦ 《九江师专学报》,1998年第2期。

时代的主导思想来自当时的儒家经学,这决定了他的从政理想和事业心,乃至决定了他一生的伦理道德观点"[①]。这一观点受到了大部分学者的赞同,堪称学界主流观点。

力主陶渊明为儒家思想的学者较多,较为典型的有徐声扬。《徐论陈词集》[②]收录其论文十八篇,前八篇都涉及渊明的儒家思想。魏正申评价其:"陶公毕生体现了儒家思想,而非道家。这个千余年来陶学史上的大症结,由于徐声扬先生对陶渊明其作其人及其评价,第一次有成效的疏理与论析。"[③]

值得注意的是,一些学者不仅仅满足于"儒家为主"这一泛泛之论,而是给予了具体分析。钟优民的《陶渊明论集》则提出了"源自司马迁"说,认为"我们既不能同意源于儒家、或源于道家、源于佛家之类的简单概括,也不满足于'援儒入道'、'外儒内道'、'儒道佛三家思想的净化'之类的抽象总结。考察陶渊明的作品,在哲学思想上对他影响最深的当首推司马迁,千百年来似尚未有人论及这一点"[④]。是较有新意的说法。

魏正申《陶渊明评传》则发挥了这一看法,力主陶渊明有"以诗文传世"思想,其根源在司马迁《史记》。作者有《论陶渊明以诗文传世的思想》、《再论陶渊明以诗文传世的思想》、《三论陶渊明以诗文传世思想》三篇文章加以详细阐发从文学创作被誉为"声名自传于后"的"不朽之盛世"的时代氛围、陶渊明人生价值追求的角度加以

① 逯钦立:《汉魏六朝文学论集》,陕西人民出版社,1984 年版,第 252 页。

② 江西人民出版社,1997 年版。

③ 《公允精当,陶渊明思想渊源说之释结出新——徐声扬先生治陶贡献论》,《九江师专学报》,1995 年第 3 期。

④ 钟优民:《陶渊明论集》,湖南人民出版社,1981 年版。

补充。并指出了这种思想的来源:“陶渊明继承并发扬了司马迁的光辉思想”,成一家之言,引起了学界重视。后来学者多有撰文专篇讨论者。

陶渊明思想与佛学关系问题,历来受学者关注。40年代陈寅恪著《陶渊明之思想与清谈之关系》[①]指出,陶渊明的思想实承袭魏晋清谈之旨,未受佛教影响。逯钦立《〈形影神〉诗与东晋之佛道思想》[②]则进一步指出,陶渊明不仅没有佛教信仰,还有反佛思想。罗宗强《玄学与魏晋士人心态》[③]、袁行霈《陶渊明与慧远》[④]等都认同此见。相反的见解亦不少见,如日本学者则通过与陶渊明同时代的僧人僧亮《归去来》一文考证,认为僧亮与陶渊明两人所作的《归去来》反映了东晋佛教的净土信仰[⑤]。丁永忠拥护此说,著有《陶渊明与慧远:陶不入莲化社之我见》[⑥]、《〈归去来兮辞〉与〈归去来〉佛曲》[⑦],指出陶渊明的思想不能简单地视为纯正老庄玄理的翻版,而是佛玄合流。为了更为系统地研究陶诗与魏晋佛教关系,丁永忠还著有《陶诗佛音辨》[⑧]一书。此书是陶渊明与佛教关系研究领域的第一部学术专著。全书不仅翔实地辨析了魏晋佛教对陶渊明其人及其作品风格的影响,还深入探讨了佛教与魏晋南北朝文学的关系。不仅是陶渊明思想研究领域的重要著作,对魏晋佛学与文学相互关系

---

① 《金明馆丛稿初编》,上海古籍出版社,1980年版。

② 《汉魏六朝文学论集》,陕西人民出版社,1984年版。

③ 浙江人民出版社,1991年版。

④ 《中国典籍与文化》,1992年第1期。

⑤ 《东洋学论丛》,石滨先生古稀纪念。

⑥ 《学术月刊》,1987年第10期。

⑦ 《文学遗产》,1993年第5期。

⑧ 四川大学出版社,1997年版。

研究也有一定参考价值。

关于陶诗与玄学关系，则有龚斌《陶渊明哲学思想及与魏晋玄学之关系》[1]、陶新民《陶渊明：玄学人生观的终结与玄言诗的超越》[2]、李文初《陶诗与魏晋玄风》[3]、仪平策《玄、佛语境与陶、谢诗旨》[4]等多篇论文，不再一一列举。

对于陶渊明思想，袁行霈先生不囿于佛玄儒之争，指出陶渊明不仅仅是一个文学家，而且是一个哲学家："陶渊明不同于其他诗人，因为他思考着关于宇宙、人生的大问题，而且得出了具有哲学高度的结论；他也不同于其他哲学家，因为他是用诗的思维方式去解决和表达哲学命题。哲学思维、科学思维和诗（艺术）的思维，是人类三种既相关又不同的思维方式。然而陶渊明巧妙地把两者（诗学与哲学）融合在一起了。"[5]从哲学与文学、美学关系的角度，既分析了陶渊明诗歌的艺术成就的根源，又推举了诗人本身的思想力量和人格魅力，并将两者作为互相联系催发的因素，是陶渊明思想研究中颇有新意者。

钱志熙《唐前生命观和文学生命主题》则从生命意识的角度出发，指出玄学观念只是陶渊明生命观形成的渊源之一。陶渊明思想中同时存在魏晋生命思潮中最具代表性的三种生命观：即物质主义生命观、立名不朽生命观和自然体道生命观。陶渊明"几乎将整个魏晋生命思潮在他个人生命境界中浓缩地再现了一番，从而使他站在整个魏晋精神的高峰上。他的文学，也是魏晋生命文学的一个圆

① 《辽宁大学学报》，1989 年第 10 期。

② 《安徽大学学报》，2000 年第 2 期。

③ 《暨南学报》，1983 年第 7 期。

④ 《山东大学学报》，1997 年第 4 期。

⑤ 《陶渊明研究》，北京大学出版社，1997 年版，第 27—28 页。

满结局。”[①]发前人未见，在陶渊明研究中很有启发意义。

4、田园诗·陶诗艺术分析

五六十年代，针对陶渊明的田园诗的思想价值、艺术成就产生过两次争论，其中部分学者受极左思想影响，让陶诗研究偏离了学术轨道。“文革”以后则出现了一批拨乱反正、肃清流弊的作品。如李翰《也谈陶潜的〈桃花源〉记和田园诗》[②]、何世华《陶渊明评价中的几个问题》[③]、李文初《陶田园诗的评价问题》[④]、韦凤娟《怎样评价陶渊明的田园诗》[⑤]等，都针对前一阶段研究中对陶田园诗的否定进行反驳，充分肯定陶田园诗的积极意义和艺术价值。

这一时期陶诗艺术研究领域也有了更为自由的氛围。如马秀娟《此翁岂作诗，直写胸中天——陶渊明田园诗艺术特征管见》[⑥]、孙静《谈陶渊明田园诗的浪漫主义》[⑦]、《真、淳、朴——陶渊明的美学观与艺术风格》[⑧]、陈长荣《陶渊明诗歌意境的美学风格》[⑨]、《论陶渊明诗歌的审美特征》[⑩]、叶幼民《人的自觉和淳真美的追求：论陶渊明的归隐及其田园诗》[⑪]、刘启云《此中有真意、欲辨已忘言——论陶渊明田

① 钱志熙：《唐前生命观和文学生命主题》，东方出版社，1997 年版，第 320 页。

② 《中山大学学报》，1978 年第 4 期。

③ 《四川师院学报》，1980 年第 3 期。

④ 《暨南大学学报》，1981 年第 4 期。

⑤ 《文史知识》，1983 年第 12 期。

⑥ 《江西大学学报》，1980 年第 2 期。

⑦ 《北京大学学报》，1980 年第 4 期。

⑧ 《光明日报》，1983 年 3 月 22 日。

⑨ 《苏州大学学报》，1985 年第 1 期。

⑩ 《西南民族学院学报》，1991 年第 4 期。

⑪ 《求索》，1988 年第 1 期。

园诗对中国诗境的开拓》[①]、朱家驰《陶渊明诗歌的艺术风格与道家的崇尚自然》[②]、唐满先《陶渊明田园诗之审美方式》[③]、郭杰《平淡：陶诗风格之阐释》[④]以及刘济远《陶渊明田园诗的审美价值》[⑤]等一系列探讨陶诗艺术的论文，都立足于陶渊明诗歌艺术的某个方面，进行具体研究。

其中年代较早影响较大的有吴云《风格与陶诗》[⑥]一文。该文从抒情方式、想象方式、形象塑造和语言四个方面对陶诗（主要是田园诗）自然、朴素的艺术风格做了颇为精当的阐发。

亦有一部分论文试图从陶渊明诗歌的艺术分析，推知陶渊明的思想及人格个性。章海生《陶渊明和他的田园建构：兼论陶渊明的终极关怀及其现代属性》[⑦]、孙明君《陶渊明：幻灭的田园梦》[⑧]、罗清泉《论陶渊明田园诗中的人格悲剧美》[⑨]、李建中《试论陶诗的人格精神》[⑩]等都属于此类。

钱志熙《矛盾与和谐——陶渊明诗歌中的一重关系》[⑪]独辟蹊径，从矛盾与和谐的双重斗争角度研究陶诗，文中指出：对陶渊明诗

---

① 《江汉论坛》，1996 年第 12 期。
② 《南开学报》，1997 年第 5 期。
③ 《江西师范大学学报》，1995 年第 3 期。
④ 《社会科学战线》，1999 年第 2 期。
⑤ 《船山学刊》，2002 年第 1 期。
⑥ 《陶渊明论稿》，陕西人民出版社，1981 年版。
⑦ 《苏州大学学报》，1996 年第 3 期。
⑧ 《陕西师范大学学报》，1999 年第 3 期。
⑨ 《广西教育学院学报》，1999 年第 6 期。
⑩ 《华南师范大学学报》，1997 年第 6 期。
⑪ 《求索》，1990 年第 1 期。

歌艺术风格自古以来就有截然不同的看法。但无论质与绮，癯与腴，还是平淡与组丽乃至豪放，从艺术上讲都体现了一种矛盾与和谐的关系。但在陶诗中，这些艺术特征和风格要素的取得，不能简单地理解为艺术的处理，而是植根于陶渊明的思想人格，植根于他对待生活、对待人生诸大问题和种种感情矛盾的基本态度。这种态度为根本精神也就是从矛盾到和谐。陶诗中的“情”、荣衰主题、形影神的生命思想，以及田园情趣的根本意义，都可以从矛盾与和谐这重关系上去认识。见解独到，是近年来陶诗艺术研究中的深刻之论。

其他具体诗歌艺术分析，如陶诗用典、用韵、连绵词、“田家语”使用等也各有研究，但都较为琐碎。还有“饮酒”“飞鸟”“桃花源”等意象分析，以及陶集中名篇如《饮酒》《山海经》等具体分析考证之作，数量庞大。最有价值的部分已在专著一章中列举，于此不再一一列出。

此阶段还产生了两部关于田园诗研究的相关专著：曹治邦《中国古代山水田园诗史》①和葛晓音《山水田园诗派研究》②。

《中国古代山水田园诗史》运用宏观观照和微观审视相结合的方法，将山水田园诗这种文学现象放在历史纵横双向运动的坐标系上加以把握，试图将田园诗置于广阔的文化历史背景中考察。重视民族的文化心理、思维习惯、文学传统、时代风尚，作家生活的社会环境、文化教养、个性气质、审美情趣、生平遭际等影响作家个体精神的诸因素，进而分析各种风格的特征及成因，揭示山水田园诗的发展规律。论及陶渊明诗歌时，对陶诗审美思想、诗歌的意境、风格等进行

① 甘肃人民出版社，1998 年版。

② 辽宁大学出版社，1993 年版。

了细致分析，并将其放在山水田园诗发展的历史长河中审视，得出的结论较为令人信服。

《山水田园诗派研究》是山水田园诗研究领域的系统之作。早在《八代史诗》中，葛晓音对陶渊明、谢灵运都已设专门章节加以论述。而《山水田园诗派研究》又补充了一些新的创见。如陶渊明同样受东晋确立的审美观照方式的影响，但他对自然万物"动息"的探讨处处都落实到人事代谢的规律上，侧重在人如何顺应自然的问题，这就使他的田园诗以表现领悟自然的意趣为宗旨，由此决定了他与大谢迥然不同的艺术风貌。论述细腻深入，角度新颖，具有启发性。

此外，各大文学史中对陶渊明的评价也走向深入。葛晓音《八代诗史》将陶诗与建安、正始以及两晋诗风进行比较分析，总结出陶田园诗"融兴寄于自然美"的风格特征。郭预衡主编的《中国古代文学史》[①]则将陶渊明田园诗最主要的风格特征归于："平淡之中有醇美。"钱志熙《魏晋诗歌艺术原论》指出，和其他魏晋名士一样，陶渊明一生都处在"出（世）"与"处（世）"矛盾之中。但对于陶渊明这样的诗人而言，"思想的矛盾冲突处，正是艺术精神的发生处"[②]。袁行霈主编的《中国文学史》则指出"陶渊明又是一位创新的先锋，他成功地将'自然'提升为一种美的至境；将玄言诗注疏老庄所表现出来的玄理，改为日常生活中的哲理；使诗歌与日常生活相结合，并开创了田园诗这种新题材的作品。"[③]都是其中较有特点者。

① 上海古籍出版社，2006年版。

② 钱志熙：《魏晋诗歌艺术原论》，北京大学出版社，1993年版。

③ 袁行霈主编：《中国文学史》，高等教育出版社，1999年版，第59页。

5、源流影响

陶渊明诗风溯源，最早有《诗品》中的"陶诗源出应璩"一说。很多学者就这一点发表了不同看法。20年代古直《钟记室诗品笺》认为，应璩诗以讥切时事、风规治道为长，陶诗亦多讽刺，派出应璩殆指此。袁行霈《陶渊明研究》则列举详尽论据加以否定；王运熙的《钟嵘〈诗品〉陶诗源出应璩解》[①]从内容上详加论证，肯定"陶诗源出应璩说"。双方各有证据，可皆备一说。

陶渊明与其他诗人比较研究一向是学界热点。经常用于比较的同时代诗人有谢灵运、鲍照等。陶渊明作为中国诗歌史上最伟大的作家之一，对后世的影响不可忽视。尤其在田园诗谱系中有开山鼻祖的地位。于是陶渊明与王维、孟浩然、刘禹锡、柳宗元、储光羲、韦应物、陆游、范成大、辛弃疾甚至于外国田园诗人华兹华斯、叶赛宁、泰戈尔、小林一茶等之比较，皆是学者们津津乐道的话题。

此类论文数目繁多，大多流于表面，较有价值的有：邓民兴《田园异趣，隐逸别情——陶渊明与王维比较》[②]，曹辉东《"物化"与"移情"：试论陶渊明和华兹华斯》[③]，袁行霈《陶谢诗歌的艺术比较》[④]《陶渊明与辛弃疾》，王志刚《陶渊明与谢灵运诗比较谈》[⑤]等等。

陶渊明诗歌的接受研究中，较为系统的是李剑锋博士论文《元前陶渊明接受史》[⑥]，收集了大量史料，梳理出从东晋南北朝至宋末

---

① 《文学评论》，1980年第5期。

② 《唐都学刊》，1998年第4期。

③ 《南京大学学报》，1987年第1期。

④ 《陶渊明研究》，北京大学出版社，1997年版。

⑤ 《松辽学刊》，1992年第7期。

⑥ 齐鲁书社，2002年版。

元初对陶渊明人格精神、及诗文魅力的接受史，以及初唐王绩，盛唐王、孟、储直至宋代苏、辛、陆游等诗人对陶田园诗的继承和发展。

总而言之，陶渊明研究在八九十年代取得了巨大的成就，无论专著还是论文数目，皆非之前可以比拟。名家名作辈出，给后世陶渊明研究打下了深厚的基础。但同时，陶渊明研究作为中古文学研究的热点，也面临泥沙俱下、研究者水平参差不齐的问题，有大量论文题材重复，论述流于表面，甚至彼此因袭严重，缺乏创见。这些都需要后来者引以为戒。

四、元嘉三大家研究

1、谢灵运研究

(1) 生平、诗文系年、思想信仰

顾绍柏是80年代以后谢灵运研究领域的专家。他整理出版过《谢灵运集校注》[①]，该书从史料出发，详细考定了谢灵运年谱、作品系年，并对谢灵运仕宦、姻亲、交游等诸多问题进行了考察，比以前的研究更为准确翔实，堪称为迄今整理最为完备的谢集版本。并附有《谢灵运生平事迹及作品系年》、《谢氏家族成员简介》等多种材料，可供后世研究者参考。

顾还有《论谢灵运》[②]、《重评谢灵运山水诗》、《谢灵运生平及作品系年的几个问题》[③]等论文，都是谢灵运研究的重要文献。《论谢灵运》从知人论世的角度出发，考察谢灵运一生遭遇沉浮，将谢灵运

① 中州古籍出版社，1987年版。

② 《学术论坛》，1986年第1期。

③ 《文学遗产》，1993年第2期。

的一生概括为“反抗”——积极反抗和消极反抗。积极反抗是指谢灵运常常越出名教轨范；消极反抗则是指逃避现实，栖隐山林。这不是故作姿态，而是来自于道家思想，他的这种不合作态度既表现了士族阶级固有的清高，又表现了一般受压抑知识分子所具有的进步性。

沈玉成《谢灵运的政治态度和思想性格》[①]一文高屋建瓴，从刘宋时期门阀士族与新兴军阀阶层互相争权的角度阐释谢灵运一生的悲剧。刘宋统治者对谢门子弟的基本方针是优容争取，行之无效则置之死地。谢灵运以门第自高，目无刘宋政权的政治立场及性格弱点最终导致了他与刘宋王朝矛盾激化。文章还试图从这一点说明谢灵运山水诗中经常拖着的玄言的尾巴：玄言和佛理是消解谢灵运命运多舛、躁动难安的“化解剂”，这既是流风所致，又是个人现实需要。

钱志熙《谢客风容映古今——谢灵运生平与创作漫谈》[②]则从文学与学术并重的角度，梳理了谢灵运生平行迹、诗歌创作、对后世影响以及当今谢灵运研究的概况。该文资料翔实，考证严谨，富于学术创见。行文则深入浅出，对这一位出生高门却又身世坎坷的文学家充满了知己之赏和惋悼之叹。

谢灵运是当时著名的文学家，也是佛学家，著有佛学论文《辨宗论》，并参与佛经修订，与当时的高僧如慧远等颇有往来。学界很早就关注到谢灵运的宗教信仰对其诗歌创作的影响。

早前汤用彤《汉魏两晋南北朝佛教史》有关章节，已对谢灵运的佛学思想做了较为系统的研究。胡遂在专著《中国佛学与

① 《社会科学战线》，1987 年第 2 期。

② 《中国典籍与文化》，1999 年第 1 期。

文学》[①],专章论述了佛教思想对谢诗创作的影响。一方面,谢灵运由此在山水观照中寻觅"情灵真奥",另一方面谢诗"如芙蕖出水"的美感特征,是从佛经中取象设色清净、明丽风格而来。张国星《佛学与谢灵运的山水诗》[②]则更加细致,提出谢灵运是以佛教哲学的观点去认识世界,由空观色,以色传空,用般若空学的原理和经验,写景造境,利用景物意境表现其情感发展中某一层次的特征。

钱志熙《谢灵运〈辨宗论〉和山水诗》[③],对比了谢灵运山水诗创作及《辩宗论》的关系,认为谢灵运山水诗大量创作,与写作《辨宗论》在同一时期,有相同的背景,和彼此渗透的关系。而《辨宗论》中所阐述的顿悟求宗的思维方式及"真知""入照"等思想,与谢氏山水诗中的哲理因素及诗境的某些特点可以参看。谢灵运山水诗中不时出现的非空非有的奇妙境界,正是佛家"顿悟入照"思想在艺术家手中的一种审美体现。作者在肯定了谢诗审美风貌在与佛理融合上有开创意义的同时,也客观地指出,"在写空灵变幻之境融审美与理悟于一处这一点上,谢灵运还仅仅只是开了一个端,它的充分发展还在谢氏后面的唐宋诗人那里"。

(2)谢灵运山水诗源流以及与玄言诗的关系

普遍认为,谢灵运山水诗的艺术成就代表了中国山水诗歌产生、发展的第一个高峰。谢灵运山水诗的研究一直是学界较为关注的话题。

赵昌平《谢灵运与山水诗起源》[④]对学界流行的"山水诗"出于"玄言诗"的说法,提出了质疑。作者认为,魏晋以来,宴游诗和行旅

① 岳麓书社,1998年版。
② 《学术月刊》,1986年第11期。
③ 《北京大学学报》,1989年第5期。
④ 《中国社会科学》,1990年第4期。

诗（尤其是后者）在山水成分的比重和描写的水准上，已远远超过今日所见的玄言诗与游仙诗，成为谢灵运模写山水的基本形式，它们才是中国山水诗的真正由来。

谢灵运山水诗中经常带着“玄言”尾巴这一特征，成为研究山水与玄言诗关系的重要入口。胡明在《谢灵运山水诗辨议》[①]一文中指出，谢灵运并非是自觉地要用“山水”推倒玄言，扩展诗的领域，而只是为了验证玄理才去描绘山水，为了阐扬老庄才去“极貌以写物”、“穷力而追新”。玄理不是所谓的“尾巴”，而是谢诗安身立命的中脊和灵魂。从这层意义上来说，谢灵运的山水诗是一种披了山水外衣的玄言诗。刘启云《观此遗物虑，一悟得所遣——试论谢灵运的审美心态及其对玄言诗创作的开拓》[②]则更进一步，认为谢灵运未完成玄言诗向山水诗的转变，而是在魏晋玄学佛学化的新的历史条件下出现的“佛学化的玄言诗”，谢灵运的“山水诗”只能名之曰“新玄言诗”。但作者也认可，谢灵运以其特有的审美情感和艺术手法，促使两晋以来的玄言诗冲出了旧有的模式与框架，发生了质的飞跃。张明非《略论谢灵运对于山水诗的贡献》[③]一文指出，谢灵运在一些诗作中成功地以理入诗，诗中的理趣不仅不是多余的尾巴，反而有助于思想的表达，而情、景、理结合的基本形式是谢灵运首先奠定的。

谢灵运是中国历史上第一个大力写山水诗的诗人。诗人为何要寄情山水？和诗人的性格、出身、际遇有何关系？学界也试图找出答

① 《江淮论坛》，1984 年第 3 期。

② 《江汉论坛》，1991 年第 1 期。

③ 《北京师范学院学报》，1983 年第 1 期。

案。朱新法《谢灵运的性情与其山水诗的成因》[①]从谢灵运生平际遇出发，分析了谢灵运性格上的诸多弱点，认为谢灵运与陶渊明不同，是试图在山水中求得一时的陶醉的“不得已而写山水者”，“对山水的态度本来是冷漠的，因为心中有了郁闷，无处发泄，而转到山水中来。”这种论述代表了大多数人在陶谢比较时对谢灵运的看法，具有一定道理，但对谢灵运性格及人格的分析有苛责与武断之处。陈桥生则从生命意识和悲剧主题的角度出发，认为谢灵运山水诗起因来自于作者的忧生情绪。他在《病患意识与谢灵运的山水诗》[②]一文中阐释了，谢灵运诗歌中处处可见的病患意识对创作的影响。游历山水使谢灵运对大自然一切富有生机的景物和生息变化的现象特别敏感，使他的诗不同于玄言诗的单纯体悟自然之道，而是能够获得对自然景物的刹那间的兴悟。黄世中《从谢灵运的永嘉山水诗谈到人生忧患感的消解》[③]大体亦持此论。以上论文都对谢灵运山水诗的成因进行了细致的探讨，有一定创见。

(3)谢灵运诗歌艺术分析

葛晓音在《山水田园诗派研究》[④]一书中，较为完整地总结了谢灵运诗歌的审美特色和艺术成就。她认为谢灵运和谢朓代表着晋宋之交和齐梁之间山水诗的最高成就，这两种诗风大体上奠定了唐前期山水诗派的两种基本审美趣尚。并总结出谢灵运诗歌艺术上的三大贡献：1、形成了大全景式的构图，奠定了中国山水诗特有的时空观念。2、恢复了汉魏古诗抒情言志的传统，为后代山水诗创造抒情、缀

① 《江海学刊》，1995 年第 6 期。

② 《文学遗产》，1997 年第 3 期。

③ 《天府新论》，1993 年第 3 期。

④ 辽宁大学出版社，1993 年版。

景与理旨相结合的境界提供了有益的启示。3、继承前代古诗艺术成就的基础上,创造了极貌写物的各种表现技巧,成为唐代山水诗派中雄深诗风的先导。

具体艺术研究方面,林樾《谢灵运诗歌艺术浅论》①从诗歌史整体脉络里分析谢灵运诗歌艺术,向上追述谢对建安诗歌尤其是赋兼比兴手法的继承和发展,向下则阐述了谢灵运创作手法对柳宗元、韦应物、李白的影响。林樾一文之后,关于"赋"的手法在谢灵运诗歌中的运用渐渐为学界认可。孙敏强的《陶谢山水田园诗差异论》②等都持此观点。周勋初《论谢灵运山水文学的创作经验》③,则进一步从具体写作技巧出发,阐述了谢灵运对汉大赋、江南民歌写景技巧的继承与发展。该文从"创作论"角度出发分析谢诗,虽有些论述失之琐碎,却是古代诗歌研究中较少见者。

(4)谢灵运诗歌的评价、接受和影响

关于谢诗评价的研究主要集中在陶谢比较、颜谢比较、鲍谢比较上。如皋于厚《"谢从陶出"刍议》④、范洵《谢灵运、陶渊明、王维山水诗之比较》⑤、袁行霈《陶渊明谢灵运与慧远》⑥、孙敏强的《陶谢山水田园诗差异论》⑦、王志刚《陶渊明与谢灵运诗比较谈》⑧、林文月

① 《文科教学》,1982 年第 2 期。

② 《杭州大学学报》,1988 年第 3 期。

③ 《文学遗产》,1989 年第 5 期。

④ 《苏州大学学报》,1988 年第 2 期。

⑤ 《东北林业大学学报》,1989 年 12 期。

⑥ 《中国典籍与文化》,1992 年第 4 期。

⑦ 《杭州大学学报》,1988 年第 3 期。

⑧ 《松辽学刊》,1992 年第 7 期。

《鲍照与谢灵运的山水诗》[1]等文。不再一一列举。

谢灵运作为山水诗歌的开创者，对整个中国山水诗研究也有源头意义。谢朓、何逊、王、孟、刘、柳等山水诗大家无不受其影响。研究此类论题的论文有：周建忠《"二谢"的人品与文品》[2]、魏清荣《从二谢到何逊——南朝山水诗发展轨迹》[3]、曾明《谢灵运与王维山水诗比较》[4]、王定璋《谢灵运与"大历十才子"》[5]等等。

对于谢灵运文坛地位的变迁则有：陈庆元《论颜谢、沈谢齐梁间地位的升降得失》[6]，骆玉明、贺圣遂《谢灵运之评价与梁代诗风演变》[7]等等。

总体而言，80年代以来谢灵运研究取得了可喜的成果。学者大多都能将谢灵运及其诗歌创作放到魏晋六朝文学发展历程中，以文学史的立场加以考察，因而能得出更全面客观的结论。学者从历史背景、社会实际、思想潮流、文坛风尚等多方面考察了谢灵运及其山水诗歌的发生，从谢诗对后世影响的角度，肯定了谢灵运作为一代宗匠，泽被后人的文坛地位，这些都为后来的研究打下了良好的基础。但对谢灵运研究较为集中在山水诗领域，而对其他类型作品关注较少，对谢诗代表作关注较多而对全集研究较少，都有待后来者进一步发掘。

---

① 《文学评论》，1980年第2期。
② 《学术论坛》，1983年第6期。
③ 《福建师范大学学报》，1990年第4期。
④ 《西南民族学院学报》，1992年第3期。
⑤ 《河北大学学报》，1992年第4期。
⑥ 《文学遗产》，1999年第1期。
⑦ 《复旦学报》，1983年第6期。

2、鲍照诗歌研究

鲍照诗歌在风气绮靡华美的刘宋文坛独树一帜。其情感充沛,操险调急,慷慨激越为特点历来为学者所重。八九十年代,由于乐府研究、七言诗形成研究成为中古文学界热点,鲍照研究也得到了更多重视。在刘宋作家中,鲍照研究所取得的成果仅次于谢灵运,算得上晋宋文学研究的亮点。

(1)基础研究方面

主要集中在生平、思想、诗文系年等问题上。曹道衡《关于鲍照的家谱与籍贯》[①]、丁福林《关于鲍照的籍贯》[②]都对鲍照的祖籍与出生地进行了考证。此外,对于鲍照门第出身,学界亦有较多争论。萧涤非、罗根泽先生认同传统观点,鲍照出身贫寒[③]。认为,鲍照属于有地位、有财产的士族。鲍照究竟属于寒族还是士族,或是介于庶士之间,还不能定论。关于鲍照思想,张志岳认为鲍照主要思想为怀才不遇和同情民间疾苦。朱新法《鲍照其人其诗》[④]、李宗第《从鲍照乐府诗看其复杂矛盾的心态》[⑤]则认为,鲍照思想中既有独立狂狷、傲岸正值的积极面,也有及时行乐、羡慕功名的消极面,相对全面。但总体而言,这个时期对鲍照思想的研究还不够深入,应当将鲍照放在整个魏晋六朝文人群像中去研究,才能得出更符合文学史实际的结论。

诗文系年一直是鲍照研究中较为复杂的问题。50年代钱仲联

---

① 《中古文学史论文集》,中华书局,1986年版。

② 《文史》,1983年第二十辑。

③ 《文学评论》,1979年第1期。

④ 《江苏教育学院学报》,1997年第1期。

⑤ 《江苏社会科学》,1998年第1期。

《鲍参军集补注》，在钱振伦、黄节校注的基础上加以补注，将鲍照的大部分诗文一一系年，考辨翔实，为后世进一步研究打下了坚实基础。1980年，上海古籍出版社将该书重新刊行为《鲍参军集注》，附录年表，不少诗篇的注释后附有诸家集说，是现今最常用、最通行的本子。80年代以来，曹道衡《鲍照几篇诗文的写作时间》[①]、丁福林《鲍照诗文系年考辨》[②]、付希亮《钱仲联〈鲍照年谱〉中存在的几个问题》[③]都对鲍照诗文的具体写作时间进行了考辨，但由于资料缺乏，目前仍无法得出较为统一的结论。

（2）诗歌艺术研究

鲍照是晋宋文学家中存世篇章较多者，诗歌涉猎较广，有乐府、山水、边塞等多种题材。所以鲍诗分类研究的论文也比较多见。关于鲍照山水诗研究，较有开创意义的有80年代初林文月《鲍照与谢灵运的山水诗》[④]，注意到鲍照与谢灵运山水诗的源流关系。后来学者如朱启平《继踵前贤开声未来——鲍照的山水之作》[⑤]、韩文奇《试论鲍照的山水诗》[⑥]、李文初《鲍照的山水诗》[⑦]，都看到了鲍照山水诗矫健、悲凉、险峻等特色，鲜明地体现出山水诗从元嘉到永明时期的过度特色。曹道衡《论鲍照诗歌中的几个问题》[⑧]指出，相对于谢灵运而言，鲍照的山水诗更为险峻、肃杀，并吟咏真性情，彻底摆脱了

① 《文史》，1982年第十六辑。

② 《中华文史论丛》，1983年第一辑。

③ 《保定师专学报》，2000年第1期。

④ 《文学评论》，1980年第2期。

⑤ 《江苏社会科学》，1995年第2期。

⑥ 《兰州大学学报》，2000年第1期。

⑦ 《汉魏六朝文学研究》，广西人民出版社，2000年版。

⑧ 《社会科学战线》，1981年第2期。

玄言的尾巴。和谢诗可谓各有所长,同为晋宋山水诗的代表。凌迅《鲍照山水诗刍论》[1]认为鲍照"沉雄挚笃"的山水诗文,以现实主义精神扭转了当时玄风的倾向,并开启与谢灵运鼎立的一派。以上诸篇论文都指出鲍照在山水诗发展史上具有承前启后的重要地位,是符合诗歌史实际的。

山水诗之外,还有朱思信《鲍照爱情诗初探》[2]、丁福林《论鲍照的社会诗》[3]、陈冰《鲍照女性诗歌题材创作的新变特征》[4]等。张志岳《鲍照及其诗新探》中还有关于鲍照边塞诗的片段论述。

鲍照乐府诗是鲍照诗歌创作中成就最高的部分,鲍照乐府研究也一直是鲍照研究中的热点与重点。朱思信《试论鲍照创作的艺术成就》[5],着重论述了鲍照对于乐府诗体的突出贡献。指出鲍照对乐府诗形式主题、思想内容、审美风貌上的开创都是居功至伟。不仅是现存乐府最多的六朝诗人,并且"一改历代五言乐府的传统,开始大量使用七言","从当时的社会现实出发,创造性地运用乐府旧题和自制新题,多方面地反映了那个风云变幻的时代以及广大人民的苦难生活和悲愤情绪"。曹道衡《论鲍照诗歌中的几个问题》着重从鲍照乐府诗及当时民歌的关系出发,讨论鲍照诗歌艺术成就。文中搜罗大量乐府民歌资料与鲍照诗文进行参照,指出鲍照勇于向南北方民歌学习,重视音乐与诗歌的关系,让诗歌创作回归到更为本真的状态。这一点被当时士大夫视为"险俗",但事实上却取得了超出群伦

① 《柳泉》,1983 年第 6 期。

② 《中国古典文学论丛》第七辑,人民文学出版社,1989 年版。

③ 《镇江师专学报》,1994 年第 3 期。

④ 《淮扬师范学院学报》,1999 年第 4 期。

⑤ 《文学评论》,1982 年第 5 期。

的艺术成就。江秀玲《鲍照乐府诗创新探微》[①],从思想与艺术两方面对鲍照乐府创作进行了肯定,认为他"在乐府诗内容的开拓和形式的革新上都作出了巨大的贡献"是乐府诗歌史上"集大成的杰出诗人"。

另一个被关注较多的问题是鲍照诗歌的源流与影响。学界很早就注意到鲍照受屈原、骚体的影响,但论文多流于泛泛。朱思信《鲍照爱情诗初探》反驳了宫体诗歌为"鲍照遗烈"的说法,认为鲍照爱情诗歌继承了南朝乐府情歌中有益的部分。曹道衡《略论南北朝文学的评价问题》[②]一文指出:"从创作精神方面看,似乎元稹、白居易所提倡的新乐府运动,也和鲍照有着不可忽视的源流关系。"王运熙《七言诗形式的发展和完成》[③]则梳理了七言绝句一体的发展历史,指出。鲍照是现存七言绝句最早的作者。此外,还有如吕寅喆《鲍照对李白杜甫诗歌的影响》[④]、王志清《王维边塞诗雄悍逸放的人格塑型——兼论所受鲍照诗的影响》[⑤],凌迅《试论鲍照于齐梁之际的文学影响》[⑥]都是此类。

艺术风格上,还有胡大雷《以系统观点论鲍照诗歌的"俊逸"艺术风格》[⑦],通过对"俊"、"逸"评价的系统分析,指出"俊逸"作为一个整体来说是包容了鲍照诗歌的诸多风格的,是鲍诗的主体风格。

① 《东方论坛》,2000年第2期。
② 曹道衡:《中古文学史论文集》,中华书局,1986年版,第68页。
③ 王运熙:《乐府诗论丛》,上海古籍出版社,1996年版。
④ 《文史哲》,1999年第5期。
⑤ 《晋阳学刊》,1994年第2期。
⑥ 《东岳论丛》,1984年第3期。
⑦ 《广西师范大学学报》,1987年第2期。

徐国荣《鲍照诗歌"险俗"释证》[①],分析了乐府体裁和"险俗"之间没有必然关系。指出鲍诗之"险俗"并非指其内容。"俗"指其华靡词采;"险"指其险急之调,是相对于雍容舒缓而言。

总体而言,八九十年代,在解放思想、学术自由的研究思路的指导下,学者们敢于突破前代陈见,发表创见。对于鲍照的研究取得了很多收获,尤其在鲍照乐府诗成就以及与民歌、音乐关系方面,较于80年代以前的研究有了重大突破。但还有很多问题不够深入,有待于后世进一步发掘。

3、颜延之研究

50年代至70年代,受批判形式主义文学思潮的影响,对于遣词华丽、内容相对缺乏现实意义的颜延之诗歌,一向采取批判态度,研究者也寥寥可数。直到1985年周怀忠《论颜延之的文学创作》[②]一文提出,当前文学史对颜延之的评价"有失公允",希望学界能公正评价颜延之的创作成就与历史地位,渐渐引起了对颜延之诗歌创作的关注。八九十年代,大概有20余篇颜延之研究相关论文。专著方面则有台湾1988年出版的黄水云《颜延之及其诗文研究》。并有一部分学位论文开始以颜延之为研究对象,如刘文兰的《颜延之文学论》[③]。但总体而言,颜延之研究仍是元嘉三大家研究中的薄弱环节。

颜延之相关研究主要集中在:

(1)生平及作品系年

这一时期较重要的论文有沈玉成《关于颜延之的生平和作品》[④]。

---

① 《中国韵文学刊》,1997年第2期。

② 《山东师范大学学报》,1985年第5期。

③ 山东师范大学2000年硕士论文。

④ 《西北师范大学学报》,1989年第4期。

本文在缪钺《颜延之年谱》的基础上，对于颜延之生平、出仕时间等问题进行了多方面考证。与生平研究相关的是作品系年。缪钺《颜延之年谱》中，曾为颜延之24篇诗文系年，为后世研究打下了良好的基础。黄水云、沈玉成根据缪钺研究，补充了一些不同的观点。李之亮《延之行实及〈文选〉所收诗文系年》[①]根据《文选》的材料，对前人说法进行了再探讨。总之，颜延之生平及大部分作品的创作年代已有较为清晰的脉络，而个别诗篇的确切年代还有待于后人进一步考证。

(2)思想和性格研究

比较有代表性的是李宗长《论颜延之的思想》[②]一文，认为颜延之归根到底应该算作是儒家学者，兼有玄佛。而黄水云则在《颜延之及其诗文研究》一书中指出，颜延之不仅具有儒佛思想，同时还受嵇、葛影响，有养生神仙思想以及道教思想。以上研究从"知人论世"的角度出发，对理解颜延之的诗歌创作背景乃至当时文坛的思想风气都有一定的参考价值。

(3)诗歌创作研究

颜延之作为元嘉三大家之一，在当时文坛上享有盛誉。但自刘宋后的文学地位却一路下滑，最终成为形式文学代表、被批判的对象。90年代以后研究者普遍注意到颜诗文学史地位的变迁，试图从中探究出原因，关照晋宋诗歌发展的规律。代表性的论文有吴功正的《颜延之诗美成就论》[③]。本文从美学视角分析颜延之诗歌地位下

① 《郑州大学学报》，1994年第1期。
② 《南京社会科学》，1996年第6期。
③ 《齐鲁学刊》，1994年第1期。

降的原因，认为“当审美性作为文学的根本性质被确立以后，人们再用审美性审视颜诗时，就自然会对那些‘用事’之作表现冷漠了”，这是“颜延之身后寂寞的原因，也是文学作为美学现象在史的运行过程中的必然结果”。

沈约《宋书·谢灵运传》言：“延年之体裁明密，并方轨前秀，垂范后昆。”亦有一些学者从文学发展历史的角度，探讨颜延之对当时文坛及后世的影响。如陈书录《论颜延之对偶诗对初唐律诗的影响》[①]指出，颜诗的对称美对齐梁新体诗的发展乃至唐初诗歌的定型化都有不可忽视的推动作用。谌东飙《颜诗用典与诗的律化》[②]、《论“颜诗以用事为博”》[③]对颜延之的用典艺术进行了较为深入的探讨，指出“先秦至魏晋诗中所用的忠实于原文的用典方法，实质上是移用散文用典方法，到颜延之才真正开创了符合诗歌特点的用典方法。他的这些用典方法，为近体诗的主要艺术形式——篇幅、对仗、声律——的规则的形成，起了铺路架桥的作用，其功不可没”。

关于颜延之诗歌艺术整体研究，较为代表性的是李宗长《颜延之的诗歌风格论》[④]，文中指出，颜诗具有藻丽、典雅、清壮三大特点，较为全面地分析了颜诗的艺术特色，打破了一提到颜诗就是“镂金错彩”印象的局限。

而另一个受研究者关注较多的领域是颜、谢比较。颜延之与谢灵运一度齐名，钟嵘在《诗品》中评价二人：“谢客为元嘉之雄，颜延

① 《江苏社会科学》，1992 年第 6 期。
② 《求索》，1994 年第 6 期。
③ 《求索》，1997 年第 2 期。
④ 《江苏社会科学》，1992 年第 6 期。

年为辅”，并引用汤惠对两人评价：“谢诗如芙蓉出水，颜诗如错彩镂金”。《南史·颜延之传》亦载：“延之尝问鲍照己与灵运优劣，照曰：‘谢五言如初发芙蓉，自然可爱；君诗若铺锦列绣，亦雕缋满眼。’”从此颜谢比较便成为文坛的一桩公案。90年代以来学界对此也投入了较多关注。谌东飙《鲍照和汤惠休何尝贬颜》[①]指出，这句话未曾贬低颜诗，而是同时标举两种风格，较有新意。高华平《从“文笔之辨”到重“文”轻“笔”——〈诗品〉扬谢抑颜原因新解》[②]从文笔之辩的角度，分析了钟嵘《诗品》扬谢抑颜的原因。而陈庆元《论颜谢、沈谢齐梁间地位的得失与升降》[③]，则立足于文学史，对颜、谢二人文坛地位变化原因进行了较为详尽的分析，认为颜、谢是刘宋文学的代表，其地位的下降实际上是“元嘉古体”被后世“永明新体”取代的一种反映，颇具大局观。

总而言之，八九十年代，颜延之研究从无人问津到渐受重视，研究逐步走向深入、系统。学者能较为公允地评价颜延之的文学地位，不再一味贬斥，也不过度拔高，而是将之放在晋宋诗歌变迁的文学史潮流中，客观评价他对当时及后世的影响。但研究专著寥寥、颜诗校注本缺乏等现状都显示出，颜延之研究仍是刘宋元嘉诗歌研究的薄弱环节，还有较大的发展空间。

五、中小作家的发现

新中国成立以后相当长一段时间内，文学研究较为集中于名家、

---

① 《湘潭大学学报》，1991年第1期。

② 《华中师范大学学报》，1996年第1期。

③ 《文学遗产》，1999年第1期。

大家。晋宋文学研究明显呈现出陶渊明一家独大的趋势。五六十年代两次关于陶渊明的讨论热火朝天的同时,谢灵运、鲍照研究只有寥寥几篇论文。而作为元嘉三大家之一的颜延之几乎无人问津,更不要说其他中小作家了。陶渊明研究的兴盛是可喜的,但对其他作家的遮蔽效应也值得反思。

80 年代以后作家研究修正弊端,可谓百家齐放。一些中小作家也有了较多研究者,如刘文忠《刘琨评传》[①]等。其中庾阐、湛方生的发现最为令人关注。

范文澜在《文心雕龙注》[②]中首度提出,两晋诗人中写景诗作较多较早的是庾阐。在当时并没有引起太大反响。80 年代以后,对庾阐的研究渐渐增多。曹道衡《魏晋南北朝文学史札记 · 庾阐的诗歌》[③]对庾阐及其诗歌有较多论述。卢盛江《玄言诗二题》[④]一文,则在玄言诗的定义及断代上提出了新颖的观点。作者认为,无论西晋时候的嵇康、阮籍,还是两晋之交郭璞、卢湛等人写作的都不能算作真正的“玄言诗”。玄言诗的起点应该是庾阐。此论或可商榷,但肯定庾阐,在文学史上有特殊地位这一点是颇有眼光的。

另一个被发现的诗人是湛方生。

较早关注到湛方生诗文成就的是曹道衡。《略论晋宋之际的江州文人集团》[⑤]一文从地域文学研究的角度出发,观注到陶渊明与湛

① 《中国历代著名文学家评传续编》,山东教育出版社,1988 年版。

② 人民文学出版社,1958 年版。

③ 《中古文学史论文集》,中华书局,1986 年版。

④ 《北方论丛》,1994 年第 4 期。

⑤ 《中国文学期刊》,1992 年第 7 期。

方生同属于江州地区的文学现象，提出“江州文人集团”的概念，强调地域文化对陶渊明的影响。本文还对湛方生的生平做出了简单考证：“推知其生活的时代在晋安帝统治时代”，并且指出：“湛方生不但诗风与陶渊明相近，即其生活年代及一个时期的活动范围都和陶渊明相同或相近。这一现象显然很值得注意。”

稍后，钱志熙《湛方生——一位与陶渊明气类相近的诗人》①全面介绍了湛方生的生平及诗歌创作情况。指出湛方生不仅存世作品在东晋作家中算得上丰富，其运用的体裁，差不多遍涉当时体裁种类的全部，“这在东晋文坛上并不多见”。再从作品的艺术价值看，“湛方生的这二十几篇作品所显示的语言技巧之娴熟和境界之清新，格调之高雅，在东晋文坛上也是不可多得的……其实际的文学成就和地位，至少可以与孙、许、殷、谢相俦”。该文另一贡献是注意到了湛方生与陶渊明的关系，指出：“（湛方生）与陶渊明在思想乃至作品主题上的多方面相似，似乎也不是偶然的巧合……从方生的出现，可以证明陶渊明出现于晋末具有一种历史必然性，并非孤立的、无法解释的现象。”文章还对湛方生“才秀人微”，声名不彰显于世的命运给予深切同情。并将这种现象加以归纳，上升到文学批评研究的方法论上去：“对于研究文学史来说，当时代人的评价固然重要，但这种‘当代批评’是有局限性的。”“钟嵘《诗品》……受这种‘当代批评局限性’的限制，并没有最准确地反映出中古诗坛及其发展的全貌。忘掉湛方生，比起低评陶渊明来，更能反映根深蒂固的士族文学观念的偏见。”该文对湛方生地位的重新发现，以及湛、陶关系的论述，都引起了学术界的重视。之后，陆续有学者提出陶渊明与湛方生诗歌的相

① 《文史知识》，1999 年第 2 期。

似性问题，徐公持在《魏晋文学史》[1]中提到：湛方生是“东晋文学与陶渊明之间的过渡者”。张可礼《东晋文艺综合研究》[2]则更进一步指出：“湛方生田园诗的出现，说明陶渊明田园诗的写作，并不是一个十分孤立的现象。”进入21世纪以来，湛方生研究更加丰富，论文有二十余篇，并有专门的硕士学位论文。

湛方生山水田园诗成就，可以算得上是东晋文学研究的一大发现。

（本章执笔人：辛晓娟）

① 《魏晋文学史》，人民文学出版社，1999年版，第556页。

② 山东大学出版社，2000年版。

第五章　齐梁诗歌研究史概述

20世纪的齐梁诗歌研究，总体上呈现对研究对象否定大于肯定的倾向。在此前提下，一些学者就齐梁诗歌的艺术特点及其在形式方面的探索进行了研究。“文革”后，学界对齐梁文学的价值进行了全面客观的估量，一定程度上提升了齐梁诗歌的文学史地位。

第一节　20世纪前期的齐梁诗歌研究

20世纪前期的齐梁诗歌研究成果，以文学史的写作为主，为以后的文学研究提供了基本模式和可供探讨的基本问题。

20世纪早期的齐梁诗歌研究，往往是在文学通史中对其做出评述。

刘师培的《中国中古文学史讲义》[①]列宋齐梁陈为一章，指出至此时期文学别为一科。其具体论述，又分为宋代、齐梁、陈三段。于齐梁一段，摘引史传诸家材料，以明“齐梁文学之盛，虽承晋宋之绪余，亦由在上者之提倡”[②]。其中于宋齐之际，尤加重视。其中所胪列史传中有关诗歌史的资料，相当丰富。其重要观点也多由丰富的

① 刘师培：《中国中古文学史讲义》，人民文学出版社，1957年版。

② 同上书，第76页。

材料中引出，如称齐梁诗与东晋异，自颜延等人侈言用事，至齐梁更盛此体，故钟嵘有“文章殆同书抄”之评。又其论宫体云“宫体之名，虽始于梁，然侧艳之词，起源甚早”。追宫体之渊源，对今人研究仍有很大的启发。刘氏论文承自扬州文派，以骈偶声律为重，此为其全书宗旨，而宋齐梁陈文学之成果，又专揭“声律说之发明”、“文笔之区别”两点。其援引诸论，得出以下若干结论：“音韵之学，不自齐梁始”，“宫羽之辨，严于魏晋之间，特文拘声韵，始于永明耳。”[①]其承齐梁诸家及清人顾炎武之论，核论永明声律之则，实甚简当。至于文笔之说，刘氏亦追至晋代，指出“自《晋书》张翰、曹毗、成公绥各传，均以文笔并词，或诗赋杂笔”。此后胪列齐梁时代文笔之说的兴盛。并论齐梁文说，古人有韵无韵之外，实以藻彩为主。如其论昭明文选“所收之文，虽不以有韵为限，实以有藻彩者为范围，盖以无藻韵者不得称文也”[②]。总之，刘氏于齐梁诗风之盛、声韵、文笔之说，均能追其源而披其流，后来诸家探讨类似问题，多在其范围之内。其穷搜史传文论，尤便后学参引。重证据，有论断，总览脉络，原原本本，亦著史之良法也。

谢无量的《中国大文学史》[③]（1918 年初版）主要关注文人创作。全书的第一编提到了齐梁文学，其中，第十八章论述永明文学。文中指出，声律是永明体的主要特点，并对其持否定态度，认为其“使文多拘忌，伤其真美”。作家方面，文中指出王融、谢朓、沈约并为永明文学的代表人物，只因王、谢早卒，才将声病说独归于沈约。第十九

① 刘师培：《中国中古文学史讲义》，人民文学出版社，1957 年版，第 93 页。
② 同上书，第 103 页。
③ 谢无量：《中国大文学史》，中华书局，1928 年版。

章论述梁代文学,分别论述了这一时期不同类型的作家。文中认为,何逊、吴均等人受沈约奖掖,属于永明余绪。江淹"不与永明声气之中","是齐梁之英也"[①],故年辈虽高,却宜划入梁代文学范畴。萧纲"好为轻艳之词,当时号曰宫体"[②],对宫体的论述比较简单,倾向于归为个人风格,未将其独立出来,作为一种文体来论述。文中还认为,"文帝、元帝皆崇尚浮华,不及昭明太子之笃学也"[③],对宫体诗评价较低,而对萧统代表的天监、普通年间文学评价较高。文中论及了《文选》,对其评价较高,尚未注意到《玉台新咏》,未曾提及。本书首先将齐梁文学分为齐、梁两段,齐代以永明体为重点,梁代以宫体为重点,这样的叙述模式,为以后的齐梁研究著作所效仿。总体来说,谢无量对齐梁诗歌倾向于否定。

罗根泽的《魏晋南北朝文学史》[④]为较早的包含齐梁的断代文学史,书中第五章论及了"永明体"及"音律"对诗的关系,并以谢朓为这一时期的代表作家。本书肯定了齐梁文学具有一定价值。

顾实的《中国文学史大纲》[⑤](1926 年初版)第八章论述六朝文学。其中,第二节为齐诗。本书在提到齐诗时,并未标举其在声律方面的创新,而是将其作为艳诗来看待,认为这一时代诗歌的特点"总之曰艳"、"然其归也,过于纤巧,甚难感服"、"宋之诗,犹尚丽也,及其腐败而为齐之诗,则艳矣。"[⑥]一方面,本书并未加入同时期文学史

① 谢无量:《中国大文学史》卷五,中华书局,1928 年版,第 24 页。
② 同上书,第 25 页。
③ 同上书,第 25 页。
④ 罗根泽:《魏晋南北朝文学史》,南京大学教务处,1957 年版。
⑤ 顾实:《中国文学史大纲》,商务印书馆,1929 年第 4 版。
⑥ 同上书,第 174 页。

著作对齐诗声律的讨论,而是着眼于齐诗之“艳”,并认为齐诗是前代诗歌“腐败”的产物,没有看到其创新发展之处;但另一方面,不着眼于声律问题的讨论,也有利于发现齐诗的其他特点,如“纤巧”、“甚难感服”等,精当地道出了齐诗的另一特点,丰富了这一时期的齐诗研究。文中对齐代代表作家的文学风格也做出了细致的评述,如谢朓“专工发端”、“首尾欠贯彻”[①],王融“以声色胜人”、“可观者少”[②]等。

第三节论梁诗。文中指出,六朝“文运最盛”,而梁代“刻镂愈盛,浑厚之意全阙”[③]。其论梁代早期作家云:“沈约拘于声韵,江淹过于模拟,诗之变,盖已极矣。”[④]其论萧梁宫体云:“武帝尚可,简文帝好作艳诗,江左化之,于是所谓宫体者,始流行焉。”[⑤]其论梁代诗歌发展趋势云:“诗至梁而衰,不可争之事实也。”[⑥]对梁代文学持贬抑态度。与同时代的文学史作品不同,书中提到了诗歌选集《玉台新咏》,认为其“气韵殆无可言”[⑦],持否定态度,与作者对梁代文学的态度一致。第四节为陈诗。作者对陈诗的贬抑态度又甚于梁诗,认为“陈后主好诗而淫奢,亡国之闇君也”,陈代诗歌“不足齿数”[⑧]。总体来说,顾实对齐梁文学的态度是否定的。

---

① 顾实:《中国文学史大纲》,商务印书馆,1929 年第 4 版,第 175 页。
② 同上书,第 176 页。
③ 同上书,第 176 页。
④ 同上书,第 176 页。
⑤ 同上书,第 177 页。
⑥ 同上书,第 177 页。
⑦ 同上书,第 179 页。
⑧ 同上书,第 179 页。

冯沅君、陆侃如的《中国诗史》[①]并未依刘师培之说，对南朝文学做进一步的划分，而是仍把“六朝诗”作为一个整体来论述，但下设“新体诗人”一目，意识到了齐梁新体诗作为一个文体在当时的独特性。书中指出了齐梁新体的界定特征，包括：使用偶句；多为小诗，但未谐音律；“永明诗人”讲究“四声八病”等。书中还举出了几位代表性的“新体诗人”，认为沈约、王融、江淹、吴均、萧纲、阴铿、何逊、徐陵、江总均属于“新体诗人”。可以看到，书中举出的“新体诗人”已经涉及到了齐梁文学从早期到鼎盛，再到晚期的主要诗人，且并不区分永明诗人和宫体诗人。同时，书中也提到了庾信所代表的这一时期北方文学的成就。书中认为，“新体诗人”的作品适宜于写景，“他们的抒情诗以宫体为主”[②]，并对宫体持否定态度。

赵景深的《中国文学史新编》[③]也提到了齐梁诗歌。书中指出，齐代出现了“新体诗”，并依王夫之的观点，将其归为“小诗”“近体”。认为其最主要特点是平仄相协，追求好句，代表作家为沈约和谢朓。对于梁代文学，书中认为其以萧氏父子为代表，并认为，萧氏父子“作风一致，都是唯美主义者，都是崇拜女性的色情狂”，是“肉的颂赞者”[④]，明显持贬抑态度。书中指出，《文选》“可说是纯文学的选集”，肯定了这部产生于这一时期的文学选集。书中提到的梁陈代表作家还包括：任昉、江淹、何逊、阴铿、刘勰、徐陵、陈叔宝等。曾毅的《中国文学史纲》[⑤]（1936年著）在论及永明体时，对“声病说”进

① 陆侃如、冯沅君：《中国诗史》，大江书铺，1933年版。

② 同上书。

③ 赵景深：《中国文学史新编》，北新书局，1935年版。

④ 同上书，第52页。

⑤ 曾毅：《中国文学史纲》，湖南文艺出版社，1998年版。

行了详尽的讨论。讨论了佛教与这一时期文学的关系,并认为“佛经翻译与文学无关”,对《白话文学史》等著作提出的观点进行反拨。对于梁代文学,一律以“宫体”概括,评价不高。

钱基博的《中国文学史》[①]仿史传体例,以作家为线索。于齐代介绍王融、谢朓,沈约,附论范云、何逊。认为王融“接武颜延之,而源出于陆机”,却又“巧用文字,务极华贵之态”。一方面具有贵族文学的特点,一方面又具有新体讲求文字技巧、追求优美的特点。同时指出其诗“辞有与藻,而气无逸韵”,故不及谢朓。认为谢朓诗集中体现了永明体的新变,“独以清迥变谢灵运之沉郁,气变而韶,体变而灵”。论及沈约,则指出其对新体诗的开拓之功,“唐诸家声律,皆出于此”[②]。于梁代前期介绍江淹、任昉、刘峻、孔稚圭,附论吴均、丘迟。于梁代后期重点介绍萧氏父子,兼及其文学思想。又介绍了钟、刘在文学理论方面的成就。本书将由南入北的诗人庾信仍归入南朝,与陈代诗人徐陵同论,并附以江总、姚察。但充分肯定了庾信进入北朝后的文学成就。

第二节　新中国成立至“文革”前的齐梁诗歌研究

新中国成立至“文革”前的十七年中,很少有关于齐梁诗歌的专著。这一时期齐梁诗歌研究的成果,首先体现在重要论文的发表,尤其是乐府研究论文的发表上。

关于齐梁文人诗,王瑶在这一时期撰有《隶事·声律·宫

① 钱基博:《中国文学史》,中华书局,1993 年版。

② 以上参见钱基博《中国文学史》,第 191 页。

体——论齐梁诗》[①]一文，文中将南朝文学分为南朝初期（刘宋）、永明、梁陈三个阶段，分别以隶事、声律、宫体来概括这三个时期的主要特征。其承刘氏《中国中古文学史》之绪而畅发之，无疑是齐梁诗歌研究的一次推进，对后来影响甚大。文中对南朝文学的评价基本是否定的，认为南朝文学是“直线型的堕落”。

这一时期的文学史著作对齐梁文学整体评价不高，但在具体讨论齐梁诗歌的艺术特点时，仍然不乏独特的创见。

林庚的《中国文学简史》[②]。该书第十章《南朝文学的发展》，其中有《齐梁时代诗文》一节。书中将齐梁文学的特点概括为“能在日常的生活中展开丰富的想象”[③]，对齐梁文学没有全盘否定，而是看到了其优点和新意，这是一个新观点。书中重点介绍了谢朓、沈约、何逊、阴铿等作家。重点讨论了“声病说”及这一时期诗与骈文的关系，未论及宫体诗及宫体诗人。其后，本书又论述了梁代文学批评的成就，介绍了《诗品》、《文心雕龙》和《文选》。本书没有专门介绍北朝文学，但提到了南北文风交流的问题，并以庾信为南北文风交流的代表。

刘大杰的《中国文学发展史》[④]。该书在论述南北朝文学时，较为全面地分析了南北朝文学的发展趋势，包括：形式主义文学的兴盛，新诗体的创作，山水文学与色情文学，文学批评等。但所论诸端大体为前人所已及，唯刘氏阐长论述，盛有条贯。

① 收入王瑶《中古文学史论》，古典文学出版社，1956 年版。
② 林庚：《中国文学简史》，上海文艺联合出版社，1954 年版。
③ 同上书，第 227 页。
④ 刘大杰：《中国文学发展史》，古典文学出版社，1957 年版。

谭丕模的《中国文学史纲》[1]。该书第六章第二节论述齐梁的文人诗，事实上没有论及齐诗，仅论及梁陈，称之为“专写色情的梁陈诗人”，认为“这时代的诗人，没有一个不染上冶艳的色调”，对其评价很低，但也提到了庾信晚年的艺术成就，认为庾信是“与写色情对立的诗人”。文中在否定这一时代的题材选择的同时，肯定了这一时代在文体方面的新变，包括“小诗的发达”和“律诗的发达”两方面。在这一点上与赵景深的著作一致，并将这一论断适用的范围由单纯的齐代扩展到了齐梁陈三代。第六节专门论述这一时期的文学批评。将声律论的内容作为文学批评来论述，另论及了钟嵘、刘勰的文学批评。

游国恩等人主编的《中国文学史》[2]。书中将永明体与宫体分为两节论述。永明体部分主要介绍其声律，代表作家介绍了谢朓，称其“和谢灵运的富艳精工、典丽厚重颇有不同”，具有新的风格。宫体部分，仍以否定为主，称其为色情文学，但也指出，“梁陈时代也还有少数诗人写出了少数内容比较健康的作品”，包括江淹、吴均、何逊、阴铿等。庾信仍被归入北朝诗人。

第三节　80年代至90年代的齐梁诗歌研究

1979年以后，一些学者研究成果的著作相继出版。罗宗强《魏晋南北朝文学思想史》[3]即为其中之一。本书在论述齐梁文学思想

① 谭丕模：《中国文学史纲》，高等教育出版社，1954年版。

② 游国恩等主编：《中国文学史》（一），人民文学出版社，1963年版。

③ 罗宗强：《魏晋南北朝文学思想史》，台湾文史哲出版社，1978年版。

时，以刘勰为主。将齐梁文学理论概括为“重娱乐、尚轻艳的文学思潮”，多为否定。文中指出，宫体诗具有重娱乐、尚写实的特点，追求写作技巧。类似性质的有关齐梁诗歌的著作还有逯钦立《汉魏六朝文学论集》[1]，曹道衡，沈玉成《南北朝文学史》[2]等。

1979 年以后，学者对齐梁诗歌的研究更加深入细致，改变了以往以文学史评述为主的局面，讨论的问题日趋多样，对齐梁文学的价值也多有发现。

这一时期出现了很多针对具体问题的重要论文。

曹道衡《略论南北朝文学的评价问题》[3]一文指出，南朝文学在文学史上是有价值、有影响的，开启了唐诗。诗歌在南朝的发展主要包括三个方面。一是“诗歌体裁有很大发展”，亦即歌行体有很大发展，曹先生称之为“自由化”；二是与“自由化”相对的格律化，亦即近体诗的产生；三是摆脱了玄言诗的习气，注意诗的形象性。本文是“文革”后较早涉及到南朝诗歌的论文。本文认为，南朝诗歌具有一定的价值，不能一味否定，应在研究中对其给予一定的重视。

这一时期另有王运熙的《从文论看南朝人心目中的文学正宗》[4]一文，从文论的角度探讨南朝诗人的创作意识。

八九十年代涉及到齐梁诗歌的文学著作，集中在魏晋南北朝断代文学史研究和专题研究两个方面。前者包括胡国瑞《魏晋南北朝文学史》[5]，

---

① 逯钦立：《汉魏六朝文学论集》，陕西人民出版社，1984 年版。

② 曹道衡、沈玉成：《南北朝文学史》，人民文学出版社，1991 年版。

③ 曹道衡：《略论南北朝文学的评价问题》第 2 期，《文学遗产》，1980 年。

④ 作于 1984 年 6 月，收入《当代学者自选文库·王运熙卷》。

⑤ 胡国瑞：《魏晋南北朝文学史》，上海文艺出版社，1980 年版。

王锺陵《中国中古诗歌史》[①]，葛晓音《八代诗史》[②]，骆玉明、张宗原《南北朝文学》[③]，傅刚《魏晋南北朝诗歌史论》[④]，钱志熙《唐前生命观和文学生命主题》[⑤]等；后者包括曹道衡《兰陵萧氏与南朝文学》[⑥]、刘跃进《门阀士族与永明文学》[⑦]，葛晓音《山水田园诗派研究》[⑧]，傅刚《萧统评传》[⑨]等。这一时期，对齐梁文学的研究日趋深入具体，评价日趋全面客观，与以往的研究相比，更多地发现了齐梁文学的艺术价值与文学史地位。

胡国瑞《魏晋南北朝文学史》将南朝文学史分为前后两期，刘宋称"南朝初期"，齐、梁、陈称"南朝中后期"。"南朝中后期"又分为"齐梁之际的诗人"（即永明诗人）和"梁陈之际的诗人"，没有涉及代表了宫体诗鼎盛时期的萧梁诗人。在对南朝各阶段文学的评价方面，书中称刘宋文学为"新貌"，持肯定态度；形容齐梁文学为"昏晓"，毁誉参半；否定宫体，以为"腐朽"。文体方面，本书提到了七古的发展和律绝的萌芽。作家研究方面，本书提到了谢朓的寓情于景，沈约的声病论，江淹的摹拟，何逊的景物精妙等在文学史上具有突出特色的特征。

王锺陵《中国中古诗歌史》将齐梁诗歌分为齐、梁两部分，分别

① 王锺陵：《中国中古诗歌史》，江苏教育出版社，1988 年版。
② 葛晓音：《八代诗史》，陕西人民出版社，1989 年版。
③ 骆玉明、张宗原：《南北朝文学》，安徽教育出版社，1991 年版。
④ 傅刚：《魏晋南北朝诗歌史论》，吉林教育出版社，1995 年版。
⑤ 钱志熙：《唐前生命观和文学生命主题》，东方出版社，1997 年版。
⑥ 曹道衡：《兰陵萧氏与南朝文学》，中华书局，2004 年版。
⑦ 刘跃进：《门阀士族与永明文学》，三联书店，1996 年版。
⑧ 葛晓音：《山水田园诗派研究》，辽宁大学出版社，1993 年版。
⑨ 傅刚：《萧统评传》，南京大学出版社，2001 年版。

以《精致与庸俗并存的齐诗》与《颓废中有前进的梁陈诗》两章加以论述。前文对齐诗以肯定为主，肯定了谢朓的文学成就，和“永明体”的开创意义，同时注意到其不足，否定沈约的“庸俗”。文中认为，“永明体”的创新包括：声韵的研讨和篇幅的缩短；对流转圆美与平易的艺术风格的追求；婉美与巧思；意境诗的初步形成。后文对梁陈诗以批判为主，但同时注意到了其积极意义。文中认为，梁陈诗的可取之处首先在于一定程度上继承了前代诗歌艺术的成果，尤其是在七言歌行与五言诗两个方面，获得了进一步的发展。

葛晓音《八代诗史》第八章论述“齐梁诗风的功过”，主要论述了五个问题：

一、文升质降的递嬗。讨论文风演变趋势。

二、谢朓与齐诗。讨论以谢朓为代表的齐诗，兼及王融。

三、从沈约到萧纲。兼及范云、江淹和竟陵八友。指出萧纲在新体乐府方面的创新，以及其宫体诗新巧琐细的特点。

四、吴均和何逊。

五、从徐陵到阴铿。论述在由梁入陈的过程中，诗歌的新发展。一方面，这一时期的乐府中，除艳情外，尽为悲声，脂粉气和风云气共同构成了梁陈乐府的特点。另一方面，这一时期的诗歌更加趋于明丽鲜媚。

傅刚《魏晋南北朝诗歌史论》第八章论述以永明体为代表的齐代诗歌，第九章论述以宫体诗为代表的梁代诗歌。第八章对永明体的描述是“近体诗走出帷幕”[①]。论述了永明声律形成的历史背景、永明声律的内容及永明体诗人，在永明体诗人中，着重论述了代表性

① 傅刚：《魏晋南北朝诗歌史论》，吉林教育出版社，1995年，第319页。

的诗人谢朓。第九章对宫体诗的描述是“割不断的历史联系”[1]。界定了宫体诗的范围，讨论了宫体诗题材的审美价值论，对宫体诗的价值进行了客观的评判。书中还对永明体和宫体诗进行了对比，认为：前者发明了声律，虽然不免生涩，却充满了创造力，后者较成熟，其辞愈巧，韵调愈利，声情辞采轻艳绮靡；前者处于生产期，后者处于消费期；前者是创造美，而后者是享受美、品味美。书中对历来关于永明体、宫体的定论多生发出新见。

杜晓勤《齐梁诗歌向盛唐诗歌的嬗变》[2]一书旨在论述齐梁至盛唐间诗体的演进，其中也涉及到了齐梁诗歌。上编的第一章论述了永明体的声律特征及其在齐梁时期的发展。下编的第一章论述了士人心态对齐梁诗歌的影响，包括政治现实、士人生活方式和佛教涅槃学对齐梁艳情诗风的促进作用。

刘跃进《门阀士族与永明文学》分为上、下二编，上编为综论，下编为系年。综论部分主要论述了四个问题。其一，门阀士族与永明文学的形成：分析了从《古诗十九首》以来文人诗传统与门阀氏族社会的关系，指出了抒情方式的转变、独立精神的寻求、向内收敛的倾向等因素对永明文学形成的作用；其二，门阀士族社会的不同阶层从隔阂走向融合，从而对永明文学产生了影响，主要以“竟陵八友”为例说明；其三，门阀士族社会对文学思潮的影响：其四，永明文学的诗体（包括句式、律句、用韵排偶）与门阀士族社会的关系。

葛晓音《山水田园诗派研究》第二章《从大谢体到小谢体》中的第二节《“旧识”中的山水新致》涉及到了齐代山水诗。文中指出：

---

① 傅刚：《魏晋南北朝诗歌史论》，吉林教育出版社，1995 年，第 377 页。

② 杜晓勤：《齐梁诗歌向盛唐诗歌的嬗变》，北京大学出版社，2009 年版。

“从南齐永明年间开始，随着文学主张的变革，语言风格的变化，声律说的兴起，山水诗由原来的突破口加以开扩，内容从深幽寻胜变为描写常见风光，风格从典雅工丽、深典重涩转为清俊流利，秀丽自然，进入了一个新的发展阶段。而在这一演变的过程中，谢朓的山水诗起了重要的转关作用。”[①]文中进一步指出了齐代山水诗的贡献，包括：从行役发展为宦游；从登临发展为宦游羁旅与闲居的日常生活；注意到景物的动态、光色与总体情调的描绘。文中指出，齐代山水诗以情景分为两橛为特点，同时能做到自然结合。其中出现的“有句无篇”的弊病，是由思想贫弱造成的。谢朓以后，文中又论述了何逊、阴铿对山水诗艺术的继承与创变，即对月露风云题材的关注，对纤巧、细微的动态与情趣的把握。

钱志熙《唐前生命观和文学生命主题》第十六章指出，齐梁时代，“文学中生命情绪因佛教生命观而淡化甚至消失”[②]。傅刚《萧统评传》考论与萧统有关的史实，分为上下两编。上编考论萧统的家世与生平，下编考论萧统的文学活动和文学思想。本书的特色在于，以一位具体作家为中心，考证其生平与创作，从而描述一个时代的文学面貌。

曹道衡《兰陵萧氏与南朝文学》通过考论与兰陵萧氏有关的史实，描绘齐梁文学图景。本书分为上下两编，上编考论兰陵萧氏的世系与南齐皇朝，下编考论梁皇朝及其历史地位，对萧氏一姓的作家进行分章论述。

这一时期的文学史著作有袁行霈主编《中国文学史》，章培恒、

---

① 葛晓音：《山水田园诗派研究》，第 48 页。

② 钱志熙：《唐前生命观和文学生命主题》，东方出版社，1997 年版。

骆玉明的《中国文学史》和马积高、黄钧的《中国古代文学史》。

袁行霈主编《中国文学史》将齐梁诗歌归为一章。介绍了永明体、齐梁诗人集团，并强调南朝民歌对宫体诗的影响。

章培恒、骆玉明的《中国文学史》[①]将南朝诗文的特点概括为“新变”，将其局限性概括为“偏狭”，并指出南朝诗文具有“反映文人自身的日常生活情趣、周围环境，以及他们所认识到的人生的普遍现象”，以及“对于艺术的强烈追求”的特点。具体到齐代诗歌，书中认为这一时代最重要的现象，在于永明体的出现和“艳体诗的露头”。对于齐代诗人，只介绍了谢朓，将其他诗人均归入梁代。对于梁代诗歌，书中认为，其特征在于追求美感和抒情性。最后，书中还介绍了南朝民歌。

马积高、黄钧的《中国古代文学史》[②]在结构上与游国恩文学史类似，将永明体和宫体分两节论述，将庾信归入北朝，又单节论述南朝乐府民歌。永明体和宫体部分，在内容和观点上基本承袭游国恩文学史，但加入了梁陈宫体诗的内容，从单纯的批判转向客观地分析，肯定其“历史必然性和一定的意义”，如“对人体美的集中描绘与表现”等。民歌部分，并入了东晋的清商曲辞。

这一时期的重要论文包括：

葛晓音《论齐梁文人革新晋宋诗风的功绩》[③]。文中论述了齐梁对晋宋诗风的变革。变革主要体现在三个方面：一是对“三易”的追求，即对声律、对仗和浅易清新的语言的追求；二是萧氏兄弟将文学

① 章培恒、骆玉明：《中国文学史》，复旦大学出版社，1996 年版。

② 马积高、黄钧：《中国古代文学史》，湖南文艺出版社，1992 年版。

③ 《北京大学学报》，1985 年第 3 期。

实践中的倾向上升到理论，主张“情性”；三是出现了大量以羁旅、行役、离别为主题的山水诗，并做到了情景交融，这是齐梁文学的突出成就。文中认为，齐梁诗歌“从生活面来说，固是前所未有的狭窄，但从题材范围来看，却又是前所未有的宽泛”，体现出了“日常生活的温情”，具有其独特的价值。

作者认为齐梁诗歌的功绩包括以下几个方面：诗歌新体裁的形成，乐府旧题的改制和新题的创造，构思转向含蓄隽巧，写景注重象外之意。与曹道衡先生一文对南朝诗歌的评价相比，该文的结论做出了一些改进：将“自由化”与“格律化”两大趋势，亦即歌行体和近体的形成，合并为“诗歌新体裁的形成”；指出了齐梁对乐府系统的改造；注意到了篇制之外的特点，如“含蓄隽巧”的构思，研究更为深入；在南朝诗歌普遍“注意诗的形象性”的前提下，进一步将齐梁与刘宋区分开，指出齐梁比刘宋更为注重“象外之意”。

关于齐梁诗歌文风靡弱的缺点，文中指出，“齐梁文风的靡弱不在于吟咏情性和专以江山风月为事，而在于其情性本身的平庸无聊和肤浅，在于宫廷贵族生活视野的狭窄”。

曹旭《论宫体诗的审美意识新变》[①]。本文介绍了宫体诗的题材、体物方法和情绪特点。探讨了宫体诗审美意识新变的原因和意义，并认为宫体诗是建安与盛唐之间不可或缺的一环，对其给予了一定肯定。

沈玉成《宫体诗与〈玉台新咏〉》[②]。该文主要介绍“宫体诗”作为诗体的概念，以及《玉台新咏》一书的成书与流传。文中对“宫体

① 《文学遗产》，1988 年第 6 期。

② 《文学遗产》，1988 年第 6 期。

诗"的评价不高,与曹旭先生持不同的观点。两文各自独立发表于同期,不存在争论关系,却可代表对"宫体诗"的两种不同看法。

曹道衡《江淹及其作品》①一文,探讨了有关江淹及其作品的一系列问题。包括:"才尽"说;身世和经历;成就和特色;拟古诗的评价等。

王锺陵《论谢朓诗》②。该文主要从三个角度论谢朓诗。一为分析谢朓仕隐之间的思想矛盾;二为其着眼于"人境内"的特色,具体表现为"自然同屋宇交织"、"田园风味"和对动物的注意;三为其风物刻画的风格,包括"感情的融入"和"对细微物象动态的刻划"。

吴云、董志广《梁代宫体诗新论》③。较为全面地介绍了梁代宫体诗。

阎采平《士庶关系与齐梁文学集团》④。较早从士庶融合的角度考察南朝诗歌。

曹道衡《关于南北朝文学研究问题之我见》⑤。总结了 1980 年以来南北朝文学研究的状况,提出南北朝文学研究要从社会现实出发,不可过于否定北朝文学。

钱志熙《表现与再现的消长互补:中国诗歌发展史上的一种规律》⑥。文中揭示了中国诗歌在表现与再现两极间移动的诗史发展规律。在论证这一规律时,梳理了中国诗史上表现与再现的消长情

---

① 收入《中古文学史论文集》,中华书局,2002 年版。
② 《四川大学学报》,1989 年第 3 期。
③ 《文学遗产》,1990 年第 4 期。
④ 《文学遗产》,1994 年第 3 期。
⑤ 《文学遗产》,1995 年第 6 期。
⑥ 《文学遗产》,1996 年第 1 期。

况。其中涉及南朝诗歌的一段指出:“写作方法上的再现诗美观,是在南朝时期才真正确立起来。这也是南朝诗歌对诗歌史的最大贡献。”同时也指出,“南朝时期再现诗美观的片面发展,也导致了对诗歌艺术本质的较严重的偏离”。

许云和《梵呗、转读、伎乐供养与南朝诗歌关系试论》①。探讨了佛教文化在形式和内容上对南朝诗歌的影响。

胡大雷《试论南朝宫体诗的历程》②。较为系统地梳理了宫体诗及其美学特征在南朝发生、发展和演化的过程,以及在各代的表现形态,与其体现出的内在情感矛盾。

傅刚《试论梁代天监、普通年间文学思想与创作》③。文中指出,南朝诗歌在永明体与宫体之间,还存在着一个以萧统为文学中心的阶段。这一阶段与前后两个阶段相比,具有独特性,不容忽视。文中认为,这一阶段诗歌的特点包括:竟用事典,原来的永明诗人也发生了诗风转变;萧统文学集团对永明声律论持不同看法;批评“清巧”、“形似”,以雍容温和为追求。这些主张与永明体的主张相反,后来也受到萧纲文学集团的批判。可见,从永明体到宫体,其传承是不连续的,其间经历了萧统文学集团对其的批判与反拨。

陈庆元《论颜谢、沈谢齐梁间地位的升降得失》④。文中指出,颜谢、沈谢在齐梁间地位的升降可分为四个阶段。颜谢与沈谢的地位变迁实际反映了元嘉古体与永明新体之争。

---

① 《文学遗产》,1996 年第 3 期。
② 《文学评论》,1998 年第 4 期。
③ 《文学遗产》,1998 年第 5 期。
④ 《文学遗产》,1999 年第 1 期。

骆玉明、吴仕逵《宫体诗的当代批评及其政治背景》[1]。文中指出,萧梁当代对宫体诗的批评是政治性、道德性的,并为后人从不同需要出发加以承袭。

(本章执笔人:张一南)

① 《复旦学报》,1999年第3期。

第六章　北朝及隋诗歌研究概述

第一节　20世纪前期的北朝及隋文人诗研究

20世纪前期是北朝及隋代文人诗研究的奠基阶段。很多著名学者的专著,如刘永济《十四朝文学要略》,胡适《白话文学史》,郑振铎《插图本中国文学史》,郑宾于《中国文学流变史》、刘大杰《中国文学发展史》,罗根泽《乐府文学史》,冯沅君、陆侃如《中国诗史》等等对北朝及隋文人诗的问题都有所涉及,并提出了一些基本的学术观点,成为后来学者研究北朝及隋文人诗的重要理论来源。综合起来可以概括为以下两方面内容:

一、北方政治的动荡不安和外族政权的长期占据极大地阻碍了北朝文学的发展,使得北朝文人诗歌成就整体逊于南方。郑振铎在《插图本中国文学史》中便认为:"从晋惠帝的时候,所谓五胡乱华的时代起,北方的天下,便没有一天安宁过。……在这样多难的一个时代里,纯文学当然是不易产生。所以北朝的文学,远不及比较安静的南朝那样的蓬勃有活气"、"再者,还有一个重要的原因,使她不能产生什么伟大作品出来,那便是:无论是秦(苻氏),是凉,是魏(拓跋氏),是周(宇文氏),是齐(高氏),却没有一个不是不大通汉文的少数民族，不是以马上的征战为生涯的。……至于本土的汉人呢，终年的被蹂躏在少数民族的铁骑之下，又怎有闲情逸致来写作什么！”①郑宾于在《中国文学流变史》中虽希望为北朝诗歌正名，却亦言：“……但我们不能为北朝讳的只是一件，就是他的作者太少了，比较稍大一点的文学作家，都可以说没有。虽然有一个庾子山，也还是南朝走出的寓公……这到底是时势所造的呢？抑环境所酿的呢？”②刘大杰亦云：“讲到民歌，南北本可分庭抗礼，并且双方的作品，也都能充分地表现出南北不同的地方色彩与民众的生活情调。但文士的作品，北方就远不如南方。”③由此可见，这些学者对于北朝文人诗的评价是基本一致的，认为其在数量、质量上均输于南朝。

二、对由南入北的诗人王褒、庾信给予极高评价。钱基博《中国文学史》评价庾信曰：“然其才华富有，绮丽之作，本自青年渐染南朝数百年之靡，及其流转入周，重以漂泊之感，调以北方清健之音，故中年以后之作，能湔洒宫体之绮艳，而特见苍凉。”④钱基博又特别指出庾信在技巧上对敷物、属辞、用事的发扬和在抒情、造境、用典方面的调和。郑振铎亦评价王褒、庾信二人言：“这二人所作，原是齐、梁的正体，然到了北地之后，作风却俱大变了。由浮艳到沉郁，由虚夸变到深刻，由泛泛的辞语，变到言必有物的美文。因此，庾、王在公元五五四年后之作，遂在齐梁体中，达到了一个未之前有的最高的成就。像那样的又深挚又美艳的作风，是六朝所绝罕见的。”⑤郑宾于立足

① 郑振铎：《插图本中国文学史》，作家出版社，1957 版，第 261 页。

② 郑宾于：《中国文学流变史》，中州古籍出版社，1991 版，第 91 页。

③ 刘大杰：《中国文学发展史》，古典文学出版社，1957 版，第 342 页。

④ 钱基博：《中国文学史》，中华书局，1993 版，第 222 页。

⑤ 郑振铎：《插图本中国文学史》，作家出版社，1957 年版，第 267 页。

于当时北朝文坛盛行的文学复古风气，指出王褒、庾信自南方而来，为北方文坛带来了符合时代性的轻艳绮靡的文学，使新文学代替复古，成为历史之必然。郑宾于推崇王褒的乐府诗，对于庾信，则认为他的诗"到过江以后才更好的"，杜甫说其"老成"，是指其下语有分寸，而"绮艳"、"清新"才是庾信诗中特别精神所在。陆侃如、冯沅君在《中国诗史》中分别以《咏画屏风诗二十五首》其一和《拟咏怀诗二十一首》其一为例，对庾信在南朝与北朝时的诗风作出了比较，提出"无论在南在北，他的诗的音节始终是异常和谐的"[①]，关注到庾信诗歌的音声问题，并得出结论："他的风格由清新而老成是很明显的。"[②]。

三、将隋代诗坛视作对南北朝诗风进行融通、并开启初唐诗风的重要过渡阶段。郑振铎在《插图本中国文学史》中指出："隋代的诗坛，全受梁、陈的余光所照"[③]，又评价杨素的《赠薛播州十四首》曰："足以上继嗣宗，下开子昂"。刘永济着眼于隋代诗乐对前代的继承。认为："隋氏清乐所存，南音之总汇也。"[④]由于永嘉丧乱后，官乐大多散失，北方民族入侵，带来北地音乐，于是导致了南北音乐的交融。刘永济肯定隋诗的贡献，认为其君臣之作"率多依体制辞"，"斯体之兴，固与周雅汉诗，事同一例。"指出"隋虽短祚，上比嬴秦，而开今之功，亦正相埒矣"[⑤]。对隋诗为后代诗歌的开启之功给予极高评价。罗根泽《乐府文学史》言："隋唐为南北文学结婚之后之合法产

① 陆侃如、冯沅君：《中国诗史》，作家出版社，1957 版，第 399 页。
② 同上书，第 398 页。
③ 郑振铎：《插图本中国文学史》，作家出版社，1957 年版，第 273 页。
④ 刘永济：《十四朝文学要略》，黑龙江人民出版社，1984 版，第 179 页。
⑤ 同上书，第 186 页。

儿。但产儿或肖父，或肖母，未必皆兼肖二人。”[①]认为文帝生于北地，故其君臣乐府多肖北方，而炀帝长于南方，故钟爱南曲艳体。并指出隋代乐府之所以呈现出新变，乃是受地方、政治影响所致。谢无量《中国大文学史》认为隋初由于文帝不好浮华淫靡之文，“一时文体几变”。炀帝即位后，流连声伎，遂令“当时文士，复好丽词，雅制终废。然新声竞作，为后代戏曲之萌芽。”[②]薛道衡、虞世基、孙万寿、王胄等文人，被认为“近宗徐庾，为下开沈宋者也”。谢无量特别指出隋代诗坛在律体方面的贡献，言：“律体大进，又有以导唐人之先路”、“律体始于沈约声病之论，而成于陈隋之间，观于诸人之作，可以见矣”[③]。

除以上基本观点之外，这些学者的研究也展示出各自的一些特色。较早将北朝文人诗归纳为系统进行研究的是陆侃如、冯沅君的《中国诗史》。其提出“北方的系统”这种说法，并将除王褒、庾信外的萧悫、卢思道、薛道衡、杨广也纳入进来。后四者我们今天通常将其列为隋代诗人。尽管如此，仍然可以看到陆、冯尝试建构北朝文人诗系统的努力。比较完善的系统的建构见于郑宾于《中国文学发展史》。其在第五章“诗的叠变与翻新”中第一节即以“北朝诗系”为题目，目的是希望通过这种建构使人们对北朝文学的印象有所改观。罗根泽《乐府文学史》将北朝乐府诗系统分为两个部分，一为平民创作乐府，另一则是文人仿古乐府。罗根泽提出“北朝之平民乐歌，以质直伉爽胜，而文人之作则不然。……文人则虽在北方，而以其有文

① 罗根泽：《乐府文学史》，东方出版社，1996 版，第 151 页。

② 谢无量：《中国大文学史》卷五，中华书局，1927 版，第 57 页。

③ 同上书，第 59 页。

学素养，且多汉家衣冠故族，故文美而气弱”[①]。并历数北魏、北齐、北周三代诗人，认为北魏温子昇，北齐魏收、裴让之，北周王褒、庾信分别为三代的典范。其中特别指出北齐北周乐府较北魏各多数倍，原因在于“晋室南迁，故家大族，随之俱去，故北魏百数十年之间，平民乐歌之外，几无文学可言。至周齐，时代既久，故渐有能文之士。”[②]郑宾于将北朝诗系分为三个板块，第一个板块是北魏宗室的诗尚，这个板块又分为两个部分，一是孝文联句和诸宗室篇章，二是北魏的新旧两诗派，旧派以阳固为代表，新派以萧综、温子昇为代表。第二个板块是北齐的邢子才、魏收及其他诗人，认为北齐诗坛是继承北魏而开展的。第三个板块是北周诗人王褒、庾信，前面已经谈及。郑宾于的研究在这一时期的北朝诗歌研究中属于最为全面和成体系者。

但是总体而言，这一时期的北朝及隋文人诗研究绝大多数只是出现在文学史的一部分当中，学者几乎没有针对北朝及隋的专门性研究。一方面在于作为古代文学史建构的起步阶段，学者更重视宏观性的梳理总结，对任何一个专题的专门性研究都是比较少的，不只北朝如此。另一方面，北朝及隋的文人诗的确在数量和质量上存在劣势。对于这个领域的接受和开掘确实需要一定的时间。这种现象直到 80 年代以后才逐渐被打破。

第二节　50 年代至 70 年代的北朝及隋文人诗研究

这一时期的北朝及隋诗歌研究，由于历史和政治的原因，多向北

① 罗根泽：《乐府文学史》，东方出版社，1996 年版，第 142 页。
② 同上书，第 143 页。

朝乐府民歌倾斜，对文人诗的关注相对弱化。胡国瑞《魏晋南北朝文学史》以《拟咏怀二十七首》为例，认为庾信诗形式上的特点是骈文化，由于其学问丰赡，善于用精约的语言，恰当地概括往古事实，比喻地表达自己的思想感情。这也使其诗不如直接抒写更易感人。而庾信的五绝则极为明朗精约、悲凉深永，已是唐人五绝的精神境界，为唐人的这一体裁提供了精美的范本。

游国恩等主编的《中国文学史》指出"北朝除乐府民歌外，文人诗坛一直是比较荒凉的"，"北朝三才"即温子昇、邢劭、魏收的诗文基本规抚沈约、任昉，没有什么创造。而庾信入北才给北朝诗坛带来转机。该书认为庾信"一方面把南朝诗歌的丰富遗产和新的成就带到北方，一方面又吸收北方文化中比较健康的精神，批判了南朝诗歌腐化浮艳的内容，创造了新的风格，在一定程度上体现了南北文学合流的新趋势"①。

对于隋诗，该书认为隋代文风以浮艳为主，直承南北朝文风而来。前期来自北朝的诗人如卢思道、杨素、薛道衡等，作品体现出一些新的南北合流的风气，反映出庾信、王褒诗风的影响。在形式格律上，隋诗也有进一步的发展，其中七言诗形式的发展尤为显著。后期则又陷入轻侧浮艳的作风。

林庚在《中国文学简史》中评价庾信曰："庾信的成就，正在于能把南朝艺术上的工夫用在现实生活中活生生的思想感情上，诗歌的高潮，便已在多方面准备成熟"、"在隋唐统一的前夕，庾信正是这样统一了南北的文风，熔声色性情于一炉，在各方面都显得是那么重要

① 游国恩等主编：《中国文学史》，人民文学出版社，1985版，第323页。

的一位作家"[①]。对于七言诗,林庚认为:"七言诗比五言诗更为接近于口语,更为解放,也更为俚俗。如果《燕歌行》可以作为这方面代表性的传统,那么就不难理解为什么在北歌中更自然地先出现七言了。七言诗脱胎于楚辞,而楚辞从《离骚》到《九歌》乃是从散文化又走向诗化的开始。此后通过形式、语法、词汇等各方面的不断提炼,这时乃达于诗歌语言自身的更臻于成熟,说明诗化经历了长期的过程已近于完成,这就意味着一个诗国高潮的行将到来。"[②]

总体而言,这一时期的学者在20世纪北朝及隋诗歌研究中处于一个承前启后的阶段。他们延续之前学者的成果,对北朝及隋的文人诗问题进行了进一步的梳理和思考,为下一个阶段的研究开启了道路。

第三节　80年代至90年代的北朝及隋文人诗研究

80年代以来是北朝诗歌研究的繁荣时期。随着新一辈学者和专著的涌现,对北朝诗歌的研究也越来越细致深入,并不断展现出一些新的角度和视野。这一时期北朝诗歌研究的代表性专著有:曹道衡、沈玉成《南北朝文学史》,曹道衡《中古文学史论文集》,章培恒、骆玉明《中国文学史》,袁行霈主编《中国文学史》,葛晓音《八代诗史》、《汉唐文学的嬗变》,傅刚《魏晋南北朝诗歌史论》,吴先宁《北朝文化特质与文学进程》等等。

曹道衡、沈玉成的《南北朝文学史》由北朝社会文化背景入手,

---

① 林庚:《中国文学简史》,北京大学出版社,1995版,第191、193页。

② 同上书,第193页。

对北朝文学进行了全面系统的梳理。对北朝文学的特色提出了这样的观点：从总的趋势来看，北朝文学的发展是和少数民族的汉化以及北方文人接受南方文学的影响同步进行的。尽管如此，北方文学仍然保持了自己“辞义贞刚”“重乎气质”的特点。从总的倾向来说，北朝文学是偏重实用的。曹、沈在编写时，特地将十六国的文学也纳入进来，目的应是在于说明北朝文学的一种延续性。对于北魏以后的北朝文人诗，曹、沈所关注的对象则更加细化和全面。前代学者极少谈及的很多较为偏僻的文人和诗作，都被他们纳入自己的学术视野，体现出他们试图由点至面、还原整个北朝文人诗坛风貌的一种努力。

对于庾信，曹、沈认为其入北以后，诗歌创作从内容到风格发生了明显的变化，具体说，乡关之思成了作品中最突出的内容，作品风格则由清新转化为苍劲。在诗歌形式上，庾信沿永明新变体所开拓的道路，在格律、炼字琢句方面做出的贡献也是重大的。

除此之外，曹道衡《中古文学史论文集》收录多篇关于北朝诗歌的论文，兹列于此：

《试论北朝文学》：文章旨在对北朝文人诗的艺术价值和文学史地位做出新的界定。作者认为《隋书·文学传》乃是公正之论，肯定北朝诗人创作的一些自身的特点。并认为北朝诗歌发展到北齐末期，许多诗人的创作水平已经赶上了南方。

《庾信〈哀江南赋〉四解》：对“头会箕敛”等四词进行了考辨。

《关于王褒的生卒年问题》：经考证认为王褒生于天监十年，卒于建德三年。

章培恒、骆玉明《中国文学史》首先指出庾信后期的创作并没有完全舍弃早年的风格，他同北朝显贵的唱和之作，依然是雍容华贵，且多艳情成分。其次指出庾信的性格既非果敢决毅，又不善于自我解脱,找不到任何出路,往往只是在无可慰藉中强自慰藉,结果却是愈陷愈深,使得诗中的情绪沉重无比。其代表作《拟咏怀二十七首》广泛运用南朝文学的修辞技巧,并得到新的提高。该书总结说:"他的诗歌,则初步融合了南北诗风,对唐诗有重要影响。"[①]对于王褒,该书则认为他和庾信在南北朝文学的演变上起了相似的作用。

该书对隋代几位重要诗人做了点评,认为杨素诗雄深雅健、苍凉老成。卢思道、薛道衡诗偏向齐梁风格,而作为北方的诗人,也多少体现了"重气质"的特色。至于宫廷之外的以孙万寿为代表的诗人,则昭示着诗坛变革的主力必来自宫廷之外的重要事实。

袁行霈主编《中国文学史》指出自东晋以后,南北政权持续对峙。表现在文学上,一方面是南方清绮的文风极盛,并对滞后的北方文学产生较大的影响;而北方文学质朴的气质在南北接触的过程中,也显示了某种优势。对于庾信,该书认为其早期对诗歌形式的多方面探索值得珍视。庾信在南朝积累起来的文学经验,除了美感形式上的经营,还包括美感内容上的体认。由南入北的经历,使庾信的艺术到达"穷南北之胜"的高度。庾信兼取南北之长,开拓和丰富了审美意境,为唐代新的诗风的形成做了必要的准备。

关于隋诗,该书将隋代诗人划为南北两派,并认为两者分别是南朝、北朝诗风的代表,而自梁、陈入隋文人的创作,在诗歌体式和表现形式方面,都为北方文人提供了借鉴。该书继而提出:"终隋一朝,南、北文学的合流仅限于诗风的相互影响,呈现出明显的赫然不同的过渡性质。"[②]

---

① 章培恒、骆玉明《中国文学史》,复旦大学出版社,1996版,第440页。

② 袁行霈主编:《中国文学史》第二卷,高等教育出版社,1999版,第218页。

葛晓音《八代诗史》对北朝文人诗的演进问题单辟一章来论述，基本观点是北朝文人诗的发展与其学术文化同步而行，经历了一个逐步接收南朝文化影响的发展过程。北朝诗歌的演进实际上也是南北文风初步融合的过程。葛晓音认为，魏孝文帝的文化政策中，对北朝诗歌影响最大的是其实行的采诗制度。魏孝文帝实行采诗并以南音输入乐府，是南北诗风交融的开始。对于庾信，葛晓音肯定其融合南北的成就，特别指出其在“老成”境界方面的独创。认为其能以俗杂雅，以涩治滑，甜酸苦辣，分至并出，在使事无迹的同时，吸收晋宋人好用经史古语的做法，和日常生活情景的描写结合起来，于生新中见自然亲切之意，从而以苍老古拙的自然美，突破了南人的艺术趣味。除庾信外，葛晓音也论及王褒与卢思道二位诗人。将卢思道划归北朝，是以他“一生的文学活动主要是在北朝”，通过这种调拨，试图更明晰地展现北朝至隋唐诗歌发展的进程。

该书第十章专论隋诗，标题为“隋诗的过渡状态”。认为隋诗的过渡状态不仅体现在齐梁影响的根深蒂固，更体现为经过隋初斫琱为朴的改革后，融合北朝诗之清壮和西晋诗之雅正的倾向，这为初唐诗歌风貌的形成奠定了基础。作者同时认为隋诗普遍有蒙气，和这一代诗人才力不足有关，因此囿于融合而艰于创变，则成为隋诗过渡状态的另一特征。该书对隋代主要诗人也做了点评，如评价杨素诗骨格苍老而章法新颖，故在当时能超出一格。评价薛道衡乐府铺陈条畅，古诗清雅工丽，善用新奇的形象和巧妙的构思。

葛晓音《汉唐文学的嬗变》一书中收录了两篇关于庾信的文章，一篇是《庾信的生平和思想》，另一篇是《庾信的创作艺术》，后者尤为关键。在这篇文章中，葛晓音肯定庾信南朝时期的创作，认为庾信正因为前期的文学生涯使他在艺术上打下了深厚的功底，到晚年流落北方后才能将“造情之本”和“琢句之长”结合起来，成为文学史上的大家。在庾信早期的艺术上，指出其创造了多种表现手法，如角度的多变、大量数词的运用、骈偶用典方面的新创等等。后期则以秋景见长，悲凉落寞的心情融入北方萧索疏淡的景色，主客观境界高度统一，形成清新中兼有枯淡的风格。在后期的大量作品中，将“屡出屡变、汇彼多方”的典故和形象的比喻、沉痛的感情、边塞的景色融为一体，达到了“使事无迹”的境界。庾信集中又有不少送人出征和观武射猎的诗歌，刚健遒逸，对唐代边塞诗的影响是显而易见的。

傅刚《魏晋南北朝诗歌史论》从北方文化的角度入手，认为北朝初期外族统治者对汉文化持对抗态度，直到孝文改革之后，汉文化逐渐被接受，北方文化才渐渐造就了自己的个性，同南方文化形成对峙。北方学术未受玄学思潮影响，仍然是汉人的章句之学，因此思维方法表现为求实、严谨、不尚变化，反映在文学思想上，便主张文学的实用性，即为社会政教服务。由于务实求用，北方文化也表现出贴近现实和游离艺术的一些气质。随着历史的发展，这种文化束缚逐渐被越来越多的南北交流所打破。

对于北朝文人诗，该书认为由于诗歌传统的中断，北朝诗人对诗的认识、诗的发展规律的把握都是盲目不清的。因此他们对南朝诗的学习只能流于机械的摹仿，并以摹仿为最终目的。而一些艺术水平较高的南朝诗人反而能将南北诗风结合起来，代表人物即是庾信。该书称庾信为“魏晋南北朝诗歌总结者”。对于庾信对北方文化的态度，该书认为庾信是持否定的。既是出于审美层面，也是出于家国之思。而他虽然在主观上排斥北方文化，但作品的沉郁悲凉之气，却与北方文化的精神气质息息相关。对朔方风物的描摹又必然展现出遒劲的风格。因此才造成了他作品的南北合流。

杜晓勤《齐梁诗歌向盛唐诗歌的嬗变》下编第二章专论“周隋时期北方诗风的连锁性变化与士人心态之新特征”。提出“入北诗人因国破家亡、沦落他乡后对梁朝覆亡原因的思考和对南朝士风的自觉反省,以及反思后又无所适从的痛苦心态,可能是促使他们诗风转变更深层的原因”①这样的观点。认为周隋时期,有相当一部分北方诗人在诗中表达了他们的功名意识和进取之心,在一定程度上体现了以表达北地文化精神为创作主旨的新的诗歌创作风尚,在隋代诗坛独树一帜,并对唐初的诗歌创作产生了一定影响,具有较大的文学史意义。

吴先宁的《北朝文化特质与文学进程》是一部专门研究北朝文学史的著作。本书以“门第士族”为中介环节,将北朝的政治、经济、思想意识和社会习俗、心态与文学联系起来,从而把握北朝文学的特征、发展变化等的内在原因。这就为北朝研究提供了新的视角和思路。除此之外还有周建江的《北朝文学史》。作者认为北朝文学在整体上的确不如南方文学,但其作为一种客观的文学存在,有自己的特色,也有自己的性质,更有自己的地位,所以有其独立性。这样的持论也是非常中肯的。

近年来关于庾信的研究有一些著作:如林怡《庾信研究》等。该书认为:“庾信融南北文风为有机整体的创作实践,其实质是魏晋南北朝时期文学自觉意识在他的创作活动中的全面张扬”。②

(本章执笔人:段 莹)

① 杜晓勤:《齐梁诗歌向盛唐诗歌的嬗变》,台湾商鼎文化出版社,1996版,第115页。

② 林怡:《庾信研究》,人民文学出版社,2000版,第144页。

第七章　南北朝乐府诗歌研究

第一节　晋宋乐府民歌研究

一、20 世纪前期晋宋乐府诗歌研究

较早的乐府注释之作有余冠英的《乐府诗选》①收录了从汉魏一直到六朝的乐府民歌，期间部分文人拟作也有附录。陆侃如《乐府古辞考》②将乐府古辞分为：郊庙、燕射、舞曲、鼓吹、横吹、相和、清商七个部分，从名称、源流歌词内容等多方面一一进行了考证，是早期乐府研究的较为系统之作。罗根泽《乐府文学史》③则从文学背景出发，对乐府文学的发展历史进行了梳理。而 30 年代的著名学者王易的《乐府通论》④，则稽考了乐府诗的起源、建立、沿源流等多种重要问题，主张将乐府文学的内核回归到音乐上去。其中较为新颖的观点是对比了中西乐曲，提出燕乐、西乐实出一源，同出印度。

20 世纪前期乐府研究的又一重要著作是萧涤非先生的《汉魏六

---

① 人民文学出版社，1954 年版。

② 商务印书馆，1926 年版。

③ 北平文化学社，1931 年版。

④ 神州国光出版社 ，1933 年出版。

朝乐府文学史》[①],本书于1944年中国文化服务社出版,共分为六编。从先秦乐之起源论起,对乐府的产生、沿革、流变、分界等问题都进行了详细研究。征引黄节等诸多前辈名家观点,并对陆侃如和罗根泽的某些观点进行了商榷,考证清晰,材料详赡,是这一时期乐府研究的集大成之作。

二、50年代至60年代晋宋乐府诗歌研究

王运熙先生是新中国成立后乐府诗歌研究的大家。50年代出版的《六朝乐府与民歌》[②]和《乐府诗论丛》[③]两部关于汉魏六朝乐府诗的论文集,可以说代表了当时乐府诗歌研究的最高水平。内容涉及探讨乐府诗产生的地域、时代、在当时的作用和对后代的影响,考辨有关作家的生平、作品的本事,以及乐府诗在送和声、谐音双关语等方面所显示的特点。资料翔实,论述精辟。其中关于"刘宋王室与吴声西曲的发展"等问题的看法,发前人之所未见,对东晋——刘宋时期乐府诗歌研究有重要参考价值。

在音乐与文学关系研究上,《六朝乐府与民歌》也具有不可忽视的重要价值,该书较早从音乐学角度对吴声西曲的产生时代、地域、曲调本事、和送声等问题进行了专门研究。其中一个重要观点是:吴声、西曲渊源于清商旧曲,从乐器配置和声制特点来看,两者之间存在承递关系。

考据方面,王先生《吴声西曲杂考》一文中,依篇章次序考证吴

① 中国文化服务社,1944年版。

② 古典文学出版社,1957年版。

③ 古典文学出版社,1958年版。

声曲调作者，持论严谨，征引丰富，给后人研究树立了范例。

三、80 年代至 90 年代晋宋乐府民歌研究

由于晋宋乐府中绝大部分属于当时乐府民歌，由于作者年代不详，导致大部分作品断代困难。一些篇章到底属于哪个时代，还存在争议。很难具体区分出那些作品属于晋宋，哪些属于其他朝代。所以只能将六朝民歌研究的主要成果统一著录。

基础研究方面，中华书局整理出版了《乐府诗集》，搜集了前代的注释考证的内容，成为晋宋乐府研究的常用文献，但由于校勘考据上的疏漏，对作者考证、作品年代、词句注疏等多方面还存在着诸多不足。由于吴声西曲属于民歌性质，对某些特殊字词、方言语汇的注释十分必要。王云路《六朝诗歌语词研究》[①]、樊维纲《南朝民歌词语释》[②]等专著和文章，从语言学的角度考证了部分乐歌语词。

具体篇目研究中，也存在名篇断代不明的问题。如《孔雀东南飞》的创作时间有汉末与六朝两种看法。孙望、古直、王越、萧涤非、王运熙、蒋逸雪、林剑鸣等都肯定汉代创作说。六朝创作说的坚决主张者是张为麟，此外，陆侃如、冯沅君、徐复也持相同主张。

对于乐府民歌的叙事问题，罗根泽的《南朝乐府中的故事与作者》[③]则提出一个较为新颖的观点：这些民歌大多有本事可考，与上层阶级的关系颇为密切。

在乐府系统研究方面，杨生枝有专著《乐府诗史》[④]从乐府诗歌

① 黑龙江教育出版社，1993 年出版。

② 《杭州师范大学学报》，1988 年第 1 期、第 5 期。

③ 《罗根泽古典文学论文集》，上海古籍出版社，1985 年版。

④ 青海人民出版社，1985 年版。

一代代变化发展的历史轨迹出发，揭示各个时代乐府诗的不同特点，并从诗和乐的结合中论述乐府发展演变的过程及其特殊规律。

钱志熙《乐府古辞的经典价值——魏晋至唐代文人乐府诗的发展》[①]则通过对汉魏乐府艺术特征、产生背景的深入分析，指出：乐府诗在它的原生时期，是依存于一个更大的艺术系统之中的。因而乐府诗所承担的艺术功能比纯粹的诗体要复杂得多。具有音乐性、娱乐性、写实性、自然符合伦理道德价值等多重特色。因而在艺术上常体现出令后世文人感到神奇莫测，不可企及的艺术特点。这是对乐府古辞的艺术成就的精辟概括。该文另一贡献是阐述乐府对后世文人诗的垂范意义的阐发："文人诗包括文人拟乐府诗，虽然是从汉乐府诗这一母体中发展出来的，但自晋宋以降，发展的主要方向是走向文人诗自身的审美理想，走向典雅、清丽。在这一诗歌发展进程中，汉乐府诗的经典价值被淡忘了。一直到了唐代，文人诗已经达到自身的审美理想之后，诗人们才重新发现古乐府诗的经典价值。可以说，唐代诗人通过学习汉乐府诗的创作实践，确立了汉乐府诗的经典地位。"堪称是乐府研究中深入之论。

关于南朝民歌对文坛诗风影响，葛晓音《论齐梁文人革新晋宋诗风的功绩》[②]，肯定了南朝民歌对于晋宋诗风的正面影响，认为"南朝民歌对文人诗歌还有积极的影响，它带来了新的诗歌体裁，形成了清丽、平易、自然的艺术风格"。吴怀东《民歌升降与刘宋后期诗风》[③]则对此加以进一步论述，认为刘宋立国以及"元嘉之治"为南方

① 《文学评论》，1998 年第 2 期。

② 《北京大学学报》，1985 第 3 期。

③ 《宁夏大学学报》，2000 年第 1 期。

民歌的繁荣和地位的上升提供了基础。民歌流行促进了诗歌观念革新,形成了抒情、平易的诗风。从这个意义上说,鲍照抒发寒士愤懑的抒情诗歌,谢庄的抒情诗创作乃至刘宋后期大赋的抒情化倾向,都是由民歌带来的这一艺术革新的成果。它甚至对永明新体诗的形成乃至唐诗的发展都发生了不可或缺的积极影响。

在音乐与诗歌的关系上,自从王运熙先生《六朝乐府与民歌》一书中较为系统地研究南方民歌中和声、送声、复声等问题后,对音乐的研究也成为晋宋乐府研究的一个重点。但由于资料缺乏和音乐本身的复杂性,很多问题聚讼纷纭,难以定论。如杨荫浏《中国古代音乐史稿》[①]认为:“南方民歌,在曲式上,引子和尾声,或称为和,或称为送,没有一定。”

文人乐府方面,主要集中在鲍照乐府的研究,具体见本文鲍照部分。晋宋其他诗人乐府作品较少,也没有引起太多关注。关于这个现象,钱志熙《乐府古辞的经典价值——魏晋至唐代文人乐府诗的发展》中指出:主要的原因是由于这时期崇尚简贵、典雅、玄远、祛情的文学思想,与乐府诗的艺术传统相差太大。其次与西晋末遭遇乱离,礼乐坠失也有一定的关系。而之后,谢灵运、陶渊明亦有少量乐府拟作,具体研究见相关章节。

第二节　齐梁乐府研究史概述

20 世纪的齐梁乐府研究,对研究对象的总体态度是肯定大于否定,与齐梁文人诗研究中的情形形成了鲜明对照。

---

① 《中国古代音乐史稿》,人民音乐出版社,1981 年版,第 146 页。

一、20世纪前期的齐梁乐府研究

20世纪早期刘师培等人的文学史并未将齐梁乐府独立于其他齐梁诗歌之外进行研究。事实上，这一时期的学者对永明体、宫体诗构成的新体创作，与文人的乐府诗创作，以及民间乐府这三种文体很少做明晰的区分，经常在论述其中一个范畴时，将属于另一个范畴的文本引入，作为例证。如曾毅的《中国文学史纲》[①]（1936年著）、钱基博的《中国文学史》[②]等著作，均有这一弊病。概念的混乱使得这些著作难以对南朝乐府做出公正的、令人信服的评价，更谈不上深入细致的研究。

最早将齐梁乐府看做一个相对独立的研究对象的是罗根泽的《乐府文学史》[③]，该书第四章提到了南朝乐府，将南朝乐府分为"平民创作乐府"（以《清商曲辞》为主）和"文人仿古乐府"两类。作者认为，南朝乐府虽非"上等文学"，但有"陶冶自己之文学兴趣，涵养自己之文学技术"[④]之功。文中还提到了《木兰诗》的时代问题，认为，《木兰诗》作于唐代，并非南北朝乐府。

较早将齐梁乐府单独进行论述的综合性文学史是顾实的《中国文学史大纲》[⑤]（1926年初版）。本书第八章论述六朝文学，其中第六节为六朝乐府。与后来的很多研究者不同，作者关注的重点并非清商乐，而是认为："齐梁陈三代之诗，皆乏风骨，但当时之乐府即军中马上所用之横吹曲，以成于武人之手，其音多铿锵，在六朝文学中

① 曾毅：《中国文学史纲》，湖南文艺出版社，1998年版。

② 钱基博：《中国文学史》，中华书局，1993年版。

③ 罗根泽：《乐府文学史》，文化学社，1931年版。

④ 同上书，第42页。

⑤ 顾实：《中国文学史大纲》，商务印书馆，1929年第4版。

发一种异彩焉。”[①]注意到了横吹曲辞。但书中认为齐梁陈的横吹曲辞皆“成于武人之手”是不符合事实的。事实上,横吹曲辞大多为齐梁的帝王文士以齐梁新体模拟,虽然题材多涉边塞,但艺术手法却多体现了齐梁的时代追求。

郑振铎的《插图本中国文学史》[②]充分肯定了这一时代“新体乐府”的成就,指出这一时代的乐府与汉魏乐府有了很大不同,而且是六朝文学的“伟大成就”之一。介绍了吴声、西曲和梁鼓角横吹曲。在文人诗方面,以齐梁为一章,介绍了从永明到陈代的诗人。

赵景深的《中国文学史新编》[③]对齐梁诗歌持否定态度,却对齐梁乐府给予了肯定。本书是较早关注清商乐的著作,认为清商乐府是这一时期平民乐府的代表。

如果说20世纪前期的文学史著作并没有对齐梁乐府给予足够的关注,那么与此相反,这一时期的单篇论文则颇为热衷于讨论与齐梁乐府有关的问题。如朱东润的《诗人吴均》[④]一文,是一篇较早注意到南朝诗人个体的论文。文中介绍了作为背景的梁代文学,编写了吴均的年谱,介绍了其创作特点。文中标举了吴均诗歌中“不顾一切的精神,大胆的自陈”,并指出“回看同时的作家”,有“始知渠是女郎诗”之感。本文是将吴均作为南朝诗人的一个特例加以研究的,认为吴均与大多数南朝诗人有着显著的不同。又如罗根泽的《南朝乐府中的故事与作者》[⑤]

① 顾实:《中国文学史大纲》,商务印书馆,1929年第4版,第182页。

② 郑振铎:《插图本中国文学史》,北平朴社出版社,1932年版。

③ 赵景深:《中国文学史新编》,北新书局,1935年版。

④ 《新月》,1929年第二卷第九期,后收入朱东润《中国文学论集》,中华书局,1983年版。

⑤ 《师大月刊》,1936年6月。

一文,以考据为主,考证了一些南朝乐府的本事与作者状况。再如游国恩的《论吴声歌曲中的子夜歌群》[1]一文,探讨了吴声歌曲中“谐声”即因声见意的手法。作者另有同类论文《再论吴声歌曲中的子夜歌群》[2],讨论吴声歌曲中“会意”即因事见意的手法。

二、新中国成立至“文革”前的齐梁乐府研究

在新中国成立至“文革”爆发前的十七年中,齐梁乐府的研究相对比较繁荣。这一方面是由于20世纪前期的齐梁乐府研究有着较好的基础,另一方面也是由于民间乐府在这一时期受到较高的评价,因而其研究得到了鼓励。

1950年,王运熙撰写《吴声西曲的产生时代》一文[3],考证南朝乐府吴声西曲的产生时代。本文指出,吴声产生于东晋、刘宋,西曲则多为宋、齐、梁的舞曲,且以齐梁居多。从而得出“西曲是后起的而不是与吴声同时产生的乐曲”的结论。文中同时指出,东晋尚以吴声为轻薄,而刘宋以后,吴声已成为“上层阶级日常生活的一部分”。

在产生时间的考证之外,同年作者的另一篇论文《吴声西曲的产生地域》[4]是从历史地理的角度来讨论吴声西曲的产生的。文中认为,吴声产生于建业,西曲则产生于以江陵为中心的广泛地区。二者分别反映了市民和商旅的生活。

---

① 《平明日报·星期文艺》,1941年12月19日,创刊号。

② 《平明日报·星期文艺》,1947年1月12日。

③ 收入《六朝乐府与民歌》,上海文艺出版社,1955年版。

④ 同上书。

罗根泽《绝句三源》[①]一文，意在探讨绝句的起源。文中首先分析了前人的旧说，指出绝句并非截律诗而成。又分析了六朝小诗，发现六朝已有“绝句”之名。接下来，文中分析了绝句三个要素的起源，即“名称的源于联句”、“体裁的源于歌谣”和“格律的源于声律对偶。本文指出了绝句的源头，说明了六朝诗歌对绝句形成的贡献。

在文学史方面，谭丕模的《中国文学史纲》[②]可以代表这一时期文学史著作对齐梁乐府的态度。该书一方面将齐梁诗歌斥为“色情文学”，一方面又认为，小诗的价值高于律诗，“抒情的小诗比较生硬的律诗要有价值得多，因为律诗要受声律的限制，而小诗可以抒写自由”。肯定自由体、乐府体，而否定声律体。本书第六章第三节论述齐梁的民歌。评述的主要对象仍然是清商曲辞，并对其评价很高。另外，游国恩等人主编的《中国文学史》[③]对齐梁乐府进行了比较全面的介绍。书中介绍的齐梁乐府限于南朝的民间乐府，介绍了吴声、西曲的不同艺术特点，及其产生的市民文化背景和现实主义风格，可以看做此前南朝乐府研究成果的总结。

三、80 年代至 90 年代的齐梁乐府研究

八九十年代的齐梁乐府研究，在继承传统研究的基础上，有了更多创新。学者们一方面已普遍比较清醒地认识到民间乐府、文人乐府与非乐府诗作三者之间的区别，另一方面，又在此前提下探讨三者之间的内在联系。80 年代以后，部分学者继续“文革”关于清商乐等

---

① 作于 1954 年 9 月 20 日，收入《罗根泽古典文学论文集》，上海古籍出版社，1985 年版。

② 谭丕模：《中国文学史纲》，高等教育出版社，1954 年版。

③ 游国恩等主编：《中国文学史》（一），人民文学出版社，1963 年版。

问题的探讨，如阴法鲁《魏晋南北朝的清商乐与民歌》[①]，本文也是“文革”后较早研究南朝乐府的论文。

王运熙《相和歌、清商三调、清商曲》[②]。关于清商三调是否属于相和歌的问题，一直存在着两种意见。梁启超首先提出，清商三调不应属于相和歌，朱自清、曹道衡、逯钦立皆赞同梁启超的说法。而黄节、萧涤非则认为清商三调仍应属于相和歌。王运熙亦赞同黄节等人的看法。两种意见之间，存在着一系列的争论，作者亦对这些争论做出了评述。作者还指出，梁陈两朝是清商新声的转变时代。

曹道衡《〈相和歌〉和〈清商三调〉》[③]一文，就相和歌与清商三调的问题对王运熙的观点提出商榷意见。以上讨论，属于“文革”前南朝乐府研究的继续。

王运熙的《略论乐府诗的曲名本事和思想内容的关系》[④]是一篇关于乐府的考据论文。该文探讨了乐府诗的曲名与内容的关系，认为乐府诗内容与题目的关系存在两种情况。一为内容与题目本事相合，包括早期与本事有关的作品和后人的赋题之作；一为因调填词，内容与题目本事不存在必然的联系。文中亦指出，在内容与题目本事相合的一类作品中，“后来的某些作品、体裁、主题相比，也有所发展变化”。这样的探讨，也是“文革”前很少出现过的。

葛晓音对齐梁乐府的探讨既涉及到传统问题，又涉及到当时探讨的热点。其《八代诗史》[⑤]第六章第一节论述了南朝乐府民歌，属

① 《词刊》，1981 年第 6 期。

② 作于 1989 年，收入《乐府诗述论》。

③ 收入《中古文学史论文集》，中华书局，2002 年版。

④ 作于 1979 年 6 月，收入《乐府诗述论》，上海古籍出版社，1996 年版。

⑤ 葛晓音：《八代诗史》，陕西人民出版社，1989 年版。

相对传统的研究。而其《论齐梁文人革新晋宋诗风的功绩》[1]一文则提到,齐梁文人的革新之功包括“乐府旧题的改制和新题的创造”,讨论这一时期乐府在制题方面与从前的不同,属于新的研究领域。

阎采平《梁陈边塞乐府论》[2]较早地提到了南朝存在大量边塞题材乐府的现象。文中认为:南朝的边塞乐府是缺乏现实基础的,主要以前代文学为取材对象;边塞题材乐府在南朝之所以增多,是北朝民歌冲击的结果;南朝边塞乐府的发展以萧氏兄弟登上文坛为界,分成两个阶段。文中指出,与前代不同的是,南朝边塞乐府加入了大量的闺阁元素与心理描写,“运用了在写宫体诗的过程中所积累起来的手段和技巧”。

钱志熙《齐梁拟乐府诗赋题法初探》[3]。本文研究齐梁时期拟乐府诗“赋题法”的产生,并论述其在文人拟乐府诗发展过程中的重要革新意义,指出其对唐代拟乐府诗创作的深远影响。文章着重论述以下几个问题:一、从魏晋拟篇法到齐梁赋题法的成立;二、赋题法产生的直接机缘:沈约等人的赋曲名之作;三、赋题法与南朝诗赋创作重题、咏物之风的关系;四、赋题法与齐梁迄唐边塞诗创作的关系。

杨德才《论萧衍的乐府诗》[4]一文,较为全面地评介了萧衍的乐府诗,为具有代表性的研究单一作家文人乐府创作情况的论文。

---

① 《北京大学学报》,1985 年第 3 期。

② 《文学遗产》,1988 年第 6 期。

③ 《北京大学学报》,1995 年第 4 期。

④ 《文学遗产》,1999 年第 2 期。

第三节　北朝乐府民歌研究

一、20世纪前期的北朝乐府民歌研究

这一时期的北朝乐府民歌研究有两大贡献。首先是对北朝乐府民歌概念范畴的界定。刘永济在《十四朝文学要略》中指出："梁代横吹所部，北歌之大凡也。"[①]陆侃如、冯沅君《中国诗史》亦认为北朝乐府有价值者在《横吹曲》与《杂曲》中。罗根泽《乐府文学史》着眼于北朝乐府诗内部的系统建构，将北朝乐府诗系统分为两个部分，其一即是平民创作乐府，也就是北朝乐府民歌。其又将北朝乐府民歌按照演化进程分为二期，即虏歌时期与汉歌时期。虏歌时期大致为十六国时期，公元300至360年左右，指"用虏音咏唱之歌，凡初入中国所作"[②]。汉歌时期则为元魏及北齐、北周，公元360至580年左右，指胡人用汉音，及汉人染胡风所发表之歌。这一观点综合历史、文化等因素对北朝乐府民歌的发展进程进行梳理和总结，对后来的北朝诗歌研究有着重要的启示作用。

其次是对北朝乐府民歌艺术成就和诗史地位的评判。学者多肯定北朝民歌有别于南朝的刚健豪迈的艺术风格，认为其反映了北方文学尚质的一面，在与南歌清绮柔婉的艺术风格的对比中，鲜明地体现着自己的艺术特质。《敕勒歌》、《木兰诗》等优秀的作品，被视为北朝乐府民歌的典范之作。刘大杰的《中国文学发展史》对《敕勒歌》评价道："这种苍苍茫茫的气象，是北方独有的伟大的自然背景。

① 刘永济：《十四朝文学要略》，黑龙江人民出版社，1984版，第176页。

② 罗根泽：《乐府文学史》，东方出版社，1996版，第133页。

牛羊畜牧，又是北方经济生产的独有形态。要有这特殊的背景，才能产生这种富于地方色彩的诗歌。比起南方歌谣中所歌咏的‘春林花多媚，春鸟意多哀’的气象来，完全是两个天地了。”[①]对于《木兰诗》，则言：“《木兰诗》是北方民间叙事诗的杰作，他同《孔雀东南飞》，成为南北民间叙事诗的两大代表。……在这两篇作品里，都涂满了非常鲜明的地方色彩，并且表现出鲜明的典型的男女形象以及南北不同的家族生活与社会意义的影子。”[②]一些学者提出北朝乐府民歌是随胡族汉化的进程而产生的观点。如胡适言：“北方的新民族后来也渐渐的受不住中国文明的魔力，都被同化了。北魏一代，后来完全采用中国的文化”[③]。罗根泽比较南北乐府的异同，从形式、风格及歌咏之对象三个方面加以讨论。认为形式上，南北乐府“皆以五言四句为中坚，七言二句者，亦皆略有所见”[④]。北朝时见四言四句者，南朝则不见，南朝时见杂言者，北朝则极少。“盖长短错综，最宜歌咏幽情；北朝四言，则多叱咤呜咽之音；其情感不同，故格形亦随之异也。”[⑤]风格上，南朝乐歌以柔婉见长，北朝以真率见长。因此南歌多比兴双关，北歌则无。歌咏之对象上，南歌基本为儿女情事，北歌则有边塞、英雄、情恋等。这些比较为后来的学者提供了很好的研究途径。

北朝诗歌中比较突出的一个问题是《木兰诗》的创作来源和辨伪问题。胡适认为《木兰诗》“唧唧复唧唧”六句与《折杨柳枝歌》中

① 刘大杰：《中国文学发展史》，古典文学出版社，1957 版，第 327 页。

② 同上书，第 330 页。

③ 胡适：《白话文学史》：新月书店，1928 年 12 月再版，第 108 页。

④ 罗根泽：《乐府文学史》，东方出版社，1996 年版，第 147 页。

⑤ 同上书，第 147 页。

"敕敕何力力"六句差不多相同，可见此诗为民间作品，并与《折杨柳枝歌》年代相去不远。而"朔气传金柝，寒光照铁衣"这样的句子又可看出文人加工的痕迹(《白话文学史》)。刘永济在综合各家之说的基础上，对木兰的身世进行考辨，认为木兰若属胡族部落，就不会有出发时的一宿再宿，以及云"愿得明驼千里足，送儿还故乡"。连同"当户织"、"但闻燕山胡骑鸣啾啾"等，都是其为中国之女的证明。刘并指出"将军"及"朔气"二句是隋人语，"已开唐音之渐"①。可知其基本认为《木兰诗》乃是唐前的作品。(《十四朝文学要略》)刘大杰则总结近人主张《木兰诗》创作于唐代的结论，认为不出三点：第一，《乐府诗集》有唐人韦元甫拟作《木兰辞》一篇，后人因疑《木兰辞》原作亦出自韦元甫之手；第二，"策勋十二转"为唐代官制，"明驼"为唐代驿制；第三，"万里赴戎机"以下四句似唐人诗格。但刘大杰认为这些理由并不足以推翻《木兰诗》是北朝的作品，只能说明唐人在其中有所改削润色。

罗根泽《古典文学论文集》中收录的《〈木兰诗〉产生的时代和地点》、《〈木兰诗〉产生时代和地点的讨论》两篇文章对《木兰诗》进行了考证，得出结论《木兰诗》的产生时代是在西魏，地点在陕甘蒙绥。有如下几条证据：首先，《木兰诗》中写到木兰自备鞍马，体现出府兵制的特色，故证明《木兰诗》的创作年代在西魏和唐初之间。其次，由可汗、天子二名的混用，以及魏、周遵《周礼》的常设明堂，证明作于隋唐的可能性不存在。第三，依据《古今乐录》中的记载，又可以将北周排除，故而《木兰诗》应产生于西魏。产生的地点为陕甘蒙绥，由杜牧《木兰庙诗》和黄庭坚《题乐府木兰诗后》可证。

---

① 刘永济：《十四朝文学要略》，黑龙江人民出版社，1984年版，第179页。

二、50年代至70年代的北朝乐府民歌研究

这一时期北朝乐府民歌的研究主要围绕《木兰诗》的创作时代、辨伪问题以及北朝诗有别于南朝的刚健质朴的艺术特质这两个问题。代表著作有：余冠英《乐府诗选》、胡国瑞《魏晋南北朝文学史》、王运熙《南北朝乐府中的民歌》、林庚《中国文学简史》、游国恩等主编《中国文学史》等。

余冠英《乐府诗选》对《木兰诗》的时代问题进行探讨，认为其时代不会产生于五胡乱华以前，也不会产生于陈以后，最可能的情形是事和诗都产生在后魏。余冠英认可《木兰诗》有经后代文人润色的嫌疑，但又提出对"策勋十二转"的理解不必拘泥，因为本诗中的数字是不足为据的。余冠英的这种观点对罗根泽、王运熙等学者有着一定的影响。

胡国瑞的《魏晋南北朝文学史》从北朝社会政治状况的角度出发，认为在异族的残酷统治下，人民生活必然趋向艰苦朴实。北朝文学"词义贞刚"、"重乎气质"的风格，正是朴实的社会风尚在文学创作上的表现。而朴实的社会风尚，也自然的要求文学创作切实地用于事理的叙说，因此才会形成"理胜其辞"的风貌。胡国瑞认为北方的民歌虽然在数量上远不能和南朝相比，但它们所具有的丰富深刻的现实主义精神，以及朴质刚劲的艺术特点，直可与汉代乐府民歌媲美，而成为北朝文坛的一个胜场。

王运熙《南北朝乐府中的民歌》一文收录于《乐府诗论丛》，可以作为其对北朝乐府诗研究的集中体现。王运熙继承前一时期学者的基本观点，肯定北朝乐府诗歌有别于南朝的质朴刚健的艺术风格。特别提出北方民歌的语言也很精炼，特别善于通过精确的比喻来表现对事物的看法。如《企喻歌》第一首《雀劳利歌辞》、《幽州马客吟

歌辞》都是典型的例子。并指出北朝民歌对唐诗也发生了一定影响。唐代诗歌刚健的一面是吸收汉魏及北朝的慷慨豪迈、刚健质朴的特点而来。

除此之外,王运熙对《木兰诗》的辨伪问题也提出了看法。首先认为《木兰诗》的产生年代可以锁定于北朝。证据是《古今乐录》中的记载。其次对于《木兰诗》是否经过唐人的润色修改问题,王运熙认为前人的说法有误。其一是"策勋十二转"被前人认为是唐代官制,而王运熙则认为"十二"并非确数,只是概数。其二是"万里赴戎机"六句,前人认为其声调对偶很像唐人诗句,王运熙则认为这种句子六朝人诗篇中也不乏其数。故而认为《木兰诗》并没有经过唐人的修改。

林庚《中国文学简史》提出北歌对南方文学的反作用的问题,认为"北歌在梁代既已流传于南朝,与南朝的金粉气对照之下,也就使得南朝作家们渐渐感觉到这素朴的风格中的明快有力,于是也开始有了以边塞为主题的作品"①。林庚对比南歌和北歌云:"南朝的诗歌重在艺术性上的发展,其主要的成功方面就是山水风情;北朝的诗歌是原始的朴质的歌唱,所歌唱的乃是思想感情的直接活动。前者是艺术上的多样性,也即前人所称的'声色';后者是艺术的源泉与素材,也即前人所称为的'性情',这二者渐渐结合起来,就成为此后诗歌全面的发展。"②

游国恩等主编的《中国文学史》肯定北朝民歌的成就,并将其按照内容分为四类,即反映战争的、反映民生疾苦的、反映北方各民族

① 林庚:《中国文学简史》,北京大学出版社,1995 版,第 189 页。

② 同上书,第 189 页。

的尚武精神的以及反映爱情生活的。指出北朝民歌在体裁上有所发展,创造了七言四句的七绝体,并发展了七言古体和杂言体,为南朝民歌所不及。对于《木兰诗》,该书特别指出其在表现手法上繁则极繁,简则极简的两结合。并认为《木兰诗》的语言丰富多彩,有朴素自然的口语,也有精妙绝伦的律句,但它们能在生动活泼的基调上取得统一和协调。对于南北朝乐府民歌的影响,该书认为在体裁方面,南北朝民歌开辟了五七言绝句体抒情小诗的新道路;表现手法方面,则对唐人有许多启发,如杜甫《草堂》"旧犬喜我归"几句便是脱胎于《木兰诗》。

三、80年代至90年代的北朝乐府民歌研究

这一时期的北朝乐府民歌研究较之前代有所开拓,一方面对前人的观点进行汲取和总结,另一方面也开始提出一些新的问题,在理论和方法上也有所创新。代表著作有曹道衡、沈玉成《南北朝文学史》,袁行霈主编《中国文学史》,章培恒、骆玉明《中国文学史》,葛晓音《八代诗史》,傅刚《魏晋南北朝诗歌史论》等。

曹道衡、沈玉成《南北朝文学史》首先认为"北朝乐府民歌"这种称谓是不妥当的,因为这些诗歌中一些产生于十六国时期,而并非北朝,并且未必全被北方乐官采录谱曲,另外,一些作品为宫人所作,也并非民歌。但为叙述的方便,仍沿用此称谓。对于北歌的来源问题,曹、沈认为有三种情况:第一,有的歌曲原来是少数民族语言,传入南方时经过汉语翻译。第二,孝文迁都后,决定以汉语为官方语言,这就产生了以汉语创作的歌辞。第三,北歌中有一部分歌辞,用语风格极似南方民歌,应是为南人所作配以北乐演唱的。

关于《木兰诗》,曹、沈基本认为其定型于北朝,后经南朝人和唐

人润饰，最后成为今天的《木兰诗》。在艺术上，曹、沈对木兰诗叙事上对繁简、虚实、疏密的恰当处理、语言上复叠铺排的手法、连锁句式的运用以及问答、比兴、夸张、换韵等多种手法给予了高度评价。

曹道衡《中古文学史论文集》收录《东晋南北朝时代北方文化对南方文学的影响》一文，认为北方乐人、乐曲流入南方，造成了南朝后期文人乐府诗关于战争、边塞及北方景物内容的增加。北方的佛经翻译也和南方文人的格律探索互为表里。梁以后南北文人之间的交往增多，也造成了文学上的相互影响。

章培恒、骆玉明《中国文学史》同样认为质朴粗犷、豪迈雄壮是北朝民歌最显著的特色。诗歌形式也以五言四句占优势，杂言较少。并指出许多诗原非汉语，是经过翻译的，因此这方面的成绩也值得赞美。对于《木兰诗》，该书采纳多数学者的观点，认为其是北朝民歌，可能经过唐人的修饰润色。

袁行霈主编《中国文学史》提出北朝民歌中，一部分是北人直接用汉语创作，一些经过南方乐工的加工，也不排除有少数北方汉人的作品，所以北朝民歌是北方各民族共同创造的文化硕果。对于《木兰诗》，该书接受其产生时代不晚于陈代的看法，并言此诗最初为北朝民间传唱之诗，在长期的流传过程中，可能经过隋唐文人的润色加工。

葛晓音《八代诗史》对北朝乐府民歌的一些相关问题进行了梳理，认为北歌产生时多为鲜卑等少数民族语言，其中一部分传到唐代时仍不可解，现存北歌用汉语，主要是由通晓胡汉双方语言的鲜卑人或汉人翻译的。北魏孝文帝改革后，一部分民歌才开始采用汉语创作。葛晓音认为北朝乐府民歌数量虽少，但反映社会的深度和广度则远远超过了南朝乐府民歌。如反映战乱、揭露社会贫富对立等等。

南北朝乐府民歌以清新明快的风格和生动活泼的口语，打破了晋诗典雅板滞的语言和玄言诗质木枯燥的风格，对南北朝诗歌语言风格的变革产生了关键的作用。北朝民歌刚健清新的气质，对隋唐边塞诗具有直接的影响。

傅刚《魏晋南北朝诗歌史论》在分析北朝民歌的艺术特点时，引用了西方普列汉诺夫的观点，认为这些民歌中出现的“五尺刀”、“快马”等事物因带给健儿实际利益和荣誉，所以开始引起人们的欣赏，逐渐具有了装饰品的性质，进而与审美主体之一的健儿一起成为审美客体。并指出，连年的战乱孕育出北朝以勇武为美的时代审美心理，而这种特质与南朝诗歌美学的结合，方使隋唐诗歌达到“文质彬彬、尽善尽美”的胜境。

（本章执笔人：张一南　辛晓娟　段　莹）